굿바이 동물원

굿바이 동물원

제17회 한겨레문학상 수상작
ⓒ 강태식 2021

초판 1쇄 발행 2012년 7월 13일
개정1판 1쇄 인쇄 2021년 11월 1일
개정1판 1쇄 발행 2021년 11월 4일

자은이 강태식
펴낸이 이상훈
편집인 김수영
본부장 정진항
문학팀 김준섭 김다인 하상민
마케팅 김한성 조재성 박신영 조은별 김효진
경영지원 정혜진 이송이

펴낸곳 (주)한겨레엔 www.hanibook.co.kr
등록 2006년 1월 4일 제313-2006-00003호
주소 서울시 마포구 창전로 70 (신수동) 화수목빌딩 5층
전화 02)6383-1602~3 **팩스** 02)6383-1610
대표메일 munhak@hanien.co.kr

ISBN 979-11-6040-667-2 03810

제17회 한겨레문학상 수상작

강태식 장편소설

굿바이 동물원

한겨레출판

차 례

1부

울고 싶은 날에는
마늘을 깐다

1.

울고 싶은 날에는 마늘을 깐다.

빨간 대야 가득 마늘이 담겨 있다. 물은 1시간 전에 미리 받아 두었다. 마늘 껍질이 불었다는 건 육안으로도 확인할 수 있다. 나는 마늘을 마주하고 방바닥에 앉는다. 숙련자들은 피부를 보호하기 위해서 고무장갑을 끼고 작업을 한다지만 나는 그저께 막 일을 시작한 햇병아리다. 고무장갑을 끼면 손동작이 느려지고 작업 속도도 더뎌진다. 작업 속도는 수입과 직결된다. 그래서 맨손으로 마늘을 깐다.

마늘을 만지기 전에 먼저 라디오를 켠다. TV는 작업에 방해가 되기 때문에 꺼두는 게 좋다. 마늘을 까는 건 자기와의 싸움이다. 속도도 중요하지만 인내심을 갖고 얼마나 오래 앉아 있느냐가 이 일의 성과를 좌우한다. 그래서 라디오다. 손으로는 마늘을 까면서 귀로는 음악을 듣는다. 청취자들의 사연과 진행자의 입담을 듣다 보면 시간 가는 줄 모르고 마늘을 깔 수 있다. 가끔 아는 노래가 나오면 흥얼흥얼 따라 부르기도 한다.

라디오 못지않게 중요한 것이 또 있다. 바로 신문지다. 김장용 비닐 같은 게 있다면 좋겠지만 그건 아직 장만하지 못했다. 대신 신문지를 바닥에 깐다. 방이 지저분해지는 것을 막기 위해서다. 작업을 하다 보면 마늘 껍질을 바닥에 흘리는 일이 종종 있다. 그걸 그대로 방치하면 방바닥이 금세 쓰레기장으로 변한다. 그렇다고 마늘 껍질이 떨어질 때마다 일일이 주워서 버릴 수도 없다. 힘들고 귀찮을 뿐더러 그러다 보면 작업에 속도가 붙지 않는다. 마늘 까는 일은 성과급이다. 아무리 오래 앉아 있어도 성과를 올리지 못하면 돈을 받을 수 없다. 신문지를 깔아두면 마늘 껍질 같은 건 작업이 끝난 뒤 한꺼번에 처리할 수 있다. 물이 튀어도 걱정할 필요가 없다.

손이 닿는 곳에 수건을 준비해두는 것도 요령이다. 물은 바닥에만 튀는 게 아니다. 옷에 묻으면 마늘 냄새가 밴다. 오래 두면 냄새가 지워지지 않기 때문에 빨리 닦아주는 게 좋다. 게다가 수건이 있으면 작업 중간중간에 젖은 손을 말릴 수도 있다. 피부를 보호하기 위해서라도 수건은 필수다.

준비가 다 됐으면 자세를 잡는다. 물론 이렇다 하게 정해진 자세는 없다. 그냥 편하게 앉으면 된다. 책상다리를 하고 앉아도 좋고, 두 다리로 대야를 감싸는 형태로 앉아도 좋다. 오래 앉아 있을 수 있는 자세면 된다. 방석을 준비하면 허리와 엉덩이에 오는 피로를 대폭 줄일 수 있다. 벽에 등을 기대고 앉는 것도 많은 도움이 된다.

이제 본격적으로 마늘을 깔 차례다. 누구나 한 번쯤은 마늘을 까본 경험이 있을 것이다. 그때를 떠올리면 된다. 한 손으로 마늘을 쥐고 다른 한 손으로 껍질을 깐다. 물에 불은 마늘이라 껍질도 쉽게 벗겨진다.

"요령 같은 건 없나요?"

충분히 있을 수 있는 질문이다. 나도 처음에는 그게 궁금했다. 그래서 돼지엄마에게 똑같은 걸 물었다. 부업 브로커인 돼지엄마는 업체에서 일감을 수령해 부업을 희망하는 사람들에게 나눠 주는 역할을 하고 있다.

"그런 게 어디 있어. 하다 보면 요령이 생겨."

처음에는 무성의한 대답이라고 생각했다. 그러나 하루만 일을 해보면 그 말이 정답이라는 걸 알게 된다. 마늘을 까는 일에는 요령이 없다. 생각이 많으면 오히려 방해가 된다. 직접 까면서 몸으로 익히는 게 최선이다. 같은 동작을 반복하다 보면 자기도 모르는 사이에 요령이 붙는다. 마늘을 쥐는 방법이라든지 손가락을 사용하는 기술 등 자기만의 노하우를 습득하는 게 중요하다.

마늘을 까는 데도 작업 공정이라는 게 있다. 물에 불은 마늘을 까는 작업이 1차 공정이다. 2차 공정은 1차 공정의 부산물인 깐 마늘과 마늘 껍질을 분류하는 작업이다. 우선 작업 폐기물인 마늘 껍질을 준비된 대야에 버린다. 그런 다음 깐 마늘을 또 다른 대야에 담는다. 그 전에 깐 마늘을 물에 한 번 담갔다 빼면 상품의 질을 높일 수 있다.

이런 공정을 장시간 반복한다. 처음에는 불필요한 동작 때문에 작업 능률이 오르지 않는다. 나 역시 그랬다. 하지만 어느 시점을 넘기면 몸이 알아서 기계처럼 움직인다. 까고 버리고 씻고 담는다. 그러다 보면 어느새 알몸이 된 마늘이 대야 가득 수북이 쌓이게 된다. 돼지엄마에게 가져가 그램 수를 단다. 킬로당 얼마 하는 식으로 돈이 들어온다.

물론 이 일에도 애로 사항이 많다. 물에 붇는 것은 마늘만이 아니다. 장시간 작업을 하다 보면 손가락 끝이 쪼글쪼글해진다. 삼투압 때문이다. 그대로 두면 피부가 거칠어질 뿐 아니라 습진이 생길 수도 있다. 그래서 숙련공들은 고무장갑을 낀다. 손이 가렵거나 피부가 갈라지면 무리하지 말고 잠시 쉬는 게 좋다.

그리고 이건 개인적인 애로 사항인데, 마늘 까는 일에 압박을 받게 되면 이런 증상이 나타날 수도 있다.

"왜 그래? 꿈꿨어?"

어젯밤 나는 악몽을 꾸었다. 옆에서 자던 아내가 놀라서 깰 만큼 요란하게 몸부림을 친 모양이다.

"아니야, 자."

일단 아내를 재웠다. 악몽의 내용에 대해서는 말할 수 없었다. 오해의 여지가 다분했기 때문이다.

꿈에서도 나는 마늘을 까고 있었다. 크기가 사람만 한 마늘이었다. 위쪽부터 껍질을 벗겼다. 껍질을 벗길 때마다 하얗고 매끄러운 속살이 드러났다.

"이렇게 막 벗기면 싫어요. 부끄럽단 말이에요."

중간쯤 까고 있을 때 마늘이 말했다. 내가 뭐라고 대답했는지는 기억나지 않는다. 마늘의 항의 따위 무시하고 나는 계속해서 껍질을 깠다. 이윽고 마늘은 완전한 알몸이 되었다.

"벗겼으니까 책임져요."

깐 마늘이 무서운 말을 했다. 나는 깐 마늘을 책임질 자신이 없었다. 꿈에서도 아내가 있다는 사실이 생각났다. 나는 단호하게 말했다.

"깐 마늘아, 나는 유부남이야."

하지만 깐 마늘은 수긍하지 않았다.

"어차피 사랑하지도 않는 여자랑 불행하게 사는 거잖아요. 이혼하고 나랑 살아요."

"그럴 수 없어. 나는 아내를 사랑해."

"거짓말! 거짓말이야. 사실은 나랑 살고 싶죠? 당신은 지금 자신을 속이고 있는 거예요. 결혼이라는 제도에 얽매여서."

깐 마늘이 히스테리를 부렸다. 나는 깐 마늘에게 그건 네가 잘못 생각하고 있는 거라고 차분하게 설명해주었다.

"자, 이리 와요. 이제부터 우리는 한 몸이 되는 거예요. 내가 당신을 행복하게 해줄게요."

깐 마늘이 알몸으로 육탄 공격을 해왔다. 엎치락뒤치락하는 사이에 나는 깐 마늘 밑에 깔리게 되었다. 굉장히 무거웠다. 나는 필사적으로 몸부림쳤다.

"안 돼!"

그러다 잠에서 깨어났다. 마늘 까기 경력 이틀 만에 꾼 꿈이었다. 온몸이 식은땀으로 흠뻑 젖어 있었다. 다시 누웠지만 좀처럼 진정이 되지 않았다.

일종의 직업병이다. 겪어보지 않은 사람은 모른다. 깐 마늘 밑에서 몸부림치는 게 얼마나 비참한지를. 마늘을 까고 있는 지금도 그때의 공포가 남아 있다. 파르르, 손끝이 떨린다.

사람들은 대부분 마늘 까는 일을 단순한 육체노동으로 여긴다. 아무 생각 없이 마늘만 까면 되는 거 아니냐고 생각할 수도 있다. 하지만 그건 대단히 잘못된 생각이다. 우리 몸은 생각을 하지 않으면 움직이지 않는다. 그리고 작업이 단순할수록 생각은 많아진다.

마늘 까는 일에도 엄연한 정신적 스트레스가 존재한다. 악몽은 빙산의 일각에 불과하다. 정말 심각한 문제는 정체성의 혼란이다. 나란 무엇일까? 이런 질문을 끊임없이 하게 된다. 손에 밴 마늘 냄새처럼 지우려 해도 지워지지 않는다.

혼자서 마늘을 까다 보면 그간의 삶이 주마등처럼 스쳐 간다. 커다란 파도는 없었지만 물결이 아주 없는 인생도 아니었다. 맑은 날도 있었고 흐린 날도 있었다. 성공할 때도 있었지만 실패할 때가 더 많았다. 그래서 지나간 시간들을 입안에 넣고 음미해보면 가루약처럼 쓴맛이 난다.

마늘을 까기 위해서 그렇게 열심히 공부했나 싶은 생각이 들면 인생에 대한 회의가 밀려온다. 4년제 대학에 합격한 날 느꼈던 희열도 지금은 한낱 아스라이 사라져가는 물거품처럼 허망하기만 하다. 비록 중소기업이었지만, 입사해서 내 책상을 갖게 되던 순간의 감격도 떠오른다. 과장으로 승진했을 때 아내는 눈물을 흘리며 기뻐했다. 그때는 노력하면 뭐든지 할 수 있다고 생각했다. 기회는 노력한 자의 것이다, 그때는 그런 줄 알았다. 하지만 그건 잘못된 생각이었다.

나는 어쩌면 마늘을 까기 위해서 태어난 건지도 모른다. 마늘을 까기 위해서 지금까지 살아왔고 앞으로의 삶도 마늘을 까기 위해 주어진 것 같다. 마늘을 떼어놓고는 지나간 인생도 앞으로의 시간도 생각할 수 없다. 사흘밖에 안 됐는데 그렇게 되어버렸다. 마늘 까는 기계가 된 것 같다. 쥐고 까고 담는다. 같은 작업을 반복하는 동안 인간으로서의 정체성 같은 건 사치품으로 변해버린다. 이리저리 굴러다니다 어디론가 사라져버리고 만다. 그리고 나, 김영수라는 이름의 마늘 까는 기계만 남는다.

그래도 울고 싶을 때는 마늘만 한 게 없다. 남자는 평생 세 번 운다. 태어날 때 한 번, 부모님이 돌아가셨을 때 한 번, 마지막으로 마늘을 깔 때, 남자는 운다. 마늘에는 알리신이라는 성분이 들어 있다. 매운맛과 냄새를 내는 성분이다. 이 성분 때문에 저절로 눈물이 흐른다.

"남자가 왜 울어? 못나 보이게."

아내가 퉁을 줘도 할 말이 있다.

"마늘이 매워서 그래."

마늘도 맵지만 사는 건 더 맵다. 지난 몇 달을 돌아보면 코끝이 찡해진다. 화장실 같은 곳에 숨어서 남몰래 울고 싶던 적도 한

두 번이 아니었다. 어떻게 참았는지 지금 생각해도 신기하다.

몇 달 전 정리해고를 당했다. 회사에 구조조정 바람이 불었다. 하지만 그때도 나는 울지 않았다. 부장에게 위로의 말을 들을 때도 망치로 머리를 맞은 듯 멍하기만 했다.

"회사 결정인데 어쩌겠나. 김 과장만 불이익을 당한 게 아니니까 너무 억울하게 생각하지 마."

바로 화장실로 달려갔다. 그때는 정말 울고 싶었다. 아무도 없는 곳에서 속이 후련해질 때까지. 화장실은 복도 끝에 있었다. 나는 문을 밀고 들어갔다. 두 칸 모두 사용 중이었다. 어쩔 수 없이 아래층 화장실로 내려갔다. 하지만 거기도 상황은 마찬가지였다. 아, 어쩌란 말이냐, 굉장히 당황스러웠다. 눈물이 쏟아질 것 같은데 빈칸이 없었다. 어쩔 수 없이 한 층 더 내려가기로 했다.

그런 생각으로 발길을 돌리려는데 어디선가 아주 작은 소리가 들려왔다. 물체가 눌리면서 내는 소리 같았다. 과육이 뭉개지고 과즙이 흘러나오는, 딱 그런 느낌의 소리였다. 소리는 작고 여리고 은밀하고 숨겨지길 원하고 있었다. 두 칸 다 그랬다. 아무도 없는 곳에서 울고 싶은 사람들이 사용 중이었다. 그래서 나는 울 수 없었다.

그날은 책상을 정리하고 일찍 퇴근했다. 소지품이 든 쇼핑백을 들고 회사를 나왔다. 인도에 서서 잠깐 회사 건물을 올려다봤다. 10년 가까이 들락거리던 회사가 거기에 있었다. 순간 눈물이 핑 돌았다. 하지만 그때도 나는 울지 않았다. 길에 사람들이 너무 많았다. 그런 곳에서는 울 수 없었다.

휴대전화를 꺼내 시간을 확인했다. 2시 10분 전이었다. 전철을 타고 집에 도착한 시간이 오후 3시쯤.

"이 시간에 웬일이야?"

빨래를 개고 있던 아내가 눈을 동그랗게 떴다.

"그 쇼핑백은 뭐야? 당신 무슨 일 있어?"

숨길 생각은 없었지만 뭐라고 말해야 하나? 입술이 떨어지지 않았다.

"자기, 혹시 잘렸어?"

나는 말없이 고개를 끄덕거렸다. 지금 이 순간이 빨리 지나갔으면 하는 마음뿐이었다. 그런 나를 보면서 아내가 후유, 하고 한숨을 쉬었다. 그리고 침묵이 흘렀다. 거대한 빙산처럼 무겁고 차가운 침묵이었다.

나에게는 발언권이 없었지만 이 말만은 하고 싶었다.

"미안해."

"미안하면 다야? 미안하다고 뭐가 해결돼? 이제 우리 어떡해."

아내가 화를 냈다. 그때도 정말 울고 싶었다. 참고 있던 눈물이 넘칠 것처럼 찰랑거렸다. 하지만 나는 울지 않았다.

다음 날부터 바로 취업 전선에 뛰어들었다. 인터넷으로 취업 사이트들을 검색했다. 고용안정센터에도 가입했다. 하지만 모두 부질없는 짓이었다. 실직 생활이 어둡고 긴 터널처럼 끝도 없이 이어졌다. 쨍하고 해 뜰 날은 언제까지나 오지 않을 것 같았다.

"나, 내일부터 일 나가."

그러는 동안 아내는 동네 마트에서 카운터를 보기 시작했고,

"놀면 뭐 해. 마늘이라도 까볼래?"

아내의 권유로 지금 나는 마늘을 까고 있다. 마늘에 들어 있는 알리신 때문에 저절로 눈물이 흐른다. 손등으로 눈물을 닦는다. 마늘즙이 눈에 들어간 모양이다. 최루탄 가스에 노출된 것처럼 안구가 화끈거린다. 닭똥 같은 눈물이 뚝뚝 뺨을 타고 떨어진다. 흘린 눈물만큼 마음도 조금은 후련해진다.

누구에게나 울고 싶은 날이 있다. 그런 날 나는 마늘을 깐다.

2.

요즘은 늘 정신이 몽롱하다. 눈에도 초점이 없다. 가끔은 사물들이 두 겹, 세 겹씩 겹쳐 보이기도 한다. 만취했을 때와 비슷한 증상이다. 아침에 일어나면 머리가 깨질 것처럼 아프다. 본드 냄새 때문인 것 같다. 며칠 전부터 인형 눈깔 붙이는 부업으로 업종을 바꿨다.

"마늘 까서 생활이 돼?"

어느 날 돼지엄마가 걱정스러운 목소리로 물었다.

"힘들죠."

대답하면서도 목이 메었다.

"그렇지. 큰일이네. 남자가 돈 못 벌면 여자가 도망가."

"에이, 설마요."

말은 그렇게 했지만 속으로 뜨끔했다.

"정말이야. 나도 남편이 돈 못 벌어서 집 나와 혼자 살잖아."

돼지엄마는 한동안 자신의 경험담을 늘어놓았다.

"그래서 말인데……. 다른 일 해보지 않을래?"

"어떤 일인데요?"

"마늘 까는 것보다 일도 깨끗하고 수입도 좋아. 왜 미자 할머니가 고혈압으로 쓰러지셨잖아. 그 할머니 대탄데. 어때, 해볼래?"

그래서 시작하게 된 일이 인형 눈깔 붙이기였다.

"우선 100개만 가져가."

처음 받은 일감은 곰 인형이었다. 곰 인형 100마리가 든 자루는 부피가 집채만큼 컸다. 나는 그걸 메고 집까지 갔다. 눈깔 200개는 비닐 봉투에 따로 담아두었다. 접착제로 사용하는 오공본드도 그 속에 같이 들어 있었다.

"그게 뭐야?"

집에 들어오자 아내가 놀라서 물었다.

"보면 몰라. 곰 인형이지."

"눈깔이 없잖아!"

"그걸 지금부터 내가 붙일 거야."

눈깔이 없는 인형을 보자 아내는 소리를 빽 질렀다. 아내는 원래 단순하고 다혈질이라 좋고 싫은 게 분명했다.

"당장 저리 치워!"

사실 눈깔이 없는 인형은 내가 봐도 좀 괴기스러웠다. 공포 영화에 등장하는 소품처럼 보였다. 하지만 눈깔을 붙이고 나면 영화의 장르가 달라졌다. 로맨틱 영화에 나오는 귀엽고 앙증맞은 인형으로 변신했다. 아내의 태도도 180도 변했다.

"와, 귀엽다. 이거 나 주면 안 돼?"

"망치면 하나 줄게."

하지만 나는 제일 좋은 놈을 골라 아내에게 주었다.

일은 간단했다. 우선 나무젓가락 끝에 본드를 묻힌다. 그걸 평평한 눈깔 밑바닥에 골고루 바른다. 그런 다음 적당한 위치에 붙이고 손가락으로 눌러 고정하면 된다. 손에 물을 묻히는 일이 아니라 몸의 피로도 덜했고, 피부가 상할까 봐 걱정하지 않아도 되었다.

바르고 붙이고 누른다. 나는 방바닥에 앉아서 하루 종일 같은 작업을 반복했다. 그렇게 3일이나 일했을까, 머리가 지끈거리기 시작했다. 본드 냄새가 역하게 느껴졌다. 돼지엄마에게 조언을 구했다.

"창문을 열어놓고 일해."

일하기 전에 먼저 창문부터 연다. 하지만 우리 집은 반지하다. 창문을 열어도 환기가 제대로 되지 않는다.

"그럼 마스크를 껴야겠네."

시키는 대로 해보았다. 하지만 마스크 때문에 숨 쉬기가 갑갑했다. 어쩔 수 없이 마스크를 벗고 입으로 숨을 쉬었다. 두통은 약으로 해결했다.

"본드 냄새 때문에 머리 아파 죽겠어."

아내도 비슷한 증상을 호소했다.

"나는 하루 종일 본드 냄새 맡으면서 일하는 사람이야."

이상하게 짜증이 났다. 생각 없이 아무 말이나 막 내뱉었다. 머리가 멍해지면서 판단력이나 자제력까지 흐려진 모양이다.

"그게 자랑이다."

아내가 입을 삐죽거렸다.

일을 하지 않을 때도 언제나 몽롱했다. 거울을 보면 눈에 초점이 없었다. 피부의 감각도 무뎌진 것 같았다. 다시 마늘이나 깔까? 심각하게 고민해보기도 했다.

"마늘 쪽은 벌써 정원이 찼지."

부업은 인기가 좋다. 용돈도 벌고 시간도 보낼 수 있기 때문에 이런 불경기에는 언제나 대기자가 줄을 서 있다. 손에서 마늘을 놓은 지 일주일이 넘었다. 빈자리가 있을 거라고는 생각하지 않았다.

"다른 일 없어요?"

"없는데…… . 왜, 일 못 하겠어?"

돼지엄마는 아쉬울 게 없다. 대기자라면 얼마든지 있다. 일을 그만두면 나만 손해다.

"아니에요. 인형이나 주세요."

어쩔 수 없이 인형 눈깔 붙이는 일을 계속하게 되었다.

그렇게 며칠이 더 지났다. 그날도 나는 눈깔 밑바닥에 본드를 바르고 있었다. 갑자기 눈앞이 흐려졌다. 어, 왜 이러지? 하면서 손등으로 눈을 비비려는데 몸의 중심이 한순간에 무너져버렸다. 쿵 하고 뒤통수가 바닥에 부딪혔다. 뒤로 자빠진 모양이었다. 하지만 감각이 없었다. 아프다는 생각도 들지 않았다. 오히려 반대였다. 몸이 공중에 붕 뜬 기분이었다. 기분만 그런 게 아니었다. 정말그랬다. 그때 나는 하늘을 날고 있었다.

등 뒤에서 망토가 펄럭이고 있었다. 고도는? 굉장히 높았다. 저 밑에 구름이 깔려 있었다. 성층권 바로 아래 같았다. 앞쪽에서 태양이 빛나고 있었다. 지상에서 느껴보지 못한 일광이었다. 훨씬 정밀하고 신비로웠다. 아, 나는 뭐가 되어 있는 걸까?

방향을 틀었다. 나는 순식간에 대기권을 벗어났다. 광활하고 어두운 우주가 내 몸을 감쌌다. 그곳은 무음의 세계였다. 시간조차 의미를 잃어버린 공간이었다. 평화는 절대적이었고 고독은 무한했다. 나는 모든 것을 망각한 채 우주 끝을 향해서 날아가고 있었다. 속도를 높였다. 반딧불처럼 작은 별들이 순식간에 다가왔다 멀어졌다. 아, 나는 대체 뭐란 말인가?

"나 왔어."

우주 끝에서 아내의 목소리가 들려왔다. 그리고 현관문 열리는 소리, 나를 향해 다가오는 발소리가 이어졌다. 하지만 그때도 나는 우주를 날고 있었다.

"자기, 지금 뭐 해?"

아내가 소리치자 별들이 사라졌다. 절대적인 평화와 무한한 고독도 꼬리를 감추며 달아났다. 깨진 거울처럼 우주가 박살나버렸다. 어둡고 거대한 파편들이 바닥에 떨어져 부서졌다. 그리고 현실이 눈앞에 드러났다. 양말을 신은 아내의 발이 보였다. 정신이 번쩍 들었다.

나는 방바닥에 배를 깔고 누워 있었다. 주먹 쥔 양손을 앞으로 뻗은 채였다. 그리고 실실, 바람 빠진 풍선처럼 웃고 있었다.

"자기, 잤어?"

아내가 물었다. 내가 깜빡 졸다 꿈이라도 꾼 줄 아는 모양이었다. 하지만 그건 꿈이 아니었다. 본드 냄새가 불러일으킨 환각이었다. 광활한 우주와 그곳을 날고 있는 나, 그때의 기분이 생생하게 남아 있었다. 아름답고 황홀했다. 슬픈 현실 같은 건 까맣게 잊을 수 있어 좋았다.

"오랜만에 할까?"

잠자리에서 아내가 말했다. 하지만 될까? 환각에서 깨어난 다음부터 머리가 아팠다. 하체가 나른하게 풀려 있었다. 이런 상태로 발기가 될까? 심리적인 압박 때문에 부피도 크기도 작게 오그라드는 것 같았다.

"오늘은 그냥 자자."

"나는 하고 싶단 말이야."

아내가 발기를 시도했다. 하지만 헛수고였다. 만질수록 물컹하게 쪼그라들었다. 나는 바로 사과했다.

"미안해. 오늘은 그냥 자."

"자기, 요즘 나 없을 때 집에서 자위해?"

아내가 이상한 걸 의심했다.

"안 해."

"그런데 왜 이래?"

아내가 작고 물컹한 물건을 꽈악, 손에 쥐고 화를 냈다.

"이러고도 자기가 남자야?"

할 말이 없었다. 나는 아내가 잠들 때까지 가만히 누워서 기다렸다. 곧 작게 코 고는 소리가 들렸다. 한고비 넘겼다는 생각에 겨우 가슴을 쓸어내렸다. 눈을 감자 우주가 펼쳐졌다. 망토를 펄럭이며 행성과 행성 사이를 날아다니는 기분은 정말 최고였다. 발기가 안 돼도 좋았다. 저절로 웃음이 나왔다.

다음 날에도 나는 아침부터 인형 눈깔을 붙였다. 창문은 일부러 닫아두었다. 일 나간 아내가 들어오기 전에 환기를 시킬 생각이었다. 강한 본드 냄새가 방 안에 가득했다. 점점 정신이 몽롱해졌다. 손에 쥐고 있던 나무젓가락이 바닥에 떨어졌다. 그리고 나는 또다시 환각에 빠져들었다.

이번에는 망토가 없었다. 구름도 보이지 않았다. 나는 방 안에 앉아 인형 눈깔을 붙이고 있었다. 떨어진 나무젓가락을 줍고 바닥에 묻은 본드를 닦아냈다. 모든 게 그대로였다. 그래서 환각에 빠진 줄도 몰랐다.

"크하하하!"

어디선가 웃음소리가 들려왔다. 굉장히 사악하고 음흉한 웃음소리였다. 나는 주위를 둘러봤다. 하지만 아무도 보이지 않았다.

"가소롭구나, 파워맨."

그때 무언가가 꿈틀거리기 시작했다. 믿어지지 않는 광경이었다. 100마리나 되는 곰 인형들이 팔다리를 움직이고 있었다. 그중 한 마리가 짧고 뭉툭한 팔로 나를 가리키며 파워맨이라고 불렀다.

"이번에야말로 뜨거운 맛을 보여주마. 각오해라, 파워맨!"

이 곰 인형들이 왜 이러지? 잠깐 고개를 갸우뚱하는 사이에 탕탕탕, 총성이 들리면서 100개나 되는 총알이 날아왔다. 악당은 언제나 예고 없이 방아쇠를 당긴다. 총구가 불을 뿜고 탄환이 빠르게 회전하면서 날아왔다. 그런데 그게 모두 보였다. 총알은 지렁이나 달팽이처럼 느렸다. 나는 현란한 몸동작으로 100개나 되는 총알을 모두 피했다.

"끼악!"

누군가 비명을 지르고 있었다. 여자의 비명 소리였다. 몸이 묶인 깐 마늘이 곰 인형들에게 잡혀 있었다.

"여자를 살리고 싶으면 얌전히 저세상으로 가라, 파워맨."

두목 곰 인형이 크하하하 사악하게 웃으며 말했다.

"자기, 나 좀 구해줘. 어젯밤엔 내가 잘못했어. 자기가 지구를 지키는 파워맨인 줄 정말 몰랐어."

깐 마늘이 아내로 둔갑했다.

"내가 파워맨이라는 걸 어떻게 알았지?"

내가 파워맨이라는 건 비밀이었다.

"여기 계신 곰 인형 선생님께서 말씀해주셨어."

두목 곰 인형이, 내가 설명해주었다, 거만하게 고개를 끄덕거렸다.

"그동안 지구를 지키느라 힘들었지? 그런 줄도 모르고 내 욕심만 채우려고 해서 미안해. 내가 나빴어. 진심으로 사과할게."

아내는 울고 있었다.

"몰랐잖아. 자기 잘못이 아니야."

더 멋진 대사가 생각나지 않아 안타까울 뿐이었다.

"눈물 나서 못 봐주겠군. 여자 입에 재갈을 물려!"

곰 인형 한 마리가 아내의 입에 재갈을 물렸다. 두목 곰 인형이 작고 뭉툭한 팔을 또 들어 올렸다.

"지옥으로 가라, 파워맨. 빅 베어 합체!"

곰 인형 100마리가 한곳으로 모이기 시작했다. 어떤 곰 인형들은 팔이 되고, 어떤 곰 인형들은 다리가 되고, 어떤 곰 인형들은 몸통이 되었다. 두목 곰 인형은 제일 위로 올라가 머리로 변신했다. 빅 베어 합체가 완성되는 순간 시야를 가릴 정도로 거대한 곰 인형이 내 앞에 서 있었다.

"베어 미사일!"

빅 베어가 미사일을 발사했다. 이번에도 나는 가볍게 미사일을 피했다. 등 뒤에서 미사일이 터졌다. 굉장한 위력이었다. 아파트 벽을 뚫고 지나간 미사일이 맞은편 동을 전몰시켰다. 어? 우리 집은 일반 주택 반지한데…….

"베어 화염방사기!"

빅 베어의 입에서 불기둥이 뿜어져 나왔다. 아차, 하는 순간 정면으로 맞고 말았다. 나는 가드를 올려 안면을 보호했다. 몸을 최대한 웅크려 화염이 닿는 면적을 줄였다. 그런 자세로 나는 한 걸음 한 걸음 빅 베어에게 다가갔다.

"베어 원자력 광선!"

빅 베어의 눈이 빨갛게 충혈되더니 거기서 원자력 광선이 발사되었다. 가드를 올린 팔이 타들어갈 것처럼 뜨거워졌다. 눈도 뜰수 없었다. 서 있기도 힘들었다. 무릎이 꺾였다. 나는 그 자리에 주저앉고 말았다. 파워맨 최대의 위기였다.

그때 어떤 환상이 보였다. 왕관을 쓴 미녀가 지휘봉을 가슴에 쥐고 서 있었다. 그녀는 문라이트 프린세스였다. 달빛 공주가말했다.

"파워맨, 지면 안 돼요. 당신은 우리 모두의 희망이에요. 용기를 보여주세요. 그 용기가 당신과 우리 모두를 구원할 거예요."

이런 말을 남기고 달빛 공주는 사라져버렸다. 그래, 용기를 내자. 다리에 힘이 솟았다. 나는 천천히 일어났다. 가드를 내리고 똑바로 섰다. 파워맨의 가장 강력한 무기는 불의에 굴하지 않는 용기였다. 그 용기를 에너지로 발사할 수 있는 무기가 바로 파워 빔. 나는오른손 검지를 들어 빅 베어를 조준했다. 그리고 이렇게 외쳤다.

"나의 용기여, 우리를 구원하라! 파워 빔!"

손가락 끝에서 파워 빔이 발사되었다. 파워 빔이 빅 베어의 몸을 관통하는 순간 실밥이 터지고 하얀 솜이 튀어나왔다. 빅 베어가몸을 흔들면서 바닥에 주저앉았다. 땅이 꺼질 듯 쿵 하는 소리가둔탁하게 들렸다. 뽀얀 먼지가 안개처럼 시야를 가렸다.

"오늘은 물러가지만 이 원수는 반드시 갚겠다. 기대해라, 파워맨!"

크하하하, 두목 곰 인형이 사악한 웃음소리를 남기며 창 너머로 도망쳤다. 파워맨의 승리였다. 지구를 정복하려는 곰 인형들의 야욕을 또 한 번 분쇄했다. 등 뒤로 석양이 지고 있었다. 나는 긴 그림자를 드리우며 어딘지 모를 먼 곳을 향해 하염없이 걸어갔다.

다음 날은 돼지엄마에게 바비인형을 받았다.

"속눈썹 붙이는 일은 처음이지?"

바비인형의 눈은 페인트로 그려져 있었다. 그 위에 하늘하늘한, 길고 예쁜 속눈썹을 붙이는 일이었다. 처음 해보는 일이지만 하겠다고 대답했다. 일은 까다롭지만 요령은 비슷하다는 말을 듣고 일감을 받았다. 대신 이런 건 궁금했다.

"본드를 사용하나요?"

그렇다고 했다. 그렇다면 불만은 없었다. 나는 바비인형 100개를 들고 집으로 돌아왔다. 문을 잠그고 창문을 닫았다. 취해 있지 않으면 늘 현실을 떠올리게 된다. 장기 실업이라는 현실을 생각하면 밤에도 잠이 오지 않았다. 산소가 희박해진 듯 가슴이 답답하고 숨이 막혔다. 그런 현실에서 나를 구원해준 은인이 바로 본드였다. 본드의 속삭임은 은밀하면서도 달콤했다.

"우리 함께 꿈과 환상의 나라로 떠나요."

물론 환각이라는 건 알고 있었다. 몸에도 이상이 나타났다. 하는 일도 없이 늘 피곤했다. 가끔씩 헛구역질도 났다. 하지만 현실에 갇혀서 질식사하는 것보다는 낫다고 생각했다. 본드는 산소마

스크였다. 본드 없는 삶은 생각할 수도 없었다.

바비인형은 일반적인 타입이었다. 가무잡잡한 피부에 긴 금발 머리를 늘어뜨리고 있었다. 어깨는 좁고 가슴은 풍만했다. 아담한 몸에 비해 팔과 다리는 기형적일 만큼 가늘고 길었다. 팔등신 시양 미녀의 선형적인 모습이었다.

전에는 바비인형을 보면 비판적인 생각부터 들었다. 어릴 때부터 이런 인형을 가지고 노니까 여자들이 자기 몸에 만족을 못한다고 생각했다. 바비인형은 여자들을 불행하게 만들었다. 불행한 여자들과 같이 사는 남자들도 불행해졌다. 한때 나는 이 나라를 불행하게 만들고, 더 나아가 동양인들의 행복을 빼앗아간 원흉이 바비인형이라고 생각했다. 하지만 바비인형과 함께 있는 지금, 내가 얼마나 편협하고 삐뚤어진 인간이었는지 반성해본다.

커다란 눈망울, 오똑한 코, 앵두 같은 입술, 바비인형은 여신처럼 아름다웠다. 게다가 옷도 입지 않은 알몸이었다. 속눈썹을 붙이려면 그 알몸에 어쩔 수 없이 손을 대야 했다. 손끝이 떨리고 맥박이 빨라지고 호흡까지 거칠어졌다. 과도한 흥분 때문에 핑 하고 현기증이 일었다. 육봉으로 피가 쏠려 한순간에 굵고 딱딱해져버렸다.

"아저씨, 몇 살이야?"

바비인형이 앙증맞게 눈을 깜빡거리며 물었다. 관능적이고 끈적끈적한 목소리였다. 나는 서른여섯 살이라고 대답했다.

"한창 꼴릴 나이네."

나는 바로 바비인형의 몸 위에 올라탔다. 처음 타보는 금발의 백마였다. 매끄럽고 탱탱한 피부를 온몸으로 느낄 수 있었다. 그 감촉만으로도 육봉이 터질 것처럼 부풀어 올랐다. 바비인형도 흥분한 것 같았다. 신음 소리와 함께 뜨거운 숨결을 학학 토해내고 있었다.

탐색전은 생략하기로 했다. 나는 바로 본게임으로 들어갔다. 내 몸의 일부를 바비인형의 몸속으로 끝까지 밀어 넣었다. 나도 모르게 폭죽 같은 신음 소리가 터져 나왔다.

"아……!"

그리고 허리를 움직였다. 기차처럼 빠르고 힘차게 칙칙폭폭, 칙칙폭폭……. 나는 전속력으로 달렸다. 그리고 마침내 굴뚝에서 하얀 연기가 뿜어져 나왔다. 뿌-우! 그날 나는 바비인형을 상대로 세 번이나 발사했다.

"오빠, 멋쟁이!"

다음 날 일감은 또 곰 인형이었다.

"각오해라, 파워맨!"

파워 빔 한 방으로 가볍게 날려버렸다.

"분하다. 이 원수는 반드시 갚아주겠다."

인형 눈깔을 다 붙이고 낮잠을 한숨 잤다. 이상하게 배는 고프지 않았다. 일어나자마자 완성품을 들고 돼지엄마에게 갔다. 부업은 일당제라 그날 임금을 그날 받을 수 있어 좋았다.

"오늘은 빨리했네. 솜씨도 늘었고."

돼지엄마에게 처음으로 칭찬을 들었다.

"인형 더 없어요?"

아직 오후 3시밖에 안 됐다. 동네 마트에서 카운터를 보는 아내는 아침 일찍 나가서 저녁 먹을 때쯤 들어온다. 그때까지 할 일이 필요했다. 가만히 앉아 있으면 생각만 많아지고, 한숨만 늘어난다.

"어쩌지, 없는데……."

어쩔 수 없이 빈손으로 집에 돌아왔다. 청소기를 돌리고 세탁기로 빨래도 했다. 화장실을 청소하면서 좌변기도 깨끗하게 닦았다. 그리고 시계를 봤다. 오후 5시 45분이었다.

텔레비전을 틀었다. 케이블에서 흘러간 영화를 방영하고 있었다. 유명한 영화라 몇 번 본 기억이 났다. 주인공은 젊고 잘생긴 도박꾼이었다. 스승에게서 배운 기술로 전국의 도박장을 순회하며 거액의 판돈을 긁어모은다. 사랑과 배신, 복수를 다룬 영화지만 자세한 내용은 생각나지 않았다. 대신 그 장면은 인상적이었다. 산더미처럼 쌓여 있는 만 원짜리 지폐, 거기에 기름을 붓고 불을 붙이려는 주인공. 많은 사람들을 안타깝게 한 장면이었다. 활활 타오르는 돈더미를 보면서 아내는 이런 질문을 했더랬다.

"자기, 저 불 맨몸으로 끌 수 있어?"

불길은 걷잡을 수 없이 맹렬하게 타오르고 있었다. 여주인공이 진화에 나서보지만 어림도 없었다. 그런 장면을 보면서 내가 뭐라고 대답했는지는 기억나지 않는다.

"나는 끌 수 있어. 타 죽는 한이 있어도 반드시 끌 거야."

아내가 주먹을 불끈 쥐며 말했더랬다. 마침 그 부분이었다. 본 건데, 뭐. 나는 리모컨을 눌러 텔레비전을 껐다. 해가 졌는지 주위가 어두웠다. 나는 바닥에 누워 눈을 감았다. 역시 생각만 많아졌다. 고무풍선에서 바람이 빠질 때처럼 후유, 하고 한숨이 흘러나왔다.

"우리 함께 꿈과 환상의 나라로 떠나요."

어디선가 그런 소리가 들렸다. 그럴까? 검은 비닐봉지는 싱크대 서랍 안에 있었다. 나는 불을 켰다. 작업용 본드가 반 이상 남아 있었다. 뚜껑을 열고 냄새를 맡아보았다. 아! 하는 탄성이 절로 튀어나왔다.

소량의 본드를 검은 비닐봉지에 부었다. 요리 스푼으로 한 큰술 정도. 그런 다음 비닐봉지 입구에 코와 입을 대고 흡입을 시작했다. 들이쉬고 내쉬고, 들이쉬고 내쉬고…….

직접 흡입은 처음이었다. 그만큼 진행도 빠르고 효과도 확실했다. 금세 온몸이 나른해졌다. 처음엔 역해서 구역질이 올라왔지만 꾹 참고 버텼다. 곧 시야가 흐려지기 시작했다. 물건들의 형태가 두 겹, 세 겹으로 겹쳐 보였다. 눈이 풀렸다는 건 거울을 보지 않고도 알 수 있었다. 들이쉬고 내쉬고, 들이쉬고 내쉬고…….

아, 돈이다! 조폐공사에서 막 찍어낸 만 원권 지폐가 산더미처럼 쌓여 있었다. 그것도 주방 식탁 위에. 손만 뻗으면 닿을 것 같았다. 나는 자리에서 일어났다. 그냥 봐도 어마어마한 거액이었다. 그런 거액이 내 수중에 들어왔다. 사업을 해봐? 아내에게는 비밀로 해? 이런저런 생각으로 가슴이 터질 것처럼 부풀어 올랐다.

"그냥은 못 주지."

아까 그 영화의 주인공이 식탁 옆에 서서 말했다. 손에는 라이터가 들려 있었다. 돈도 기름에 젖은 상태였다. 나는 주인공을 향해 절규했다.

"안 돼! 제발 그러지 마!"

"이 돈이 필요해?"

사람 놀리는 것도 아니고, 그걸 지금 말이라고 하냐.

"어쩌나, 나도 이 돈이 필요한데……. 그럼 우리 이렇게 할까?"

주인공이 스윽, 사람 떠보는 목소리로 물었다.

"싸워서 이기는 놈이 다 갖는 거야. 쌍!"

주인공이 험악한 표정으로 이빨을 드러냈다. 바로 정권이 날아왔다. 굉장히 빨랐다. 피할 사이도 없이 복부를 가격당했다. 탁하고 숨이 막혔다. 다리에 힘이 풀렸다. 나는 배를 끌어안고 그 자리에 쓰러졌다.

"비겁하다……."

총알까지 피한 몸이다. 기습 공격만 아니라면 정권 찌르기에 당할 이 몸이 아니었다. 나는 이를 악물며 몸을 일으켰다.

"내가 비겁한 게 아니라 아저씨가 약한 거야."

또다시 정권이 날아왔다. 이번에는 확실하게 보였다. 주먹은 내 얼굴을 향해 날아오고 있었다. 나는 고개를 숙여 정권을 피했다. 정말 아슬아슬한 순간이었다. 부-웅, 큰 주먹이 반원을 그리며 머리 위로 지나갔다. 하지만 피했다는 생각도 잠시, 퍽 하는 소리와 함께 허리가 꺾였다. 주인공이 날린 정권은 두 방이었다. 아까와 같은 부위에 통증이 밀려왔다. 나는 바닥에 쓰러졌다.

"거봐, 약하잖아."

주인공이 나를 내려다보며 말했다.

"세상은 약육강식이거든. 아저씨처럼 약한 놈은 잡아먹혀요. 잡아먹히기 싫으면 도망치든가."

주인공은 군화를 신고 있었다. 그 발로 내 몸을 걷어찼다. 연타가 들어올 때마다 뼈가 부러지는 것처럼 온몸이 아팠다. 나는 충격을 줄이기 위해 몸을 말았다.

"이래서 사람이 산수하고 국어를 잘해야 한다니까. 분수랑 주제를 모르고 까부니까 이렇게 되는 거 아니야."

머리를 차였다. 의식이 흐려졌다. 식탁 위에 쌓여 있는 돈더미가 보였다. 아, 내 돈! 저 돈만 있으면 사람 구실 하면서 떵떵거리며 살 수 있는데, 반지하에서 벗어나 지상으로 올라갈 수 있는데……. 눈물이 흘러내렸다.

"용기를 내요, 파워맨. 당신의 용기가 당신을 구원할 수 있도록!"

죽음의 경계에서 달빛 공주의 목소리가 들려왔다. 어디 있는지 모습은 보이지 않았다.

"하지만 주인공은 강합니다."

"당신의 용기보다 강한 것은 없어요."

파워 빔의 게이지가 급속도로 상승했다. 발사라면 당장이라도 할 수 있었다. 하지만 나는 풀 파워가 찰 때까지 기다렸다.

"아저씨, 내가 체육관 차릴 테니까 샌드백 할래? 타격감이 아주 좋아. 발에 착착 감기는 게 기분 최고야."

기회는 한 번뿐이었다. 호흡을 고르고 정신을 집중했다. 드디어 파워 빔의 게이지가 끝까지 가득 찼다. 나는 오른손 검지로 주인공의 가슴을 조준했다. 그리고 외쳤다.

"풀 파워! 파워 빔!"

정확하게 명중했다. 풀 파워, 파워 빔이 주인공의 가슴을 관통하고 지나갔다.

"끄억!"

주인공이 가슴을 부여잡으며 비명을 질렀다. 공포와 경악으로 가득 찬 동공이 빨갛게 충혈되어 있었다. 주인공은 곧 중심을 잃었다. 몸을 비틀거리면서 몇 발짝 옮기더니 바닥에 쓰러졌다. 그리고 모든 것이 정지했다. 얼음처럼 차가운 침묵이 주인공의 몸을 휘감았다.

나의 승리였다. 주인공의 말처럼 세상은 약육강식이다. 강한 놈이 모든 걸 차지한다. 나는 몸을 일으켰다. 그리고 식탁을 향해 걸어갔다. 저게 얼마나 될까? 100억? 200억? 생각할수록 황홀했다.

"이렇게 끝날 줄 알았지?"

깜짝 놀랐다. 주인공이 일어나 있었다. 식은땀이 흐르고 다리가 떨렸다. 나는 그 자리에 서서 꼼짝도 할 수 없었다.

"정말 사람 열받게 만드네. 왜 이상한 걸 쏴서 일을 번거롭게 만들고 지랄이야. 좀 놀아주니까 내가 우스워 보여?"

주인공의 가슴에 작은 구멍이 뚫려 있었다. 그 구멍이 뒤쪽부터 서서히 오그라들고 있었다. 빈 그릇에 물이 차오를 때처럼. 그리고 거짓말처럼 완벽하게 메워졌다. 〈터미네이터 2〉에서 악당으로 등장하는 신형 모델 T-1000 같았다. 내가 이길 수 있는 상대가 아니었다. 절망과 공포가 밀려왔다. 파워 빔의 게이지가 바닥으로 떨어졌다.

"너무 기어올랐어. 이제는 내려가야지."

주인공의 정권이 얼굴을 가격했다. 엄청난 충격과 함께 몸이 무너져 내렸다. 아무것도 보이지 않았다. 내 몸은 광활한 우주를 떠돌고 있었다. 나는 이대로 죽는 건가?

"파워맨, 저예요……."

또다시 달빛 공주가 등장했다. 미안한 듯 망설이는 목소리였다. 이 여자 때문에 풀 파워, 파워 빔을 발사했다. 그게 주인공을 화나게 만들었다. 그래서 이 모양, 이 꼴이 되었다. 더 이상 달빛 공주의 말을 신뢰할 수 없었다.

"주인공은 상상 이상으로 강하군요."

나에게는 대화하고 싶은 마음이 없었다. 뚜-우, 말없이 수화기를 들고 있을 때처럼 한동안 어색한 침묵이 흘렀다.

"저 돈을 갖고 싶죠?"

당연히 갖고 싶었다. 나는 고개를 끄떡이며 그렇다고 대답했다.

"그럼 강해지세요. 세상은 전쟁터랍니다. 이긴 자만이 돈을 가질 수 있어요. 그리고 돈을 가진 자가 더 강해지고 더 많은 돈을 가질 수 있게 된답니다.”

역시 세상은 약육강식이다. 강한 자는 먹고 약한 자는 먹힌다. 사랑과 정의의 수호천사 달빛 공주까지 그렇게 말하고 있다.

“어떻게 하면 강해질 수 있는 겁니까?”

“그건 당신이 가장 잘 알지 않나요? 자신을 믿어요, 파워맨. 그리고 용기를 내요.”

다음 날부터 흡입량을 늘렸다. 본드를 요리 스푼 한 큰술에서 두 큰술로 상향 조정했다. 효과는 금방 나타났다. 파워 빔의 위력이 한 단계 업그레이드되었다.

“풀 파워! 파워 빔!”

주인공의 가슴에 전날보다 두 배쯤 커다란 구멍이 뚫렸다. 하지만 그걸로는 역부족이었다. 구멍은 바로 메워졌다. 또다시 절망과 공포가 밀려왔다. 파워 빔의 게이지도 바닥을 드러냈다. 하지만 나에게는 본드가 있었다. 많은 양의 본드를 흡입할수록 용기도 배가되고 파워 빔의 위력도 강력해진다는 걸 알게 되었다.

다음 날은 본드의 양을 다섯 큰술로 늘렸다. 본드 한 통은 대략 열다섯 큰술이었다. 그러니까 전체의 3분의 1에 해당하는 엄청난 양이었다.

“풀 파워! 파워 빔!”

머리를 포함한 상반신의 일부가 날아갔다. 원래의 형태로 돌아오는 데도 그만큼 시간이 오래 걸렸다.

"이 새끼가 돌았나. 하마터면 죽을 뻔했잖아."

더 강력한 파워 빔이 필요했다. 더 큰 용기가 필요했고, 더 많은 본드가 필요했다. 주인공을 한 방에 흔적도 없이 날려버릴 수 있는.

"본드 더 주세요."

돼지엄마에게 부탁해보았다.

"벌써 다 썼어?"

"듬뿍 발라야 안 떨어지죠."

"그래도 아껴 써."

돼지엄마가 본드를 내주었다. 그리고 잠시 망설이더니 물었다.

"김 씨, 요즘 본드해? 살이 빠졌어. 눈도 풀렸고."

"아니에요. 나이가 몇 살인데 본드를 합니까?"

나는 그럴듯하게 거짓말을 했다. 하지만 돼지엄마는 속지 않았다. 안됐다는 얼굴로 이렇게 충고했다.

"내가 본드하고 끝이 좋은 인간을 못 봤어. 힘들어도 본드는 하지 마. 사람이 망가져."

일감을 받아 집으로 돌아왔다. 이번에는 10리터짜리 쓰레기봉투를 준비했다. 거기에 본드 한 통을 전부 부었다. 그리고 코와 입을 박았다. 들이쉬고 내쉬고, 들이쉬고 내쉬고…….

주인공은 아직 나타나지 않았다. 식탁 위에 쌓여 있는 돈더미가 보였다. 하지만 아직은 때가 아니라고 생각했다. 나는 눈을 감고 흡입을 계속했다. 쓰레기봉투가 바스락거리면서 팽창과 수축을 반복하고 있었다. 들이쉬고 내쉬고, 들이쉬고 내쉬고……

"또 왔네. 이렇게 매일 보니까 가족 같다."

주인공이 식탁 옆에 서서 말했다.

"이러다 정들면 곤란한데……. 안 되겠다. 오늘은 완전히 보내 버려야겠다."

주인공이 발차기를 날렸다. 몸을 틀어 간신히 피했다.

"어쭈, 피해? 실력이 좀 향상되셨나 봐요."

계속해서 주먹이 날아왔다. 그것도 모두 피했다.

"실력이 진짜 많이 향상되셨네."

주인공은 당황한 모양이었다. 굳은 얼굴에서 여유라고는 찾아볼 수 없었다. 성급하게 발길질을 날리고 주먹을 뻗었다. 잔뜩 힘이 들어간 공격이었다. 당연히 모두 빗나갔다.

하지만 피하기만 해서는 이길 수 없었다. 나는 오른손 검지로 주인공을 조준했다. 이 한 방에 모든 것이 달려 있다고 생각했다. 나는 정신을 집중했다. 손가락 끝에서 엄청난 에너지가 느껴졌다.

"풀 파워! 파워 빔!"

슈-우-웅! 소리가 굉장히 컸다. 발사 반동 때문에 몸이 뒤로 튕겨 나갔다. 쿵 하고 등이 벽에 부딪혔다. 그 충격 때문에 벽이 활화산의 화구처럼 움푹 함몰되었다. 나는 옷에 묻은 먼지를 털면서 천천히 일어났다. 먼지 때문에 아무것도 보이지 않았다. 나는 먼지가 가라앉을 때까지 기다렸다.

돈은 무사했다. 신경 써서 발사한 보람이 있었다.

주인공이 보이지 않았다. 파도에 쓸려간 모래성처럼 흔적도 없이 사라져버렸다……. 그렇다고 생각했다. 하지만 아니었다.

"정말 굉장했어. 도대체 본드를 얼마나 분 거야?"

주인공이 다시 등장했다. 옷하고 머리는 엉망이 됐지만 본체는 건재해 보였다. 충혈된 두 눈이 피처럼 빨갰다. 머리 위로 김이 모락모락 피어오르고 있었다. 무척 화가 난 모양이었다. 주인공이 뿜어대는 분노의 열기가 온몸으로 느껴졌다.

반면, 공포에 질린 나는 차갑고 딱딱하게 얼어 있었다. 손가락하나 까딱할 수 없었다. 오줌이 바지를 타고 흘러내렸다. 뜨거운 오줌 때문에 다리가 녹아 없어지는 느낌이었다.

"나를 이렇게 만들었겠다? 아저씨, 각오하는 게 좋을 거야. 나지금 꼭지가 돌아버렸거든."

주인공이 돈뭉치 하나를 들었다. 만 원짜리 100장, 100만 원이었다. 그걸 입에 넣고 씹어 먹기 시작했다.

"돈의 위력을 보여주지. 돈은 천하무적이야."

오, 오, 오! 주인공이 괴성을 질렀다. 바닥에 떨어져 있던 돌들이 공중으로 떠올랐다. 주인공의 몸에서 강한 빛이 뿜어져 나오고 있었다. 어딘지 모르게 모습도 변한 것 같았다. 훨씬 강하고 잔인해 보였다. 완전체로 변신한 주인공의 모습은 그랬다.

"도망치지 마, 도망칠 수 없으니까. 반항하지 마, 반항할 수 없을 테니까. 조금만 참아. 금방 끝나."

그 후로 정신없이 맞았다. 아무리 눈을 부릅떠도 아무것도 보이지 않았다. 주인공의 공격은 빛보다 빨랐다. 정권과 발차기로 맞을 때마다 엄청난 충격이 밀려왔다. 그리고 뼈가 하나둘씩 부러졌다. 내장이 터졌는지 입에서 피가 흘러나왔다. 시야가 흐려지고 의식이 멀어졌다. 아, 나는 이대로 죽게 되는 건가? 잠깐 이런 생각을 했다. 희망은 어디에도 보이지 않았다. 공포와 절망과 죽음뿐이었다. 사랑과 정의의 수호천사 달빛 공주가 그런 나를 불렀다.

"파워맨……."

"사람 잘못 보셨습니다. 저는 파워맨이 아닙니다."

더 이상 서 있을 수 없었다. 명치를 공격당했다. 그게 내가 기억하는 마지막 한 방이었다. 숨을 쉴 수가 없었다. 나는 그 자리에 쓰러져버렸다. 그리고 정신을 잃었다.

"얼굴색이 좋아졌네. 요즘은 본드 안 하나 봐?"

며칠 후, 돼지엄마가 물었다.

"본드한 적 없다니까요."

"아무튼 생각 잘했어. 본드에 의지해서 살면 끝이 허무해."

한때 나는 본드를 불었다. 그때는 본드가 없으면 하루도 살 수 없을 것 같았다. 사는 게 힘들었고 현실이 지옥처럼 느껴졌다. 어디로든 도망치고 싶었다. 본드는 그런 나를 꿈과 환상의 나라로 인도했다. 하지만 그건 모두 환각이었다. 깨어나면 환각은 물거품처럼 사라지고 없었다. 그래서 나는 언제나 빈손이었다. 본드는 나를 망가뜨리고 사는 걸 허무하게 만들었다.

이제는 당당하게 말하련다. 본드는 담배보다 해롭다. 발달장애를 일으키고 두뇌 손상을 가져온다. 피부도 나빠지고 머리도 뭉텅뭉텅 빠진다. 정신을 피폐하게 만들고, 무엇보다 인생을 망가뜨린다.

그러니까 여러분, 본드하지 마세요.

3.

한동안은 종이학과 공룡 알을 접었다. 1000개씩 접어서 큰 유리병에 담는 일이었다. 하루 종일 접으면 400개에서 500개 사이. 유리병을 가득 채우려면 꼬박 이틀 동안 강행군을 계속해야 했다.

"자기, 그거 언제 다 만들어? 이왕이면 나 분위기 좋은 곳에서 고백받고 싶어."

첫날, 아내는 김칫국부터 마셨다.

"자기 줄 거 아니야."

"그럼 누구 줄 건데?"

"돼지엄마."

"돼지엄마가 누구야? 자기, 여자 생겼어?"

아내의 얼굴이 김칫국처럼 빨갛게 달아올랐다. 앗! 빨간불이다. 지금 건너면 차에 치일지도 모른다. 나는 조심스럽게 돼지엄마가 누군지 설명했다.

"오해하지 마. 일이야."

1000개를 접어서 갖다주면 2만 원을 받는다. 그러니까 개당

20원꼴이다.

"이런 것도 팔아? 몰랐네."

다행히 아내는 완성된 종이학을 만지작거리며 제법 잘 접었다는 칭찬까지 해주었다.

"하지만 이런 건 사랑하는 사람을 생각하면서 접어야 의미가 있는 거 아닌가?"

그건 아내가 몰라서 하는 소리다. 요즘 사람들은 사랑하는 사람을 생각하면서 종이학이나 공룡 알을 접지 않는다. 대신 지갑을 열어 카드나 현찰을 꺼낸다. 그게 훨씬 빠르고 편리하다. 돈으로 살 수 없는 건 없다. 그런 세상이다.

"이런 건 여자들이 잘 접어. 내가 좀 접어줄까?"

아내가 색종이를 접기 시작했다. 아내는 손재주가 없는 편이다. 두 개를 망치고 두 개를 완성했다. 접어놓은 것도 어딘지 모르게 모양이 엉성해 보였다.

"짜증 나서 못 하겠네. 난 텔레비전이나 봐야겠다."

종이학과 공룡 알은 손으로 접는 게 아니다. 인내와 끈기로 접는다. 참을성과 뚝심이 없으면 절대 할 수 없는 일이다. 포기를 모르는 근성도 필요하다. 그래서 매 순간이 자기 자신과의 싸움이다. 종이학과 공룡 알은 인간을 성장시킨다. 만 개를 접으면 욕심이 사라지고, 5만 개 이상을 접으면 세상이 아름다워 보인다. 10만 개를 접으면, 그때는 인생을 달관하는 놀라운 경험을 체험하게 된다…… 하게 될지도 모른다.

그렇게 일주일을 접었다. 그동안 속도도 빨라지고 모양도 좋아졌다. 마늘 까기나 인형 눈깔 붙이기보다는 적성에도 맞는 것 같았다. 그래서 돼지엄마가 이런 제안을 하기 전까지는 계속 접을 생각이었다.

"김 씨, 다른 일 해보지 않을래?"

돼지엄마는 누님 같았다. 볼 때마다 내 걱정을 해주었다. 달빛 공주와는 달리 신뢰할 수 있는 인물이었다.

"무슨 일인데요?"

"동물원 일이야. 시에서 운영하는 거라 공무원이랑 똑같아."

공무원이라는 말에 귀가 솔깃했다. 공무원이라면 철밥통의 대명사 아닌가. 월급도 꼬박꼬박 나오고 정년도 보장된다. 게다가 연금 혜택도 누릴 수 있다. 그런 공무원을 마다할 이유가 없었다.

"친구 아들이 구청 직원이야. 다른 사람한테는 말하지 마. 내가 김 씨니까 특별히 알려주는 거야."

이렇게 고마울 데가. 해드린 것도 없는데 이렇게까지 신경 써주셔서 정말 감사합니다, 나는 몇 번이나 머리를 숙여 인사했다.

"그런데 시험을 쳐야 해."

"네? 시험이요? 특채가 아니고요?"

"세상에 그냥 되는 게 어디 있어? 김 씨, 성실한 줄 알았는데, 사람 다시 봐야겠네."

필기는 없고 실기만 보는 모양이었다.

"평소에 운동 좀 해?"

그 실기라는 것도 기초 체력을 평가하는 체력장 형식이라고
했다.

"종목이 뭔데요?"

"가만있어봐. 내가 어디다 적어놨는데……."

　돼지엄마가 부업 장부를 넘기기 시작했다. 장부 사이에 작은
메모지가 끼어 있었다.

"다섯 종목이네. 볼 테야?"

　어렵거나 전문적인 종목은 없었다. 특별한 기구도 필요하지
않았다. 말 그대로 체력장 종목이었다. 하지만 종목 옆에 적혀 있
는 기록이 문제였다.

"이게 커트라인이에요?"

　나는 놀라서 물었다.

"아니, 만점."

　그나마 다행이었다. 하지만 만점이라고 해서 마음이 놓이느
냐 하면, 그것도 아니었다. 실기 다섯 종목과 각각의 만점 기록은
다음과 같았다.

줄넘기: 제한 시간 10분. 1000개

제자리멀리뛰기: 270cm

오래 매달리기: 5분

팔굽혀펴기: 제한 시간 5분. 100회

윗몸일으키기: 제한 시간 1분. 50회

자신 있는 종목이 하나도 없었다. 요즘은 만점을 받고도 시험에 떨어지는 세상이라는데. 나도 모르게 한숨이 나왔다.

"상대평가니까 운이 좋으면 붙을지도 몰라."

운이 나쁘거나 그저 그러면 떨어질 수도 있다는 소리였다. 지난날을 돌이켜봤다. 나는 운이 좋은 편이 아니었다.

"실기가 언젠데요?"

"한 달 정도 남았을걸. 정확한 날짜는 물어보면 돼."

올림픽에 출전한다는 각오로 한 달 동안 강훈련을 하면 어떻게 되지 않을까? 작은 희망의 불씨가 연기를 내며 스르르 피어올랐다.

"어때, 도전해볼 테야?"

인생의 기회는 세 번 찾아온다. 어쩌면 지금이 그중 한 번일지도 모른다고 생각했다. 놓칠 수 없었다. 나는 그 한 번의 기회를 향해 있는 힘껏 손을 뻗었다.

"도전하겠습니다!"

다음 날은 아침밥을 차려 먹고 아내보다 일찍 집을 나섰다.

"종이 안 접고 어디 가?"

"내가 말 안 했나?"

아내에게 어제 있었던 일을 대략적으로 설명해주었다.

"공무원? 잘됐다."

"실기가 만만치 않아. 한 달밖에 안 남았어."

"그래도 잘됐다. 근성을 가지고 열심히 해봐. 내가 옆에서 지

48

켜볼 테니까 실망시키지 말고."

빤히 내 얼굴을 쳐다보는 아내의 눈길이 부담스러웠다. 괜히 말했나? 바벨을 올려놓은 듯 양쪽 어깨가 결렸다. 이번 실기가 어쩌면 가장으로서의 자격을 판가름하는 시험의 장이 될지도 모른다. 그렇게 생각하니 압박감 때문에 발걸음도 무거워졌다.

"아무튼 잘 다녀와. 파이팅!"

아무리 꽃 피고 새 우는 봄이라지만 아침 날씨는 아직 쌀쌀했다. 두툼한 체육복을 입고 나오길 잘했다는 생각이 들었다. 간단하게 먹을 수 있는 채소와 물, 수건도 챙겼다. 줄넘기는 신발장에 몇 년째 처박혀 있던 걸 꺼내 왔다.

출근 시간 전이라 주택가에는 사람이 없었다. 출근하는 사람들을 보게 되면 마음이 아플 것 같아서 일부러 일찍 나왔다. 사실 간밤에는 한숨도 못 잤다. 아내의 코 고는 소리를 들으며 이런저런 공상에 빠져 있었다. 설렘만큼 효과가 좋은 각성제는 없다. 지금도 그 효과가 남아 있어서 몸은 오히려 가뿐했다. 화창한 아침, 아직 매연에 오염되지 않은 공기가 신선하게 느껴졌다.

훈련 장소도 어제 미리 생각해두었다. 집에서 가까운 체육공원을 이용하기로 했다. 아내와 함께 걸을 때는 도보로 20분 정도 걸리는 거리였다. 가볍게 뛰어가기로 했다. 처음부터 무리하면 안 되기 때문에 조금 빨리 걷는다는 느낌으로 천천히 뛰었다. 그렇게 뛰어도 금방 숨이 차고 목이 말랐다. 예상대로 체력은 밑바닥이었다. 그동안 운동을 등한시해온 걸 생각하면 당연한 결과였다.

두 번 들이쉬고 한 번 내쉬며 호흡을 골랐다. 갈증은 공원에 도착할 때까지 참기로 했다. 휴대전화의 스톱워치로 기록을 쟀다. 앞으로는 기록 체크를 습관화하지 않으면 안 된다. 공원까지는 정확하게 18분 53초 14가 걸렸다. 그 기록을 연도가 지난 노트형 다이어리에 기입했다. 시작부터 욕심낼 필요는 없다. 하루하루 기록을 단축시켜나가면 된다. 그런 기분으로 공원에 있는 트랙을 한 바퀴 완주했다. 규모가 작은 트랙이라 전부 합쳐도 150미터가 될까 말까였다. 이번에는 38초 22가 나왔다. 머리가 아플 정도로 숨이 턱에 찼다. 전력 질주를 한 것도 아닌데 옆구리가 결려서 몸을 펼 수가 없었다. 예상은 했지만 이렇게까지 심각할 줄은 몰랐다. 당분간은 이 페이스대로 트랙을 돌면서 기초 체력을 키우는 데 힘써야겠다고 다짐했다.

잠깐 벤치에 앉아 쉬면서 땀으로 빠져나간 수분을 물로 보충했다. 그런 다음 장소를 옮겨 종목을 바꿨다. 트랙에서 조금만 벗어나면 운동기구들을 설치해놓은 체육 시설이 있었다. 거기에서 배낭을 풀고 줄넘기를 꺼냈다.

실기 5종 중 그나마 자신 있는 종목이 줄넘기였다. 조깅으로 몸도 예열된 상태다. 만점은 제한 시간 10분에 1000개라고 했다. 일단 만점의 반인 500개에 도전해보기로 했다. 양손에 손잡이를 쥐고 가볍게 줄을 돌렸다. 뒤꿈치를 살짝 든 상태로 점프하면서 발에 걸리지 않게 줄을 넘겼다. 그리고 속으로는 숫자를 셌다.

32개에서 줄이 걸렸다. 어쩔 수 없이 다시 했다. 70개를 넘겼다. 방금 한 것까지 합하면 100개다. 실패한 건 빼야지. 뛸 때마다 머리가 울렸고 옆구리가 결리기 시작했다. 나는 이를 악물었다. 어쩌면 처음부터 500개는 무리일지도 모른다. 목표를 500개의 절반인 250개로 하향 조정했다. 거기에 아까 실패한 32개도 포함시키기로 했다.

150개에서 한계가 찾아왔다. 줄이 돌아오는데 몸이 말을 듣지 않았다. 뛰어! 나는 몸에게 명령했다. 주인님, 이러다 망가져버려요. 몸이 대답했다. 돌아온 줄이 다리에 걸렸다. 나는 몸이 시키는 대로 벤치에 앉아 쉬었다. 땀으로 빠져나간 수분을 물로 보충했다.

쉬면서 기초 체력의 부족을 절감했다. 이렇게 운동하는 게 얼마 만이더라? 기억도 나지 않았다. 대학을 졸업하고 운동다운 운동을 해본 적이 한 번도 없었다. 회식과 야식으로 체중만 불려왔다. 야근과 스트레스도 체력 감퇴의 원인이었다. 출퇴근하면서 지하철을 탈 때 말곤 걷지도 않았다. 그러는 동안 지방만 쌓이고 아랫배만 나왔다. 대중목욕탕에 가서 거울 앞에 서면 각이 무너진 완만한 곡선의 알몸이 그 속에 있었다. 그걸 나는 이 나라 가장들의 심벌이라고 생각했다. 회사에 다니고 가정을 꾸리면서 만들어진 몸이다. 그렇게 생각하면서 애써 위안을 삼았던 것 같다. 그 결과가 가벼운 조깅과 줄넘기 몇 번으로 고스란히 드러난 셈이다.

예열 다음에 바로 과열되는 몸이라는 걸 줄넘기 150번으로 확실하게 알 수 있었다. 그럼 과열 다음은? 어쩌면 몸이 폭발해버릴지도 모른다. 이번에는 시간을 두고 충분히 쉬기로 했다.

다음으로 윗몸일으키기에 도전해보았다. 1분에 50회가 만점이다. 싯업 벤치에 똑바로 누워서 T자형 발걸이에 발을 걸었다. 무릎을 세우고 깍지 낀 두 손으로 뒤통수를 감쌌다. 일단은 개수가 중요하다는 생각에 시간은 재지 않기로 했다.

하나, 뱃살이 겹치면서 허리가 제대로 접히지 않았다. 둘, 싯업 보드에 닿아 있는 꼬리뼈로 통증이 밀려왔다. 셋, 옆구리가 결리기 시작했다. 넷, 배를 튕겨 상체를 일으켰다. 다섯…… 더 이상 윗몸은 일으켜지지 않았다. 싯업 보드에 누워서 하늘을 바라봤다. 구름 한 점 없는 하늘에 여객기 1대가 긴 꼬리를 그리며 큐오오, 날아가고 있었다. 이번 기록을 다이어리에 기입하려다…… 말았다. 아무리 처음이지만 사기도 생각해야 했다.

다음 종목은 오래 매달리기다. 만점은 5분. 이번에는 시간을 재기로 했다. 노는 손이 없기 때문에 직접 숫자를 셌다. 높낮이가 다른 철봉 4개가 나란히 서 있었다. 바닥은 모래였다. 오래 매달리기를 마치고 바로 제자리멀리뛰기를 할 수 있는 최적의 조건이었다.

일단은 두 손으로 적당한 높이의 철봉을 잡았다. 턱걸이는 옛날부터 취약했다. 하지만 오래 매달리기는 해보지 않아서 모른다. 여자 체력장 종목에 오래 매달리기가 있다는 것쯤은 알고 있었다. 턱걸이보다 쉬울 것 같아 용기가 났다.

점프로 턱을 철봉에 걸었다. 그리고 팔의 근력만으로 몸무게를 버티면서 숫자를 셌다. 하나……. 둘은 바닥에 착지해서 셌다. 1초도 버티지 못했다. 여자 체력장에 이런 종목이 있다니, 믿어지지 않았

다. 다이어리를 펼쳤다. 이번에도 기록은 적지 않았다. 대신 이렇게
썼다.

오래 매달리기: 팔의 근력을 기를 것. 무엇보다 체중 감량이 필수!

제자리멀리뛰기는 순발력과 유연성을 필요로 하는 종목이다.
자세에 따라서 기록의 차이가 현격하게 나기도 한다. 어제 인터넷
으로 검색해봤다. 도약과 착지 때의 자세가 상세하게 나와 있었다.
나는 모래 끝에 서서 자세를 잡았다. 두 팔을 위아래로 크게 흔들
었다. 무릎을 리듬에 맞춰 굽혔다 폈다 했다. 그리고 타이밍을 잡
아 점프!

몸이 붕 하고 공중을 날았다. 잠깐 그랬다. 바로 중심을 잃고
모래 위에 처박혔다. 제자리멀리뛰기에서는 가장 뒤에 남는 흔적
이 기록이 된다. 그래서 착지할 때의 자세가 중요하다. 프로들은
다르지만, 일반인들은 몸의 중심을 앞쪽에 두면 기록 향상에 도움
이 된다……. 이것도 어제 인터넷에서 검색한 내용이었다. 그래서
그대로 했다. 앞으로 넘어진 다음, 떼굴떼굴 핫도그에 설탕을 묻힐
때처럼 몇 바퀴 굴렀다.

배낭에서 줄자를 꺼내 거리를 쟀다. 176센티미터. 만점은 270
센티미터다. 아직은 한참 모자라지만 그래도 내 키는 넘겼다는 걸
위안으로 삼았다. 제자리멀리뛰기 기록도 기입하지 않았다.

또 목이 말랐다. 잠깐 쉬면서 물을 마셨다. 가져온 수건으로

땀도 닦았다. 오래 매달리기도 그렇지만 제자리멀리뛰기에서도 체중이 문제인 것 같았다. 하긴 몸을 가볍게 하지 않으면 어떤 종목에서도 좋은 기록은 나오지 않는다. 다시 다이어리를 펼쳤다. 체중 감량이라고 쓴 부분에 밑줄을 긋고 별표를 쳤다.

생각해보니 팔굽혀펴기도 체중 감량과 밀접한 관계가 있는 종목이다. 제한 시간은 5분, 100개가 만점이라고 했다. 우선 10개만 해보자는 생각으로 두 손을 땅에 대고 자세를 잡았다. 12개를 했다. 실기 5종 중 유일하게 마음속으로 정한 목표를 돌파한 종목이었다. 팔에 경련이 왔지만 하면 못 할 것도 없겠다는 자신감도 생겼다. 다이어리를 펼쳐 팔굽혀펴기의 기록을 기입했다.

기초 체력 향상을 위해서 트랙 네 바퀴를 더 돌았다. 전부 해서 600미터. 마지막 한 바퀴를 돌 때는 정말 어금니를 악물면서 버텼다. 그렇게 하지 않으면 효과가 없다는 정보도 인터넷을 통해서 알게 되었다.

휴대전화를 꺼내서 몇 시인지 봤다. 벌써 정오가 넘은 시간이었다. 이래저래 몸을 움직이느라 시간 가는 줄 몰랐다. 밥때라는 생각이 들자 배가 고팠다. 오전 운동은 이쯤에서 접기로 했다. 나는 당근을 씹으면서 집까지 걸어갔다.

"자기, 어디 아파?"

운동을 다녀온 뒤에는 계속 잤다. 점심을 먹자마자 피로가 몰려왔다. 몸이 천근만근이었다. 잠깐 눈만 붙이자는 생각으로 자리에 누웠는데 몸이 말을 듣지 않았다. 오후 운동을 가야 하는데 큰

일이었다. 복부가 땅겼다. 손에도 팔에도 감각이 없었다. 몽둥이로 구타당한 것처럼 온몸이 쑤셨다. 설상가상으로 으슬으슬 떨리고 열까지 났다. 끙끙 앓는 소리가 저절로 나왔다. 세상에는 쉬운 일이 하나도 없나 보다……. 이런 생각을 하면서 의식을 잃었던 것 같다. 일을 마치고 돌아온 아내가 몸을 흔들며 깨울 때까지 계속 기절해 있었다.

"몸살 났나 봐."

"그러게 왜 처음부터 무리를 하고 그래."

아내가 눈을 흘겼다.

"저녁 먹어야지?"

"응, 그런데 입맛이 없네."

"잘났어, 정말."

말은 그렇게 하면서도 아내는 죽도 끓여주고, 약국에서 몸살 약도 사다 주었다.

"너무 무리하지 마. 몸 축나."

완쾌되는 데 사흘이나 걸렸다. 금쪽같은 사흘을 병상에 누워서 까먹었다. 카운트다운에 들어간 수험생처럼 마음이 급해졌다. 그러다 다이어리를 펼쳐 첫날의 성적을 보면 또 한숨이 나왔다. 세상에는 하면 되는 일과 해도 안 되는 일이 있는 것 같았다. 이건 해도 안 되는 일 아닐까? 마음이 울적했다. 몸에서 열이 나고 머리가 어지러웠다.

한번은 돼지엄마에게서 전화가 걸려왔다.

"준비는 잘돼가?"

대충 대답만 했다. 아파서 누워 있다는 말은 하지 않았다. 돼지엄마가 실기 시험 날짜를 알려주었다.

"그때까지 열심히 해봐. 남자가 칼을 뽑았으면 무라도……."

통화를 마치고 휴대전화의 일정 관리 기능에 들어가 방금 들은 날짜를 표시했다. 정말 한 달도 남지 않았다. 다시금 첫날의 성적이 떠올랐다. 기분이 우울해지고 병세가 악화되었다.

계속 누워 있을 수 없어 몸을 움직여보았다. 가벼운 스트레칭부터 시작했다. 그렇게 몸을 예열시킨 다음 윗몸을 일으켜보았다. 머리가 핑 돌았다. 3개 하고 포기했다. 팔굽혀펴기에도 도전해보았다. 하지만 팔에 힘이 들어가지 않았다. 다시 이불을 덮고 누웠다. 온몸에서 식은땀이 흘렀다. 오한이 왔다. 또다시 기분이 우울해지고 병세가 악화되었다.

낮에는 병원에 가서 진찰을 받고 주사를 맞았다. 역시 몸살감기라고 했다. 충분한 휴식과 영양 섭취가 무엇보다 중요하다고 했다. 약을 먹으면 잠이 쏟아졌다. 그래서 계속 잠만 잤다. 기분은 여전히 우울했지만 병세는 많이 호전되었다.

"오늘은 무리하지 마."

아내가 걱정스러운 표정으로 배웅했다. 당분간은 기초 체력단련과 체중 감량에 중점을 둘 생각이었다. 자리에 누워 있는 동안 깨달은 게 있다. 무리는 금물. 한 칸 한 칸 단계를 밟아 올라가는 걸 원칙으로 삼았다. 기록에 대한 욕심도 잠시 접어두기로 했다.

즐긴다는 기분으로 몸을 움직이자고 생각했다.

생활 보폭을 유지하면서 체육공원까지 걸어갔다. 운동을 시작하기에 앞서 충분한 스트레칭으로 몸을 풀었다. 트랙을 돌 때도 조금 빠른 속도로 계속 걸었다. 그러면서 호흡을 조절하고 자세에 신경 썼다. 몸을 꼿꼿이 세우고 시선은 전방을 주시했다. 두 팔을 앞뒤로 힘차게 흔들면 그만큼 보폭도 늘어나고 피치도 올라간다는 걸 알게 되었다. 그렇게 트랙을 세 바퀴 돌고 나자 온몸에서 기분 좋은 땀이 흘렀다. 휴식은 한 번에 오래 쉬지 않고 틈틈이 여러 번 쉬었다. 물을 마실 때도 몇 번에 걸쳐서 조금씩 나눠 마셨다.

실기 5종은 생각날 때마다 잠깐씩 했다. 몸에 힘을 빼고 시도해본다는 것에 의미를 두었다. 대신 매일 꾸준하게 했다. 지친다 싶으면 바로 휴식을 취했다. 잠깐 쉬면서 입술을 적실 만큼만 물을 마시고 다시 트랙을 돌았다.

의외로 효과가 좋았다. 하루가 다르게 피로도가 줄어들었다. 몸도 가벼워지고 근력도 붙는 것 같았다. 가정용 저울로 몸무게를 쟀다. 눈금을 보면서 씨익 웃었다. 며칠 사이에 3킬로그램이나 줄어 있었다.

실기 5종에 좀 더 많은 시간을 할애했다. 도서관에서 빌린 책으로는 이론적인 부분을 강화했다. 책에 나와 있는 훈련 방법을 그대로 따라 해보았다. 이론 없이 몸을 움직이고 트랙을 돌 때보다 훨씬 체계적인 느낌이 들었다. 그러면서 강도를 조금씩 높였다. 무리하지 않는 선에서 기록에도 신경 썼다. 처음부터 목표를 낮게 잡았다. 대신 세운 목표는 반드시 달성하자고 생각했다. 그런 요령으로 조금씩 목표를 높여나갔다. 기록도 완만한 정비례 그래프를 그리면서 좋아졌다.

그러던 어느 날, 체육공원에서 뜻밖의 인물을 만나게 되었다. 인사부의 송 과장이었다. 정리해고당할 때 나랑 같이 정리된 인물이었다. 스윽, 그날의 악몽이 떠올랐다. 혼자 울고 싶어서 화장실로 달려갔던 일도 생각났다. 두 칸 다 사용 중이라 그냥 돌아서야 했던 그날의 일을 회상하면 지금도 막막하니 가슴이 아파 온다. 그날 나는 아픈 가슴을 달래기 위해 직원 휴게실에서 자판기 커피를 뽑아 마셨더랬다.

"저기요, 김 과장님……."

그때 나를 부른 사람이 송 과장이었다.

"왜 그러세요?"

"화장실이 한 칸 비어서요. 그걸 알려드리려고……."

벌게진 눈을 하고 송 과장은 씨익 웃고 있었다. 송 과장은 겁이 많고 착한 사람이었다. 그날따라 송 과장의 작고 왜소한 체구가 더 초라해 보였다.

분명 그 송 과장이었다. 송 과장은 아무도 없는 트랙을 혼자서 돌고 있었다. 위아래로 추리닝을 입은 걸 보니 본격적으로 운동을 하기 위해 나온 모양이었다. 걷는 것보다 조금 빨리 뛰는데도 어깨를 들썩이며 숨을 헉헉대고 있었다.

"안녕하세요, 송 과장님."

송 과장은 나를 보고 많이 당황한 것 같았다. 물건을 훔치다 걸린 아이처럼 잔뜩 놀란 표정이었다.

"아, 안녕하세요, 김 과장님."

우리는 트랙 중간에서 만나 악수를 했다. 둘 다 그간의 안부는 묻지 않았다. 나란히 걸으면서 트랙을 돌았다. 화창하고 눈부신 세상이, 막 돋아나기 시작한 푸른 잎사귀가, 화려하게 물든 예쁜 꽃들이 그날따라 유난히 쓸쓸해 보였다.

할 말은 별로 없었지만 호흡이 거친 걸 보니 이런 충고는 해주고 싶었다.

"처음부터 너무 무리하지 마세요."

경험에서 우러나오는 충고였다. 송 과장은 알겠습니다, 짧게 대답했다. 고맙습니다, 라는 말도 덧붙였다. 그리고 또다시 어색한 분위기와 함께 침묵이 흘렀다. 우리는 열심히 트랙을 돌았다. 침묵의 레이스 다섯 바퀴째, 송 과장이 드디어 입을 열었다.

"오랜만에 운동하니까 힘드네요."

"그럼 잠깐 쉴까요?"

벤치에 가서 나란히 앉았다. 나는 송 과장에게 물을 권했다.

"감사합니다."

송 과장은 물을 마신 다음 잘 마셨습니다, 예의 바르게 말하는 것도 잊지 않았다. 하지만 그걸로 끝이었다. 우리는 또다시 입을 다물었다. 비둘기 한 마리가 발밑에 잠깐 앉았다 날아갔다. 하지만 그 비둘기도 우리의 침묵을 깨뜨리지는 못했다.

사실 물어보고 싶은 게 있었다. 트랙을 돌고 있는 송 과장을 처음 봤을 때부터 혹시 송 과장도 동물원? 이런 생각이 머릿속에 가득했다.

이번에는 비둘기 두 마리가 발밑에 날아와 땅바닥을 쪼고 있었다. 구구구, 비둘기 울음소리가 침묵을 한층 더 무겁게 만들고 있었다.

"저 두 마리, 부부일까요?"

그렇게 묻자 송 과장은 한숨을 푹 쉬었다.

"그럴지도 모르겠네요. 참 사이가 좋아 보입니다."

비둘기에게는 요만큼도 관심이 없었다. 정말은 실기 시험을 준비하는 거냐고 묻고 싶었다. 하지만 그럴 수 없었다. 구구구, 비둘기 부부를 바라보는 송 과장의 표정이 너무 애잔하고 쓸쓸했다.

"김 과장님……."

회사에서 잘렸는데도 여전히 과장님이라는 호칭을 쓴다는 게 참 아이러니했다. 나를 부르는 송 과장의 목소리는 처량하고 여운이 길었다.

"저…… 아내와 이혼했습니다."

"……."

"아니, 이혼당했습니다. 여자라는 동물이 참…… 냉정하고 현실적이더군요."

송 과장과 나는 같은 길을 걸어왔다. 그리고 이렇게 체육공원에서 다시 만나게 되었다. 그동안 송 과장은 이혼을 당했고 나는 아직 아내와 같이 살고 있다. 송 과장은 운이 나빴다. 그에 비해 나는 운이 좋은 편이었다. 차이는 그것뿐이었다.

송 과장은 비둘기 부부를 물끄러미 바라보면서 다음 말을 이었다.

"그래도 아내는 좋은 여자였습니다. 생활비도 못 갖다주는 남편을 몇 달씩이나 잘 참아주었습니다. 그게 고맙고 미안해서 서류에 도장을 찍었습니다. 헤어질 때는 그동안 고마웠다고, 고생만 시켜서 미안했다고 몇 번이나 사과를 했는지 모릅니다."

돈을 버는 대로 생활비도 부쳐주기로 약속했다. 담담한 목소리로 차분하게 들려주는 이 나라 실업 가장의 이야기가 흐느껴 우는 여자의 사연보다 더 슬플 수 있다는 사실을 그때 처음 알았다.

"저 비둘기들, 참 행복해 보입니다."

송 과장은 넋 나간 사람처럼 비둘기 부부를 바라보고 있었다. 사나이의 굵은 눈물이 송 과장의 뺨을 타고 흘러내렸다. 남자는 살면서 세 번 운다. 태어날 때 한 번, 마늘 깔 때 한 번, 마지막으로 이혼당했을 때 한 번. 나는 송 과장에게 수건을 건넸다.

"어디 가서 술이나 한잔하시겠습니까?"

남자의 무너진 모습 앞에서 나는 이 말밖에 할 수 없었다.

"술은 끊었습니다."

송 과장은 이렇게 말하면서 수건을 돌려주었다.

"오늘 감사했습니다. 여기는 매일 오십니까?"

나는 그렇다고 대답했다.

"그럼 내일 뵙겠습니다."

그날 우리는 그렇게 헤어졌다. 어쩌면 다시 보지 못할지도 모른다는 생각이 들었다. 나는 저 멀리 사라져가는 송 과장의 뒷모습을 보이지 않을 때까지 배웅했다. 송 과장님…… 마음속으로 송 과장을 불러보았다. 슬픈 메아리가 아련하게 되돌아왔다.

하지만 송 과장은 다음 날에도 나타났다. 같은 시간에 혼자서 트랙을 돌고 있었다.

"안녕하세요?"

얼굴을 보니 반가웠다. 송 과장도 그런 것 같았다. 우리는 잠깐 인사를 하고 트랙을 돌았다. 어제보다 분위기가 좋았다. 트랙을 돌면서 대화를 나누었다.

"요즘은 어떻게 지내세요?"

빠른 템포로 걸으면서 안부를 물었다.

"그냥저냥 지냅니다."

다를 게 없는 처지 같았다.

"김 과장님은 어떻게 지내세요?"

"저도 그냥저냥 지냅니다."

다를 게 없는 처지였다. 참, 어제 물어보지 못한 게 있었다.

"그런데 운동은 혹시 시험 준비 때문에 하시는 겁니까?"

"예?"

"체력 테스트로 사람을 뽑는 회사들이 있지 않습니까."

"그런 회사가 있습니까?"

송 과장은 정말 모르는 것 같았다. 오히려 내 얼굴을 쳐다보며 관심을 보였다. 이제 그런 회사가 있다는 걸 설명해야 할 차례였다. 나는 잠시 망설였다. 부끄러워서 그런 건 아니었다. 거품은 오래전에 빠졌다. 내가 망설인 이유는 따로 있었다. 송 과장이 동물원에 관심을 보일까 봐, 그게 마음에 걸렸다. 경쟁률을 높이고 싶지 않았다. 그런 생각이 반이었다. 하지만 그런 생각과는 별개로……. 사는 게 밥그릇 싸움이고, 밥그릇을 차지하기 위해 머리 깨지도록 싸우는 사람들도 숱하게 보아왔다. 세상은 경쟁을 부추기고 그 힘을 연료로 해서 돌아간다. 그렇게 사는 게 정답이라고 사람들을 세뇌한다. 그래도 나는 그렇게 살고 싶지 않았다. 어쩌면 그렇게 살고 싶지 않았기 때문에 회사에서 잘리고 체육공원까지 흘러들어오게 됐는지도 모른다.

"사실 제가……."

나는 송 과장에게 내 이야기를 했다. 트랙을 두 바퀴나 돌면서 자세하게 설명해주었다. 실기 종목이라든지 만점 기록에 대한 이야기도 빠뜨리지 않았다. 그 시험에 통과하면 시가 운영하는 동물원에서 일하게 된다는 설명도 했다. 하지만 송 과장의 반응은 예상 외였다. 별 관심이 없는 것 같았다.

"힘들겠는데요. 김 과장님도 20대가 아니신데……."

송 과장이 내 나이를 걱정해주었다.

"김 과장님 올해 연세가 어떻게 되시지요?"

나는 서른여섯 살이라고 대답했다.

"저도 서른여섯입니다. 서른다섯을 넘기니까 하루하루가 달라요."

우리는 트랙을 돌면서 나이에 대해 이야기했다. 몸이 예전 같지 않다느니, 나이가 들수록 신체 기능이 떨어진다느니, 그럴수록 운동으로 몸을 단련하지 않으면 안 된다느니, 대화는 끝없이 이어졌다. 트랙 다섯 바퀴 반짜리 이야기였다.

"그래도 목표를 세우고 꾸준히 노력하면 기록이 나오지 않겠습니까."

사실 그래서 서글펐다. 목표를 위해서 운동을 해야 한다는 상황이, 꾸준히 노력하지 않으면 안 되는 나이가, 기록에 목을 매야 하는 현실이 나를 슬프게 만들었다. 이 나이 먹고 이런 걸 해야 하나? 가끔 이런 생각이 들면 기분이 울적해졌다.

"김 과장님 힘내세요. 파이팅입니다."

송 과장이 두 주먹을 불끈 쥐며 응원해주었다.

다음 날에도 우리는 같은 시간에 만나 운동을 했다. 준비운동을 하고 트랙을 돌면서 몸을 예열시킨 다음, 기구를 이용한 근력 강화 운동도 했다. 송 과장은 모르는 게 많았다. 기본적인 러닝 자세부터 기구를 효과적으로 이용하는 방법까지 하나하나 코치해주어야 했다. 하지만 시간이 아깝다는 생각은 들지 않았다. 남을 가르치다 보면 자기도 배울 게 많다는 사실을 그때 처음 알았다.

한번은 송 과장이 낡은 축구공을 구해 왔다.

"김 과장님, 저랑 일대일 하실래요?"

우리는 트랙 양쪽에 소형 축구 골대를 놓고 공을 찼다. 공을 몰면서 달리고, 열심히 몸을 움직였다. 점수나 승부 같은 건 중요하지 않았다. 하하하! 즐겁게 웃고, 기분 좋게 땀을 흘릴 수 있어서 좋았다. 그렇게 공을 쫓다 보니 저절로 운동이 되었다. 게임이 끝나면 우리는 시원한 물로 갈증을 달래며 이런저런 이야기를 나누었다. 송 과장이 있어서 참 다행이었다. 혼자 운동할 때보다 능률도 오르고 심심하지도 않았다. 나는 송 과장이 고마웠다. 같이 있으면 힘이 났다. 오래 사귄 친구 같았다. 송 과장에게도 내가 그런 존재였을까?

실기 시험이 보름 앞으로 다가왔다. 나는 기록에 신경 쓰면서 훈련 강도를 높여갔다. 기초 체력보다는 종목 훈련에 더 많은 시간을 할애하기로 했다. 목표도 조금 무리한다 싶게 높여 잡았다. 그리고 실전에 임한다는 자세로 한 종목씩 도전해보았다. 결과는 기대 이상이었다. 줄넘기와 윗몸일으키기에서 만점이 나왔다. 오래 매달리기와 팔굽혀펴기에서도 만점에 가까운 기록을 냈다. 남은 기간에 다른 종목들을 꾸준히 훈련하면서 제자리멀리뛰기만 보완하면 문제는 없을 것 같았다.

"의지의 한국인이십니다. 정말 대단하시네요."

송 과장이 존경스러운 눈길로 나를 바라보며 칭찬을 아끼지 않았다. 어깨가 으쓱했다. 그날 우리는 물 대신 이온 음료를 마셨다. 돈은 내가 냈다. 기록 향상 축하 기념이었다. 종이컵에 이온 음료를 채우고 우리는 잔을 들어 건배했다.

"위하여!"

많은 것을 위하여, 나를 위하여, 송 과장을 위하여, 우리의 인생을 위하여, 내친김에 좀 엉뚱하지만 마음씨 고운 내 아내를 위하여, 지금은 헤어섰지만 한때 송 과장의 아내였던 그녀를 위하여, 그리고 무엇보다도 우리의 소중한 우정을 위하여, 우리는 잔을 비웠다.

"기분도 좋은데, 노래 한 곡 하시죠?"

송 과장이 활짝 웃으며 청했다. 노래도 좋았다. 하지만 부르는 것보다 지금의 이 기분을 음미하면서 조용히 한 곡 듣고 싶었다.

"송 과장님이 한 곡 불러주세요."

"그럼 그럴까요?"

송 과장이 마이크 대신 줄넘기 손잡이를 손에 쥐고 흠흠, 목을 가다듬었다.

"목련꽃 그늘 아래서 베르테르의 편질 읽노라. 구름 꽃 피는 언덕에서 피리를 부노라."

박목월 님의 시에, 지금은 고인이 된 작곡가 김순애 씨가 곡을 붙인 가곡 〈4월의 노래〉였다.

"아-아, 멀리 떠나와 이름 없는 항구에서 배를 타노라."

송 과장의 중후한 목소리가 아무도 없는 트랙을 가득 채우고 있었다. 가만히 눈을 감고 감상했다. 이렇게 잘 부를 줄은 몰랐다. 마음이 차분해지고 기분이 좋아졌다.

"돌아온 4월은 생명의 등불을 밝혀 든다."

그러고 보니 4월이었다. 정신없이 훈련만 하느라 4월이 됐는지도 모르고 살았다. 눈을 떴다. 체육공원 주변에도 여러 종의 화사한 꽃들이 가득 피어 있었다. 세상은 이렇게 아름다운데 먹고사는 건 왜 이렇게 힘이 드는 걸까? 왠지 모르게 후유, 한숨이 나오는 한때였다.

"빛나는 꿈의 계절아, 눈물 어린 무지개 계절아."

한때 나에게도 4월은 빛나는 꿈의 계절이었다. 눈물 어릴 만큼 슬펐고, 그래서 무지개처럼 아름다운 계절이었다. 하지만 지금은 까마득하게 오래된 일이라 기억도 나지 않는다. 송 과장의 노래를 듣는 동안 그때의 기억이 되살아났다. 아련히 멀어져간 내 인생의 4월이…….

송 과장도 나 못지않게 운동의 강도를 높여가는 것 같았다. 처음 만났을 때보다 근력도 좋아지고 몸도 탄탄해졌다. 송 과장은 민첩성을 기르는 순발력 운동에 주력했다. 짧은 구간을 빠른 속도로 왕복하며 기록까지 체크했다. 여러 개의 돌을 일렬로 세워놓고 그 사이를 지그재그로 오가기도 했다. 대부분 그런 운동이었다. 그런 운동을 할 때는 그러려니 했다. 하지만 나무나 시멘트 구조물에 몸을 부딪치고 있는 송 과장을 보고 있으면 궁금해서 참을 수가 없었다. 송 과장은 매일 낙법 훈련도 했다. 특공 무술 교본까지 펼쳐놓고 같은 동작을 반복했다. 제법 체계적이고 전문적인 훈련 같아 보였다. 훈련에 임하는 자세도 상당히 진지했다.

"뭐 하시는 겁니까?"

"낙법 훈련을 하고 있습니다."

내가 궁금했던 건 왜 낙법 훈련을 해야 하느냐는 것이었다. 하지만 송 과장은 자기가 하고 있는 훈련이 무엇인지만 말했다.

"나무나 시멘트 구조물에 몸을 부딪치는 건요?"

"갑작스러운 충격에 대비해서 몸을 단련하는 겁니다."

그러니까 그런 훈련이 왜 필요한 겁니까? 내 질문의 요점은 이런 것이었다. 하지만 송 과장은 이번에도 엉뚱한 대답을 했다. 말하기가 난처한 모양이었다. 나도 더 이상 추궁하지 않았다.

그러던 어느 날, 나는 이상한 장면을 목격하게 되었다. 그날은 저녁에 잠깐 외출을 했다. 마트에서 일하고 돌아오는 아내를 마중 나갔다. 집으로 돌아오는 길에 송 과장을 만났다. 정확하게 말하면 송 과장을 목격했다.

송 과장은 차도 옆에 서 있었다. 이번에도 정확하게 말할 필요가 있을 것 같다. 차도 옆에 설치된 지형지물에 몸을 숨기고 있었다. 차도 쪽에서는 보이지 않는 위치였다. 하지만 인도 쪽에서는 약간 긴장한 듯한 송 과장의 뒷모습을 고스란히 볼 수 있었다. 그러고 있는 송 과장을 나는 우두커니 서서 바라봤다. 저기서 뭘 하고 있는 거지? 고개가 저절로 갸우뚱했다.

"자기, 뭐 해?"

아내가 물었다. 목소리가 컸다.

"쉿, 조용히 해봐."

나는 아내의 손을 잡고 두세 걸음 물러났다. 그리고 어두운 골목에 몸을 숨겼다. 거기서 계속 송 과장을 관찰했다.

"누구야? 아는 사람이야?"

이번에는 아내도 목소리를 낮추었다. 나는 아는 사람이라고 대답했다.

"어떻게 아는 사람인데?"

아내는 궁금한 게 많은 모양이었다. 운동하다 알게 된 사람이라고 간략하게 설명했다.

"그런데 지금 저기서 뭐 하는 거야?"

"지금부터 그걸 알아보려는 거야."

주택가를 끼고 있는 2차선 도로라 차량의 흐름이 많지 않았다. 곳곳에 과속방지턱도 설치되어 있었다. 헤드라이트를 켠 차들이 안전 속도를 유지하며 서행하고 있었다. 차량 몇 대가 그렇게 지나갔다.

차량의 종류에 따라 송 과장의 반응이 다르다는 걸 알 수 있었다. 트럭이나 소형차가 지나가면 송 과장은 반응을 보이지 않았다. 구형 차의 경우도 마찬가지였다. 하지만 중형차나 외제 차가 다가오면 사정이 달랐다. 송 과장의 몸이 눈에 띄게 경직되었다. 탄성한계까지 고무줄을 잡아 늘인 것처럼 팽팽한 긴장감이 흘렀다.

"저 사람 왜 저래?"

옆에서 아내가 쿡쿡, 옆구리를 찌르며 물었다.

"보면 몰라? 타이밍을 재고 있는 거잖아."

확실했다. 송 과장은 타이밍을 재고 있었다.

"타이밍? 무슨 타이밍?"

나무나 시멘트 구조물을 상대로 왜소한 몸을 단련시키던 송 과상의 모습이 떠올랐다.

"갑작스러운 충격에 대비해서 몸을 단련시키는 겁니다."

진지한 자세로 낙법 훈련에 주력했던 이유도 이제는 알 것 같았다. 누구에게나 목숨은 소중하다. 송 과장에게도 그랬다. 그래서 송 과장은 운동으로 몸을 만들고 민첩성과 순발력을 길렀다. 목숨을 지키기 위해서였다. 아, 진실이라는 건 언제나 사람의 마음을 아프게 하나 보다.

상식적으로 생각해보았다. 뛰어들기 전에 말리면 된다. 하지만 인간에게는 상식이 적용되지 않는 부분도 있다. 내가 나서서 말리면 송 과장의 자존심에 스크래치가 날지도 모른다. 사람이 비참해지는 건 한순간이다. 내가 송 과장을 그렇게 만들지도 모른다. 그러고 싶지 않았다. 사실 그럴 필요도 없었다.

송 과장은 망설이고 있었다. 중형차 세 대와 외제 차 한 대를 그냥 보냈다. 발이 움직이기는 했지만 차에 뛰어들지는 못했다. 몇 번이나 그랬다. 송 과장은 망설이기만 했다. 그러는 사이에 차들이 지나갔다. 절벽 너머로 뛸까 말까 망설이는 초식동물을 보는 것 같아 마음이 아팠다. 뛰면 죽을지도 모른다. 하지만 안 뛰면 서서히 죽는다. 차이는 그것뿐이었다. 더 보고 있어봤자 마음만 아플 것 같았다.

"그만 가자."

나는 골목 안쪽으로 걸어갔다. 한참 돌아가는 길이었다. 하지만 송 과장을 비참하게 만드는 것보다는 시간이 걸리더라도 좀 돌아가는 게 낫겠다고 생각했다.

"자기, 저 사람한테 돈 꿨어?"

아내가 투덜거렸다. 충분히 그렇게 생각할 수 있는 상황이었다.

"그런 게 아니야."

"그런 게 아닌데 왜 피해 다녀?"

말로 설명하기에는 너무 복잡했다. 상황도 그랬고, 감정도 그랬다.

"그냥 그러고 싶어."

아내는 알쏭달쏭한 표정을 지었다.

"아무튼 나 몰래 돈 꾸기만 해봐."

다음 날, 혼자서 트랙을 돌고 있는 송 과장을 발견했을 때는 정말 만감이 교차했다. 무사한 것 같아 다행이었다.

"오셨어요, 김 과장님?"

우리는 평소와 다름없이 운동을 했다. 둘이서 트랙을 몇 바퀴 돈 다음, 각자 개인 운동을 했다. 저쪽에서 송 과장이 충격 대비 훈련과 낙법 훈련을 하고 있었다. 자꾸 그쪽으로 신경이 갔다. 내색은 못 했지만 마음이 짠했다.

"당분간 못 나올 것 같습니다."

운동을 마치고 돌아가는 길에 송 과장이 말했다. 무슨 일 때문이냐고는 묻지 않았다. 이유는 알고 있었다. 결심이 선 모양이었다.

"얼마나……?"

"일이 어떻게 될지 몰라서요. 기약이 없네요."

우리는 전화번호를 주고받았다.

"참, 실기가 언제죠?"

"일주일 정도 남았습니다."

"열심히 하셨으니까 좋은 결과가 있을 겁니다."

공원 입구까지 왔다. 우리는 언제나 여기서 헤어졌다.

"그럼 전 이만……."

송 과장이 작별 인사를 했다. 어쩌면 이 사람을 다시 보지 못할지도 모른다, 지금이 마지막이 될지도 모른다고 생각하니 그냥 보낼 수 없었다.

"저…… 송 과장님……."

"예?"

무슨 말을 해야 하나? 잠시 망설였다. 말릴 생각은 없었다. 송 과장과 나는 같은 길을 걸어온 동료지만 각자의 인생은 따로 있는 거라고 생각했다. 그렇다는 걸 받아들이고 보내주는 게 송 과장의 인생에 대한 최소한의 예의 같았다. 하지만 말 한마디 없이 그냥 보내기는 싫었다.

"부디 몸조심하세요."

송 과장은 새삼스럽다는 표정을 지었다. 하지만 곧 소박하게 웃으며 말했다.

"김 과장님도요."

다음 날부터 바로 송 과장의 빈자리를 느낄 수 있었다. 트랙을 돌고 있으면 송 과장이 부른 〈4월의 노래〉가 귓가에 맴돌았다.

"빛나는 꿈의 계절아, 눈물 어린 무지개 계절아."

하늘은 화창했고 봄꽃들은 여기저기에 무리지어 피어 있었다. 그런데 내 마음은 왜 이렇게 쓸쓸한 걸까?

하지만 실기가 코앞이었다. 꾸물거릴 시간이 없었다. 지금까지의 페이스를 유지하는 데 중점을 두었다. 훈련은 지치지 않을 만큼만 하면서 체력을 아꼈다. 충분한 휴식과 균형 잡힌 식단으로 컨디션을 끌어올렸다. 마치 시한폭탄을 조작할 때처럼 나는 내 몸의 모든 시계를 시험 당일로 맞춰놓았다. 최상의 상태에서 폭발할 수 있도록.

"드디어 내일이네."

실기가 하루 앞으로 다가왔다.

"너무 긴장하지 마. 열심히 했으니까 떨어져도 용서해줄게."

아내가 다정하게 등을 두드려주었다. 가장 자격 시험에서는 합격한 모양이었다. 이제 실기 시험에서만 합격하면 된다고 생각했다. 내일을 위해서 평소보다 일찍 잠자리에 들었다.

추리닝을 입고 운동화를 신었다. 간단한 준비물을 챙겨서 집을 나섰다. 실기 시험은 지하철로 몇 정거장 떨어져 있는 초등학교 운동장에서 치러질 예정이었다. 평일인데 학생들은 어쩌고? 학교 하나를 휴교시킬 만큼 대대적인 시험이라고 생각하니 가는 내내 떨리고 긴장됐다.

하지만 아니었다. 교실에서는 수업이 진행 중이었다. 창문 너머로 수업을 받고 있는 학생들의 모습이 보였다. 운동장에도 학생들이 많았다. 두 개 학급 정도가 체육 수업을 하고 있는 모양이었다. 저학년 한 학급에 고학년 한 학급 같았다. 아이들이 축구공을 쫓아서 이리저리 우르르 몰려다닐 때마다 뿌연 흙먼지가 뭉게뭉게 피어올랐다. 나는 스탠드에 앉아서 그렇게 뛰어다니고 있는 아이들의 모습을 멍하니 바라보고 있었다.

아무리 찾아봐도 주최 측에서 나온 감독관이나 응시생처럼 보이는 사람은 없었다. 시험 날짜를 잘못 안 건가? 은근히 걱정도 됐다. 여기가 아니면 어쩌지? 이런 생각을 하면 마음이 심란해졌다. 게다가 내가 무슨 꿔다 놓은 보릿자루도 아니고. 어른이 초등학교 운동장 스탠드에, 그것도 오늘 같은 평일에 추리닝 차림으로 혼자 앉아 있다고 생각해보라. 굉장히 어색하고 부끄러웠다.

아이들과 눈길이 마주치면 고개를 돌렸다. 학교 관계자가 다가올까 봐 가슴이 조마조마했다. 하지만 그중에서도 운동장에서 수업을 하고 있는 체육 교사가 제일 신경 쓰였다. 아까부터 나를 주시하고 있었다. 건장한 체격에 스마트한 인상의 체육 교사였다. 웃통을 벗으면 주먹만 한 근육들이 울퉁불퉁 튀어나와 있을 것 같았다. 그 체육 교사가 나에게 다가와 말을 걸었다.

"어떻게 오셨습니까?"

나는 사실대로 말했다.

"시험 보러 왔는데요."

체육 교사의 목에는 스톱워치 기능이 있는 목걸이형 시계가 걸려 있었다. 체육 교사는 그걸로 시간을 확인했다.

"아직 10분 정도 남지 않았나요?"

처음에는 일찍 도착해서 몸을 풀 생각이었다. 체육 수업이 진행되고 있어서 스탠드에 앉아 있는 것뿐이었다.

"정시에 시작하겠습니다. 그때까지 기다리세요."

체육 교사가 주최 측에서 나온 감독관처럼 말했다.

"참, 학교에서는 금연입니다."

체육 교사는 다시 운동장으로 돌아갔다. 어떻게 된 거지? 체육 교사의 정체가 궁금했다. 당신 뭐 하는 사람이야? 직접 가서 물어보고 싶었다. 하지만 기다리기로 했다. 10분만 지나면 저절로 알게 될 거라고 생각했다.

5분이 지났다. 아줌마 한 분이 스탠드에 나타났다. 처음에는 학부형인가? 했다. 하지만 그게 아니라는 걸 바로 알게 되었다.

"시험 보러 오셨나 봐요?"

아줌마가 내 옆에 앉으며 물었다. 학부형은 아닌 것 같았다. 그럼 주최 측에서 나온 감독관인가? 하지만 그렇게 보이지도 않았다. 나는 일단 응시생이 맞다고 대답했다.

"그러시구나. 잘못 온 줄 알고 괜히 걱정했네."

이렇게 해서 이번 시험의 응시생이 두 명으로 늘어났다.

"제자리멀리뛰기는 몇 미터 나와요?"

스탠드에 앉아서 기다리는 5분 동안 아줌마는 계속해서 질문을 피부었다.

"여자를 상대로 최선을 다하는 건 아니겠죠?"

노골적인 신경전도 펼쳤다. 하지만 나는 말려들지 않았다. 말을 아끼면서 전의를 불태웠다. 아줌마를 여자라고 생각하지 않았다. 아줌마라서 그런 게 아니었다. 지금은 경쟁자일 뿐이라고 생각했다.

5분이 지나고 정시가 되었다. 더 이상의 응시생은 나타나지 않았다. 경쟁률은 2 대 1. 게다가 상대는 아줌마였다. 같은 조건에서 경쟁하면 절대 질 수 없는 매치였다. 긴장감이 풀리고 마음에 여유가 생겼다.

"시작하겠습니다."

역시 체육 교사가 시험을 감독할 모양이었다. 아줌마와 나는 스탠드에서 일어나 운동장으로 내려갔다.

"응시생은 두 분뿐입니까?"

아줌마가 그렇다고 대답했다.

"실기는 전부 다섯 종목입니다. 알고 계시죠?"

체육 교사의 손에는 간단한 필기도구와 하드커버형 노트 한 권이 들려 있었다. 거기에 명단과 성적을 기록할 모양이었다. 이번에도 아줌마가 알고 있다고 대답했다.

"모든 종목은 타이트하게 진행하겠습니다. 타당한 사유가 없는 한 기회는 한 번을 원칙으로 합니다. 소란을 피우거나 부정행위가 적발되면 해당 종목을 영점 처리하겠습니다."

체육 교사가 공지 사항을 전달했다.

첫 종목은 윗몸일으키기였다. 아줌마가 먼저 매트 위에 누워 자세를 잡았다. 나는 바닥에 앉아 다리를 잡아주는 역할이었다. 체육 교사가 옆에서 시간을 쟀다. 아줌마는 필사적이었다. 이를 악물고 윗몸을 일으켰다. 41개를 했다. 아줌마라는 걸 생각하면 대단한 기록이었다. 나만큼이나 먹고사는 게 힘든 사람 같았다. 얕잡아 볼 수 없는 상대라고 경계하게 되었다.

이번에는 역할을 바꿔서 해보았다. 내가 윗몸을 일으키고 아줌마가 다리를 잡아주었다. 윗몸일으키기는 만점을 노리는 종목이었다. 나는 초당 한 번꼴로 윗몸을 일으켰다. 그 속도를 유지하면서 아줌마의 기록인 41개를 돌파했다. 아줌마의 표정이 울상으로 변했다. 제한 시간 1분에 56개를 했다.

다른 종목에서도 상황은 비슷했다. 아줌마는 필사적이었다. 이를 악물고 기록에 도전했다. 하지만 내 상대는 되지 못했다. 한 종목이 끝날 때마다 아줌마의 표정은 울상으로 변했다.

"수고하셨습니다."

체육 교사가 확인차 기록을 불러주었다. 네 종목에서 만점을 받았다. 제자리멀리뛰기의 기록만 만점에 못 미치는 2미터 53

이었다.

"남자가…… 너무하시네요."

나는 아줌마의 원망 어린 눈빛을 뒤로하고 집으로 돌아왔다.

"그럼 합격이네."

아내는 뛸 듯이 좋아했다. 경쟁률이 2 대 1이고, 상대가 아줌마였다는 사실은 말해주지 않았다.

"언제부터 출근하는 거야?"

아직 합격 통지도 받지 않았다. 출근의 그날이 언제 올지 현시점에서는 알 수 없었다.

"아무튼 잘됐다. 그동안 고생했으니까 오늘은 맛있는 거 먹으러 가자. 자기, 뭐 먹고 싶어?"

그날 저녁, 아내와 나는 고깃집에 가서 삼겹살을 구워 먹었다. 탄산음료를 시켜 건배도 했다. 수능을 끝낸 수험생처럼 마음이 홀가분했다.

"자기, 아~."

아내가 고기를 집어서 입에 넣어주었다. 모처럼 사람대접을 받는 것 같아 기분이 좋았다.

2부

세렝게티 동물원

4.

"일정한 시설을 갖추어 각지의 동물을 관람시키는 곳. 동물의 보호와 번식, 연구를 꾀하고 일반인에게는 관람을 통하여 동물에 대한 지식을 넓히고 동물에 대한 애호 정신을 기르면서 오락 및 휴식을 제공하기 위하여 여러 가지 동물을 모아 기른다."

국어사전에서는 동물원을 이렇게 정의하고 있다. 하지만 그렇지 않은 동물원도 있다.

출근 첫날, 아내가 말했다.
"나 동물원 좋아하는데……. 다음에 꼭 데려가줄 거지?"
아내는 동물원을 좋아했다. 연애할 때 몇 번, 신혼 초에 몇 번, 동물원에서 데이트를 한 적이 있다. 그럴 때면 아내는 꼭 큰 봉지에 든 과자를 샀다. 그걸 동물들에게 던져주면서 아내는 아이처럼 좋아했다. 한번은 그 과자를 몇 조각 집어 먹은 적이 있다.
"안 돼. 이건 코끼리 아저씨 줄 거야."
과자 봉지를 가로채면서 아내가 화를 냈다.

"나도 배고파."

나는 항의했다. 그때는 정말 배가 고팠다. 사람들이 던져주는 음식물을 날름날름 받아먹는 동물이 그렇게 부러울 수가 없었다.

"그래도 안 돼. 코끼리 아저씨가 배고프면 불쌍하단 말이야."

"나는 안 불쌍해? 내가 코끼리보다 못해?"

아내는 아니라고 대답하지 않았다. 대신 엉뚱한 말을 했다.

"코끼리 한 마리에 얼만 줄 알아?"

나는 자존심이 상했고, 그래서 그날 우리는 대판 싸웠다.

한번은 이런 적도 있다. 그날도 아내와 나는 동물원에서 데이트를 했다.

"어머, 저 원숭이들 좀 봐."

원숭이 두 마리가 짝짓기를 하고 있었다. 자세는 후배위였다. 앞에서 엎드려 있는 원숭이가 암놈이고 뒤에서 허리를 움직이고 있는 원숭이가 수놈 같았다. 굉장히 낯 뜨겁고 충격적인 장면이었다. 사람들이 순식간에 구름 떼처럼 몰려들었다.

"다른 데로 가자."

나는 아내의 손을 잡아끌었다.

"끝날 때까지 구경하고 가면 안 돼?"

아내가 아쉬운 듯 가볍게 저항했다.

"언제 끝날지 어떻게 알아. 그러지 말고 그냥 가."

우리는 사람들 틈을 비집고 겨우 원숭이 우리에서 벗어났다. 다음으로 토끼 사육장에 갔다. 하지만 거기에서도 상황은 비슷했다.

"어머, 저 토끼들 좀 봐."

토끼 두 마리가 짝짓기를 하고 있었다. 자세는 역시 후배위였다. 바닥에 엎드려 있는 토끼가 암컷이고 그 위에 올라타 허리를 흔들고 있는 토끼가 수컷 같았다. 사람들이 구름 떼처럼 몰려들었다.

"어머, 저 낙타들 좀 봐."

그날은 어딜 가나 마찬가지였다. 우리는 사람들이 몰려들기 전에 자리를 떴다.

"어머, 저 물개들 좀 봐."

물개들까지 짝짓기를 하고 있었다. 웃음밖에 나오지 않았다.

"허허허……. 물개들이 짝짓기를 하네."

어딜 가나 짝짓기 열풍이었다. 동물원 측에 항의라도 하고 싶은 심정이었다. 일반인에게 이런 걸 보여줘도 되는 겁니까? 하지만 분위기는 좋아졌다. 얼굴이 빨갛게 상기된 아내가 내 손을 은근히 잡으며 도발적으로 말했다.

"나도 짝짓기…… 하고 싶어."

신혼 초라 눈만 마주치면 밥상부터 치우던 시절이었다. 생각해보면 그때가 좋았다. 귓가에 불어오는 아내의 입김 한 번으로, 가볍게 스치고 지나가는 일상적인 스킨십만으로도 크고 딱딱한 남자가 되던 시절. 그때는 그랬다. 아내의 도발에 금방 크고 딱딱해졌다. 나는 아내의 눈을 지그시 바라보며 고개를 끄떡였다.

우리는 하마를 보러 갔다. 다행히 하마는 짝짓기를 하고 있지 않았다. 물속에 몸을 담그고 한가롭게 쉬고 있는 모습이 무척 평화로워 보였다. 그 하마가 입을 벌렸다. 아내는 하마의 입에 과자를 던져주며 좋아라 했다.

동물원을 돌아다니느라 피곤했는지 계속 하품이 나왔다. 입을 크게 벌리고 눈물까지 흘리면서 하품을 했다. 그때 입안으로 무언가가 날아들었다. 아내가 던져준 과자였다.

"먹어도 돼. 다른 동물들이 짝짓기하느라 과자가 남았어."

내가 하마냐? 나는 입안에 든 과자를 퉤 뱉으며 아내에게 항의했다.

"지금 나를 하마 취급하는 거야?"

이번에도 아내는 아니라는 말 대신 엉뚱한 소리를 했다.

"하마 한 마리에 얼마나 하는 줄 알아?"

"그걸 내가 어떻게 알아."

나는 자존심이 상했고, 그래서 그날도 우리는 대판 싸웠다. 당연히 분위기가 안 좋아졌다. 약속한 짝짓기 계획도 물 건너가 버렸다.

동물원을 떠올리면 이렇게 티격태격 싸운 기억뿐이었다. 하지만 동물원에 대한 아내의 사랑은 여전히 뜨거운 모양이었다.

"자기가 동물원에서 일하게 되다니 정말 꿈만 같아. 내가 가서 응원해줄게."

자리가 잡히면 그때 한번 데려가주겠다고 약속했다.

"와, 신난다. 정말이지?"

도장을 찍고 복사까지 했다.

"그럼 다녀올게."

"응, 잘 다녀와."

합격 통지를 받던 날, 아내는 마트를 그만두었다. 적성에 안 맞는 데다 일도 힘들다는 말을 몇 번 듣기는 했다. 그럼 집에서 살림이나 하라고 오랜만에 큰소리를 탕탕 쳤다. 전업주부로 복귀한 아내의 배웅을 받으며 집을 나섰다.

출근 첫날이라 옷차림에도 신경을 썼다. 양복을 입고 구두를 신고 넥타이까지 했다. 출발역에서 한 번, 환승역에서 또 한 번, 화장실 거울 앞에 서서 점검도 했다. 완벽했다. 저절로 씨익, 웃음이 나왔다.

성성잇과에 속하는 고릴라는 크게 3아종으로 나뉜다. 카메룬의 콩고강 유역에 서식하는 서부로랜드고릴라와 동부 콩고의 저지대 열대우림에 서식하는 동부로랜드고릴라, 마지막으로 키부호 주변에서 볼 수 있는 마운틴고릴라가 그것이다. 그중에서도 마운틴고릴라는 전 세계적으로 500마리에서 1000마리밖에 남아 있지 않아 멸종 위기에 처한 종이다. 그런 마운틴고릴라 세 마리가 지금 내 앞에서 어슬렁거리고 있다.

깊게 파인 두 눈으로 나를 바라본다. 털이 없는 콧등에 여러 겹의 주름이 잡혀 있다. 숨소리도 거칠다. 번들거리는 콧구멍으로 뜨거운 열기를 뿜어내고 있다. 세 마리 모두 흥분한 상태다.

"우후우후."

이런 소리를 내며 가슴을 치기도 한다. 침입자에게 보내는 위협 신호다. 한번은 인터넷에서 이런 글을 본 적이 있다. 고릴라 vs. 사자? 고릴라는 그쯤 되는 야수다. 게다가 지금은 고릴라 3 대 침입자 1이다. 그리고 그 침입자 1이 바로 이 몸 되시겠다. 후덜덜 다리가 떨리고, 찔끔, 눈물 말고 남자가 흘리면 안 되는 걸 흘리고 말았다.

우선 두 손을 머리 위로 들어 올린다. 항복의 표시다. 그리고 생각한다. 어쩜 좋지?

고릴라사의 정면은 철창이다. 그 앞에 관람객 몇이 서 있다. 살려달라고 소리쳐볼까? 그랬을 경우 발생할 수 있는 몇 가지 상황들을 생각해본다. 첫째, 아무도 못 듣는다. 흥분한 고릴라들이 나를 공격한다. 둘째, 듣기는 듣는다. 하지만 아무도 나를 구해주지 않는다. 흥분한 고릴라들이 나를 공격한다. 셋째, 누군가 사람을 부른다. 사육사가 열쇠로 철창문을 연다. 마침 총을 든 구조대원이 고릴라들을 제압한다. 하지만 그 전에 흥분한 고릴라들이 나를 공격한다. 나는 파쇄기를 통과한 영수증처럼 갈기갈기 찢긴다……. 나는 생각을 바꾼다. 이 세상은 역시 혼자서 헤쳐 나가지 않으면 안 된다.

죽은 척해봐? 사육사가 철창문을 따고, 마침 총을 든 구조대원이 고릴라들을 제압할 때까지. 좋은 생각 같다. 산속에서 곰을 만나면 죽은 척하는 게 최고라고 어디선가 들은 것 같다. 눈을 감고 땅바닥에 쓰러지기만 하면 된다. 이봐, 죽었어? 확인차 내 몸을 건드릴지도 모른다. 팔을 흔들어보거나 다리를 툭툭 칠 수도 있다. 그래도 움직이지 않으면, 정말 죽었네, 죽은 건 시시해, 이렇게 생각하면서 흥미를 잃지 않을까? 그럴 수도, 그렇지 않을 수도 있다. 확률은 반반이다. 죽었으니까 먹자, 이렇게 나올 수도 있다. 게다가 고릴라는 곰이 아니다. 확률은 반의반으로 줄어든다. 나는 파쇄기를 통과한 영수증처럼 갈기갈기 찢긴다……. 다시 생각을 바꾼다. 지금 여기서 죽은 척하면 정말 죽게 될지도 모른다.

계속 항복을 하느라 팔이 아프다. 내려도 될까? 혹시 파쇄기를 통과한 영수증처럼 갈기갈기 찢기는 건 아닐까? 고릴라들의 팔뚝은 씨름 선수 허벅지만큼 굵다. 주먹도 헤비급 권투 선수 두 배 크기다. 그걸로 한 대 맞으면 철거용 쇠공에 박살 나는 판잣집처럼 산산이 부서지고 만다. 순식간에 허물어진다. 죽었으니까 먹자……. 계속 항복하고 있는 게 좋을 것 같다.

"우후우후."

한 마리가 성큼, 돌발적으로 접근한다. 뒷발로 서서 탕탕탕 가슴을 친다. 설마 이건 총공격의 신호? 아, 어지러워. 너무 무서워서 현기증이 난다. 사람 살려, 비명을 지르고 싶은데 말린 북어처럼 딱딱해진 혀가 말을 듣지 않는다. 나는 또 한 번, 눈물 말고 남자가 흘리면 안 되는 걸 다량 흘리고 말았다.

"고릴라야."

그때 바나나가 날아온다. 여아를 동반한 젊은 부부다. 철창을 넘어온 바나나가 휙휙 노란색 프로펠러처럼 공중에서 회전한다.

한낱 바나나 주제에 멋진 포물선을 그리며 상당한 거리를 비행한다. 방향은 정확히 이쪽이다. 손바닥에 뭔가 떨어진다. 쥐고 보니 바나나다. 이 바나나로 무얼 할 수 있을까? 절망의 구덩이가 움푹 깊어진다.

"우후우후."

방금 전 한 발 앞으로 나온 고릴라가 바나나를 향해 손을 뻗는다. 나머지 두 마리도 바나나를 향해 다가온다. 바나나 먹고 싶어? 바나나를 흔들어본다. 반응이 있다. 고릴라들의 시선이 바나나를 따라 움직인다. 역시 바나나다. 무너진 갱도에서 한 줄기 빛을 본 느낌이다. 확인차 한 번 더 흔든다. 고릴라들의 동요가 심해진다. 간절한 눈으로 바나나를 바라본다. 이제는 확신할 수 있다. 이 바나나는 하늘에서 내려온 동아줄이다.

나는 바나나를 휙 집어 던진다. 이번에도 한낱 바나나는 멋진 포물선을 그리며 공중을 비행한다. 이렇게 하면 고릴라들을 따돌릴 수 있다. 고릴라들이 바나나를 잡으러 달려간다. 하나뿐인 바나나를 차지하기 위해 쟁탈전이 벌어진다. 그 틈에 나는 이곳을 탈출한다. 고릴라사 저쪽 벽에 문이 있다. 아까 내가 들어온 문이다. 그리로 탈출할 생각이다……. 노란 바나나 프로펠러가 휙휙휙 돌아간다. 포물선의 정점을 지나 고도가 낮아진다. 계속 고도가 낮아진다. 결국 땅에 불시착한다. 퍽 하고 바나나가 둘로 쪼개진다.

하지만 고릴라들은 꼼짝도 하지 않는다. 뭐야, 너희들? 바나나는 저쪽이다, 빨리 가서 주워, 그런 바람을 담아 소리쳐본다.

"물어!"

손가락으로 바나나를 가리킨다. 두 조각 중 좀 더 큰 쪽을…….

"쳇!"

고릴라 세 마리가 동시에 콧방귀를 뀐다. 분명히 봤다.

"우리가 개냐."

"저질이야, 정말."

"쉿, 조용히들 하게. 사람들이 들으면 어쩌나."

우와! 한마디씩 말도 한다. 둘 중 하나다. 여기가 지구가 아니거나, 지구가 아니라고 생각했는데 사실은 인류 멸망 후의 지구거나. 어쩌면 지능도 인간 이상일지 모른다. 아무튼 말이 통한다는 걸 알게 되었다. 아무리 고릴라지만 초면부터 반말을 들으면 기분이 상할 수도 있겠다 싶었다.

"물어요!"

바나나를 가리키며 공손하게 부탁해본다. 고릴라들의 인상이 한층 험악해진다. 으르렁거리며 나를 노려본다. 나? 내가 뭘? 이유를 모르겠다.

후욱, 철거용 쇠공이 바람을 가르며 날아온다. 얼굴 쪽이다. 퍽 하고 머리가 돌아간다. 마우스피스 대신 침이 날아간다. 아, 어지러워. 몸이 산산이 부서지는 것 같다. 의식이 가물가물 멀어져간다.

"내 말 들리나? 정신 차리게."

누군가 내 몸을 흔든다. 주위를 의식하는지 잔뜩 음량을 낮춘 목소리다. 고릴라 중 한 마리 같다.

"내가 너무 심했나?"

이런 소리도 들린다. 역시 고릴라 중 한 마리다.

"이봐요, 괜찮아요?"

이번엔 여자 목소리다. 뭐라고 계속 말하는 것 같은데 소리가 뭉쳐서 알아들을 수 없다. 볼륨을 줄인 듯 음량이 작아진다. 오욕과 질곡으로 얼룩진 지금까지의 인생이 한순간 번개처럼 스쳐 지나간다. 돌이켜보면 부끄러울 정도로 보잘것없는 인생이었다. 괜히 돌이켜봤다는 후회마저 든다. 더 살아봤자 나아질 것도 없는 인생이었다. 차라리 잘된 건지도 모른다. 이렇게 막을 내리는 것도 나쁘지 않다.

길었던 인생극장도 어느덧 막바지다. 다음은 그 인생극장의 마지막 회. 오늘 분량이다. 조명이 꺼진다. 필름이 돌아간다.

화면에서 비가 내린다. 가끔씩 번개도 친다. 여기저기에 검은 점들이 박혀 있다. 그만큼 필름 상태가 좋지 않다. 오래된 흑백 영상이다. 채플린의 무성영화처럼 소리도 없다. 조잡한 세트와 과장된 표정으로 연기하는 배우들…… 그런 영화다.

나는 도착역 화장실에서 소변을 보고 있다. 첫 출근의 아침이라 긴장된 표정이다. 아무도 없는 화장실에서 두 팔을 들었다 내렸다 하며 심호흡을 한다. 가벼운 스트레칭으로 몸도 풀어준다. 역시 첫인상이 신경 쓰인다. 거울 앞에 서서 다시 한번 복장을 점검한다. 양복 OK, 구두 OK, 넥타이 OK. 앞머리가 좀 흐트러져 있다.

손에 물을 묻혀 가지런히 정돈한다. 머리 OK. 완벽하다. 거울을 보고 씨익, 한번 웃은 다음 지하철역을 빠져나온다.

동물원이 보인다. 아직 개장 전이다. 지하철역에서 동물원까지 이어진 길에는 양옆으로 죽 가로수가 심어져 있고 이름 모를 들꽃들이 잡초 사이로 빼꼼 예쁜 얼굴을 내밀고 있다. 그 길을 걷는다. 잠시 후 동물원 입구다. 동물원 이름이 걸려 있다. '세렝게티 동물원'. 야생의 거친 숨결이 그대로 느껴진다. 사자를 제압하고 호랑이마저 굴복시킨 뒤 코끼리 등에 올라타 초원을 누비는 내 모습이 떠오른다. 채플린처럼 옷을 만진다. 힘찬 발걸음으로 전진한다. 군악대가 연주하는 행진곡이 세 마디쯤 울렸다가 사라진다.

이제 흑백 영상에 비치는 건 동물원의 모습이다. 기념품 가게와 음식점들이 손님맞이 준비에 한창이다. 다양한 메뉴의 차림판과 동물 모양의 캐릭터 인형들이 잠깐 스크린에 클로즈업된다. 상가가 모여 있는 광장을 벗어나면 그때부터가 본격적인 동물원이다.

길 양옆에 동물 우리가 죽 늘어서 있다. 카메라가 정면을 잡는다. 끝이 보이지 않는다. 우리가 몇 개나 되는지 셀 수 없을 정도다. 이상하게 생긴 건물들도 몇 채나 보인다. 제법 규모가 큰 동물원이다. 못해도 종합운동장 열 배 이상의 넓이다. 보유 동물도 많을 것 같다. 하지만 우리는 아직 비어 있다. 페이드아웃.

관리 사무소 건물이 위풍당당하게 서 있다. 빨간 벽돌로 지은 3층짜리 건물이다. 뾰족 지붕에 피뢰침까지 달려 있다. 비 오는 날 번개라도 치면 그야말로 공포 영화 속 한 장면이 될 것 같다. 하지만 지금은 맑음. 경쾌한 음악이 흐른다. 나는 관리 사무소 건물 안으로 들어간다.

다음 장면은 어딘지 모를 방이다. 네모난 상자처럼 좁고 삭막하다. 사방이 콘크리트 벽이다. 아래쪽 반은 갈색, 위쪽 반은 흰색 페인트로 칠해져 있다. 소품이랄 만한 것도 없다. 방 중앙에 놓인 책상과 의자 하나가 전부다. 거기에 내가 앉아 있다.

이 장면에는 나 말고 배우 한 명이 더 등장한다. 동물원의 여자 사육사다. 멋진 사파리 차림이다. 옷에 어울리는 모자까지 썼다. 사육사들이 입는 유니폼 같다. 실용성보다는 디자인이 돋보인다. 채찍을 들고 있으면 굉장히 섹시할 것 같은데, 아쉽다. 하지만 지금도 나쁘지 않다. 충분히 큐트하다.

그 여자 사육사가 내 앞에 서 있다. 뭐라고 말을 한다. 하지만 이건 무성영화다. 금붕어처럼 열심히 입을 뻐끔거린다. 아무 말도 들리지 않는다. 우리가 알 수 있는 건 여자 사육사가 뭔가를 설명하고 있다는 것뿐이다. 순간, 화면 전체가 검게 변한다. 그리고 거기에 이런 대사가 뜬다. 대사는 하얀색이다.

"고릴라는 온순한 동물이에요."

여자 사육사가 말을 계속한다. 화면이 다시 검은색으로 바뀐다.

"고릴라는 4족 보행을 해요.
뒷다리보다 상대적으로 긴 앞다리가
상체의 무게를 지탱하죠. 이렇게요!"

여자 사육사가 몸을 사용한다. 몸소 고릴라 흉내를 낸다. 네 발로 바닥을 긴다.

"이때 중요한 건 앞 발바닥의 모양이에요.

주먹을 반쯤 쥐고 발가락 관절로 땅을 짚죠.

발바닥이 땅에 닿게 해선 안 돼요."

여자 사육사가 그런 자세로 시범을 보인다. 나는 고개를 끄떡 인다.

"알겠죠? 해봐요."

직접 해본다. 처음이라 쉽지 않다. 몸이 부자연스럽게 움직인 다. 자세도 엉성하다. 무엇보다 손가락 관절이 아프다. 그 고통을 참으며 몇 걸음 디뎌본다.

"아주 잘했어요."

여자 사육사가 칭찬해준다. 그리고 다음 단계의 설명과 시범 이 이어진다.

"가슴을 치는 건 쉬워요.

뒷발로 서서 앞발로 가슴을 치면 돼요.

이때 앞발은 휘두른다는 느낌으로 크게 움직여주면 좋아요.

이렇게요. 해봐요!"

여자 사육사를 따라서 가슴을 친다.

"가슴을 치면서 포효하세요.

우후우후!"

나는 포효한다.

"우후우후!"

"아주 잘했어요.

이제 의자에 앉아요."

고릴라의 생태학 강의가 이어진다. 여자 사육사가 계속 뭐라
고 말을 한다. 나는 지루한 표정으로 턱을 고인다. 다리를 떨기도
하고 손장난을 치기도 한다. 그러다 손을 들어 질문한다. 질문의
내용이 검은색 화면 위에 뜬다.

"이 동물원에는 고릴라밖에 없습니까?"

여자 사육사가 대답한다.

"몰랐어요?

당신 담당은 고릴라예요."

페이드아웃. 장면이 바뀐다. 아까보다 조금 넓은 방이다. 하지
만 분위기는 비슷하다. 콘크리트 벽, 갈색 반 하얀색 반. 대신 물건
이 많다. 철제 캐비닛 세 점이 벽을 등진 채 놓여 있다. 그 앞에서
여자 사육사가 손짓한다.

"이리 오세요."

키는? 허리둘레는? 여자 사육사가 묻는다. 나는 질문에 대답
한다.

"아주 좋아요. 표준이군요."

여자 사육사가 캐비닛을 연다. 카메라가 이동한다. 캐비닛 안
을 비춘다. 검은색 의상이 옷걸이에 걸려 있다. 두 벌뿐이다. 하지
만 두 벌 다 부피가 무척 크다. 검은색은 알고 보니 모두 털이다.

캐비닛이 꽉 찬다. 여자 사육사가 그중 한 벌을 옷장에서 꺼낸다. 옷을 드는 순간 휘청하고 몸이 흔들린다. 꽤 무거워 보인다. 여자 사육사가 그 옷을 나에게 건넨다.

"입어봐요."

나는 놀라서 반문한다.

"이걸요?"

"그래요.

이걸 입어요."

여자 사육사가 아무렇지 않게 대답한다. 이제 카메라는 내 시선을 따라서 움직인다. 여자 사육사가 들고 있는 의상을 천천히 훑는다. 카메라 앵글이 밑에서 위로 올라간다. 발등에도 검은 털이 수북하다. 한쪽이 뒤집혀 있어 발바닥이 보인다. 발바닥에는 털이 없다. 그냥 살색이다. 다섯 개의 발가락과 툭 튀어나온 뒤꿈치까지, 크기만 다를 뿐 생긴 건 사람 발바닥과 비슷하다.

"신발을 신을 필요가 없으니까 좋겠죠."

의상은 위아래가 한 벌이다. 여기를 봐도, 저기를 봐도 모두 털뿐이다. 그래서 거기가 거기 같다. 하지만 엉덩이 정도는 구별할 수 있다. 둥글고 거대한 쌍바위, 거기가 엉덩이다. 엉덩이 위로는 그야말로 드넓은 털의 평원이 펼쳐져 있다. 등 아닐까? 목이 보인다. 그 위가 뒤통수다.

"그게 뭡니까?"

내가 묻는다.

"당신이 사용할 장비예요."

카메라가 장비의 뒤통수를 클로즈업한다. 순간, 목이 뒤로 꺾인다. 얼굴이 드러난다. 이마가 아래쪽이고 턱이 위쪽이다. 얼굴은 뒤집혀 있다. 그 얼굴이 화면을 꽉 채운다. 쿠쿵, 대포 소리 같은 효과음. 노약자나 임신부에게는 위험할 수도 있는 장면이다. 털은 없다. 하지만 검게 번들거리는 피부가 무시무시해 보인다. 바로 고릴라의 얼굴이다.

"진짜 같죠?"

검게 변한 화면과 그 위에 뜨는 여자 사육사의 대사. 나는 대답하지 못한다. 놀란 표정으로 입을 벌리고 있다.

"입어요. 오늘부터 당신은 고릴라예요!"

여자 사육사의 마지막 대사가 뜬다. 화면 전체가 까맣게 변한다. 고릴라 한 마리가 슬픈 표정으로 카메라를 바라보면서 우두커니 서 있다. 그게 다음 장면이다.

'아! 나는 고릴라였구나.

침입자 같은 게 아니었구나!'

이제 마지막 장면이다. 고릴라 세 마리가 필드에 나자빠져 있는 한 마리의 고릴라를 난처한 듯한 표정을 지으며 바라보고 있다.

"내 말 들리나?

정신 차리게."

이 장면을 끝으로 괜히 돌이켜봤네, 후회뿐인 인생극장도 어느덧 대단원의 막을 내린다. THE END.

눈을 뜨니 의무실이다. 사방에서 약 냄새가 진동한다.

"정신이 들어요?"

인생극장에 출연했던 여자 사육사다. 여전히 큐트하고 멋진 사파리, 잘 어울린다. 나는 자리에서 일어나 앉는다.

"더 누워 있어도 되는데……. 괜찮겠어요?"

"예, 뭐……."

사실 약간 어지럽다. 하지만 출근 첫날이다. 계속 누워 있을 수도 없다. 몇 시나 됐나? 시계를 본다. 오후 2시경. 일반 회사 같으면 한창 일할 시간이다. 이제부터 뭘 하면 되지?

"퇴근하시면 돼요."

무섭다. 퇴근하라는 건 설마? 정리해고를 당할 때도 오후 2시경에 퇴근하라는 소리를 들었다.

"제가 무슨 실수라도……?"

잘리면 바로 실직자다. 다시 마늘을 까거나 인형 눈깔을 붙이며 기약 없는 세월을 보내야 한다. 한 달여에 걸친 체육공원에서의 맹훈련도 물거품이 된다. 어렵게 구한 직장이다. 출근 첫날 잘리면 아내를 볼 면목도 없다.

"아니요. 합사가 원래 어려워요. 성공 확률이 반도 안 돼요."

다행히 정리해고는 아닌 모양이다. 후유, 한숨을 쉬며 놀란 가슴을 쓸어내린다.

"집단생활을 하는 고릴라 무리는 결속력이 강해요. 그만큼 합사가 어렵죠."

고릴라에 대해선 잘 모른다. 아마 그렇겠지, 생각한다. 진짜 고릴라라면 그럴 수도 있다. 하지만 우리는 사람이다. 고릴라 장비를 착용하고 있다 뿐이지 보통 사람과 다를 게 없다. 말도 하고 생각도 한다. 세금도 꼬박꼬박 내고 있다. 소집 통지서가 나오면 예비군 훈련에도 참가한다. 누가 뭐라 해도 우리는 이 사회의 당당한 일원이다.

"동물원 밖에선 그렇죠."

동물원 안에선 그렇지 않다는 소리다.

"내일부터 잘하면 돼요. 퇴근하세요."

여자 사육사가 의무실을 나간다. 쾅, 문이 닫힌다. 침대에 혼자 앉아 잠시 멍한 시간을 보낸다. 문득, 길을 잃은 아이처럼 모든 게 무섭고 낯설다.

관리 사무소를 나오면 바로 큰길이다. 그 길의 끝에 동물원 정문이 있다. 가족이나 연인 단위로 입장한 관람객이 상당수 눈에 띈다. 솜사탕을 든 아이, 유모차를 동반한 부부, 팔짱을 끼고 걸어가는 다정한 연인들, 도란도란 이야기꽃을 피우고 있는 어르신들까지. 관람객들은 이 우리에서 저 우리로 옮겨 다니며 동물들을 구경하고 있다. 나도 그 사이에 끼어서 걷는다.

한 우리 앞에서 발걸음을 멈춘다. 관람객이 아무도 없다. 우리 안을 본다. 바닥에 늘어져서 쉬고 있는 반달가슴곰 두 마리. 덩치가 꽤 크다. 저 속에도 사람이 들어 있을까? 말을 걸어본다.

"수고가 많으십니다."

대답이 없다. 하지만 반응은 확실하다. 두 마리가 동시에 나를 바라본다. 좀 놀란 눈치다. 다시 말을 걸어본다.

"고생하시네요."

이번에도 대답이 없다. 대신 자리에서 일어나 네발로 어슬렁거린다. 두 마리 중 한 마리가 뒷발로 서서 가슴에 있는 반달 마크를 보여준다. 나머지 한 마리는 그 옆에서 공을 굴리며 재주를 부린다. 나를 관람객으로 생각하는 모양이다.

"그러실 필요 없습니다. 저도 여기 직원입니다."

두 마리가 동시에 하던 짓을 멈춘다.

"뭐야, 저건……."

한 마리가 투덜거리며 다시 바닥에 늘어진다. 다른 한 마리가 내 쪽으로 다가와 작지만 위협적인 목소리로 속삭인다.

"근무시간이야. 일하는 거 안 보여? 꺼지시지, 여기 직원."

반달가슴곰을 뒤로하고 계속 걷는다. 직장 동료끼리 말이 너무 심하네, 일말의 서운함이 앙금처럼 가슴에 남아 있다. 어쩌면 우리별로 부서가 나뉘는지도 모른다. 다른 부서 사람이 말을 건다. 그것도 근무시간에. 좋아할 사람이 있을까. 괜히 말을 시켰다.

어느새 영장류관이다. 고릴라는 어느 동물원에서나 인기가 좋다. 고릴라사 앞에는 항상 관람객들로 붐빈다. 슬그머니 그 속에 끼어본다. 아침에 본 고릴라 세 마리. 모두들 열심이다. 사람 주제에 고릴라 흉내를 잘도 낸다. 고릴라보다 더 고릴라 같다. 사람이라고는 생각되지 않는다. 나는 한 수 배운다는 자세로 고릴라사 앞에서 선배들의 연기를 감상한다.

선배 하나가 철창 바로 앞에서 어슬렁거린다. 물론 4족 보행이다. 앞발로 상체의 무게를 지탱하며 걷는다. 진짜 고릴라 이상이다. 관람객들의 시선을 한 몸에 받고 있다.

"탕, 탕, 탕!"

가슴을 두드린다.

"우후우후."

거칠게 포효한다. 야성의 냄새가 물씬 풍긴다. 놓칠 수 없는 명장면이다.

"와-아!"

관람객들이 탄성을 지른다.

"끼악!"

여자 관람객들의 비명 소리가 들리기도 한다. 뭔가에 홀린 사람처럼 정신을 놓고 있는 관람객도 있다. 꼬마들은 박수를 치며 좋아한다. 유모차에 앉아 있는 아기가 응애응애 울어댄다. 관람객들은 흥분의 도가니다. 바쁘게 셔터를 누른다. 여기저기서 플래시가 터진다. 굉장한 반응이다. 정신이 하나도 없다.

보길 잘했다는 생각이 든다. 확실히 공부가 된다. 가슴을 칠 때의 템포라든지 관람객들을 압도하는 시선 처리, 전체적인 몸의 움직임 등 눈여겨볼 게 한두 가지가 아니다. 포효할 때의 노하우가 있다면? 번쩍 손을 들어 질문하고 싶은 심정이다.

견학하는 입장이라 이런 것들만 보인다. 자꾸 분석하게 된다.

당장 내일부터 나도 저 무대에 서야 한다. 일반 관람객들과는 바라보는 관점이 다를 수밖에 없다. 잘해낼 수 있을까? 솔직히 걱정이다. 하지만 할 수밖에 없다. 하지 않으면 안 된다.

내 직업은 고릴라다.

"어땠어?"

집에 돌아오자마자 아내가 묻는다. 어땠냐고? 사실대로 말하면 믿어줄까?

"그냥 그렇지, 뭐."

"같이 일하는 사람들은 어때?"

고릴라 세 마리와 같이 일한다. 대충 둘러대는 게 좋을 것 같다.

"그냥 그래."

"자기는 하는 일이 뭐야?"

아내가 인파이팅 복서처럼 계속 파고든다. 두 번은 거리를 벌려 피했다. 하지만 이번 펀치는 그럴 필요가 없을 것 같다. 나는 사실대로 대답한다.

"고릴라 담당이야."

"와! 정말?"

"응, 고릴라야."

"나 고릴라 진짜 좋아하는데."

아내의 눈이 난반사 조명처럼 반짝반짝 빛난다.

"보러 가도 돼?"

아내가 오면 내가 곤란해진다. 아내 쪽도 마찬가지다. 와서 좋을 게 없다.

"오지 마."

"왜? 동물원이잖아. 나 갈 거야."

아내가 떼를 쓴다. 상황이 좋지 않다. 그럴듯한 핑곗거리가 없을까? 어떻게든 말려야 한다.

"신경 쓰일까 봐 그래. 괜히 오지 마."

"자기 수상해."

아내가 가자미눈을 뜨고 나를 본다. 아까보다 상황이 더 안 좋다. 늪에 빠진 기분이다. 몸부림칠수록 아래로 가라앉는다. 이럴 때는 가만히 있는 게 상책이다. 무슨 말을 해도 변명처럼 들릴 뿐이다. 현명한 사람들은 이럴 때 입을 다문다.

"가도 되지?"

"나중에 와."

"나중에 꼭 갈게. 나 고릴라 만져보는 게 평생소원이었어. 만지게 해줄 거지?"

"만지게 해줄게."

자, 만져. 하려다가 말았다.

"정말? 와, 신난다!"

아내가 아이처럼 좋아한다. 당장은 한고비 넘긴 셈이다. 나중 일은 나중에 가서 걱정하면 된다.

"피곤하다. 자자."

불을 끈다. 베개에 머리를 대고 눈을 감는다. 하루가 어떻게 지나갔는지 모르겠다. 잠이 밀려온다. 잠들기 전에 잠깐 이런 다짐을 해본다.

내일부터는 고릴라다. 이왕 하는 거 최선을 다하자.

만감이 교차하기도 한다. 출근하는 건 좋다. 월급을 받는다고 생각하면 마음이 설렌다. 하지만 사는 게 뭔지…… 묵직한 슬픔도 있다. 결국 밑바닥까지 밀려난 걸까? 가슴에 탕탕 대못이 박힌다.

5.

"자기, 요즘 어떻게 지내?"

아내가 걱정스럽게 묻는다. 동물원에서 일한 지도 보름이 다 돼간다. 요즘은 집에 오면 정신없이 잠만 잔다. 고릴라라는 직업이 생각처럼 만만치 않다. 관람객이 있으면 쉴 시간이 없다. 계속 움직여야 한다. 가슴을 두드리거나 필드를 돌아다니며 관람객들의 시선을 끈다. 그런 일과의 연속이다. 자연스럽게 체력이 소모되고 피로가 쌓인다. 그래서 집에 들어오면 파김치가 되어 쓰러진다.

"걱정 마. 잘 지내."

대충 얼버무린다.

"어제는 '우후우후' 잠꼬대까지 하던데."

앗, 그랬나? 아내는 내가 무슨 일을 하는지 모른다. 철렁, 가슴이 내려앉는다.

"다른 건…… 하지 않았어?"

"다른 거, 뭐?"

다행히 가슴은 두드리지 않은 모양이다.

"정말 잘 지내는 거지?"

아내의 질문에 이런저런 생각만 많아진다. 불현듯 동물원에서의 생활을 되돌아보게 된다. 잘 모르겠다. 나는 정말 잘 지내고 있는 걸까?

여기 고릴라 한 마리가 있다고 치자. 꼭 고릴라가 아니어도 상관없다. 바다코끼리일 수도 있고, 북극곰일 수도 있다. 중요한 건 그게 아니니까. 당신은 관람객이다. 표를 끊고 동물원에 들어왔다. 모처럼 동물들을 구경하기 위해서다. 당신은 여기저기 돌아다니며 이런저런 동물들을 구경한다. 어떤 동물은 그냥 지나치고 어떤 동물은 한참 동안 바라본다. 취향 문제다. 당신은 인도코끼리 같은 건 시시하다고 생각할지도 모른다. 인도코끼리보다는 악어거북이 훨씬 흥미롭다. 어쩌면 악어거북도 별로일 수 있다. 평소에 고양이를 좋아하는 당신은 사자나 호랑이를 보면서 매력을 느낀다. 개를 좋아하는 당신이라면 늑대와의 교감을 시도하면서 즐거운 시간을 보낼 수도 있다. 아무튼 당신은 어떤 동물에게서 눈을 떼지 못한다. 그 동물이 바로 고릴라다. 그렇다고 치자.

당신은 고릴라에 대해서 아는 것이 거의 없다. 기껏해야 생김새 정도다. 그나마 사진이나 TV에서 몇 번 본 게 전부다. 당신은 고릴라가 무얼 먹는지, 어떻게 생활하고 어떻게 행동하며 어떤 습성을 가지고 있는지 하나도 모른다. 모르는 게 당연하다. 고릴라는 가족이나 친구가 아니다. 동물원에 와야 볼 수 있는 동물이다. 모를 수밖에 없다. 당신은 고릴라를 관람하면서 생각한다. 저건 고릴라다. 여기는 고릴라사고, 당신 옆에는 고릴라의 서식지며 간단한 생태 등을 적어놓은 안내 팻말이 세워져 있다. 당신과 함께 있는 관람객들도 고릴라를 구경하기 위해 여기에 와 있다. 당신은 의심하지 않는다.

당신은 당신의 잣대로 고릴라를 바라본다. 그건 누구나 마찬가지다. 고릴라는 모름지기 이래야 한다고 생각한다. 이렇게 생기고 이렇게 행동하는 동물이 고릴라다. 당신이 알고 있는 고릴라는 온몸에 검은 털이 나 있는 동물이다. 얼굴과 발바닥에만 털이 없다. 앞발이 뒷발보다 길고 직립보행을 하는 인간과 달리 4족 보행을 한다. 가끔 뒷발로 서서 탕탕 가슴을 치며 우후우후 포효할 때도 있다. 이런 동물이 당신이 알고 있는 고릴라다. 당신은 고릴라가 바나나만 먹는다고 생각한다. 사납고 나무를 잘 타는 동물이라고 알고 있다. 하지만 고릴라의 주식은 잎과 줄기다. 때로는 곤충을 먹기도 한다. 또 고릴라는 부끄러움을 탈 정도로 온순한 동물이다. 나무 같은 건 무거워서 잘 타지 못한다. 그러니까 당신이 생각하는 고릴라는 고릴라가 아닐 수도 있다. 하지만 동물원에서 중요한 건 당신이 생각하는 고릴라다. 당신은 입장료를 내고 들어온 관람객이다.

당신이 보고 싶어 하는 고릴라는 진짜 고릴라가 아니다. 진짜보다 더 진짜 같은 고릴라다. 진짜 고릴라는 좀처럼 흥분하지 않는다. 송곳니를 드러내면서 가슴을 치는 일은 거의 없다. 또 진짜 고릴라는 꼭 필요할 때가 아니면 잘 움직이지 않는다. 건축 자재나 폐타이어처럼 한자리에 앉아 대부분의 시간을 보낸다. 진짜 고릴라는 당신을 실망시킨다. 당신은 고릴라가 송곳니를 드러내면서 가슴을 치고 바나나를 따기 위해 나무에 올라가기를 바란다. 하지만 그런 고릴라는 없다. 그런 고릴라를 볼 수 있는 곳은 세상에 한 곳뿐이다. 거기가 바로 이 '세렝게티 동물원' 되겠다.

출근 이틀째, 동물원은 아직 개장 전이었다. 동물원의 개장 시간은 아침 9시. 동물들은 그보다 1시간 전인 아침 8시까지 출근해야 한다. 관리 사무소에 있는 탈의실에서 동물 옷으로 갈아입고 각자의 우리로 들어가 그날의 업무를 준비한다. 가벼운 잡담을 주고받는 동물들이 있는가 하면, 체조나 스트레칭으로 몸을 푸는 동물들도 있다. 아침 8시 10분, 사육사들이 돌아다니며 동물들의 출결을 체크한다. 고릴라사에도 방금 사육사 한 명이 다녀갔다. 네 마리 모두 OK, 수고들 하십시오. 수고해야 하는구나, 생각했다.

"담배 피워?"

그놈이 그놈 같은 세 마리 중 한 마리였다. 검은 털로 덮인 산만 한 덩치가 무서웠고, 뭐야, 쳐다보지 마, 조준 광선 같은 놈의 시선이 느껴져 불안에 떨었으며, 어, 왜 이쪽으로 오지, 그렇다는 걸 알았을 땐 현실을 외면하고 싶었다. 눈을 깔고, 오지 마, 오지 마, 현실을 열심히 외면하고 있는데, 쿠쿵, 박력 넘치는 고릴라 얼굴이 눈앞에 나타났을 때는, 저한테 왜 이러세요, 외면할 수 없는 현실이 원망스러웠다. 그 고릴라가,

"담배 피워?"

다정한 목소리로 물었다. 그래서 더 무서웠다.

"담배…… 안 피우는데요."

담배라면 부업을 시작할 때 끊었다. 마늘 몇 개 까는 데 담배 한 개비, 이렇게 계산하면 담배를 피울 수 없었다.

"나도 안 피워. 그래도 잠깐 와봐."

고릴라사 중앙에는 양옆에 한 채씩, 모두 두 채의 움막이 있다. 한쪽이 A동이고, 다른 한쪽이 B동이다. 내가 고릴라를 따라간 곳은 A동 움막 뒤였다.

"커피는 마시지?"

일반 회사의 탕비실 같은 분위기였다. 밥상만 한 탁자가 있고, 그 위에 커피며 프림이며 설탕, 충전식 커피포트 등이 구비되어 있었다. 종이컵과 생수, 신문 등도 보였다. 금방 물이 끓었다.

"어떻게 마셔?"

원래는 커피 약간에 물을 부어 마셨다. 혼자 마시거나 사람하고 마실 때는 그랬다. 하지만 고릴라하고 마시는 건 처음이었다. 왠지 달짝지근하고 진한 다방 커피가 마시고 싶었다. 프림 세 스푼에 설탕 네 스푼.

"입맛에 맞을지 몰라."

고릴라가 타 준 커피를 두 손으로 받았다. 손등에 검은 털이 나 있고 손가락 끝에 손톱이 달려 있었다. 착용감은? 골키퍼용 장갑을 끼고 있는 느낌이랄까. 감각이 없었다. 움직임도 불편했다.

뭘 쥐든 조심조심. 그렇게 종이컵을 들고 모락모락 김이 나는 갈색 커피를 물끄러미 바라보았다. 이걸 꼭 마셔야 하나, 생각했다.

"뭐 해? 안 마셔?"

이걸 꼭 마셔야 하는구나, 생각을 바꿨다. 힘들게 한 모금 마셨다. 어, 이거 맛있네. 입에 짝 붙었다. 다시 한 모금 마셨다. 이번에는 입안에 머금고 맛을 음미했다. 조금씩 아껴서 삼켰다. 감히 고릴라가 타 준 다방 커피 따위가 내 영혼을 위로하다니. 내 영혼이 이렇게 나약할 리 없다, 생각했다. 커피를 마시면서 내 영혼에게 물었다. 너 오늘 왜 이래? 내 영혼이 대답했다. 난 아직 모든 것이 낯설고 두려워, 위로받고 싶어.

아침에는 기분이 좀 그랬다. 아무것도 모르던 전날과는 상황도 마음도 달랐다. 간밤에 많이 생각했다. 눈을 감고 있으면 낮에 봤던 고릴라들의 모습이 떠올랐다. 먹고산다는 게 뭘까? 인생에 대한 회의가 밀려와 아내 몰래 몸부림치기도 했다. 고릴라가 아니면 먹고살 수 없는 걸까? 떼굴떼굴 밑바닥까지 굴러떨어진 느낌이었다. 내일 나가지 말까? 진지하게 고민하다가, 고릴라면 어때, 돈만 잘 벌면 되지, 이렇게도 생각해보고, 내가 차라리 마늘을 깐다, 넌 자존심도 없냐, 너덜너덜 걸레가 될 때까지 자존심을 괴롭히는가 하면, 다른 사람들도 하는 건데 뭘, 상처에 연고를 바르듯 이렇게 자기를 합리화해보기도 했다. 좀처럼 잠이 오지 않았다. 눈만 감고 있었다. 한두 시간이나 잤을까? 몸도 마음도 천근만근 무거웠다. 그런 몸과 마음을 질질 끌고 출근길에 올랐다.

동물원에 도착하자마자 관리 사무소로 직행했다. 2층에 있는 동물 탈의실에서 옷을 갈아입었다. 먼저 한쪽 다리를 집어넣은 다음 나머지 다리를 집어넣었다. 바지를 입을 때와 같은 요령이었다. 다리 다음은 팔이었다. 왼팔, 오른팔을 차례대로 밀어 넣었다. 그런 다음 머리를 썼다. 지퍼는 등에 달려 있었다. 팔을 등 뒤로 돌려 지퍼를 올렸다. 반밖에 올라가지 않았다. 제가 올려드릴까요? 나머지 반은 옆에서 옷을 갈아입고 있던 피그미하마가 올려주었다.

"감사합니다."

"뭘요."

쑥스러운 듯 몸을 돌리는 피그미하마가 낯설었다.

"어제 잘 들어갔어?"

"2차까진 기억나는데, 그다음은 필름이 끊겨서 어떻게 집에 들어갔는지 기억이 안 나."

정겹게 이런 대화를 나누는 캥거루 두 마리도 낯설었고,

"실례합니다. 좀 지나갈게요."

예의 바르게 지나가는 아프리카코뿔소의 머리와 앞발도 낯설기만 했으며,

"같이 가요, 과장님."

그 뒤를 따라오는 아프리카코뿔소의 뒷발과 엉덩이도 낯설었다. 하지만 그중에서도 가장 낯설었던 것은 탈의실 한쪽 벽에 붙어 있던 전신 거울이었다. 거기에는 엄마 잃은 아이처럼, 혹은 그 아

이를 잃어버린 엄마처럼 막막하고 지친 표정의 마운틴고릴라 한 마리가 서 있었다. 저게 난가? 시험 삼아 오른팔을 들었다. 마운틴고릴라의 왼팔이 올라갔다. 저게 정말 나야? 재확인차 오른팔을 내리고 왼팔을 들었다. 마운틴고릴라의 왼팔이 내려가고 오른팔이 올라갔다. 제발 따라 하지 말아줘. 현실을 외면하고 싶어 고개를 돌렸다.

"거, 좀 지나갑시다."

아시아 일대에서 서식하는 판다에게 길을 비켜주고 다시 거울 앞에 섰다. 거기에는 여전히 막막하고 지친 표정의 마운틴고릴라 한 마리가 못 볼 걸 본 사람처럼 놀란 눈을 뜨고 서 있었다. 눈사태처럼 와르르, 그때 내 속에 있던 무언가가 무너져 내렸다. 처음엔 그게 뭔지 몰랐다. 고릴라가 타 준 다방 커피를 마시면서 알게 되었다. 난 아직 모든 것이 낯설고 두려워, 위로받고 싶어. 그때 와르르 무너져 내린 건 살면서 한 번도 돌본 적 없는 내 영혼이었다. 나는 다방 커피를 마시면서 내 영혼을 위로했다. 그동안 소홀하게 대해서 미안해, 이런 나를 용서해주겠니?

"난 조풍년이라고 해. 만나서 반가워."

고릴라 조풍년 씨와 악수를 나누면서 나도 내 소개를 했다. 먼저 이름을 대고, 김영수입니다,

"앞으로 잘 부탁드립니다."

남의 집 문턱을 넘는 기분으로 머리 숙여 인사를 했다. 그런데 갑자기,

"어제는 미안해."

고릴라 조풍년 씨가 긁적긁적 뒤통수를 긁으며 미안해했다. 어제요? 어제 무슨 일이 있었나? 고릴라 조풍년 씨가 미안해할 만한 일이 있었는지 생각해봤다. 그러고 보니 어제 그런 일이 있기는 했다. 어떤 고릴라가 날린 핵 펀치 한 방에 의무실까지 실려 갔다.

"툭 친 건데 기절할 줄은 몰랐어. 미안해."

그럼 어제 철거용 쇠공을 날린 장본인이 고릴라 조풍년 씨?

"정말 툭 친 거야. 나도 깜짝 놀랐다니까."

기절하고 난 다음의 이야기를 들을 수 있었다. 폭력적인 장면을 목격한 관람객들은 충격에 휩싸였다. 여기저기서 비명 소리가 들리고, 카메라 플래시가 터졌다. 순식간에 몰려든 관람객들 때문에 고릴라사 앞은 무슨 사건 현장처럼 일대 혼란을 빚었다. 바로 관리 사무소에 신고가 들어갔다. 출동한 사육사들은 2개 조로 나누어 발 빠르게 움직였다. 1개 조는 충격에 빠진 관람객들을 해산시키고, 무리 내에서 흔히 있는 서열 다툼입니다, 그리고 이건 죄송하다는 의미에서 드리는 돌고래 쇼 입장권인데……, 나머지 1개 조는 고릴라사로 들어와 상황을 정리했다. 어떻게 된 겁니까? 그때도 조풍년 씨는 비슷한 대답을 했다고 한다. 그냥 툭 친 거야, 나도 깜짝 놀랐어.

하긴 그랬다. 어제는 내가 너무 긴장했다. 고릴라 세 마리와 같은 공간에 격리되어 있다는 사실 때문에 제정신이 아니었다. 정말 툭 친 건지도 모른다. 그 펀치 한 방에 불량 가전제품처럼 퓨즈가 나가버린 건지도 모른다.

"과장님이 미안할 거 없어요."

다른 고릴라가 등장했다. 고릴라 조풍년 씨보다 덩치도 작고 선도 가늘었다. 암놈 같았다. 저도 커피 한잔 주세요. 어떻게 줄까? 오늘은 프림 둘 설탕 둘. 여자 고릴라는 커피를 마시면서 말을 이었다.

"먼저 실수를 한 건 그쪽이잖아요. 사람을 고릴라 취급이나 하고."

노란 프로펠러를 그리며 휙휙 비행하던 바나나, 어제 나는 그 바나나를 손가락을 가리키며 물어요, 세 마리 고릴라에게 부탁했었다. 생각해보면 펀치가 날아온 건 그다음이었다.

"그건 그래."

고릴라 조풍년 씨마저 휙 변심해서 여자 고릴라 편에 붙었다. 맞아, 그건 네가 잘못했어, 실눈을 뜨고 스윽 노려보는 고릴라가 무려 두 마리. 맞은 건 난데 이 몸이 사과해야 하나?

"우릴 고릴라 취급했잖아요. 사과해요."

사과해야 할 것 같았다. 기분 나쁘셨다면 죄송합니다, 사과를 하려고 하는데,

"여기들 모여서 뭐 해?"

세 번째 고릴라가 끼어들었다. 등 뒤에 하얀 털이 나 있는 고릴라였다. 어제 인터넷으로 고릴라에 대해 잠깐 공부했다. 등에 하얀 털이 나 있는 고릴라는 일명 '실버백', 무리를 이끄는 대장 고릴

라라는 걸 알게 되었다. 조 과장, 나도 커피 한잔 부탁해. 목소리에서 대기업의 중역급 간부 같은 분위기가 풍겼다. 나이도 조풍년 씨보다 한참 많을 것 같았다.

"자네가 이번에 새로 들어온 신입 사원인가?"

"예, 김영수라고 합니다."

"여기가 일반 회사랑은 분위기가 많이 다를 거야. 그래도 다들 좋은 사람이니까 이제 한솥밥 먹는 식구다 생각하고 마음 편하게 지내요."

대장 고릴라가 인자하게 웃으며 말했다. 조 과장이 타 준 커피는 언제 마셔도 최고야, 커피를 한 모금 마시더니 불쑥 라디오 주파수를 바꾼 것처럼 아까 그 고릴라가 맞나 싶을 정도의 목소리로 다음 말을 이었다.

"참, 어제는 자네가 너무했어. 바나나를 집어 던지다니, 고릴라사에서는 상상도 할 수 없는 일이야. 고릴라로서의 본분을 망각한 반고릴라적 행위였어. 뭐 이런 막돼먹은 고릴라가 다 있나 하고 나까지 깜짝 놀랐으니까 말일세."

"우리를 고릴라 취급했어요. 바나나를 던지면서 '물어'라고 했어요."

이 여자 고릴라, 집에서 불도그를 키우나? 한번 물더니 놓을 줄을 모른다.

"그것도 그거지만 바나나를 집어 던진 게 더 나빴네. 늑대나 호랑이라면 몰라도 고릴라가 그러면 안 되는 거였어. 관람객들이 우리 고릴라들을 어떻게 생각하겠나?"

대장 고릴라마저 저쪽 편에 붙었다. 원한이 담긴 눈으로 잡아먹을 것처럼 나를 노려보기 시작했다. 이걸로 3 대 1. 저쪽이 3이고 이쪽이 1이다. 고릴라 세 마리의 시선이 권총에서 발사된 조준 광선처럼 내 몸 여기저기에 박혔다. 내가 무슨 서울 한복판에 폭탄을 설치한 테러범도 아니고. 아군 같은 건 없었다. 문득 아내의 얼굴이 사무치게 보고 싶었다. 여보, 이 세상에 내 편은 당신밖에 없나 봐.

"저도 바나나를 좋아합니다. 하지만 어제는 어쩔 수 없었습니다. 바나나를 던진 건……. 바나나로 주의를 돌린 다음 탈출할 생각이었습니다."

나는 사과하기에 앞서 해명을 했다. 사과는 그다음에 할 생각이었다.

"어쩔 수 없이 그랬다잖아요. 대장님 정말 너무하십니다."

고릴라 조풍년 씨가 바로 내 편에 붙었다. 천군만마를 얻은 기분입니다, 이렇게 함께해주시니 제가 얼마나 든든한지 모르겠습니다, 덥석 두 손을 맞잡고 마냥 기뻐할 수만은 없었다. 뭐 이런 박쥐 같은 고릴라가 다 있어, 생각했다. 아무튼 이걸로 2 대 2. 어깨에 지고 있던 짐짝 하나를 내려놓은 기분이었다.

"그러니까 고릴라 취급한 게 맞네."

여자 고릴라가 계속 물고 늘어졌다. 틀림없다. 집에서 불도그를 키운다. 의심은 확신으로 변했다. 이 정도 근성이면 뭘 해도 하겠구나 감탄했다. 반면 박쥐 고릴라 조풍년 씨는 이번에도 이랬다 저랬다 했다. 네가 나빠. 여자 고릴라 옆에 서서 나를 노려보며 말했다.

"맞아, '물어' 할 때는 나도 울컥했어."

이렇게 해서 다시 3 대 1. 겨우 내려놓은 짐짝을 다시 짊어진 느낌이었다. 두 배쯤 더 무거웠고, 여보, 이 세상에 내 편은 역시 당신밖에 없나 봐, 두 배쯤 더 외로웠다. 그래서 그런 건 아니지만 이번에는 정말 사과할 생각이었다.

"자네 정말 바나나를 좋아하나?"

그때 대장 고릴라가 라디오 주파수를 다시 휙 돌리며 물었다. 스피커에서 다시 대기업의 중역급 간부 목소리가 흘러나왔다. 나는 예, 좋아하는데요, 뒷골목에서 불량배들을 만난 중학생처럼 기어들어가는 목소리로 대답했다.

"내가 바나나를 좋아하는 사람치고 악한 사람을 못 봤어. 안 그런가, 조 과장?"

"맞습니다. 바나나를 좋아하는 사람치고 악한 사람이 없어요."

집에 가면 바나나가 인간성에 미치는 영향을 검색해봐야겠다고 생각했다. 바나나 하나로 내 편이 둘이나 늘었다. 이제 이쪽이 3이고, 저쪽이 1이다. 아내의 얼굴을 보고 싶어 했던 지난 시간이 먼 옛날 일처럼 까마득하게 느껴졌다. 지금 저쪽 1에 서 있는 여자 고릴라는 누구의 얼굴을 보고 싶어 할까? 혹시 집에서 기르는 불도그?

"앤 대리, 자네도 그만 화 풀어. 바나나를 좋아한다지 않나. 착한 친구야. 용서해주게."

"그래, 바나나를 좋아하니까 용서해줘."

대장 고릴라와, 이제는 대장 고릴라 옆에 착 달라붙어 있는 조풍년 씨가 여자 고릴라를 설득했다.

"기분 나쁘셨다면 죄송합니다."

이번에는 정식으로 사과했다. 정중하게 머리까지 숙였다. 저명인사들이 집필한 자기 계발서를 몇 권 읽어보면 알 수 있다. 회사 생활의 제1조 1항은 적을 만들지 말 것. 직장 내에서 적을 만드는 건 시한폭탄의 빨간 선과 파란 선 중 하나를 자르는 일만큼 위험하다. 살 수도 있지만 죽을 수도 있다. 고릴라사처럼 인원도 몇 없고 빤히 얼굴을 보면서 생활해야 하는 직장이라면 악어 입속에 머리를 들이미는 일쯤 된다. 댕강! 반드시 고통스럽게 죽는다. 머리를 숙여서 안 되면 무릎인들 못 꿇으랴, 각오하고 있었다.

"저는 고릴라가 아니거든요. 한 번만 더 그러면 가만히 안 있을 거예요."

여자 고릴라가 쌩하니 가버렸다. 각오만 하지 말고 역시 무릎을 꿇을 걸 그랬나?

"한 번만 더 그러면 나도 가만히 안 있을 거야."

고릴라 조풍년 씨도 여자 고릴라 등 뒤에 찰싹 붙어 박쥐처럼 퇴장했다.

"출근 첫날부터 바나나를 집어 던지는 신입 고릴라는 처음 봐."

"과장님, 바나나가 문제가 아니잖아요."

저쪽에 나란히 앉아서 티격태격하는 소리가 여기까지 다 들렸다. 결국 적을 만들고 만 건가? 악어 입속에 머리를 들이밀고 말았나? 과식을 하고 바로 누운 것처럼, 그 배 위에 누군가 척 하니 다리를 올려놓은 것처럼 속이 거북했다.

"애-앵!"

그때 동물원 스피커에서 사이렌 소리가 울려 퍼졌다. 아침부터 무슨 민방위 훈련이람, 생각했다. 하지만 민방위 훈련이 아니었다.

"관리 사무소에서 알려드립니다. 도시인의 휴식 공간, 어린이들의 천국, '세렝게티 동물원' 개장 10분 전입니다. 사육사를 비롯한 동물 여러분께서는 각자의 위치에서 만반의 준비를 갖추시기 바랍니다. 관리 사무소에서 다시 한번 알려드립니다……."

업무 개시를 알리는 안내 방송이었다. 안내 방송이 끝나고 동물원 로고송이 이어졌다.

"꿈과 환상의 나라 세렝게티. 야생이 살아 숨 쉬는 세렝게티. 행복해요, 세렝게티. 즐거워요, 세렝게티. 우리는 언제나 세렝게티."

빠르고 경쾌한 리듬에 단순하게 반복되는 가사, 세뇌를 목적으로 만든 노래가 아닐까? 중독성이 너무 강했다. 영혼을 빼앗긴 사람들이 음산하게 이 노래를 따라 부르며 좀비처럼 동물원으로 입장하는, 그런 으스스한 장면이 떠올랐다.

"고릴라에 대해서 좀 아나?"

대장 고릴라였다. 목소리의 주파수가 그대로라 일단은 안심했다. 어제 미리 공부해두길 잘했다, 생각했다. 어쩌면 이 자리가 직장 상사에게 업무 능력을 평가받는 시험 무대일지도 모른다, 이런 생각이 들자 정신이 번쩍 났다. 고릴라로서의 업무 능력 평가지만, 시험 무대에 오른 이상 잘하고 싶었다. 나는 어제 숙지한 내용들을 떠올렸다.

서부아프리카의 삼림지대에 서식하는 고릴라는 유인원 중 가장 큰 종이다. 수컷은 보통 170센티미터에서 180센티미터의 신장에 몸무게가 무려 140킬로그램에서 180킬로그램이나 된다. 그에 비해 암컷의 평균 신장은 150센티미터고, 몸무게는 90킬로그램 정도다. 고릴라는 15마리 이상의 가족이 무리를 지어 생활하는데, 주로 버섯, 셀러리, 죽순나무의 연한 잎, 양치류 등 섬유질이 많은 식물을 먹는다. 먹이를 먹을 때는 손으로 집어 먹으며, 물은 입술을 대고 마신다. 가끔 뒷발로 서서 이빨을 드러내며 탕탕 가슴을 치기도 하는데, 이것은 침입자의 위협이나 무리 내의 서열 다툼처럼 흥분한 상태에서만 보이는 행동이다. 채식동물인 고릴라는 원래 온순하고 사회적인 동물이다. 임신 기간은 약 9개월로 한배에 한 마리를 낳는다. 야생에서 고릴라는 37년에서 40년 정도 산다. 사육할 경우 수명은 50년 정도다. 무분별한 개발에 따른 서식지 감소와 기념품으로 인기가 있는 머리나 가죽 등을 노리는 밀렵꾼들 때문에 현재 고릴라는 멸종 위기 동물이다.

"고릴라가 멸종 위기 동물이래?"

어쩌다 그렇게 된 거야, 대장 고릴라가 쯧쯧쯧, 혀까지 차며 안타까워했다.

"바나나는 안 먹나?"

"있으면 먹지 않을까요?"

"그렇지. 있으면 바나나도 먹겠지. 고릴라가 소도 아니고 만날 풀만 뜯어 먹지는 않을 거야."

업무 능력을 평가받는 시험 무대 같은 게 아니었다.

"궁금해서 물어봤어. 이런 건 신참들이 잘 알거든. 그나저나 고릴라가 가슴을 치는 게 다 이유가 있어서 그런 거였군, 그래."

역시 다 이유가 있는 거였어, 무릎을 치며 계속 고개를 끄떡이는 대장 고릴라를 나는 만감이 교차하는 심정으로 바라봤다. 하늘은 맑은데 내 머리 위에만 먹구름이 끼고, 비가 내리고, 천둥 번개가 치는 느낌이었다.

"그런데 말일세. 여기 고릴라는 진짜 고릴라가 아니라네."

대장 고릴라가 갑자기 주파수를 돌렸다. 이번에는 대기업 회장 같은 목소리가 흘러나왔다. 그래서 시작된 게 다음과 같은 이야기였다.

"여기 고릴라 한 마리가 있다고 치세. 꼭 고릴라가 아니어도 상관없네. 바다코끼리일 수도 있고, 북극곰일 수도 있겠지. 중요한 건 그게 아니니까. 자네는 관람객이야……."

관람객들이 보고 싶어 하는 고릴라는 진짜 고릴라가 아니다,

관람객들의 머릿속에 있는 고릴라다, 대장 고릴라는 관람객들이 동물원을 찾는 건 그런 고릴라를 보기 위해서라고 했다.

"고릴라 하면 자네는 가장 먼저 뭐가 떠오르나?"

바나나가 떠올랐다.

"관람객들도 마찬가지야. 고릴라 하면 바나나를 떠올리지. 또 뭐가 떠오르나?"

바나나 다음은 뒷발로 서서 탕탕 가슴을 치는 고릴라였다.

"바나나를 먹으면서 매일 탕탕 가슴을 치는 고릴라는 진짜 고릴라가 아니야. 하지만 관람객들이 보고 싶어 하는 건 그런 고릴라거든. 〈킹콩〉이라는 영화 본 적 있나?"

〈킹콩〉이라면 1933년 미국에서 제작된 영화다. 내가 본 건 1976년판이다. 2005년 할리우드에서 리메이크하기도 했다. 2005년판도 TV에서 본 적이 있다.

"〈킹콩〉의 모델이 된 동물이 바로 고릴랄세. 엠파이어스테이트빌딩에 올라가는 장면이 정말 압권이었지. 관람객들은 그런 고릴라를 보고 싶어 해. 한 손에 바나나를 쥐고, 가슴을 탕탕 치면서 엠파이어스테이트빌딩에 올라가는 고릴라 말일세. 하지만 세상에 그런 고릴라가 어디 있겠나. 그런 고릴라를 볼 수 있는 곳은 이곳 '세렝게티 동물원'뿐일세. 자네와 내가 바로 그런 고릴라니까 말이야."

관람객들이 몰려왔다. 풍선을 든 아이들의 웃고 떠드는 소리가 하늘 높이 날아올랐고, 데굴데굴 유모차 굴러가는 소리, 두런두런 이야기를 주고받는 소리, 오랜만에 동물원을 찾은 가족들의 들뜬 목소리며 아이들의 장난감에서 나는 소리 등이 관람객들의 발소리와 함께 다가오고 있었다.

"명심하게. 고릴라 하면 바나나, 가슴 치기, 엠파이어스테이트빌딩이야. 참, 모르는 게 있으면 언제든지 물어보게. 그리고 오늘은 첫날이니까 무리하지 않는 게 좋겠지. 고릴라 하면 뭐라고?"

"바나나, 가슴 치기, 엠파이어스테이트빌딩이요."

"좋아, 됐어. 자, 그럼 우리도 일을 시작해볼까."

대장 고릴라가 툭 내 어깨를 치며 관람객들이 기다리고 있는 무대 위로 올라갔다. 그 대장 고릴라가 바로 만딩고였다. 고릴라 중에 실명을 쓰는 고릴라는 조풍년 씨뿐이었다. 여자 고릴라는 앤이었다. 왜 앤인지 나중에 찾아봤다. 영화 〈킹콩〉에 나오는 미녀의 이름이 앤이었다. 그래서 앤이구나, 고개를 끄떡이면서 수긍했던 기억이 난다. 나는 그냥 김영수. 조풍년 씨는 너라고 불렀고, 만딩고는 자네, 영수 씨라고 이름을 부르는 건 앤뿐이었다.

사람 사는 데는 어디나 비슷비슷하구나, 대장 고릴라 만딩고를 따라 무대에 오르면서 나는 그런 생각을 잠깐 했다. 하는 일이 다를 뿐이지 동물원도 일반 회사랑 별 차이가 없는 것 같았다. 부장 고릴라에 만딩고, 그 밑에 과장 조풍년 씨와 대리 앤이 포진해 있었다. 무역회사에서 통신회사로 이직한 느낌이랄까. 업무 시작 전에 커피를 마시면서 티격태격 잡담을 나누는 것까지, 회사를 다닐 때랑 똑같았다. 덕분에 긴장이 조금은 풀렸다. 노력하면 적응 못 할 것도 없겠다는 자신감도 생겼다. 하지만 철창 앞에서 어슬렁거리는 고릴라 세 마리, 나는 아직 직장 동료들이 낯설고 두려웠다. 백주대로건 어두운 뒷골목이건 저 세 마리와 마주치면 반드시 기절하고 말 거라 생각했다. 그리고 그 세 마리의 고릴라와 함께 같은 직장에서 일하고 있는 내가, 네 번째 고릴라인 내가, 사실은 가장 낯설고 두려웠다. 하지만 낯설고 두려운 건 그게 다가 아니었다.

고릴라사 앞에 모인 열댓 명의 관람객, 그중 몇은 기대에 찬 눈으로 나를 바라보고 있었다. 이제부터 뭘 해야 하지? 초조했다. 나한테 대체 뭘 바라는 거야? 관람객들의 눈길이 100킬로그램쯤 나가는 바벨처럼 부담스러웠다. 이런 게 무대 울렁증이라는 걸까? 맥박이 빨라지고 몸을 움직일 때마다 관절 마디마디에서 삐거덕 소리가 나는 것 같았다. 눈앞이 캄캄했다. 머릿속이 하얗게 비어버린 느낌이었다.

일단 필드에 엉덩이를 대고 쪼그려 앉았다. 오늘은 첫날이니까 무리하지 않는 게 좋겠지, 만딩고의 충고를 따르기로 했다. 관람객들을 빤히 쳐다보며 눈싸움을 벌일 수도 없는 노릇이라, 다른 고릴라들은 어쩌고 있나, 참고할 게 있으면 참고도 할 겸, 고개를 돌려 옆을 봤다. 앤과 조풍년 씨는 여전히 어슬렁거리고 있었고, 그 옆에서 만딩고는 나처럼 필드에 쪼그려 앉아 딴짓을 하고 있었다. 별거 없었다. 별거 없는데도 콩고의 삼림지대에서 서식하는 야생 고릴라 무리처럼 보였다. 별거 아니네, 한결 마음이 편안해졌다.

고릴라 하면 바나나. 그날 나는 하루 종일 바나나만 먹었다.

사료 같은 건 따로 나오지 않았다. 관람객들이 던져준 바나나로 점심을 해결했다. 바나나는 칼륨과 식이섬유가 풍부한 과일이다. 비타민 A와 C도 들어 있다. 칼로리가 낮은 저열량 식품 바나나는 지방이 거의 없고 나트륨이 매우 적어 비만인 사람들에게 적합한 다이어트 식품이기도 하다. 그 바나나를 유인원관 입구에 있는 '고릴라 휴게 음식점'에서 시중가의 두 배 가격으로 버젓이 팔고 있었다. 문득 세상이 참 무섭다는 생각이 들었다.

"고릴라야, 이거 먹어."

바나나를 던져주는 관람객들을 보면서, 관람객들이 원하는 게 뭘까? 생각했다. 바로 결론이 나왔다. 사람들은 동물원에 오면 자기중심적으로 변한다. 그러니까 관람객은 자기중심적인 동물이다. 지구가 자기를 중심으로 돌아가고 있다고, 동물원에 온 관람객들은 생각한다. 그래서 동물들이 자기를 봐주기를 바란다. 자기 말에 귀를 기울이고, 자기가 던져준 바나나를 먹기를 원한다. 진짜 고릴라라면 그런 건 당연히 신경 쓰지 않는다. 뭘 봐, 시끄러워, 배불러 등의 반응을 보이면서 관람객들의 바람을 저버릴 수도 있다. 그게 진짜 고릴라다. 관람객들이 실망하건 말건, 그래서 관람객들의 수가 줄어들건 말건, 그 여파로 동물원의 경영에 지장을 초래하건 말건, 진짜 고릴라는 아랑곳하지 않는다. 하지만 우리는 진짜 고릴라가 아니다. 나쯤 되는 신입 고릴라도 관람객들을 실망시키면 어떻게 된다는 것 정도는 바로 계산이 나온다. 가끔씩 관람객들과 눈을 마주쳤다. 말을 걸어오면 잠깐 듣는 척도 했다. 다른 고릴

라들도 다 그렇게 하고 있었다. 반응이 좋았다. 특히 바나나를 먹을 때면,

"저거 내가 던져준 바나나야!"

관람객들은 같이 온 가족이나 친구, 연인에게 자기가 뭐라도 해낸 것처럼 자랑하며 좋아라 했다.

"왜 내 바나나는 안 먹지?"

바나나를 던져주고 안타까워하는 관람객들도 많았다. 그럼 그 바나나도 집어 먹었다. 나중에는 터질 것처럼 배가 불렀다. 숨을 쉴 때마다 입에서도 코에서도 바나나 냄새가 났다. 씹어 삼킨 바나나가 목 끝까지 꾹꾹 가득 차 있는 느낌이었다.

― 첫날부터 무리하지 말라니까.

만딩고가 뾰족한 돌멩이로 땅바닥에 이렇게 썼다.

― 패기로 밀어붙여서 될 일이 있고, 안 될 일이 있는 걸세.

바나나는 패기로 밀어붙여서 어떻게 해볼 수 있는 게 아니라는 걸 온몸으로 알게 되었다. 바나나는 요령이 필요했다.

― 뚜렷한 주관으로 확실하게 기준을 세우고 공략하는 게 중요한 걸세.

자라나는 새싹들의 동심을 지켜주고 싶다면 아이들이 던져준 바나나 먼저, 레이디 퍼스트, 기사도 정신을 소중하게 생각하고 있는 고릴라라면 여자 관람객들이 던져준 바나나를, 동방예의지국에서 태어나 어르신들이 던져준 바나나를 외면한다면 어찌 인간된 도리라 할 수 있으랴, 이렇게 갸륵한 생각을 가슴속에 품고 있

는 고릴라라면 어르신들의 바나나를, 바나나에도 이런 우선순위가 있다는 걸 나중에 알게 되었다.

— 다 먹지 말고 적당히 남겨.

여러 바나나를 조금씩 먹는 것도 요령이라고 했다. 나는 댓글을 달았다.

— 화장실이 어디예요?

B동 움막이 화장실이었다. 앞쪽에 있는 문은 눈속임이고, 진짜 문은 뒤쪽에 달려 있었다. 문을 열고 들어가자 하얗게 깔려 있는 타일 위에 방금 청소한 것처럼 깨끗한 좌변기가 부끄럽사와요, 단아한 모습으로 다소곳이 놓여 있었다. 식이섬유가 풍부한 바나나는 변비에 좋은 과일이다. 그날 나는 세 번이나 좌변기에 앉아서 대변을 봤다.

바나나 다음은 가슴 치기다. 고릴라의 트레이드마크 하면 뭐니 뭐니 해도 이 가슴 치기를 들 수 있겠다. 아쉽게도 진짜 고릴라는 좀처럼 가슴을 치지 않는다. 그래서 일반 동물원에 간 관람객들은 고함을 질러 성대에 무리를 주거나, 돌멩이 같은 걸 집어 던지는 몰상식한 행동으로 주위의 눈총을 받는 등 몸 상하고 체면 깎이는 수고를 본의 아니게 하게 된다. 고릴라가 가슴을 치는 장면을 보기 위해서다. 하지만 '세렝게티 동물원'에 오면 그런 수고를 할 필요가 없다. '세렝게티 동물원'에 있는 고릴라들은 대략 1시간에 한 번씩 가슴을 치며 관람객들에게 볼거리를 제공한다. 뒷발로 서서 탕탕 약 10초쯤, 반응이 좋으면 기분이다, 20초쯤 가슴을 쳐주면 된다.

"우후우후."

가슴을 칠 때 포효를 곁들이면 극적인 효과를 높일 수 있다. 요령을 익혔으면 직접 한번 해보자. 누구나 할 수 있는 쉬운 동작이 가슴 치기다.

"와-아!"

"짝짝짝!"

들리는가, 이 우레와 같은 환호성과 아낌없는 박수 소리가. 보이는가, 밤하늘에 쏘아 올린 폭죽처럼 사방에서 터지는 카메라의 플래시 불빛이. 가슴 치기는 쉽고 간단하지만 뜨거운 반응을 불러일으킬 수 있는 동작이다. 하지만 이런 건 있다.

— 너무 세게 치지 말게.

— 왜요?

— 가슴에 멍이 들어.

반응이 뜨겁다고 신나게 두드리다 보면 어느새 가슴은 주인님 때문에 이렇게 됐잖아요, 문틈에 찐 손톱처럼 파랗게 변한다. 결국 가슴 치기도 요령이다. 결정타 한 방이 아니라 잽을 여러 방 날린다는 기분으로 가볍게 두드리는 게 좋다. 주먹을 엉성하게 반만 쥐는 것도 요령이다. 이렇게 하면 타격 면적이 넓어지기 때문에 충격은 완화되고, 탕탕 효과음은 배가된다. 그런 요령이 있다는 것도 만딩고가 설명해줘서 알게 되었다.

— 감사합니다.

— 별거 아니야. 이런 거 갖고 뭘.

아무튼 사회생활이고 직장 생활이고 90퍼센트 이상이 요령이다.

"와-아!"

"짝짝짝!"

번쩍번쩍 사방에서 카메라 플래시가 터지는 바람에 깜짝 놀랐다. 누가 가슴이라도 치나? 해서 옆을 봤다. 하지만 가슴을 칠 때는 네 마리가 동시에 친다. 그때 이 몸은 단체 관람을 나온 어르신들의 바나나를 꾸역꾸역 두 개쨴가 먹고 있었고, 여자 고릴라 앤은 몸매 관리 겸, 서비스 제공 차원에서 철창 주위를 어슬렁거리고 있었으며, 반면 대장 고릴라 만딩고는 관람객들이야 보건 말건 고릴라사 필드에 퍼질러 앉아서 꾸벅꾸벅 졸고 있었다. 그러고 보니 박쥐 고릴라 조풍년 씨가 보이지 않았다. 동물원의 폐장 시간은 오후 6시. 벌써 퇴근했을 리도 없고, 아니면 외근인가? 하지만 볼일이 있어서 거래처에 간 것도 아니고, 고릴라가 외근 같은 걸 할 리 없었다. 대체 어디 간 거야? 하고 뒤를 돌아봤다.

"와-아!"

"짝짝짝!"

고릴라사 필드에는 조풍년 씨가 없었다. 하지만 퇴근한 것도 거래처에 외근을 나간 것도 아니었다. 그때 고릴라 조풍년 씨는 엠파이어스테이트빌딩을 기어오르고 있었다.

바나나, 가슴 치기 다음으로, 고릴라 하면 떠오르는 세 번째가 바로 이 엠파이어스테이트빌딩이다. 정확히 말하면 킹콩이 엠파이어스테이트빌딩을 기어오르는 영화 속 한 장면 되겠다. 물론 진짜 고릴라는 엠파이어스테이트빌딩 같은 건물을 기어올라가지 않는다. 올라가도 엘리베이터를 타고 올라간다. 하지만 입장료를 내고 동물원에 들어온 관람객들은 그렇게 생각하지 않는다. 모름 지기 고릴라 정도 되는 동물이라면 엠파이어스테이트빌딩쯤 척척 맨손으로 기어올라갈 줄 알아야 어디 가서 내가 고릴라입네, 명함 이라도 내밀 수 있을 거라고 생각한다. 관람객들이 그렇게 생각하 기 때문에 '세렝게티 동물원'에서 근무하는 우리 고릴라들은 엠파 이어스테이트빌딩을 기어오른다.

엠파이어스테이트빌딩은 고릴라사 중앙에 세워져 있는, 높이 가 무려 12미터에 달하는 철제 구조물이다. 건물로 치면 5층이나 6층에 해당하는 높이다. 모양은……. 한 변의 길이가 5미터쯤 되는 정사각형을 떠올려주길 바란다. 그 정사각형의 네 각에 굵기가 전 봇대만 한 12미터짜리 강철 기둥이 하나씩 박혀 있다고 상상해보 자. 그림이 그려지시는지? 어떤 그림도 그려지지 않는다고? 그럼 12미터 높이의 거대한 직사각형 정글짐을 떠올려보면 어떨까? 수 많은 철봉이 직각으로 교차하면서 만들어놓은 큐브와 한번 잘못 들어가면 좀처럼 빠져나오기 힘든 그 놀이기구를 말이다. 처음 엠 파이어스테이트빌딩을 봤을 땐 나도 고릴라 전용 정글짐쯤 되는 놀이기군가? 생각했다. 우리 동네 놀이터에는 정글짐처럼 한물간 놀이기구는 없다고? 없을 수 있다. 요즘 누가 놀이터 같은 데서 노 느냐고? 그럴 수 있다. 그럼 그냥 사무실용 빌딩을 떠올려보자. 어

느 동네에나 사무실용 빌딩 하나쯤은 있게 마련이다. 거기로 출퇴
근하지 않더라도 오다가다 한 번쯤 보지 않았을까? 엠파이어스테
이트빌딩은 그 비슷하게 생겼다. 가끔 보면 철조 공사만 마무리하
고 방치해둔 미완성 빌딩 같다. 그 엠파이어스테이트빌딩을 고릴
라 조풍년 씨가 영차영차 힘겹게 기어오르고 있었다.

"와-아!"

"짝짝짝!"

기자회견장을 방불케 하는 수많은 카메라 플래시가 번쩍번
쩍, 엠파이어스테이트빌딩을 기어오르고 있는 조풍년 씨를 향해
집중사격을 퍼붓고 있었다. 철창 밖은 열광의 도가니였다. 가슴을
칠 때와는 비교도 안 될 만큼 관람객들의 반응은 뜨거웠다. 하지만
실전 근무에 막 투입된 삐약삐약 햇병아리 신입 고릴라 이 몸으로
말할 것 같으면, 그만둬요, 그런 위험한 짓! 건물 옥상에서 벌어지
는 투신 자살극의 한 장면을 현장에서 직접 지켜보는 시민처럼 마
음이 조마조마했다. 정상까지는 앞으로 2미터. 엠파이어스테이트
빌딩을 기어오르고 있는 조풍년 씨의 등은 큰 나무에 붙어 있는
매미처럼 작아 보였다.

휘잉, 그때 강한 바람이 불었다. 휘청, 한순간에 중심을 잃은
조풍년 씨의 몸이 삐딱하게 걸린 액자처럼 떨어질락 말락 위태로
워 보였다. 까악! 비명을 질러대는 관람객에, 저기는 높아서 바람
이 세, 어떤 관람객은 같이 온 여자 친구에게 실황중계를 해대지,
번쩍번쩍, 너 나 할 것 없이 카메라 플래시를 터뜨리는 통에 정신

이 하나도 없었다. 안 돼! 나는 속으로 울부짖으며 질끈 눈을 감았다. 번개라도 맞은 것처럼 내 몸을 덮고 있던 고릴라의 검은 털이 쭈뼛 곤두서는 느낌이었다.

"저기서 떨어지면 죽어?"

실황중계를 듣고 있던 여자 친구 관람객이 남자 친구 관람객에게 물었다.

"죽지 않을까?"

지상 10미터, 건물로 치면 4층 이상에 해당하는 높이다. 떨어지면 머리부터 떨어지고, 머리부터 떨어지면 100퍼센트 죽는다.

"저런 데서 떨어지면 고릴라도 죽는구나."

저런 데서 떨어지면 고릴라가 아니라 고릴라 할아버지라도 죽는다.

"죽으면 굉장하겠다. 그런데 고릴라 한 마리에 얼마나 해?"

"마운틴고릴라잖아. 적어도 몇십억은 할걸."

"아깝다."

정말 조풍년 씨의 몸값이 몇십억씩이나 할까? 내 몸값은? 앤과 만딩고는? 과연 진짜 마운틴고릴라보다 비쌀까? 모르겠다. 모르지만 비쌀 거라고 믿고 싶었다. 내 몸 어딘가에 분명히, 조풍년 씨와 만딩고, 앤의 몸 어딘가에도 반드시, 진짜 마운틴고릴라보다 비싼 정찰가가 붙어 있을 거라고 생각하고 싶었다.

"어, 안 죽었다."

여자 친구 관람객의 말을 듣고 눈을 떴다. 와-아! 관람객들의 환호성도, 짝짝짝, 아낌없이 쏟아지는 박수 소리도 두 배쯤 볼륨을 높인 듯 커져 있었다. 휘잉, 여전히 강한 바람이 불었고, 엠파이어 스테이트빌딩 정상에서는 고릴라 조풍년 씨가 검은 털을 날리며,

"우후우후."

월드컵 최종전에서 결승골을 넣은 스트라이커처럼 멋지게 가슴을 두드리고 있었다.

멋져, 굉장해, 관람객들도 탄성을 연발했다. 멋져요, 조풍년 씨, 나도 감탄했다. 하지만 왠지 모르게 눈시울이 뜨거워졌다. 엠파이어스테이트빌딩 정상에서 가슴을 두드리고 있는 조풍년 씨에게 묻고 싶었다. 과장님, 사람이 산다는 게 뭘까요?

그날은 하루 종일 강한 바람이 불었다. 대장 고릴라 만딩고가 엠파이어스테이트빌딩을 기어오를 때도, 여자 고릴라 앤이 엠파이어스테이트빌딩 정상에서 가슴을 두드리며 포효할 때도, 내 마음속에는 강한 바람이 불고 있었다. 몸을 가누기가 힘겨웠다. 바람이 불 때마다 나는 폭풍우에 휩쓸린 난파선처럼 이리저리 흔들리며 어두운 밤바다를 표류했다. 등대 같은 건 보이지 않았다. 장대처럼 쏟아지는 빗줄기와 갑판을 후려치는 험한 파도, 그리고 나라는 난파선을 사정없이 흔들고 있는 바람뿐이었다.

동물원의 폐장 시간은 오후 6시다.

"지금은 우리가 헤어져야 할 시간, 다음에 또 만나요."

동물원 스피커에서 이런 노래가 흘러나오면, 늦게까지 남아

있던 관람객들도 썰물처럼 쏴아 빠져나가고, 하루 종일 축제처럼 떠들썩하게 붐비던 동물원도 파장 직전의 5일장처럼 썰렁하니, 배를 가른 돼지 저금통처럼 텅 비고, 길바닥에 쓰레기가 뒹굴고, 목련꽃처럼 뚝뚝 큰 꽃잎을 떨어뜨리며 시들어버린다. 오후 6시 이후의 동물원은 성수기가 지난 해수욕장처럼 쓸쓸하게 변한다. 누군가 벤치에 깜빡하고 놓고 간 가방이며, 풀숲에 버려진 고장 난 장난감, 아이가 놓친 풍선은 나뭇가지에 걸려 있고, 누가 누구를 사랑한다는 낙서며, 누가 누구와 모월 모일 동물원을 다녀갔다는 낙서들이 해변에 찍힌 발자국처럼 고스란히 남아 있다.

사람들이 빠져나간 동물원에는 이렇게 사람들이 다녀갔다는 흔적들만 남는다. 하늘 높이 날아오르던 웃음소리와 폭죽처럼 터져 오르던 함성 소리가 모두 휘발해버리면 동물원은 희미한 인상의 초등학교 동창처럼 사람들의 머릿속에서 지워진다.

바쁜 출근길에 전날 본 바다코끼리를 기억하는 사람은 아무도 없다. 업무 개시 전, 직원 휴게실에서 잠깐 자판기 커피를 마실 때도 사람들은 선한 눈으로 자기를 바라보던 기린에 대해, 긴 코로 날름 과자를 받아먹던 인도코끼리에 대해, 12미터짜리 정글짐 위에서 가슴을 두드리던 마운틴고릴라에 대해 생각하지 않는다. 어쩌면 사람들은 동물원을 뒤로하는 바로 그 순간 다 읽은 책장을 덮어버리듯 동물원을 잊어버리는 건지도 모르겠다. 뭐, 좋다. 애야, 몸 성히 잘 있느냐? 동물원이 고향 집에 계시는 부모님도 아니고, 우리가 있다는 걸 믿으면 우리는 항상 너의 곁에 있을 거야, 이렇게 헛소리나 해대는 숲속의 요정은 더더욱 아니니까 말이다.

　하지만 이런 건 있다. 사람들이 떠난 뒤에도 동물원은 그 자리에 남아 있다. 보이지 않는다고 존재하지 않는 것은 아니다. 영화 〈토이 스토리〉에 등장하는 장난감들은 보는 사람이 아무도 없을 때만 움직인다. 동물들도 마찬가지다. 관람객들이 모두 떠나고 동물원 정문이 닫히면 그때부터 우리 밖에서 움직이기 시작한다.

　먼저 10분쯤 우리 안을 청소했다. 바닥에 버려져 있는 바나나 껍질들을 빗자루로 쓸어 모아 종량제 봉투에 담았다. 고릴라사 앞에 있는 쓰레기통을 비우고, 관람객들이 버리고 간 빈 병이며 비닐봉지, 땅바닥에서 녹아내린 아이스크림 같은 것들도 치웠다. 청소를 일찍 마친 동물 몇이 총총총 옷을 갈아입기 위해 관리 사무소로 걸어가고 있었다. 꼬리가 땅에 끌리지 않도록 한 손에 쥐고 걸어가는 악어 세 마리, 잡담을 나누며 산책하듯 지나가는 바다사자 무리, 꺄오꺄오, 괴성을 지르면서 뛰어가는 하이에나들도 보였다.

　"하루 종일 생풀만 뜯어 먹었더니 속이 쓰려 죽겠어."

　"옷장에 위장약 있는데, 줄까?"

　산양 두 마리가 이런 대화를 나누면서 지나갔다.

　"요즘 무슨 고민 있어? 얼굴이 어두워 보여."

　북극곰 한 마리가 동료 북극곰의 어깨에 팔을 두르며 물었다. 얼굴이 어두운 동료 북극곰이 대답했다.

　"결혼 생활이 재미가 없네요. 요즘은 와이프를 봐도 감흥이

136

없어요."

"결혼 생활을 재미로 해? 의리로 하는 거지. 와이프를 모르는 여자라고 생각해봐. 그럼 감흥이 올 거야."

"노력해볼게요."

어디나 사람 사는 건 비슷하구나, 청소를 마무리하면서 계속 이런 생각을 했다.

"청소 끝났으면 우리도 퇴근들 하지."

청소 도구를 정리하고 대장 고릴라 만딩고를 따라 고릴라사를 나왔다.

"자네는 집이 어딘가?"

만딩고와 이런저런 이야기를 나누면서 관리 사무소까지 걸어 갔다.

"나도 집이 그쪽인데, 이따 갈 때 같이 가면 되겠네."

알고 보니 조풍년 씨와는 같은 동네에 살고 있었다. 무슨무슨 경찰서를 지나 무슨무슨 슈퍼를 끼고 돌면 그 골목 끝에서 세 번째 집이 자기가 살고 있는 집이라고 했다. 사람은 많이 살지, 교통은 불편하지, 하긴 그래서 집값이 싸기는 하지만, 아무튼 사람이 살 만한 동네는 아니라고 계속 투덜댔다.

"앤 대리도 그쪽에 사니까, 이따 셋이서 같이 가면 되겠다."

업무 시간에는 말을 할 수 없다. 그래서 그런가, 고릴라 조풍 년 씨는 관리 사무소로 가는 내내 쉬지 않고 떠들어댔다. 나쁘지 않았다. 동물원 출근 둘째 날, 본격적인 업무에 투입된 걸로 치면 첫날이다. 이런저런 일들도 참 많았다. 새로운 직장 환경도, 처음 알게 된 동료들도 아직은 낯설고 서먹서먹하기만 했다. 부모님을 따라 새로운 학교로 전학 온 초등학생이 된 기분이었다. 그런 나였기에 옆에서 계속 떠들어대는 조풍년 씨가 오히려 고맙고 푸근했다. 동네 형 집에 놀러 가서 먹다 남은 고구마를 까먹으며 단지신 공이 어떻다는 둥, 천수관음권법이 어떻다는 둥, 냄새는 좀 나지만 따뜻한 이불 속에 누워서 무협지 이야기를 들을 때처럼 마음이 편안했다. 조풍년 씨는 사람을 편안하게 해주는 좋은 고릴라라고 생각했다.

반면 여자 고릴라 앤은 별말이 없었다. 딱 한 번 이런 질문을 하기는 했다.

"영수 씨는 여기 들어올 때 경쟁률이 얼마였어요?"

여자를 상대로 최선을 다하는 건 아니겠죠? 실기 시험 내내 나를 보며 울상을 짓던, 나 때문에 시험에서 떨어지고 지금은 어디서 무얼 하며 어떻게 사는지도 모를 아줌마, 그 아줌마의 원망에 찬 얼굴이 떠올랐다. 아주머니, 아직도 저를 원망하고 계세요?

"2 대 1이었습니다."

"예년보다 지원자가 많이 줄었네요."

그걸로 끝이었다. 어제 고릴라 취급했다고 그런 건지, 아니면 원래 말이 없는 건지, 여자 고릴라 앤은 무뚝뚝했다.

"자네만 괜찮다면 다 같이 술이나 한잔하지?"

대장 고릴라 만딩고가 내 어깨에 척 하니 팔을 올리며 말했다. 살짝, 짧고 절도 있게 손목을 꺾으며 다 같이 술이나 한잔하는 흉내도 냈다.

"저는 시험이 얼마 안 남아서 안 돼요."

여자 고릴라 앤은 무슨 시험 같은 걸 준비하는 모양이었다. 그 시험이 얼마 안 남았기 때문에 퇴근하면 바로 도서관에 가야 한다고 했다. 의외였다. 나쯤 되는 남자도 고된 하루 일과에 몸이 천근만근, 집에 가서 발 닦고 자고 싶은 생각뿐인데 여자 고릴라 앤은 시험 공부를 하기 위해 도서관에 간단다. 존경스러웠다. 저절로 우러러보게 되었다. 이 여자 고릴라 굉장히 성실하구나. 나이는 어리지만 배울 게 있으면 배워야겠다고 생각했다.

"도서관에만 앉아 있는다고 공부가 돼? 그동안 열심히 했잖아. 하루 정도는 술 한잔하면서 머리도 식히고 그래."

고릴라 조풍년 씨가 시험 준비에 쫓겨 몸 상하고 마음 상한 여동생을 걱정하듯 다정다감하고 친근한 목소리로 말했다.

"그렇게 하자고. 신입 사원 환영회 겸 한잔하는 자린데 좀 바쁘더라도 함께하게."

"그래, 그렇게 해."

그렇게 하기로 하고 여자 고릴라 앤과는 관리 사무소 앞에서 헤어졌다.

"옷 갈아입고 이따 여기서 봐."

탈의실에는 먼저 도착한 동물들이 옷을 갈아입고 있었다. 땀 냄새와 발 냄새가 진동했다. 잡담을 나누며 떠들어대는 동물들의 목소리가 낮은 탈의실 천장에 부딪혀 웅웅, 시끌벅적하게 울리고 있었다. 꼭 고등학교 운동부의 로커 룸 같은 분위기였다.

"너도 샤워해."

하루 종일 입고 있던 고릴라 옷을 벗고, 팬티와 러닝도 탈의한 다음, 만딩고와 조풍년 씨를 따라 샤워실로 들어갔다. 사실 그때 난 좀 낯설었다. 만딩고도 조풍년 씨도 이렇게 생긴 사람들이었구나, 하루 종일 붙어 있었다는 게 거짓말 같았다. 새삼 서먹서먹한 기분이 들었다. 뭐랄까, 너무 평범하게 생긴 사람들이라 더 그랬다. 마른 체구에 크지도 작지도 않은 키, 염색하지 않은 흰머리가 고집스러워 보이는 60대 어르신 쪽이 대장 고릴라 만딩고 같았다. 조풍년 씨는 우리 셋 중에 키도 덩치도 제일 컸다. 100킬로그램은 훌쩍 넘을 것 같은 거구였다. 나이는 40대 후반에서 50대 초반 정도, 원형탈모증 때문에 훌러덩 벗어진 정수리를 보며 어쩌면 조풍년 씨는 당당한 건 덩치뿐, 사실은 작은 일에도 스트레스를 받는 마음 여린 사람일지도 모른다는 생각을 잠깐 했다. 인상은 만딩고도 조풍년 씨도 둘 다 희미했다. 일반인 100명을 놓고 잘생기거나, 못생기거나, 특이하게 생긴 사람을 차례로 한 명씩 뽑으라고 하면 만딩고와 조풍년 씨는 마지막까지 남는 최후의 2인이 될 것 같았다.

그 만딩고와 조풍년 씨 사이에 서서 나는 샤워기의 물을 틀었다. 앗, 차가워! 얼음처럼은 아니지만 그 비슷하게 차가운 물줄기를 맞고 나는 화들짝 몸을 뺐다.

"뜨거운 물 안 나와요?"

오른쪽 옆에 있던 조풍년 씨에게 물었다.

"여기가 목욕탕인 줄 알아?"

핀잔만 들었다. 그냥 하지 말까, 잠깐 생각했다. 아직은 4월, 아침저녁으로 쌀쌀한 바람이 불고, 해가 지면 기온이 뚝 떨어지는 계절이다. 찬물로 샤워했다가 감기라도 걸려봐, 나만 손해잖아, 싶었다. 하지만 떡 진 머리, 풀풀 올라오는 땀 냄새, 샤워기 밑에 걸려 있는 거울을 봤다. 몰골이 말이 아니었다. 이대로 집에 들어가면, 자기야, 밖에서 무슨 일 있었어? 아내가 뚝뚝 닭똥 같은 눈물을 흘리며 울 것 같았다. 몸에 힘을 주고 다시 샤워기를 틀었다. 쏴-아, 차가운 물줄기가 머리 위로 쏟아졌다. 온몸에 오돌토돌 닭살이 돋았다. 이를 악물고 버텼다. 몸에서 모락모락 김이 피어올랐다. 어, 이거 생각보다 할 만하네. 뭐든 처음이 어려운 법이다. 쏴-아, 차갑게 쏟아지는 물줄기가 격무에 시달린 몸이며 마음까지 말끔하게 씻어주는 느낌이었다.

"비누는 이걸로 쓰게."

왼쪽 옆에서 샤워를 하고 있던 만딩고가 비누를 빌려주었다. 수박 냄새가 나는 정말 수박 속살처럼 빨간 수박 비누. 감사합니다, 나는 그 수박 비누로 머리를 감고 온몸에 거품을 냈다.

"수건 없지? 자, 받아."

먼저 몸을 닦은 조풍년 씨가 여벌로 챙겨 온 거라며 네모반듯하게 접힌 수건을 내밀었다. 조풍년 씨는 몸집이 크다. 수건 한 장으로는 어림도 없는 면적이다. 조풍년 씨의 한쪽 손에는 물에 담갔다 빼낸 것처럼 축축하게 젖은 수건 한 장이 쥐여 있었다. 제대로 닦지 못한 몸에는 아직도 물기가 남아 있었다. 감사합니다. 나는 먼저 머리를 말리고 얼굴을 닦았다. 스읍, 조풍년 씨가 빌려준 수건에서는 향기로운 섬유유연제 냄새가 달콤하게 났다.

사람 옷으로 갈아입고 관리 사무소를 나왔다. 머리 위에는 어느새 둥근 보름달이 휘영청, 어두운 밤하늘을 환하게 밝히고 있었다. 어디선가 바람 한 줄기가 산들 불어왔다. 그 바람의 끝자락에는 이름 모를 꽃향기가 아름다운 여인의 체취처럼 농밀하게 실려 있었다. 아, 봄이구나, 나는 새삼 생각했다.

가로등 밑에 한 여인이 서 있었다. 그 여인은 무릎이 툭 튀어나온 회색 추리닝 바지에 뒤축이 접힌 낡은 단화를 신고 있었다. 고무줄로 한데 묶은 긴 생머리를 등 뒤로 넘긴 채, 아빠 걸 입고 나왔는지 품이 큰 흰색 티셔츠에 바지와 한 세트인 듯한 회색 추리닝 점퍼를 걸치고 있었다. 막 자다 일어난 여인처럼 보였다. 일요일 아침 일찍 동네 목욕탕에 가는 여인 같기도 했다. 그 여인이 바로 여자 고릴라 앤이었다.

"왜 이렇게 늦게 나와요."

키가 평균보다 작아 야무진 인상을 주고 있었다. 화장기가 하나도 없는 맨얼굴이었다. 하지만 피부는 좋아 보였다. 나이는 많아야 20대 중반 정도. 학교를 막 졸업한 사회 초년생처럼 앳돼 보였다.

"여자애가 화장도 하고 다니고 좀 그래라."

정말 친오빠가? 고릴라 조풍년 씨는 격의 없었다.

"고릴라로 일하면서 무슨 화장을 해요. 이런 데선 화장해도 봐줄 사람도 없네요."

"내가 봐주잖아."

"그러니까 안 하는 거예요."

두 사람이 오누이처럼 티격태격하는 소리를 들으며 걷는 사이에 동물원 정문까지 왔다. 동물원 정문은 닫혀 있었고, 그 옆에 쪽문만 반쯤 열려 있었다. 거기로 나가 15분 정도 걸어가면 전철역이 나온다. 그때가 오후 7시쯤, 폐장한 지 1시간이나 지났는데도 정문 옆 휴게 음식점에는 환하게 불이 들어와 있었다.

"관람객도 없는데 불이 켜져 있네요?"

옆에 있던 만딩고에게 물었다. 관리 사무소에 연락해서 불필요한 전력 소비를 막아야 하지 않느냐, 그런 취지로 한 말이었다.

"관람객들은 없지. 대신 우리가 있잖나."

만딩고 부장을 필두로 앤과 조풍년 씨가 나란히 들어가고, 나는 잠깐 '정문 휴게 음식점' 문 앞에 서서 여기가 뭐 하는 덴가? 안을 들여다봤다. 동물원에서 이래도 되는 거야? 눈앞에 믿을 수 없는 광경이 펼쳐져 있었다.

깊은 숲속에 들어갔다면 오래된 나뭇등걸 속이나 이끼 낀 바위 틈을 잘 살펴보자, 어쩌면 당신은 손가락 마디만 한 요정들과 함께 꿈과 모험이 가득한 환상의 나라로 여행을 떠나게 될지도 모른다. 아니면 아이가 잠든 방문을 몰래 살짝만 열어보자. 거기서 당신은 당신의 아이가 가지고 놀던 장난감들이 살아 움직이는 모습을 보게 될 수도 있다. 세상은 신비한 곳이다. 보이지 않는 곳에서 무슨 일이 일어나고 있는지 아무도 모른다. 오후 7시, 폐장한 동물원의 '정문 휴게 음식점'에서처럼 말이다.

'정문 휴게 음식점'은 사람들로 붐볐다. 관람객들 같지는 않았다. 공장에서 하루 종일 기계를 돌리다가 이제 막 퇴근한 공원들처럼 보였다. 과장님, 정말 그러시는 게 아닙니다, 쾅, 테이블을 내리치며 고함을 질러대는 사람에, 홍도야 우지 마라, 오빠가 있다, 젓가락 장단에 맞춰 구성진 목소리로 노래를 부르는 사람, 이번 정권이 바뀌지 않으면 이 대한민국에 미래 같은 건 없어, 목에 핏대를 세우며 시국 강연에 열을 올리는 사람은 물론, 나는 마누라가 무섭다, 아무런 이유도 없이 미친 것처럼 떠들어대는 사람까지……. 오래된 나뭇등걸 속이나 이끼 낀 바위 틈을 살짝, 아니면 아이가 잠든 방 안을 몰래 들여다보는 기분이었다. 손가락 마디만 한 요정들처럼, 아무도 보지 않을 때만 말하고 움직이는 장난감들처럼, 폐장한 동물원의 '정문 휴게 음식점'에서는 샤워를 하고, 옷을 갈아입고, 퇴근은 했는데 집에 그냥 들어가기는 싫거나, 집에 일찍 들어가봤자 기다리는 사람도 없는 동물들이 음료수처럼 가볍게 마실 수 있는 맥주나 배부르지 않아서 좋은 소주를 간단하게 만들 수 있는 술안주와 함께 마시고 있었다.

"야, 여기야, 여기!"

저쪽 테이블에서 조풍년 씨가 손을 흔드는데, 무슨 거목이 바람에 흔들리나 했다. 앤과 만딩고도 같은 테이블에 앉아 있었다.

"자, 건배!"

우리는 '아무거나'라는 정체불명의 냄비 요리를 앞에 놓고, 시중에서는 팔지도 않는, 누렇게 변색된 상표에 안중근 의사의 손도장이 찍혀 있다고 해서 일명 '안중근 소주'라고 불리는 술을 사이좋게 나눠 마셨다.

정체불명의 냄비 요리 '아무거나'는 후각과 시각과 미각을 모두 동원해도 그 정체를 알 수 없는 전골계의 이단아, 찌개류의 돌연변이였다. 고추장과 라면 수프로 맛을 낸 국물에, 너무 끓여서 쿵쿵 냄새를 맡아봐도, 요리조리 살펴봐도, 그러다 직접 먹어봐도 처음 이게 뭐였는지 짐작도 할 수 없게 된 식자재들이 흐물흐물 떠다녔다. 그 B급 호러물 같은 냄비 요리 '아무거나'를 다른 고릴라들은 머리를 맞대고 허겁지겁 맛있게 먹고 있었다. 나도 국물과 함께 가장 무난해 보이는 건더기를 골라 한 숟가락 떠먹어보았다. 이건 뭐랄까, 맛이 있다 없다를 떠나서 이런 맛이 인간계에 존재한다는 것 자체가 불가사의였다. 어떻게 이런 맛이? 하면서 한 숟가락 더 떠먹었다. 이 건더기의 정체는 뭘까? 하는 호기심에 또 한 숟가락, 이 건더기와 저 건더기는 같은 종류의 식자재였을까? 하는 탐구심에 다시 한 숟가락, 아, 정체불명의 냄비 요리 '아무거나'의 세계는 정말 끝이 없구나, 하는 학구열에 또다시 한 숟가락. 어느새 나는 정체불명의 냄비 요리 '아무거나'의 그 무궁무진한 세계 속으로 빠져들고 있었다.

안중근 의사는 1909년 10월 26일 만주의 하얼빈역에서 당시 초대 조선통감인 이토 히로부미를 사살한 대한제국의 독립운동가다. 그 안중근 의사의 손도장이 찍혀 있는 '안중근 소주' 역시 이 세상에 없을 것 같은 맛을 냈다. 크으, 쓰다, 몸을 떨면서 한 잔, 이 달짝지근한 끝맛은 뭐지? 깜짝 놀라면서 또 한 잔, 어쩌면 이런 게 인생의 맛이라는 걸까? 왠지 성숙한 마음으로 다시 한 잔, 그렇게 '안중근 소주'를 마시면서 우리 고릴라들은 인사불성이라는 종착역을 향해 배차 시간에 쫓기는 시내버스처럼 폭주하고 있었다.

"안녕하십니까, 부장님."

그때 고릴라 조풍년 씨 못지않은 거구 두 명이 우리 테이블을 지나면서 만딩고에게 인사를 했다.

"오늘 무슨 날입니까? 고릴라 식구들이 총출동했네요."

"환영회야, 환영회."

만딩고 대신 조풍년 씨가 대답했다.

"넌 무슨 여자애가 만날 추리닝이냐?"

거구 중 한 명이 가만히 앉아서 '안중근 소주'를 마시고 있는 앤을 툭 가볍게 건드렸다.

"반달가슴곰 주제에, 신경 꺼주세요."

역시 여자 고릴라는 사나워, 아직 남자가 없어서 그래, 반달가슴곰 두 마리가 뒤에서 같은 반 친구를 욕하는 초등학생들처럼 수군거렸다.

"그래, 일은 어떤가?"

"우리 일 아시잖아요. 아주 죽을 맛입니다."

만딩고의 질문에 반달가슴곰 두 마리가 후유, 한숨을 쉬며 우는소리를 늘어놓았다.

"사는 게 점점 왜 이러는지 모르겠습니다. 산 넘어 산입니다. 갈수록 힘들어요."

"요즘은 기술이 좋아요. 안 터져요, 안 터져요, 절대 안 터져요."

무슨 소린지도 모르고 옆에서 듣기만 했다.

"세상이 참……. 술이나 한잔하게."

만딩고가 따라 주는 '안중근 소주'를 한 잔씩 마신 뒤, 반달가슴곰 두 마리는 어딘지 모를 먼 곳을 바라보며 크으, 쓰디쓴 추임새를 토해냈다.

"어, 이 형씨. 어제 그 형씨 아니야?"

반달가슴곰 한 마리가 나를 알아본 듯했다.

"그러고 보니 어제 그 형씨 맞네."

다른 반달가슴곰 한 마리도 살짝 오른손을 들며,

"어이, 이런 데서 또 보네. 아무튼 반갑수다."

으슥한 뒷골목에서 아가씨를 추행하는 동네 불량배처럼 건들건들 알은체를 했다.

"아는 사이야?"

조풍년 씨가 쭉 찢어진 눈으로 나를 노려보며 물었다. 어제 본 그 반달가슴곰 두 마리였다. 아직도 기억한다. 그때 나는,

"꺼지시지, 여기 직원."

이런 막말을 듣고 치유할 수 없는 마음의 상처를 받았더랬다. 사람의 성의쯤 길바닥에 뒹구는 개똥만큼도 생각하지 않는 반달 가슴곰 두 마리, 잊을 수 없었다. 내가 아는 사이라며 고개를 끄떡이자,

"너, 이 자식. 반달가슴곰들의 프락치였어?"

장난인지 아닌지, 고릴라 조풍년 씨가 덥석 내 멱살을 잡고 마구 흔들었다.

"아니에요, 아니에요."

이렇게 내가 멱살을 잡힌 채 괴로워하고 있는 동안,

"부장님, 저희도 이제부터 본격적으로 한번 마셔볼랍니다."

"여자애가 치마 같은 것도 좀 입고 다니고 그래라. 내가 너만 보면 갑갑해 죽겠다."

정작 불화의 씨앗인 반달가슴곰 두 마리는 나 몰라라 저쪽 테이블로 가버렸다.

"아니에요, 아니에요."

너무 숨이 막혀서 잡히는 대로 아무거나 손에 쥐었는데, 그게 공교롭게도 청소할 때 가지고 나온 바나나였다. 그 바나나를 저쪽으로 획 집어 던지며 외쳤다.

"물어요!"

"이 녀석이 귀한 바나나를……."

고릴라 조풍년 씨가 바나나를 주워 왔다. 하마터면 땅바닥에서

뒹굴 뻗한 바나나를 애지중지 보살피느라 반달가슴곰들의 프락치 따위 까맣게 잊은 것 같았다. 그 틈에 얼른 만딩고에게 물었다.

"안 터진다니, 무슨 얘깁니까?"

아까 반달가슴곰 한 마리가 안 터져요, 안 터져요, 절대 안 터져요, 고개를 내두르며 우는소리를 해대지 않았던가. 뭐가 안 터진다는 건지 계속 궁금했다.

"공일세."

공이라면 축구, 배구, 농구 등의 구기 종목에서 사용하는 그 공?

"그렇다네. 그 공일세. 반달가슴곰들은 맨몸으로 공을 터뜨리지."

바나나를 보살피던 조풍년 씨도 저쪽 테이블에서 이 나라의 잘못된 음주 문화에 젖어 부어라 마셔라 인사불성과 부모 망각이라는 종착역을 향해 실로 무섭게 치닫고 있는 반달가슴곰 두 마리를 곁눈질하며 한마디 거들었다.

"쟤들도 고생이 많아. 하기야 사는 게 다 고생이지만."

그러니까 안 터진다는 건 공이었구나. 일단은 뭐가 안 터지는지 알아냈다. 맨손으로 공을 터뜨린단다. 안 터지는 게 당연한 순리. 그 순리를 반달가슴곰 두 마리가 온몸을 바쳐 역행하고 있는 것이다. 이건 마치 백주대낮의 고속도로 한복판에서 광기 어린 역주행을 일삼는 꼴. 인생과 근력을 낭비할 소재가 그렇게도 없단 말인가. 이 얼마나 무모하고 무가치한 자기 학대인가. 고생은 고생대로 하고 한 점의 실익도 없는 반달가슴곰들의 몸부림이 떠올라 나쯤 되는 제삼자마저 마음이 짠해졌다.

"그래도 둘이서 하루에 한 개는 터뜨리잖아요. 뻥 할 때마다 내가 얼마나 놀라는데요."

여자 고릴라 앤이 투덜거렸다. 뻥 하니까 생각났다. 근처에 사격장이 있는 것도 아닌데, 멀쩡하게 지나가던 자동차 타이어가 펑크 난 것도 아니고, 어제오늘 총성처럼 대기를 흔들며 울려 퍼지던 그 정체불명의 뻥. 그때까지는 '세렝게티 동물원'의 4대 불가사의 중 하나라고만 생각했다. 새삼 느끼는 거지만 포장지보다 화려한 내용물은 없다. 그 뻥이 반달가슴곰 두 마리가 공을 터뜨리는 소리였다니. 이번에도 포장지를 벗기고 꺼내본 내용물은 겨우 이거야? 실망을 넘어서 허탈감만 안겨주었다.

"다치지 않았니, 바나나야?"

바나나를 상대로 대화를 하고 있는 조풍년 씨와,

"반달가슴곰 아저씨, 아저씨가 나한테 치마 한 장 사 줘봤어?"

어느새 반달가슴곰들의 테이블로 건너가 시비를 걸고 있는 여자 고릴라 앤을 뒤로하고, 그나마 멀쩡해 보이는 만딩고에게 질문했다.

"공을 터뜨리는 이유가 뭡니까?"

그래서 나는 '세렝게티 동물원'을 움직이는 거대한 자본주의 논리와 그때까지 고릴라용 정글짐 정도로 생각했던 엠파이어스테이트빌딩의 비밀에 대해서 알게 되었다. 정말 무시무시한 것들은 언제나 제일 밑바닥에 가라앉아 있는 법이다.

"몰랐나? 동물 행동 활성화 프로그램?"

금시초문이었다. 게다가 나로 말할 것 같으면 전문용어 알레르기라는 전대미문의 불치병에 걸려 소위 정보화 시대라는 작금에 하루하루 내일을 기약할 수 없는 나날을 보내고 있는 유상무상한 몸. 동물 행동 활성화 프로그램이라니, 내 체질에 전면적으로 반하는 악성 전문용어였다.

"동물들을 굴린다 이 말일세. 앞으로 취침, 뒤로 취침, 좌로 굴러, 우로 굴러, 모르나?"

이렇게 설명하는 만딩고 옆에서 고릴라 조풍년 씨는,

"바나나야, 넌 고향이 어디니?"

바나나에게 계속 말을 걸고 있었고,

"반달가슴곰 아저씨들, 내일까지 비싼 걸로 치마 한 장씩들 사 와. 안 그러면 재미없어."

여자 고릴라 앤은 쾅, 테이블을 내리치며 두 마리의 반달가슴곰을 공포의 도가니로 몰아넣고 있었다.

"동물 입장에서 보면 동물원은 일종의 교도소지. 스트레스가 심할 수밖에. 그러니 우울증이나 거식증에 걸리는 동물이 많은 것도 당연지사. 거꾸로 난폭해지거나 폭식을 하는 동물도 생긴다네."

사람이 아플 때랑 똑같다. 몸이 아프면 만사가 귀찮고 손가락 하나 까딱하기 싫어진다. 그냥 가만히 내버려뒀으면 좋겠다. 누가 옆에 있기만 해도 짜증이 난다.

"그렇게 된 동물을 누가 보러 오겠나. 그래서 생각해낸 게 동물 행동 활성화 프로그램이야. 동물들의 행동을 활성화해서 관람객을 유치해보자는 거지."

"바나나야, 넌 취미가 뭐니?"

바나나에게 수작을 걸고 있는 조풍년 씨와,

"반달가슴곰 아저씨들, 정말 이러기예요?"

싫어, 싫어, 고개를 젓고 있는 반달가슴곰 두 마리에게 고함을 질러대고 있는 앤을 뒤로하고 만딩고가 설명을 계속했다.

"동물들에게 점심을 주지 않는다, 그게 '세렝게티 동물원'의 가장 기본적인 동물 행동 활성화 프로그램이야. 관람객들이 던져주는 음식물을 주워 먹게 만드는 거지. 사료도 팔고, 관람객들도 좋아하고…… 어차피 동물원도 장사야, 장사."

그럼 반달가슴곰들이 공을 터뜨리는 이유도?

"그래, 동물 행동 활성화 프로그램의 일환일세. 개당 5만 원씩 해서 월급을 받아."

반달가슴곰 두 마리가 하루에 터뜨리는 공은 한 개, 5만 원을 둘로 나누면 반달가슴곰 한 마리가 가져가는 돈은 2만 5000원, 한 달을 30일로 치면 월급이 75만 원. 머릿속에서 바로 암산이 됐다.

"성과급이야. 못 터뜨리면 그것도 없어."

기술력이 좋아진 스포츠용품 생산업체, 그래서 좀처럼 터지지 않는 공, 그 원망스러운 공을 우리에 남겨두고 퇴근할 수밖에 없었던 어느 날, 터벅터벅 집으로 돌아가는 반달가슴곰 두 마리의 무거운 발걸음이 떠올라 마음이 아팠다. 다들 정말 힘들게 사는구나, 문득 먹고산다는 게, 남의 돈을 번다는 게, 그리고 성과급이라는 게 어쩌면 귀신이나 살인마보다 훨씬 더 무서운 건지도 모르겠다는 생각이 들었다.

"반달가슴곰들은 그래도 할 만해. 아프리카코뿔소사에 박 과장이라고 있거든……."

만딩고가 아프리카코뿔소사에서 근무한다는 박 과장 이야기를 꺼낼 때쯤,

"바나나야, 넌 참 말이 없구나."

대답 없는 바나나에게 실망한 조풍년 씨도,

"제발 우리 좀 괴롭히지 마."

반란을 일으킨 반달가슴곰들에게 쫓겨난 앤도 어느새 테이블로 돌아와 만딩고의 이야기를 듣고 있었다.

"그 박 과장이 왜요?"

조풍년 씨가 오물오물 자기를 실망시킨 바나나를 먹으면서 관심을 보였다.

"조 과장도 몰랐나? 얼마 전에 뇌진탕으로 쓰러져서 병원에 실려 갔잖아. 왜 아프리카코뿔소사에 기둥 있지? 그 기둥을 머리로 들이받다가……."

"그 얘기 저도 들었어요. 아프리카코뿔소라 산재 처리도 안 되나 봐요."

"그랬어? 몰랐네. 그래서 박 과장은 좀 어떻대?"

"며칠 전부터 출근했는데, 사람이 좀 이상해졌대요. 동료들도 못 알아보고 기둥만 보면 벌벌 떤대요."

"아프리카코뿔소가 기둥을 무서워하면 돈을 어떻게 벌어. 박 과장 그 친구도 보통 큰일이 아니구면."

이런 비화를 들으면서, 나는 그날 아침 탈의실에서 만난 아프리카코뿔소를 떠올렸다.

"실례합니다. 좀 지나갈게요."

양해를 구하면서 예의 바르게 지나가던 아프리카코뿔소의 머리와 앞발. 어쩌면 아침에 만난 아프리카코뿔소의 머리와 앞발이 뇌진탕으로 쓰러져 동료들도 못 알아본다는, 아프리카코뿔소라 산재 처리도 못 받고 지금은 기둥만 보면 벌벌 떤다는 그 박 과장님이 아니었을까? 문득 그럴지도 모른다는 생각이 들었다.

"참, 박 과장 파트너가 정 대리 아니었나?"

아, 그럼.

"같이 가요, 과장님."

뒤에서 아프리카코뿔소의 머리와 앞발을 부르던 아프리카코뿔소의 뒷발과 엉덩이가 정 대리?

"기둥을 들이받아야 돈이 나오는데, 엉덩이로 들이받을 수도 없고, 정 대리도 아무튼 마음고생이 이만저만 아닌가 봐요. 며칠 전에 봤는데 표정은 어둡지, 얼굴은 반쪽이지, 너무 안돼 보이는 거 있죠."

"거참, 남의 일 같지 않네그려."

만딩고가 쯧쯧쯧 혀를 차며 술잔을 비웠다.

"그러게 말입니다."

후유, 씁쓸한 표정으로 한숨을 짓는 조풍년 씨도,

"너무 안됐어요."

촉촉하게 젖은 목소리로 중얼거리던 앤도 정말 남의 일이 아니라는 듯 술잔을 비웠다. 나도 남의 일 같지 않았고, 그래서 술을 마셨다. 인생을 술잔에 부어 마시면 이런 맛일까? '안중근 소주'는 깜짝 놀랄 만큼 쓰기만 했다.

"대장님, 분위기도 그런데 제가 노래 한 곡 하겠습니다."

조풍년 씨가 마이크 대신 빈 술병에 숟가락을 꽂고 노래를 부르기 시작했다.

"이 세상의 부모 마음 다 같은 마음, 아들딸이 잘되라고 행복하라고."

우리는 조풍년 씨의 노래에 맞춰 젓가락 장단을 두드렸다.

"마음으로 빌어주는 박 영감인데."

엉킨 실타래처럼 머릿속이 복잡했다. 애드벌룬만 한 생각 풍선 속에 수많은 물음표가 둥둥 떠다니고 있었다. 맨몸으로 공을 터뜨리는 반달가슴곰들과 기둥을 향해 돌진하는 아프리카코뿔소의 모습이 떠올랐다. 동물들은 모두 먹고살기 위해 아등바등 몸부림치고 있었다. 그럼 마운틴고릴라는? 마운틴고릴라는 뭘 하지? 이런 물음표가 에헤헤헤헤 미친 딱따구리처럼 머리를 쪼아대고 있었다.

"노랭이라 비웃으며 욕하지 마라. 나에게도 아직까지 청춘은 있다."

하루 종일 바나나를 먹었다. 바나나가 정답일까? 뒷발로 서서 가슴도 쳤다. 하지만 반달가슴곰들은 공을 터뜨리고 아프리카코뿔소들은 기둥을 들이받는다. 가슴 따위 두드리는 걸로 월급이 나올 리 없었다. 바나나쯤 먹는 걸로 돈벌이가 될까 보냐. 바나나도 아니고, 가슴 치기도 아니라면……. 설마? 생각 풍선 속에 떠다니던 물음표들이 천천히 허리를 펴기 시작했다.

"원더풀 원더풀 아빠의 청춘, 브라보 브라보 아빠의 인생."

내가 아직도 물음표로 보여? 느낌표가 된 물음표가 으흐흐흐, 칼을 들고 다가오는 살인마처럼 사악하게 웃으며 물었다. 무서웠다. 느낌표가 아니라 느낌표 뒤에 펼쳐져 있는 어느 한 장면이……. 또다시 강한 바람이 불어왔다. 아, 내 마음은 폭풍우 한복판을 표류하는 난파선. 등대 같은 건 보이지 않았다. 장대처럼 쏟아지는 빗줄기와 갑판을 후려치는 험한 파도. 그리고 나라는 난파선을 사정없이 흔들고 있는 바람뿐이었다.

"엠파이어스테이트빌딩이군요."

나는 고개를 숙인 채 미친 사람처럼 혼자서 중얼거렸다.

"얘가 지금 뭐라는 거야?"

망치로 머리를 얻어맞는 느낌이었다. 몸에 힘이 들어가지 않았다.

"반달가슴곰은 공이고, 아프리카코뿔소는 기둥, 마운틴고릴라는 엠파이어스테이트빌딩……."

남의 돈은 그냥 벌 수 있는 게 아니다. 먹고살기 위해서는 목숨을 걸어야 한다. 바나나 따위나 먹으며 가슴 몇 번 치는 걸로 남의 돈 벌면서 먹고살 수 있지 않을까, 생각한 내가 어쩌면 너무 안이했는지도 모른다.

"이 친구, 취했나 보군. 우리도 그만 일어나지."

취하지 않았다. 독한 '안중근 소주'를 아무리 많이 마셔도 취하지 않을 것 같았다.

"젊은 애가 웬 술이 이렇게 약해. 자, 일어나."

조풍년 씨가 지게차처럼 내 겨드랑이를 번쩍 들어 올렸다. 다리가 휘청거려서 제대로 서 있을 수가 없었다. 몸이 기우뚱 한쪽으로 무너졌다. 이번에도 내 어깨를 잡아준 사람은 조풍년 씨였다. 정신은 멀쩡한데 왜 이러지? 어쩌면 나는 동료 고릴라들의 말처럼 취한 건지도 모른다. 하지만 나를 취하게 만든 건 술이 아니었다. 세상은 술보다 훨씬 더 쓰고 독했다.

그날 우리 고릴라 네 마리는 지하철역까지 함께 걸어갔다.

"비 내리는 호남선 남행열차에 흔들리는 차창 너머로."

조풍년 씨는 일관된 고성방가로 트럭 잡상인에 맞먹는 대민 피해를 한 점 부끄러움 없이 일으키고 있었고, 만딩고와 앤은,

"시험 준비는 잘돼가나?"

"열심히 한다고 하는데 모르겠어요."

도란도란, 산책 나온 부녀처럼 이런 대화를 나누며 정겨운 장면을 연출하고 있었다.

늦봄이라 그런지 얼굴에 부딪히는 밤바람이 시원하게 느껴졌다. 야산에서 흘러내려온 아카시아 향기가 혀끝에서 녹아내리는 사탕처럼 달콤하게 번져 있었다. 그런 밤이었다. 밤하늘에는 수많은 별이 아름답게 빛나고 있었고, 먹물을 뒤집어쓴 것처럼 새까만 저기 어딘가에서 이름 모를 산새 한 마리가 잊을 만하면 한 번씩 이 세상 것이 아닌 것 같은 소리로 울어대고 있었다. 봄밤은 아름답고 신비로운 딴 세상 같았다. 하지만 그것과는 별개로 내 마음은 우울했다. 폭풍우가 치고, 등대는 보이지 않고, 집채만 한 파도가 갑판을 후려치고…… 강한 바람만 불었다. 해발 12미터 높이의 엠파이어스테이트빌딩이 떠올랐다. 무서웠다. 그리고 괜히 화가 났다. 혹시 성격이 삐뚤어졌나? 이런 생각이 들기도 했다. 세상이 밉다. 반짝반짝 예쁜 별들아, 어디서 울고 있니? 이름 모를 산새야, 너희들도 밉다.

"빗물이 흐르고 내 눈물도 흐르고 잃어버린 첫사랑도 흐르네."

사람 좋은 조풍년 씨도 밉고,

"조 과장이나 반달가슴곰들이나 장난으로 그러는 거니까 너무 스트레스받지 말게."

"그래도 자꾸 놀리면 약 올라요."

부녀처럼 다정한 만딩고와 앤도 밉다, 미운 밤이었다.

"와-아!"

우레와 같은 환호성,

"짝짝짝!"

아낌없는 박수갈채와 함께 번쩍번쩍 카메라 플래시가 터진다. 여기는 해발 12미터, 엠파이어스테이트빌딩의 정상이다. 고릴라사 앞에 모여 있는 관람객들이 개미 떼처럼 작아 보인다. 동물원 전체를 한눈에 내려다볼 수 있을 정도로 높다. 취재 헬기 같은 걸 타고 동물원 상공에 떠 있는 기분이다.

휴일을 맞은 동물원에서는 이처럼 연인이나 가족 단위로 봄나들이를 나온 행락객들이 즐거운 한때를 보내고 있습니다.

기둥 안쪽에 노란색 버저가 달려 있다. 밑에서는 보이지 않는 위치다. 손으로 그 버저를 누른다. 버저 바로 위에 달려 있는 꼬마 램프가 반짝 하고 잠깐 켜졌다 꺼진다. 버저가 눌렸다는 신호다.

"기둥 꼭대기에 개인 버저가 달려 있다네."

환영회 다음 날, 대장 고릴라 만딩고가 설명해주었다.

"버저는 기둥마다 하나씩, 색깔도 다르니까 구별하기 쉬울 거야."

자기는 검은색 버저를 누른다고 했다. 조풍년 씨의 버저는 파란색, 여자 고릴라 앤의 버저는 빨간색, 그리고,

"자네 버저는 노란색일세."

버저를 누르면 관리 사무소로 신호가 간다. 한 번 누를 때마다 5000원. 기본급은 없고, 성과급으로 가져가는 프리랜서 개념이라고 했다.

"참, 갑근세 3.3퍼센트는 월급에서 떼네."

"위험수당이나 보너스는 없습니까?"

"고릴라가 그런 게 어디 있나."

"고릴란데 갑근세는 떼지 않습니까."

"그때는 납세의 의무가 있는 이 나라의 국민."

노란색 버저, 이건 내 밥그릇이다. 그래서 해발 12미터나 되는 이곳까지 목숨을 걸고 올라왔다. 한 번 목숨을 걸 때마다 버는 돈이 5000원, 정확히 말하면 갑근세 3.3퍼센트를 차감한 4835원이다.

바람이 분다. 고도 때문에 이곳 엠파이어스테이트빌딩의 정상은 풍속이 세다. 나는 한 마리 마운틴고릴라, 몸에 난 검은 털이 바람에 날린다. 쏴아, 쏴아, 검은 털이 나부끼는데, 쏴아, 쏴아, 기분 탓일까? 겨울바람에 갈대밭이 흔들리는 소리처럼 들린다.

저 멀리 도로가 보인다. 종류도 다양한 차들이 쉴 새 없이 달리고 있다. 이 나라에는 차도 참 많다. 하지만 그 많은 차 중에 내 차는 한 대도 없다. 도로 너머에는 아파트 단지가 있다. 저게 대충 몇 세대나 될까? 얼핏 봐도 만 단위다. 하지만 저 많은 아파트 중에도 내 아파트는 없다. 아파트에 살면서 차를 굴리는 인간들은 대체 얼마나 잘난 걸까? 생각해본다. 무슨 일을 하는지, 대학은 어딜 나왔는지, 1년 연봉은 얼만지, 그리고 어떻게 하면 아파트에 살면서 자동차를 굴릴 수 있는지 궁금해진다. 얼마나 잘난 인간들인지 얼굴이라도 보고 싶다. 아파트에 살면서 자동차를 굴리는 인생이 에베레스트산 정상이라면 이곳 동물원은 태평양의 최심층부다.

"우후우후."

세상이 밉다. 사람들이 밉다. 울분에 찬 가슴을 두 주먹으로 두드린다. 성격 따위 삐뚤어질 테면 삐뚤어져라. 어차피 이 나라에서 가난하게 살면 성격 같은 건 그냥 삐뚤어지는 거니까. 역시 세상이 밉다. 사람들이 밉다.

"정말 잘 지내는 거지?"

옆에 누워 있는 아내가 걱정스러운 목소리로 묻는다.

아, 나는 과연 잘 지내고 있는 걸까?

3부

사람답게
살고 싶어요

6.

동물원에서 일하기 시작한 지도 어느덧 석 달째다. 그동안 이런저런 일들도 참 많았다.

"사람답게 살고 싶어요."

여자 고릴라 앤이 말했고,

"난 말이야. 사람답게 살고 싶었어."

전혀 다른 의미로 고릴라 조풍년 씨가 말했다.

"나 오늘부터 부업 시작했어. 이왕 하는 거 열심히 해볼래."

그리고 아내가 부업을 시작했다.

부업의 입문은 뭐니 뭐니 해도 마늘 까기다. 전문 기술이 필요 없기 때문에 초심자들도 쉽게 할 수 있다. 특별한 도구가 필요한 것도 아니다. 그냥 오래 앉아서 열심히 까기만 하면 된다. 게다가 마늘 하면 왠지 친근하다. 찌개를 끓일 때도, 나물을 버무릴 때도 마늘이 들어간다. 삼겹살 집에서 고기를 구울 때도 마늘은 필수다. 이렇듯 마늘은 우리 주변에서 가장 흔하게 접할 수 있는 식자재 중 하나가 아닐까 한다. 그래서 마늘 까기는 거부감 없이 누구나 접근할 수 있는 부업의 등용문인지도 모른다. 하지만 킬로당 얼마 하는 부업 전선에서 마늘을 까본 사람이라면 안다. 장시간 마늘을 깐다는 게 얼마나 외롭고 쓸쓸한 작업인지를 말이다.

아직도 생생하게 떠오른다. 빨간 대야 앞에 앉아 물에 불은 마늘을 까고 있던 아내의 모습이.

"지금 뭐 하는 거야?"

"보면 몰라? 마늘 까잖아."

마늘을 깐다는 건 알고 있었다.

"왜 한마디 상의도 없이 마늘을 까고 그래!"

어둡고 악몽 같던 지난날이 떠올랐다. 모든 게 마늘로부터 시작되었다. 그래서 화가 났고, 무서웠고, 소리를 질렀는지도 모른다. 하지만 아내에게는 마늘을 까지 않으면 안 될 절박한 이유라는 게 있었다.

"다 깨고 이거 하나 남았어. 이건 절대 안 깰 거야. 목숨을 걸고 지킬 거야."

원래는 통장이 세 개였다. 그중 두 개를 내가 노는 동안 깨버렸다.

"은행 직원이 이 통장은 절대 깨지 말랬어. 이렇게 이자가 높은 상품은 이제 안 나온대."

마지막 통장의 이름은 '행복한 인생 통장'이었다. 그러니까 아내는 '행복한 인생 통장'을 지키기 위해 마늘을 까고 있었던 거다. 고릴라로 일하는 무능력한 남편 때문에, 생활비 하고 공과금 내고 나면 남는 게 없는 월급 때문에, 적금이라도 하나 부으려면 어쩔 수 없이 부업 전선에 뛰어들어야 하는 현실 때문에, 그리고 '행복한 인생 통장' 때문에 아내는 눈물을 흘리며 마늘을 까고 있었다. 뭐가 '행복한 인생 통장'이냐?

"마늘이 맵네."

아내는 거짓말을 하면서 눈물을 훔쳤다. 하지만 나는 안다. 매운 건 마늘이 아니다. 눈물을 흘리는 것도 마늘 때문이 아니다. 사는 게 맵다. 매우니까 눈물이 난다. 한때는 나도 마늘을 까면서 눈물을 흘린 적이 있다. 그래서 안다. 마늘보다 사는 게 백배쯤 맵다는 걸. 그리고 마늘을 깐다는 게 사람을 얼마나 외롭고 쓸쓸하게 만드는지도.

마음이 아팠다. '행복한 인생 통장' 따위가 뭐라고……. 그런 통장 없이도 잘살 수 있다고, 그러니까 마늘 같은 거 까지 말라고 탕탕 큰소리라도 치고 싶은 심정이었다. 그럴 수 있다면 그러고 싶었다. 하지만 나는 그럴 수 없었다. 미안하고 초라하고, 마늘을 까고 있는 아내만큼이나 외롭고 쓸쓸했다. 나는 울고 있는 아내를 위해 휴지를 뽑아 주었다. 그게 내가 할 수 있는 일의 전부였다.

"고마워."

촉촉하게 젖어 있는 아내의 음성, 눈물이 핑 돌았다.

"마늘 같이 까도 돼?"

울고 싶은 날에는 마늘만 한 게 없다. 물에 불은 마늘을 손에 쥐고 껍질을 벗겼다. 여보, 미안해. 마늘에 들어 있는 알리신이 눈물샘을 자극했다. 호강시켜주고 싶었는데 고생만 시키네. 주르르, 닭똥 같은 눈물이 뺨을 타고 흘러내렸다. 아내의 뺨에도 주르르, 닭똥 같은 눈물이 흘러내리고 있었다. 아내와 나는 마늘이 매워서, 사는 게 마늘보다 백배쯤 더 매워서, 주르르 눈물을 흘리며 말없이 마늘만 깠다.

그날 밤 아내는 몸부림치면서 잠꼬대를 했다.

"안 돼요. 이러지 마세요."

아내는 어떤 꿈을 꾸고 있는 걸까? 불안했다. 몸은 피곤했지만 잠이 오지 않았다. 어두운 방 안에 누운 채 멀뚱멀뚱 눈을 뜨고 생각했다.

"벗겼으니까 책임져요."

어쩌면 아내도 깐 마늘이 등장하는 꿈을 꾸고 있는 게 아닐까? 알몸으로 육탄 공격을 해오는 남자 깐 마늘 밑에 깔려 몸부림을 치고 있는건 아닐까? 아내가 그런 꿈을 꾸면서 괴로워하고 있다고 생각하니, '행복한 인생 통장' 따위가 뭐라고 당신이……, 탕탕 가슴에 대못이 박히는 느낌이었다.

"안색이 안 좋아 보여. 집에 무슨 일 있어?"

얼굴에 표가 나는지 고릴라 동료들까지 걱정해주었다.

"잠을 못 자서 그래요."

"피곤하면 무리하지 마."

다음 날 밤에도 아내는 잠꼬대를 했다.

"이러면 안 되는데…… 음냐, 음냐……."

배신감이 밀려왔다. 나도 모르게 불끈 두 주먹을 쥐고 말았다. 나는 재빨리 불을 켜고, 자고 있는 아내를 흔들어 깨웠다.

"자기야, 왜 그래?"

자다 일어난 아내의 얼굴은 활짝 핀 진달래꽃처럼 빨갛게 상기되어 있었다. 당신이 나한테 어떻게 이래, 아내를 노려보며 잠깐 원망했다. 하지만 꿈에서 그런 건데 뭐, 바로 생각을 바꿨다. 그런 꿈을 꾼 게 아내의 잘못은 아니니까.

"악몽을 꾸는 것 같아서 깨웠어."

"악몽 아닌데. 나 계속 잘래."

그런 꿈을 꾼 건 어쩔 수 없다고 생각했다. 하지만 그런 꿈을 계속 꾸고 싶어 한다면 문제가 달랐다. 나는 돌아누운 아내의 등을 한동안 원망 어린 눈으로 노려보며 생각했다. 당신이 어떻게 간 마늘이랑……. 잠이 오지 않았다. 그날 밤에도, 어두운 방 안에 누워 멀뚱멀뚱 눈을 뜨고 있는 내 가슴에는 탕탕 굵은 대못이 박혔다.

"자기야, 산다는 게 뭘까?"

사흘째였나? 나흘째였나? 마늘을 까고 있던 아내가 불쑥 물었다. 손가락 끝에는 쪼글쪼글 주름이 나 있었고, 빨갛게 충혈된 눈은 왠지 모르게 공허해 보였다.

"자기야, 인생이라는 게 뭘까?"

그걸 아는 사람이 대체 몇 명이나 될까? 생각했다. 설령 몇 명이 그걸 안다 해도 나는 그 몇 명 중에 들지 못했다. 나 역시 마늘을 까던 지난날, 숱하게 그런 질문을 던지지 않았던가. 하지만 답이 없는 질문이었다. 질문을 할 때마다 한숨만 나오고 마음만 어두워졌더랬다.

"마늘을 까고 있으면 있잖아, 이런 생각이 든다. 나는 어쩌면 마늘을 까기 위해서 태어난 건 아닐까? 마늘을 까기 위해서 여태까지 살아왔고 앞으로의 시간도 마늘을 까기 위해서 주어진 게 아닐까? 어떨 땐 내가 마늘 까는 기계가 된 것 같은 생각도 든다. 자기도 마늘 깔 때 그랬어?"

나도 마늘 깔 때 그랬다. 나란 무엇일까? 나에게 마늘이란 대체 어떤 존재란 말인가? 이런 질문들이 끊임없이 따라다녔다. 손에 밴 마늘 냄새처럼 지우려 해도 지워지지 않았다. 정체성은 오래전에 유행이 지난 액세서리처럼 이리저리 방바닥을 굴러다니다 어디론가 사라져버리곤 했더랬다.

"그러니까 마늘 까지 마."

"안 그래도 마늘은 오늘까지만 까려고. 내일부터는 새로운 부업에 도전해볼 거야."

"새로운 부업? 뭐?"

"아직은 몰라. 내일 가서 알아봐야지."

불안했다. 그날 밤에도 나는 잠을 이루지 못했다.

"자네 어디 아픈 거 아닌가?"

대장 고릴라 만딩고가 걱정스러운 목소리로 물었다. 순간 울컥했다. 부장님, 제 아내가 새로운 부업에 도전하려고 합니다, 저는 이제 어쩌면 좋죠? 인생 선배인 만딩고에게 상담해보면 어떨까? 잠깐 이런 생각도 했다. 하지만 나는 그러지 않았다. 대장 고릴라 만딩고는 결혼 생활의 'ㄱ'자도 모르는 독신남이었다.

"잠을 못 자서 그래요."

"눈이 퀭해. 그러다 병나."

그날 저녁 집에 돌아와보니, 안방에 자리를 잡고 앉은 아내가 한 장 한 장 봉투를 붙이고 있었다.

"나 이 일이 적성에 맞나 봐. 처음부터 봉투를 붙일 걸 그랬어

봉투를 붙일 때는 풀을 사용한다. 풀이라 다행이야, 나도 모르게 안도의 한숨을 내쉬었다.

"봉투를 붙이고 있으면 있잖아, 왠지 기분이 좋아. 봉투를 한 장 붙일 때마다 내가 이걸 만들었구나, 싶으면 가슴이 뿌듯해지는 거 있지."

봉투는 붙여본 적이 없어서 모른다. 봉투를 붙인다는 게 어떤 일인지도, 봉투를 붙일 때의 보람도, 완성된 봉투가 전해주는 그 가슴 벅찬 감동도.

"봉투를 붙여보지 않은 사람은 몰라."

몰라도 상관없었다. 아내만 좋다면 그걸로 된 거라고 생각했다.

"자기도 한 장 붙여볼래?"

"나는 됐어. 오늘은 이상하게 몸이 피곤하네. 나 먼저 잘게."

그날은 오랜만에 걱정 없이 푹 잘 수 있었다.

봉투를 붙이는 동안 아내는 즐거워 보였다. 퇴근하고 들어오면 아내는 늘 봉투를 붙이며 콧노래를 흥얼거리고 있었다. 실제로 아내는 봉투를 잘 붙였다. 아내가 붙인 봉투는 남달랐다. 모양이 반듯하고 이음새가 깔끔했다. 나도 아내를 도와 몇 번 봉투를 붙여본 적이 있었다. 하지만 생각처럼 잘되지 않았다. 봉투 붙이기는 마늘 까기와 달랐다. 전문적인 기술이나 타고난 재능, 둘 중 하나는 있어야 했다. 아내에게는 타고난 재능이 있었다. 무엇보다 즐거운 마음으로 봉투를 붙일 수 있다는 게 아내의 가장 뛰어난 재능이 아니었나 싶다. 그렇게 아내는 봉투를 붙이면서, 마늘을 까는 동안 잃어버렸던 자아를 되찾아가고 있었다.

"봉투를 붙이는 건 좋은데, 돈이 안 되네."

이렇게 말하기 전까지는 그랬다.

"사람답게 살고 싶어요."

동네에 있는 구립 도서관에서 여자 고릴라 앤을 만난 것은 아내가 한창 봉투를 붙이고 있을 때였다. 공휴일에 가장 바쁜 동물원은 월요일에 쉰다. 그날이 마침 월요일이었다. 아침상에 올라온 김치찌개를 뜨면서 아내에게 물었다.

"날씨도 좋은데 어디 놀러 갔다 올까?"

"어디?"

차가 없기 때문에 멀리는 못 간다.

"가까운 데 가서 바람이나 쐬고 오지 뭐."

"싫어. 난 그냥 집에서 봉투나 붙일래."

그래서 어쩔까? 하다가 모처럼 도서관에나 가지 싶어 집을 나섰다.

구립 도서관에는 실로 넉 달 만이었다. 체육공원에서 실기 시험을 준비하던 시절, 이론서를 빌리기 위해 몇 번 왔던 게 마지막이었다. 그때는 봄이었고, 구립 도서관 입구에 있는 대여섯 그루의 목련나무 가득 크고 하얀 꽃이 만발했었다. 하지만 지금 그 목련나무에는 꽃 대신 푸른 나뭇잎들이 무성하고, 어딘가에 붙어 있는 매미들이 시끄럽게 울어대고 있었다. 세월 참……. 잠깐 목련나무를 바라보며, 맴맴 자기 이름을 부르면서 울고 있는 매미 울음소리를 들으며 생각했다.

"목련꽃 그늘 아래서 베르테르의 편질 읽노라, 구름 꽃 피는 언덕에서 피리를 부노라."

송 과장은 잘 지내고 있을까? 문득 사람 착한 송 과장이 그리웠다.

정기 간행물실에 자리를 잡고 이런저런 잡지들을 넘기면서 시간을 보냈다. 영화 잡지 두 권과 남성 잡지 한 권을 단숨에 독파한 뒤, 물도 한잔 마실 겸, 잠깐 화장실에도 다녀올 겸, 사전만 한 시사 잡지를 책상 위에 올려놓고 자리에서 일어났다.

나온 김에 커피라도 한잔하고 들어갈까, 싶어 도서관 휴게실에서 자판기 커피를 뽑고 있을 때였다.

"내 것도 한잔 부탁해요."

언제 왔는지, 등 뒤에 한 여인이 서 있었다. 그 여인은 무릎이 툭 튀어나온 회색 추리닝 바지에 뒤축이 접힌 낡은 단화를 신고 있었다. 한데 묶어 등 뒤로 넘긴 긴 생머리, 아빠 걸 입고 나왔는지 품이 큰 흰색 티셔츠에, 바지와 한 세트인 듯한 회색 추리닝 점퍼를 걸치고 있었다. 아, 그 여인은 다름 아닌 여자 고릴라 앤이었다.

안녕하세요, 나는 앤과 인사를 나누고, 먼저 뽑은 커피를 앤에게 건네주고, 앤과 함께 휴게실 의자에 앉아 자판기 커피를 마셨다.

"여기 도서관 다니세요?"

"3년쯤 됐어요. 그러는 김영수 씨야말로 도서관에는 웬일이세요?"

"쉬는 날이라 오래간만에 책이나 볼까 해서요."

자판기 옆에 세워져 있는 대형 에어컨이 쿠웅, 소리를 내며 돌아가고 있었다.

"동물원 일은 할 만해요?"

"겨우 적응이 된 것 같은데, 좀 힘들긴 하네요. 대리님은요?"

"사람이 할 짓이 아니죠."

도서관이라니까, 정말이야 엄마, 교복을 입은 남학생 한 명이 맞은편 의자에 앉아 의심이 많은 엄마와 통화를 하고 있었고,

"대리님은 무슨 시험 준비하시나 봐요?"

"9급 행정직 공무원이요."

사발면으로 점심을 때우는 사람들이 후후, 뜨거운 면발을 열심히 불고 있었다.

"일하랴, 공부하랴, 힘드시겠네요."

"그러게요. 힘드네요."

쿠웅, 대형 에어컨에서 나오는 찬바람이 더위를 식혀주고 있었고, PC방 안 가, 정말 끊었어, 맞은편 의자에 앉은 남학생은 엄마와의 통화를 계속하고 있었으며, 후루룩 쩝쩝, 사람들은 인공 조미료가 가미된 사발면 한 그릇으로 허기를 달래고 있었다. 그리고 9급 행정직 공무원을 준비한다는 앤은 왠지 쓸쓸한 표정을 지으며 자판기 커피를 마시고 있었다.

"공무원이라는 게 아무나 되는 게 아닌 것 같아요."

목소리마저 쓸쓸했다. 자판기 커피에서도 쓸쓸한 맛이 났다. 대형 에어컨에서 나오는 찬바람도, 나도 이제 고 3이야, 정말 정신 차렸어, 엄마와 통화하고 있는 남학생도, 사발면을 먹고 있는 사람들도 갑자기 쓸쓸하게만 느껴졌다.

"문턱이 너무 높아요."

그렇게 모든 게 쓸쓸하기만 하던 어느 여름날의 오후, 나는 도서관 휴게실에 앉아 앤이 들려주는 쓸쓸한 이야기에 귀를 기울였다.

3년이나 흘렀지만, 지금도 앤은 이 도서관에 첫발을 내딛던 그날의 벅찬 감격을 잊지 못한다. 같은 해 봄, 앤은 이름만 대면 누구나 아는 서울 소재의 대학을 우수한 성적으로 졸업했다. 졸업식이 있던 날은 유난히 추웠다. 검은 학사복 사이로 찬바람이 스며들었다. 꽃다발을 들고, 학사모를 쓰고, 정들었던 교정을 돌아다니며 기념사진도 찍었다. 그리고 그날 앤은 하루 종일 울었다.

"사회라는 험난한 바다로 쫓겨나는 기분이었어요."

앞길이 막막했고, 눈앞이 캄캄했다. 졸업생 대부분이 취업 자체를 포기한 상태였다. 졸업 후의 진로에 대해 물어보면 여학생들은,

"좋은 남자 만나서 시집이나 가야지, 뭐."

라고 대답했고, 남학생들은,

"내가 그걸 어떻게 아냐!"

버럭 화를 내는가 하면,

"몇 년 전부터 수면제를 모아왔거든. 한 많은 이 세상 미련 없이 떠나련다."

한숨을 쉬며 재미없는 농담을 던지기도 했다. 오늘은 졸업생이지만 당장 내일부터는 현역 실업자다. 웃고 떠드는 사람은 아무도 없었다. 졸업식장의 분위기는 부도 직전의 회사 사무실처럼 무겁고 침울하기만 했다. 여학생 몇이 울음을 터뜨렸다. 눈물에 번진 마스카라가 뺨을 타고 검게 흘러내렸다. 앤도 울었다. 하지만 마스카라가 흘러내리지는 않았다. 그때까지만 해도 피부 하나는 정말 좋았다. 화장 같은 건 할 필요가 없었다.

"지금도 좋으신데요."

"고마워요."

졸업하고 반년 동안은 정말 등대가 보이지 않는 밤바다를 기약 없이 표류하는 기분이었다. 앤은 중국집 전단지를 돌리듯 이력서와 자기소개서를 뿌리고 다녔다. 저는 짬뽕 같은 열정과 탕수육

같은 성실함으로 귀사에 짜장면처럼 없어서는 안 될 존재가 되겠습니다, A세트를 주문해주세요, 하지만 부질없는 짓이었다. 딱 한 번 면접을 보러 간 치킨 유통업체 본사에서 앤은,

"발생학적으로 본 프라이드와 양념의 상호 역학적 관계와, 치킨 속에 내재되어 있는 서정성과 서사성에 대한 본인의 철학, 그리고 국제화에 따른 치킨의 위상과 내수시장 활성화를 위해 치킨이 걸어가야 할 길 등에 대해 자유롭게 발표해보세요. 5분 드리겠습니다."

이런 질문을 받았다. 주어진 5분 동안 앤은 최선을 다해 자유롭게 발표했고,

"알겠습니다. 연락드리겠습니다."

집에 와서 연락을 기다렸지만, 치킨 유통업체에서는 아무런 연락도 오지 않았다. 취업의 벽은 높기만 했고, 앤은 그 높은 벽 앞에 서 있는 느낌이었다. 일분일초가 지옥 같은 시간이었다. 바위 틈에 몸이 낀 것처럼 꼼짝달싹할 수 없었다. 하루 종일 방구석에 처박혀 취업 사이트를 검색했다. 관공서에 찾아가 취업 희망 신청서를 내기도 했다. 그리고 나머지 시간에는 인생에 대해서, 나란 무엇인가?에 대해서 생각했다. 천장이든, 방바닥이든, 같은 곳을 하염없이 바라보고 있노라면 인생이라는 게 그렇게 허무하게 느껴질 수 없었다. 어쩌면 난 아무것도 아닐지 몰라, 자꾸 약한 생각만 들었다. 하루에도 몇 번씩 자살 충동에 시달렸는지 모른다.

"동네 철물점에서 밧줄을 산 적도 있어요."

밧줄을 매달 곳이 마땅치 않아 포기했다.

"건물 옥상에 올라가본 적도 있고요."

발밑을 보고 덜컥 겁이 났다. 여기서 떨어지면 죽을 때 무척 아플 것 같았다.

"그래서 수면제를 모으기 시작했어요."

하루에 한 알씩, 앤은 빈 유리병에 수면제를 모으기 시작했다. 죽고 싶을 때마다 유리병에 든 수면제가 몇 알이나 되나? 세어봤다. 50알쯤 모이면 한꺼번에 삼킬 생각이었다. 잠자다가 죽으면 아프지도 않고 편안할 것 같았다. 그 수면제가 정확하게 49알 모인 어느 날, 앤은 시골에 계시는 아버지에게서 한 통의 전화를 받았다.

"취직하기 힘들지?"

왈칵, 눈물이 쏟아졌다. 앤은 목소리를 가다듬은 다음, 예라고 짧게만 대답했다.

"너도 고생이다. 아빠가 생각해봤는데 말이다. 돈 걱정 말고 딱 1년만 공무원 시험 준비해보면 어떻겠니? 넌 공부 잘했으니까 금방 합격할 거다."

그럴게요, 고마워요 아빠, 통화를 마치고 앤은 한참 동안 울었다. 유리병에 든 수면제 49알을 망치로 잘게 부쉈다. 좌변기에 버린 다음, 물을 내렸다. 쏴, 하얀 가루가 소용돌이치며 좌변기 속으로 빨려 들어갔다. 밖에는 비가 내리고 있었다. 앤은 우산을 받쳐 들고 대형 할인 마트에 갔다. 방석을 고르면서 결의를 다졌다. 아빠, 저 정말 열심히 해볼게요, 공부하면서 마실 티백 차를 사면서 새로운 희망에 부풀기도 했다. 멋지게 합격해 보일 테야, 그래서 지금도 앤은 이 도서관에 첫발을 내딛던 그날의 벅찬 감격을 잊지 못한다.

"1년 동안은 정말 아무것도 안 하고 공부만 할 생각이었어요."

실제로 앤은 열심히 공부했다. 도서관이 문을 여는 아침 7시 부터 폐관 시간인 밤 11시까지, 앤은 하루 종일 열람실 책상에 앉아 영어 단어를 외우고 국어 문제를 풀었다. 흐름이 중요한 한국사 과목은 연도별로 주요 사건과 인물들을 체크해 꼼꼼히 정리했다. 문제는 행정법 총론과 행정학 개론이었다. 낯선 과목이라 무작정 관련 서적을 팠다. 모르는 단어가 나오면 형광펜으로 표시하고, 기출문제나 예상 문제를 풀면서 차곡차곡 실력을 다져나갔다.

"공부하는 건 힘들었지만, 그래도 꿈이 있어서 행복했어요."

열심히만 하면 된다고 생각했다. 실제로 열심히 하고 있었기 때문에 힘들지만 웃을 수 있었다.

"그러던 어느 날 영희 언니를 만났어요."

공부는 사람을 외롭게 만든다. 공부를 하기 위해서는 외로워 져야 한다. 그래서 공부는 어렵다. 앤에게도 외로움이 찾아왔다. 가끔 앤은 대학 동기들에게 전화를 걸어 수다를 떨었다. 그때만 잠깐, 물 위로 나와서 숨을 쉬는 기분이었다. 하지만 전화를 끊고 나면 또다시 이 넓은 세상에 혼자 남겨진 것처럼 외로움이 밀려왔다. 거기 아무도 없어요? 도서관에 있는 아무나 붙잡고 말을 걸어

볼까? 생각했던 적도 한두 번이 아니었다. 하지만 공부라는 게 원래 혼자 하는 거고, 그래서 외로운 법. 그렇다는 걸 알고 있었기에 앤은 1년만 꾹 참자, 어금니를 악물고 외로움을 견뎠다. 열람실에 앉아서 공부하고 있을 때는 외로운 줄 몰랐다. 머리를 식히기 위해서 가끔 산책을 하거나, 벤치에 앉아 쉴 때는 MP3를 귀에 꽂고 음악을 들었다. 그렇게 가만히 눈을 감고 있으면 외롭다는 생각이 들지 않았다. 문제는 혼자서 밥을 먹을 때였다. 어떻게 할 수 없는 외로움과 정면으로 대면해야 하는 시간이었다.

혼자서 밥을 먹는다는 게 두려웠다. 여자라 더했다. 그래서 처음 며칠 동안은 굶으면서 공부했다. 다이어트하는 셈 치자고 생각했다. 하지만 밥을 먹지 않아서 그런지 자꾸 딴생각만 들었다. 빈속이라 공부할 힘도 없었다. 어쩔 수 없이 도시락을 쌌다. MP3를 귀에 꽂고 밥을 먹었다. 영어책을 펼쳐놓고 단어를 외우거나, 국어 시험에 자주 출제되는 소설 전문을 읽었다. 그래도 왠지 어색했다. 적게 먹고 빨리 먹었다. 식사 시간이 줄었지만 외롭고 어색하기는 마찬가지였다. 그렇게 앤은 하루에 두 번, 점심과 저녁을 먹으면서 어떻게도 할 수 없는 외로움과 정면으로 대면해야 했다.

그날도 앤은 구내식당에 혼자 앉아 점심 도시락을 까먹고 있었다. 귀에는 MP3가 꽂혀 있었고, 식탁 위에는 국어 시험에 자주 출제되는 소설 전문이 펼쳐져 있었다.

"밥 같이 먹을래?"

처음에는 예쁘장하게 생긴 남잔 줄 알았다. 짧게 깎은 머리에 위아래를 추리닝 차림으로 통일하고 있었다. 초면에 대뜸 말을 놓는 것도, 허락도 없이 불쑥 식판을 들고 옆자리에 앉는 것도 남자 같았다. 그 사람이 바로 영희 언니였다.

"너 만날 혼자서 밥 먹더라. 이제는 걱정 끄셔. 이 언니가 같이 먹어줄 테니까."

싫지 않았다. 그래서 같이 먹었다. MP3를 끄고 소설책을 덮었다. 밥알을 꼭꼭 씹어 삼키면서 천천히 밥을 먹었다. 외롭지도 어색하지도 않았다.

"공무원 시험 준비하나 봐?"

"9급 행정직 공무원이요."

"나도 공무원 시험 준비하는데, 9급 행정직. 벌써 5년째야."

같이 밥을 먹는 동안 이런저런 이야기가 오가기도 했다.

"도서관 식당에는 먹을 게 없어. 나도 내일부터는 도시락 싸 올까 봐."

그 후로 앤은 영희 언니와 함께 도시락을 까먹었다. 가끔은 둘이서 외식을 나가기도 했다. 분식점에 앉아 떡볶이나 김밥, 튀김 같은 걸 나눠 먹었다. 날씨가 좋은 날이면 커피 전문점에 들어가 영희 언니는 아메리카노를 앤은 캐러멜마키아토를,

"아, 살 것 같다!"

"이런 게 사람 사는 건데."

감개무량한 마음으로 야금야금 아껴 마시곤 했다. 둘은 금방 친해졌다. 앤은 영희 언니를 친언니처럼 따랐고, 영희 언니도 앤을

친동생처럼 아꼈다.

"영희 언니랑 수다를 떨고 있으면 시간 가는 줄 몰랐어요. 아늑하고 재미있고……. 그때는 아마 외로워서 그랬겠죠."

그러던 어느 날이었다. 그날도 앤은 영희 언니와 같이 수다를 떨면서 노시락을 먹었다. 졸음도 쫓을 겸, 자판기에서 커피 한잔을 뽑아 함께 마시고 있을 때였다. 늘 다정하던 영희 언니가, 재미없는 농담을 해놓고 하하하 싱거운 남자처럼 큰 소리로 웃던 영희 언니가, 하지만 그날은 진지한 표정을 지으며 심각한 목소리로 물었다.

"공부는 잘돼가니?"

"뭐, 그냥 그래."

공부가 예전 같지 않았다. 어느 순간부터 엉덩이가 가벼워졌다. 1시간 이상 앉아 있기가 힘들었다. 자꾸 일이 생겼다. 지우개가 없어지고, 샤프심이 떨어지고, 연습장이 바닥났다. 잠깐 화장실에 다녀오면 10분이 훌쩍 흘러갔다. 기분 전환을 핑계로 자료 열람실에 가서 소설책을 읽기도 했다. 그렇게 시간을 보낸 날은 자책감 때문에 잠을 이루지 못했다. 집중력도 많이 떨어졌다. 글자가 눈에 들어오지 않았다. 옆에서 누가 드르륵, 의자를 끌면서 일어나거나 앉으면 바로 고개가 돌아갔다. 머리 모양이 신경 쓰였다. 다리를 어떻게 놓고 앉을까? 고민했고, 생리라도 하는 날에는 바지에 흔적이 남지 않을까? 걱정했다. 하지만 영희 언니에게는 사실대로 말할 수 없었다.

"영희 언니도 수험생이잖아요. 걱정시키고 싶지 않았어요."

그래서 거짓말을 했다.

"열심히 한다고 하는데 모르겠네."

하지만 영희 언니에게는 통하지 않았다. 영희 언니는 정색을 하며 물었다.

"너 9급 행정직 공무원 경쟁률이 얼마나 되는지 알아?"

100 대 1 정도 된다. 작년에는 1379명 출원에 12만 9330명이 몰렸다. 93.8 대 1이다. 재작년에는 출원이 적었다. 그래서 경쟁률이 역대 최고치를 기록했다. 무려 181 대 1이었다.

"딱 1년만 열심히 공부할 거라며. 합격할 자신 있어?"

앤은 대답하지 못했다. 저절로 한숨이 나오고, 고개가 떨어졌다.

"너 그렇게 공부하다 나처럼 된다. 몇 년씩 도서관 생활 졸업 못 하고 〈여고괴담〉 찍을래?"

시험 볼 생각이 있기는 있느냐는 둥, 노는 것도 아니고 공부하는 것도 아니고, 그러다 인생 한순간에 망친다는 둥, 영희 언니는 고양이 쥐 몰듯 앤을 몰아붙였다. 친동생처럼 아끼니까 할 수 있는 소리라고 생각했다. 모질게 마음먹지 않으면 할 수 없는 쓴소리였다. 하지만 그때는 화가 났다. 자기도 모르게 버럭 소리를 지르고 말았다.

"안 되는 걸 어떡해!"

휴게실에서 담소를 나누던 이용객들이 일제히 앤과 영희 언니를 바라봤다. 10초쯤, 어쩌면 20초 가까이 차가운 침묵이 흘렀다. 주변의 공기가 다시금 이용객들의 담소로 훈훈하게 데워질 때쯤 영희 언니가 입을 열었다.

"너 이대로 두면 안 되겠다. 내일부터는 이 언니가 시키는 대로 하는 거다?"

언제 그랬냐는 듯, 영희 언니의 목소리는 예전처럼 다정하고 믿음직스러웠다.

"언니는 공부 안 해?"

"애는, 너랑 나랑 같니? 나는 이 공부만 5년째야."

눈을 감고 있어도 무슨 책 몇 페이지 몇째 줄에 무슨 내용이 있는지 환하다고 했다. 지금은 감이 떨어질까 봐 시험 볼 때까지 책상 앞에 앉아 있는 거라고도 덧붙였다.

"그리고 너 정도 단련시키는 건 일도 아니야. 아무튼 내일부터는 이 언니가 시키는 대로 해. 5년 동안의 천기누설급 비기(秘技)를 아낌없이 전수해줄 테니까."

"알았어. 그렇게 해볼게."

다음 날부터 영희 언니의 천기누설급 비기 전수라는 게 시작되었다.

"국가고시는 전쟁. 합격은 승리. 싸움은 힘이나 기술로 하는 게 아니야. 정신력으로 하는 거지. 국가고시는 더 그래."

영희 언니는 먼저 정신 무장을 강조했다. 국가고시라는 전쟁에서 합격이라는 달콤한 열매를 맛보기 위해서는 무엇보다도 강

인한 정신력이 최우선이라고 일장 연설을 늘어놓았다.

"너는 지금 100 대 1로 싸우고 있는 거야. 자, 눈을 감아봐."

앤은 눈을 감았다.

"저 앞에 문이 있어. 그런데 한 명밖에 못 들어가. 100명 중 한 명이야. 동정심 같은 건 버리는 게 좋아. 이건 사느냐 죽느냐의 문제야. 더불어 사는 사회라느니, 경쟁을 폄하하는 그럴듯한 말 따위는 모두 잊어. 그건 경쟁에서 살아남은 인간들이 지어낸 거짓말이니까. 아무도 너를 동정하지 않는다는 걸 명심해. 모두 죽기 살기로 덤비고 있다는 걸 잊지 마. 네가 살아남기 위해서는 100명을 쓰러뜨려야 해."

그동안은 100 대 1이라는 경쟁률을 막연하게만 생각해왔다. 위기감이 없었느냐 하면, 그건 아니었다. 다만 실감이 나지 않았다. 머리로는 알고 있었지만, 피부로 와닿는 게 없었다. 그래서 나사가 풀렸는지도 모른다. 눈을 감고 영희 언니의 이야기를 듣는 동안, 앤은 풀렸던 나사가 빡빡하게 조여지는 느낌을 받았다.

"2 대 1로 싸워서 이기면 싸움 좀 한다는 소리를 들어. 3 대 1이나 4 대 1이면 십중팔구 전문 주먹인이나 무술 고단자겠지. 17 대 1로 붙었다, 그럼 역사에 길이 남는 전설이 돼. 그런데 공무원 시험은 100 대 1이야. 이 정도면 무림 고수 중에서도 극강의 무공을 연마한 절대 고수 레벨이야."

앤은 눈을 떴다. 쏴아아, 대나무 숲에 바람이 불고 있었다. 다 쓰러져가는 초가 한 채가 덩그러니 서 있었고, 잔설에 뒤덮인 산봉

우리들이 비급(秘笈)을 찾아 여기까지 온 앤을 멀리서 내려다보고 있었다. 그때 휘익, 한 줄기 바람이 불고, 하늘에서 떨어졌는지 땅에서 솟아났는지, 흰 수염을 가슴까지 늘어뜨린 노인 한 분이 앤 옆에 서 있었다. 영희 언니였다. 그 영희 언니가 자판기 커피를 마시면서 말했다.

"절대 고수라고 하니까 꼭 무협 소설 같다, 얘."

도서관 자료 열람실에는 의외로 무협 소설이 많다. 무협 소설만 대출해서 읽는 이용객도 상당수다. 영희 언니도 그중 한 명이었다.

"무협 소설은 어른들을 위한 동화야."

구파일방의 계보를 줄줄 꿰고 있는가 하면, 초식은 물론 신공과 대법, 비급에 대한 해박한 지식을 두루 섭렵하고 있었다.

"나 이번에도 떨어지면 무협 소설이나 쓸까 봐."

한번은 진지한 목소리로 이렇게 말한 적도 있었다.

"좋아서 공부하는 사람은 없어. 싫지만 해야 하는 게 공부야. 따라와."

앤은 영희 언니를 따라 도서관 밖으로 나갔다. 30도가 넘는 불볕더위가 기승을 부리고 있었다.

"더울 때 덥다고 생각하면 더 더워. 추울 때 춥다고 생각하면 더 춥고. 공부도 마찬가지야."

지면에서 열기가 올라오고, 머리 위로 땡볕이 쏟아졌다.

"우선 하기 싫다는 생각을 버려야 해. 아무리 더워도 덥다는 생각을 버리면 견디기 쉬워."

열화냉빙신공(熱火冷氷神工)이라고 했다. 더워도 덥다는 생각을 버리고, 추워도 춥다는 생각을 버린다. 그리하여 공부가 하기 싫다는 생각마저 버리게 되는 초절정의 무공. 그게 바로 열화냉빙신공이었다.

"덥다는 생각을 버리고 시원하다고 생각해. 공부가 하기 싫다는 생각을 버리고 재미있다고 생각해."

앤은 30분 동안 땡볕 아래 서 있었다.

"남을 속이면 사기꾼이 되지만, 자기를 속이면 9급 공무원이 되는 거야."

9급 공무원이 되기 위해서 자기를 속였다. 덥지만 시원하다고 생각했다. 온몸에서 땀이 흐르고, 타는 것처럼 목이 말랐다.

"언니, 나 어지러워."

도서관 옆에는 간단한 체육 시설이 마련되어 있었다. 다음 날, 앤은 영희 언니를 따라 그곳으로 갔다.

"옛날에 한 가난뱅이가 살았어. 어떻게 하면 부자가 될 수 있을까? 고민하던 그는 어느 날 부자를 찾아가 그 방법을 묻기로 했지. 어렵게 부자를 만난 가난뱅이가 물었어. 어떻게 하면 부자가 될 수 있습니까? 부자가 대답했지. 정말 알고 싶으시오? 가난뱅이는 고개를 끄떡였어. 정말 알고 싶습니다. 그럼 나를 따라오시오, 가난뱅이는 부자를 따라 천 길 낭떠러지로 갔어. 그 낭떠러지 끝에는 나무 한 그루가 있었지. 저 나뭇가지를 잡고 매달려보시오, 부자가 말했어. 이렇게 하면 부자가 될 수 있는 겁니까? 가난뱅이는 부자가 시키는 대로 나뭇가지에 매달렸지."

앤은 철봉 앞에 서서 영희 언니의 이야기에 귀를 기울이고 있었다.

"네가 ㄱ 가난뱅이야. 철봉을 잡고 매달려봐."

앤은 영희 언니가 시키는 대로 했다.

"이제 상상해. 네 발밑에 천 길 낭떠러지가 펼쳐져 있다고."

아찔했다. 앤은 죽을힘을 다해 철봉에 매달렸다.

"가난뱅이가 부자에게 물었어. 이렇게 하면 정말 부자가 될 수 있는 겁니까? 부자가 대답했지. 아직 아니오. 한쪽 손을 놓으면 부자가 되는 법을 알려드리리다. 가난뱅이는 부자가 되고 싶었어. 그래서 한쪽 손을 놨지. 어떻게 하면 부자가 되는 겁니까? 가난뱅이가 소리쳤어. 나머지 손도 놓으시오. 이번에는 정말 부자가 되는 법을 알려드릴 테니. 부자는 웃고 있었어. 가난뱅이는 화가 났지. 이 손마저 놓으라니, 나더러 죽으라는 소리오? 그제야 부자가 대답했어. 지금처럼 놓치면 죽는다는 각오로 돈을 붙잡으시오. 그러면 부자가 될 수 있소. 이제 한쪽 손을 놔봐."

앤은 한쪽 손을 놨다. 1초도 못 버티고 떨어졌다.

"넌 죽었어. 공부도 마찬가지야. 놓치면 죽는다는 각오로 펜을, 책을 붙잡고 있어야 해. 안 그러면 떨어져. 떨어지면 죽어."

다시 철봉에 매달렸다. 발밑이 천 길 낭떠러지라고 생각했다. 한쪽 손을 놨다. 놓치면 죽는다는 각오로 매달렸다. 이번에는 3초쯤 버티다 떨어졌다.

"상천제라는 무공이야. 하늘 사다리를 오르다. 원래는 경공의 일종인데 그걸 인용해본 거야."

그 후로도 영희 언니의 비급 전수는 계속 이어졌다.

흡성대법, 남의 공력을 빼앗아 자기 것으로 만드는 절정의 비기. 어느 날 앤은 영희 언니를 따라 동사무소에 갔다. 거기에는 100 대 1의 경쟁률을 뚫고 9급 공무원이 된 절대 고수들이 전입신고나 주민등록 등본 열람, 기타 등등의 민원 관련 업무를 처리하며 바쁘게 일하고 있었다. 범상치 않은 내공이 느껴졌다. 엄청난 양의 기가 앤의 양 어깨를 찍어 누르고 있었다. 앤은 가만히 눈을 감고 호흡을 가다듬었다. 나는 커다란 그릇이다, 앤은 생각했다. 앤은 그 그릇에 절대 고수들의 공력을 쓸어 담았다.

"어디 불편하세요?"

동귀어진, 죽음을 각오하고 시전하는 무공이다. 앤은 동네 철물점에서 식칼을 샀다. 업자에게 돈을 주고 날도 갈았다. 앤은 파랗게 날이 선 식칼을 바라보며 결의를 다졌다.

"그 식칼을 항상 책가방에 넣고 다녔어요. 잠잘 때는 베개 밑에 놓고 자고요."

고형척영, 홀로 있으니 따르는 것은 그림자뿐. 혼자라고 생각했다. 다른 사람들은 모두 경쟁자였다. 도서관을 이용하는 일반인들까지 경쟁자로 보였다. 표정이 어두워지고, 눈매가 날카로워졌다.

"뭘 봐?"

절대 고수가 되는 길은 멀고도 험난했다.

"꼭 이렇게까지 해야 해?"

피할 수 없는 회의가 밀려왔다.

"이렇게 하면 정말 9급 공무원이 될 수 있는 거야?"

독처럼 치명적인 의심이 온몸으로 퍼져나갔다. 그때마다 앤의 곁에는 언제나 영희 언니라는 든든한 버팀목이 서 있었다.

"안정적인 직장이 필요해?"

앤은 고개를 끄떡였다.

"연금을 받으면서 생활하는 편안한 노후를 원해?"

응, 앤은 대답했다.

"그럼 이 언니가 시키는 대로 해."

금강불괴는 도검불침의 금강지체와 수화불침의 불괴지체를 합쳐서 이르는 말이다. 말 그대로다. 금강석과 같은 신체를 갖게 되는 호신강기로 어떤 칼도 그 몸을 상하게 하지 못하며, 물과 불조차 침범할 수 없는 방어 무공의 최고 경지다. 앤은 하루 종일 책상에 앉아 있었다. 자기 몸이 돌이라고 생각했다. 몸으로 느껴지는 감각 같은 건 잊기로 했다. 물론 허리가 아팠다. 팔다리가 뻐근했다. 하지만 앤은 돌이었다. 더 이상 티백 차 같은 건 마시지 않았다. 요의가 느껴질 때도 마지막 순간까지 참았다. 화장실에 다녀오는 시간을 줄일 수 있었다. 그러다 방광염에 걸렸다.

"소변은 그때그때 보세요."

산부인과 의사의 말을 들으면서 앤은 울컥하고 설움이 복받

쳤다. 눈물을 참기 위해 입술을 깨물어야 했다.

"그건 사람 사는 게 아니었어요."

합마공, 마교에서 전해지는 비급이다. 이 무공을 시전하면 사람 몸이 두꺼비처럼 변한다. 귀식대법, 호흡과 심장박동을 멈추고, 체온을 떨어뜨려 인기척을 없애는 무공이다. 강시공, 스스로의 신체가 강시와 같은 특성을 띠도록 연마하는 방법과 시체를 이용해 강시를 제련하는 두 가지 방법이 있다. 이 무공을 연마하면 고통을 느끼지 못하며 두려움이 사라지게 된다.

"이건 아니라는 생각이 드는 거예요."

아무런 감정도 느껴지지 않았다. 머릿속에는 오직 공무원 시험에 대한 생각뿐이었다. 합마공을 연마한 결과였다. 앤은 인간의 마음을 잃어갔다. 길가에 핀 꽃을 봐도 아름답다는 생각이 들지 않았다. 앤은 더 이상 MP3를 듣지 않았다. 대신 귀마개를 했다. 음악은 소음에 불과했다. 감정이 사라지고, 표정이 지워졌다. 귀식대법은 존재감을 지우기 위해서 연마했다. 통신사에 연락해 휴대전화를 정지시켰다. 시골에 계신 부모님과는 가끔 공중전화로만 짧게 통화했다. 메신저 같은 건 하지 않았다. 이메일도 확인하지 않았다. 호흡과 심장박동을 멈추고, 체온을 떨어뜨린 앤은 시체나 다름없었다. 대신 누구의 방해도 받지 않고 시험 준비에만 전력할 수 있었다. 통신비도 굳었다. 하지만 귀식대법에는 한계가 있었다. 시체처럼 살았지만 시체는 아니었다. 그건 절반의 시체에 불과했다. 그래서 강시공을 연마했다. 몸의 감각이 사라졌다. 배가 고프지도,

목이 마르지도 않았다. 아무리 오래 앉아 있어도 피곤한 줄 몰랐다. 대신 얼굴이 창백해지고 몸이 차가워졌다.

"어쩌면 그때 전 인간이 아니었는지도 몰라요."

그러던 어느 날이었다. 열람실 창문 너머로 보이는 파란 하늘에 둥실, 새털구름 한 점이 떠 있었다. 문득, 눈물이 흘렀다. 앤은 화장실로 달려가 좌변기에 앉았다. 문을 걸어 잠그고 한참 동안 울었다. 그날 앤은 점심을 먹으면서 영희 언니에게 말했다.

"언니, 나 무공 연마 그만둘래."

화를 낼 거라고 생각했다. 하지만 영희 언니는 화를 내지 않았다.

"많이 힘들어?"

많이 힘드네, 앤은 힘없는 목소리로 대답했다.

"열심히 했는데, 아깝다. 후회하지 않을 자신 있어?"

어쩌면 후회하게 될지도 모른다. 인간으로 남겠다고 결심한 걸, 절대 고수가 되는 길을 포기한 걸 후회할 수도 있다. 하지만 이렇게 살 순 없잖아, 앤은 생각했다. 인간답게 살기 위해서 9급 공무원 시험을 준비해왔다. 안정적인 직장에서 일하면서, 때가 되면 좋은 남자를 만나 결혼하고, 그러다 자기를 닮은 아이들을 키우면서 늙어가는 게 앤의 작지만 소중한 꿈이었다. 그래서 인간으로 남고 싶었다.

"인간이 100 대 1의 경쟁률을 뚫을 수 있을 거라고 생각해?"

영희 언니의 마지막 설득이었다. 이 나라에서 인간으로 산다는 게 얼마나 외롭고 힘든 일인지 아니? 영희 언니는 슬픈 눈을 하고 있었다. 안쓰러운 표정으로 앤을 바라보고 있었다.

"나 열심히 해서 꼭 합격할 거야. 반드시 살아남을 테니까 걱정하지 마, 언니."

말하면서 울컥, 목이 메었다. 앤은 반쯤 남은 도시락을 정리했다.

"너란 애는 정말 어쩔 수 없는 아이로구나."

영희 언니는 앤을 향해 활짝 웃었다. 가지런하게 드러난 치열이 그날 본 새털구름처럼 하얗고 예뻤다.

"그게 영희 언니의 마지막 모습이었어요."

잘 있으라는 작별 인사도, 어딜 간다는 문자 한 통도 없었다. 영희 언니는 그렇게 사라졌다. 어느덧 가을이었다. 아침저녁으로 선선한 바람이 불기 시작했다. 단풍 든 산이 붉게 물들고, 거리에는 가로수 낙엽들이 몸을 굴렸다. 고개를 들면 높고 파란 가을 하늘이 들판처럼 펼쳐져 있었다. 둥실, 새털구름 한 점이 떠다니기도 했다. 앤은 그 새털구름을 보면서 영희 언니를 떠올렸다. 언니, 잘 지내지? 그때마다 문득, 눈시울에 고여 있던 눈물 한 방울이 뺨을 타고 흘러내렸다.

앤은 다시 혼자서 밥을 먹었다. 공부를 하지 않을 때는 MP3를 귀에 꽂고 음악을 들었다. 가끔씩 친구들에게 전화를 걸어 수다도 떨었다. 공부가 안 될 때는 산책을 나가거나 소설책을 읽으면서 머리를 식혔다. 그리고 화장실에는 그때그때 갔다. 그렇게 1년이 흘러갔다.

"나름대로 열심히 했어요."

4월 말에 한번 시험을 봤다. 붙을 거라고는 기대하지 않았다. 의외로 가채점 결과가 좋았다. 좋은 경험이라고 생각했다. 하지만 떨어졌다는 걸 알았을 때는 역시 실망스러웠다. 일주일쯤 앤은 인간적인 나약함에 젖어 잠깐 방황했다. 그리고 다시 마음을 다잡았다. 9월 초에 있는 시험을 목표로 결전의 그날을 준비했다.

"높은 벽 같은 게 느껴졌어요. 도저히 뛰어넘을 수 없는."

9월 시험에서 떨어진 후유증은 컸다. 인간적인 나약함에 젖어 한 달 넘게 방황했다. 도서관에는 가지 않았다. 시험 관련 서적도 책가방과 함께 처박아두었다. 매일 밤 혼자서 강소주를 불었다. 절망과 자책만이 가득했다. 아무것도 하고 싶지 않았다. 아무것도 할 수 없을 것 같았다. 그런 앤을 위로해준 건 시골에 계시는 아버지뿐이었다.

"첫술에 배부르겠냐. 너무 성급하게 생각하지 마라. 돈은 계속 부쳐줄 테니까, 1년 더 공부해보면 어떻겠니?"

하지만 앤은 그럴 수 없었다.

"1년 동안 공부한 것도 있고, 이제부터는 생활비 벌면서 천천히 준비해도 돼요. 아빠, 딸 믿죠?"

그래서 부업을 시작했다.

"부업이요?"

처음에는 마늘을 깠다. 종이학과 공룡 알도 접었다. 그러다 봉투를 붙이고 있을 때였다. 부업 브로커 돼지엄마가 말했다.

"처녀, 다른 일 해보지 않을래?"

"무슨 일이요?"

"동물원 일이야. 시에서 운영하는 거라 공무원이랑 똑같아."

공무원이라는 말에 솔깃했다. 꿈만 같았다. 앤은 이를 악물고 실기 시험을 봤다. 합격 통지를 받던 날 밤, 앤은 방 안에 혼자 앉아서 조촐한 자축 파티를 열었다. 혼자뿐인 자축 파티지만 근사하게 하고 싶었다. 고깔모자를 쓰고, 케이크에 불을 붙였다. 그 전에 실내 조명도 껐다. 축하합니다, 축하합니다, 당신의 합격을 축하합니다. 손뼉을 치며 노래도 불렀다. 그리고 앤은 자정이 될 때까지 서럽게 울었다.

"고릴라로 일하게 될 줄은 정말 몰랐어요."

앤은 고릴라 2년 차다. 하지만 요즘도 앤은 이 일에 대한 확신이 없다. 물론 매달 꼬박꼬박 월급을 받는다. 그 덕에 생활도 많이 안정된 편이다. 하지만 이게 사람 사는 걸까? 아니라는 생각이 든다. 왠지 공중에 붕 떠 있는 느낌이다. 안정감이 없다. 그래서 앤은 늘 불안하다.

"사람답게 살고 싶어요."

9급 행정직 공무원이 되는 길뿐이다. 열심히 공부하면 합격의 그날은 반드시 찾아온다. 이 믿음 하나로 앤은 매일 도서관을 찾는다. 낮에는 동물원에서 일하고, 밤에는 열람실에 앉아 시험 과목을 공부한다. 말 그대로 주경야독이다. 이렇게 강행군을 계속하다 보면 힘들 때도 있지만, 희망찬 내일이 있기에 웃을 수 있다.

"벌써 시간이 이렇게 됐네요. 이야기가 길었죠. 시간 빼앗아서 미안해요."

"아닙니다."

어차피 책이나 볼까 해서 온 거라고 대답했다. 왠지 슬펐다. 찡한 여운이 앙금처럼 가슴 밑바닥에 가라앉아 있었다.

"그럼 내일 동물원에서 뵐게요."

"열심히 하세요."

그리고 꼭 합격하세요, 나는 멀어져가는 앤의 뒷모습을 보면서 진심 어린 마음으로 응원을 보냈다. 자판기에서 커피 한 잔을 더 뽑았다. 좀처럼 발걸음이 떨어지지 않았다. 나는 앤의 이야기를 떠올리면서 자판기 커피를 마셨다. 앗, 써! 자판기 커피도 앤의 이야기처럼 쓰디썼다. 알고 보니 블랙이었다. 정신이 번쩍 들었다. 분명히 밀크 커피를 눌렀는데⋯⋯. 음산한 음악이 흐르고, 미스터리는 그렇게 시작되고 있었다.

앤이 앉아 있던 자리에 무협 소설 한 권이 놓여 있었다. 왠지 불길했다. 앤이 깜빡하고 간 게 아닐 수도 있다고 생각했다. 하지만 아니었다.

"아직 안 갔어요?"

앤이 깜빡하고 간 무협 소설을 찾아갔다.

"진짜 갈게요."

나는 휴게실에 앉아 쓰디쓴 블랙커피를 천천히 음미하면서 마셨다. 무협 소설을 읽을 수도 있다고 생각했다. 무협 소설을 읽으면서 영희 언니에 대한 그리움을 달래려는 건 아닐까? 그렇게 생각할 수도 있다. 하지만 만약 그게 아니라면? 쿠웅, 대형 에어컨에서 불어오는 찬바람 때문만은 아니었다. 온몸의 털이 곤두서고, 등골이 오싹해졌다.

"앤 대리님은 이름이 뭡니까?"

다음 날 아침, 동물원 탈의실에서 조풍년 씨에게 물었다.

"너 유부남이잖아."

겨우 앤의 본명을 알아낼 수 있었다. 역시 그랬다. 영희 언니라는 사람은 처음부터 존재하지 않았다. 앤의 본명은 영희였다.

"어제는 커피 잘 마셨어요."

고릴라 영희와 아침 인사를 나누었다. 간밤에 잠자리에 누워서 곰곰이 생각해봤다. 영희의 웃는 얼굴이 떠오를 때마다 마음이 짠했다.

"자기, 무슨 일 있어?"

슬펐다. 나도 모르게 한숨이 흘러나왔다.

"하품한 거야. 자."

할 수만 있다면 고릴라 영희의 등을 토닥여주고 싶었다. 많이 힘들지? 친오빠처럼 영희의 마음을 위로해주고 싶었다. 너무 무리하지 마. 하지만 그럴 수 없었다. 대신 나는 이렇게 말했다.

"다음에는 자판기 커피 말고 맛있는 거 사 드릴게요."

"야, 너 유부남이잖아."

옆에서 조풍년 씨가 소리를 질렀다. 하지만 상관없었다.

"정말이요? 약속한 거예요?"

여동생 같은 영희, 그 영희가 좋아한다면, 남들이 뭐라 하든 그런 건 아무래도 상관없다고 생각했다.

아내는 결국 인형 눈깔을 붙이기 시작했다.

퇴근해서 집에 들어오면 본드 냄새가 진동했다. 방바닥에는 완성된 곰 인형들과 아직 눈깔을 붙이지 않은 곰 인형들이 산더미처럼 쌓여 있었다. 아내의 손에는 나무젓가락이 들려 있었다. 그 끝에 본드를 묻혀 평평한 눈깔 밑바닥에 골고루 바르고, 그런 다음 적당한 위치에 붙이고, 손가락으로 눌러 고정하는 작업을 계속하고 있었다.

"본드 냄새가 많이 나네."

"나는 하루 종일 본드 냄새 맡으면서 일하는 사람이야."

인형 눈깔을 붙이면서 아내는 신경이 날카로워졌다. 작은 일에도 화를 내고 짜증을 부렸다. 그리고 눈빛이 점점 탁해졌다. 눈동자가 불안하게 흔들렸다. 눈에 초점이 없어진 아내를 보고 있으면 예전의 악몽이 떠올랐다. 불안하고 안쓰러웠다.

"그냥 봉투 붙이면 안 돼?"

"적금 부어야 한다니까. 왜 그렇게 말귀를 못 알아들어."

어느 날 집에 들어와 보니, 아내는 방바닥에 배를 깔고 누워 있었다. 두 팔을 앞으로 뻗은 채였다. 아내는 흐뭇한 표정으로 기분 좋게 웃고 있었다. 좌로 한 번, 우로 한 번, 몸을 틀기도 했다. 아내는 우주 어딘가를 비행하면서 날아오는 운석들을 피하는 중이었다.

"여보, 나 왔어."

나는 아내를 불렀다. 목이 메어서 목소리가 잘 나오지 않았다. 그제야 아내는 초점 없는 눈으로 나를 올려다봤다.

"내가 사랑하는 자기 왔네."

아내의 상태는 점점 심각해졌다. 두통약을 습관적으로 복용하는 것 같았다. 늘 정신이 몽롱한 사람처럼 보였다. 깜빡 잊는 일이 많아졌다. 걸핏하면 벽이나 가구 같은 곳에 부딪혔다. 온몸이 멍투성이였다. 그래도 아픈 것 같지 않았다. 식욕이 없다며 숟가락을 일찍 내려놓았다. 얼굴이 금세 조각칼로 파낸 것처럼 반쪽이 되었다. 몇 번이나 말렸지만 말을 듣지 않았다.

"적금이 중요해? 내가 중요해?"

둘 중 하나를 택하라며 강공으로 밀어붙인 적도 있다. 늘 몽롱해 보이던 아내였지만 그때만은 굉장히 논리적인 말로 역공을 펼쳤다.

"왜 적금과 자기 중 하나를 선택해야 하는데?"

그러던 어느 날이었다. 나는 냉장고 문을 열었고, 그 안에서 곰 인형 한 마리를 발견했다. 눈깔이 붙어 있는 곰 인형이었다. 손발이 전선을 정리할 때 쓰는 케이블 타이로 단단하게 묶여 있다. 입에는 주욱, 스테이플러 심이 박혀 있다. 아무래도 재갈을 물려놓은 것 같았다.

"으악!"

나는 비명을 질렀고, 바로 아내가 달려왔다.

"이게 뭐야?"

"보면 몰라? 두목 곰 인형이잖아. 겨우 잡았어. 빨리 문 닫아."

그날 밤, 나는 잠자리에 누워서 곰곰이 생각했다. 아내의 몸에서 풀풀 본드 냄새가 풍기고 있었다. 하지만 아내는 아직 중독 초기였다. 직접 불어봐서 안다. 본인의 의지보다는 주변의 관심이 필요할 때다. 다음 날, 나는 부업계의 대부 돼지엄마를 찾아갔다.

"그냥 오지, 뭐 이런 걸 다 들고 와."

약국에서 산 자양강장제 한 박스를 돼지엄마 손에 들려주고 바로 본론으로 들어갔다.

"제 아내가 요즘 인형 눈깔을 붙이는데, 혹시 아세요?"

"인형 눈깔 붙이는 사람이 어디 한둘이야."

나는 아내의 나이며 부업 경력, 생김새 등을 자세하게 설명했다.

"그 아줌마가 김 씨 와이프였어? 몰랐네. 예쁘장하게 생겼던데, 김 씨한테는 아깝다."

돼지엄마도 놀라는 기색이었다.

"요즘 아내가 본드를 하는 것 같아요."

솔직하게 말한 다음, 인형 눈깔 붙이는 일 말고 다른 부업으로 돌려달라고 부탁했다.

"그건 곤란한데. 나야 중간에서 물건 대주는 사람인데 직접 나서서 이래라저래라 간섭할 수 있나."

"그래도 이렇게 부탁드립니다."

나는 돼지엄마 앞에서 무릎을 꿇었다. 가정을 지킬 수만 있다면, 수렁에 빠진 아내를 건질 수만 있다면, 무릎쯤 꿇는 게, 머리 따위 숙이는 게 무슨 대수랴 싶었다.

"내가 김 씨한테 충고 한마디 해도 될까?"

돼지엄마가 암흑가 조직의 보스 같은 표정을 지으면서 말했다.

"자기 밥그릇은 자기가 지켜야 하는 거야. 마누라도 마찬가지야. 자기 마누라는 자기가 지켜야지 누가 대신 지켜주지 않아. 김 씨처럼 책임감이 없으면 마누라가 도망가. 나도 남편이 책임감이 없어서 집 나와 혼자 살잖아."

무릎을 꿇은 김에 반성도 했다. 나약하기만 했던 지난날의 나를 되돌아봤다. 망가져가는 아내를 옆에서 지켜보기만 했다. 물론 이유가 없는 건 아니었다. 마지막 적금을 지키기 위해 몸부림치는 아내 앞에서 나는 작고 초라해질 수밖에 없었다. 남편으로서 자격 미달이라고 생각했다. 몇 번은 말린 적도 있다. 하지만 그건 자기 합리화에 불과했다. 아내가 말을 듣지 않으니까 어쩔 수 없다고 생각했다.

"내가 말은 한번 해볼게. 하지만 너무 기대하진 마."

집으로 돌아오는 길에 나는 두 주먹을 불끈 쥐고 결의를 다졌다.

"자기 마누라는 자기가 지켜야지, 누가 대신 지켜주지 않아."

돼지엄마의 충고를 떠올리며 비장한 각오로 방문을 열었다. 방안에는 본드 냄새가 가득했다. 나무젓가락을 들고 인형 눈깔을 붙이고 있던 아내가 헤롱헤롱 침까지 흘리면서 웃고 있었다.

"그 일 당장 그만둬!"

"싫어!"

"당신 요즘 본드하지."

"미쳤어? 본드 같은 거 안 해!"

"남편이 하지 말라면 하지 마!"

"자기가 뭔데 이래라저래라야."

"내가 당신보다 세 살이나 많아. 어른 말 들어!"

"유치해서 정말 못 봐주겠네. 자기가 적금 지킬 수 있어?"

적금이라는 말이 치명타였다. 다음 말이 떠오르지 않았다.

"이 적금까지 깨면 나 죽어버릴 거야."

울고 있는 아내를 두고 집을 나왔다. 밖에는 밤바람이 불고 있었다. 답답한 마음에 동네 슈퍼에 들어가 소주 한 병을 샀다. 아무 데나 앉아서 안주도 없이 강소주를 마셨다. 밤하늘은 구름 한 점 없이 맑았다. 초롱초롱, 예쁜 별들이 반짝이고 있었다. 소주는 가루약처럼 쓰고, 반짝반짝 예쁜 별들은 물에 잠긴 듯 흐릿하게 빛나고……. 그런 밤이었다.

다음 날, 아내가 받아 온 일감은 슈퍼맨 인형이었다. 인형 주제에 수영 선수처럼 떡 벌어진 어깨가 보는 사람을 압도했다. 울퉁불퉁한 근육하며, 튼실한 하체, 그리고 아, 감탄사가 절로 나올 정도의, 빨간 팬티 위로 불룩 뒷동산처럼 솟아오른 슈퍼맨의 거시기.
작은 몸에 비해 너무 큰 거시기였다. 저렇게 큰 거시기를 달고 있
으면 많이 덜렁거릴텐데 지구는 어떻게 지키지? 잠깐 지구의 평화
를 걱정하는 마음이 앞서기도 했다.

"자기, 슈퍼맨 좋아해? 하나 줄까?"

아내는 합성수지로 된 슈퍼맨 망토를 붙였다.

"아니, 됐어."

비닐 포대 가득 슈퍼맨 인형이 담겨 있었다. 못해도 100개 이상
이다. 100개 이상의 튼실한 하체와 100개 이상의 슈퍼맨 거시기.

"한창 꼴릴 나이네."

바비인형이 떠올랐다. 악몽에 시달리는 기분이었다.

그날 밤에도 나는 동네 슈퍼에 들어가 소주를 샀다. 놀이터 벤
치에 앉아 강소주를 불었다. 썼다. 달았다. 그러다 아무 맛도 나지
않았다. 아내를 생각하면 세상이 미웠다. 행복하게 잘살고 있는 사
람들도 미웠다. 하지만 그 누구보다 내가 미웠다. 미워서 눈물이
흘렀다. 여보, 미안해.

그리고 그날은 고릴라 조풍년 씨가 엠파이어스테이트빌딩에
서 떨어진 날이기도 했다.

어때, 여기 죽여주지? 이 건물 수위가 나랑 형, 동생 하는 사이
거든. 가끔 혼자서 한잔씩 하고 싶을 때면 이렇게 여기 와서 마셔.
옥상이라 바람 시원하겠다, 야경 끝내주겠다, 이렇게 평상에 앉아서

한잔하고 있으면 양주 나오는 룸살롱 저리 가라야. 무릉도원이 따로 없어요. 먹고살겠다고 아등바등 발버둥 치는 게 다 뭔가 싶어. 자, 한잔해.

"허리는 좀 괜찮으세요?"

크으, 좋다! 허리? 말도 마. 일주일 내내 고생했잖아. 지금도 파스 붙이고 다녀. 병원 가서 엑스레이 찍어봤는데 다행히 이상은 없나 봐. 요즘은 한의원에 침 맞으러 다니잖아. 아무튼 그때는 정말 아찔했어. 사고라는 게 한순간이더라고. 발 한번 헛디뎠다가 이렇게 된 거 아니야. 꼭대기에서 그랬어봐. 벌써 골로 갔지. 이만하길 다행이다 싶어. 그래도 허리부터 떨어진 건 재수가 없었어. 남자는 허리가 생명인데 말이야. 뭐 해? 마셔!

이렇게 둘이 마시는 것도 좋네. 앤은 다음 달이 시험이라 바쁜가 봐. 한잔하자고 했더니 시험 끝날 때까지만 봐달래. 참 좋은 앤데, 일하랴 공부하랴 걔도 참 고생이 많아. 이번에는 꼭 합격해야 할 텐데, 옆에서 보고 있으면 안쓰러워.

대장님은 요즘 좀 그렇잖아. 네가 보기엔 어때? 역시 그렇지? 사람이 불안해 보여. 갑자기 사색이 되질 않나, 그러다가 또 금방 멀쩡해지질 않나, 종잡을 수가 없어. 지난번에는 움막 뒤에 숨어서 벌벌 떨고 있더라고. 내가 가니까 대낮에 귀신 본 사람처럼 깜짝 놀라는 거 있지. 집에 무슨 일이 있나? 해서 물어봤더니 그건 또 아닌가 봐. 그냥 몸이 좀 안 좋대. 아까도 어디 가서 술이나 한잔 하자고 했더니 오늘은 컨디션이 엉망이라 다음에 하자고 그러시는 거야. 남들 같으면 손자 재롱 보면서 쉬실 나인데, 정말 어디가 편찮으신 건 아닌지 걱정돼. 그래서 단둘이 한잔할까 하고 불렀어. 다음에는 앤이랑 대장님도 불러서 다 같이 한잔하자고. 자, 건배! 카, 술맛 좋다! 자, 한잔 받아.

사실 나 이런 말 잘 못하거든. 낯간지러운 건 딱 질색이라서 말이야. 하지만 이번에는 용기를 내서 말해볼래. 너한테…… 고마워. 앤이랑 대장님도 고맙고. 지난 일주일 동안 셋이서 교대로 파란 버저 눌러줬잖아. 우리야 하루 벌어서 하루 먹고사는 신세 아닌가. 산재가 돼, 뭐가 돼. 몸 다치면 굶어 죽어야지. 그래서 허리가 그렇게 됐을 땐 정말 눈앞이 캄캄했어. 앞으로 어떻게 먹고사나? 막막하더라고. 그런데 너하고 앤하고 대장님이 번갈아가면서 내 파란 버저를 눌러주는 거야. 나 정말 감동했어. 미안하기도 하고. 여기가 말이야. 이 가슴이 뭉클해지고, 눈물이 핑 도는 거야. 사실 나 지난 일주일 동안 이 옥상에 올라와 혼자서 많이 울었다. 너무 고마워서, 너무 미안해서 말이야. 나이가 드니까 눈물만 많아지네. 혹시 휴지 같은 거 있어? 고마워.

"그런 말씀 하지 마세요, 과장님."

아니야. 내가 꼭 고맙다는 말은 하고 싶었어. 자기 먹고살기도 바빠 죽겠는데 다른 사람까지 챙기기가 어디 쉬워?

"제가 뭘 했다고요. 별것도 아닌데요."

별것도 아닌 게 아니야. 요즘 세상이 얼마나 각박해. 눈 감으면 코 베어간다는 거, 그것도 옛말이야. 요즘은 눈 뜨고 있어도 장기 빼가. 자기만 잘살면 장땡이라고. 안 그래? 남이야 장기가 있든 없든 자기 밥그릇만 무사하면 만사 OK이야. 요즘 세상이 그래. 그래서 난 동물원이 좋아. 가끔은 이런 생각도 해봐. 어쩌면 동물원이 이 세상에 남아 있는 마지막 보호구역이 아닐까, 하고 말이야. 동물원에는 아직 인간미라는 게 남아 있거든. 다친 동료 걱정해줘, 대신 올라가서 버저도 눌러줘. 이런 데가 어디 있어? 요즘 세상에는 상상도 못 할 일이야. 어허, 왜 자작하고 그래, 미안하게시리. 아무튼 넌 참 좋은 놈이야. 자, 한잔 받아.

참, 내가 어쩌다 동물원에서 일하게 됐는지 너한테 이야기했나?

"아니요."

그럼 술안주 삼아 한번 들어볼래?

"그러죠, 뭐."

너 'WXY 전자' 알지?

"이 나라에 'WXY 전자' 모르는 사람이 어디 있어요."

내가 원래 그 'WXY 전자'의 과장이었어.

"우와! 정말이요?"

그때는 잘나갔지. 어딜 가도 'WXY 전자' 다닌다고 하면 사람들이 끔뻑 죽었어. 일단 보는 눈부터 대하는 태도까지 싹 달라져. 음주 운전 하다 걸려도 면허증 대신 사원증을 슬쩍 내밀잖아, 그럼 무사통과야. 교통경찰이 거수경례까지 때리더라니까. 아무튼 이 나라에선 대기업 사원이 왕이야. 은행에서 대출받을 때도 대기업

사원이라고 하면 어서 옵쇼야. VIP실로 모셔서 원두커피까지 대령해. 아무튼 그때는 정말 무서운 게 없었어. 세상이 다 내 것 같았지. 하지만 회사에선 안 그랬어.

요즘은 대기업이 어떤지 몰라. 아마 비슷하겠지. 평사원이나 중간 간부들은 쓰다 버리는 일회용품이야. 특히 과장급들은 경기 한파라도 한번 불어닥쳐봐. 그야말로 추풍낙엽, 가을바람 맞은 낙엽처럼 우수수 나가떨어져. 그래서 매일 일간지를 구독해. 시사에 관심이 있어서? 천만의 말씀. 무슨 일이 있나? 보는 거지. 불안하거든. 경기 불황이 자기 밥그릇에 어떤 영향을 끼칠지 조마조마한 거야. 그때는 나도 그랬어. 신경쇠약에 걸릴 지경이었지. 회사에서 잘리면 그때는 뭘 해 먹고사나? 매일 이런 걱정을 했어. 개인 사업을 해봐? 업종은 뭐로 하지? 아무리 머리를 굴려도 답이 없더군. 그래서 버텼어. 더럽고 치사한 꼴도 많이 봤지. 봤지만 못 본 척했어. 부장님들을 하늘처럼 모셨지. 김장하는 날이면 아내와 둘이 굵은소금을 사들고 찾아가 배추도 절였어. 사실 허리가 시원찮아진 건 그때부터야. 부장님 자제분을 태우고 그 넓은 방바닥을 얼마나 기어다녔는지 몰라. 그러면 회사에서 오래 버틸 수 있을 거라 생각했어. 하지만 그러던 어느 날이었지. 세상일이라는 게 사람이 발버둥친다고 되는 게 아니더라고. 그때부터야. 아침 일찍 일어나 새벽 기도에 나가기 시작한 게.

회사가 구조조정에 들어갔어. 과장급과 평사원을 대상으로 한 전면적인 물갈이였지. 구조조정의 규모는 물론, 구조조정 대상의 구체적인 실명이 거론되는 등 흉흉한 소문이 떠돌았어. 살벌했지. 이건 사무실이 무슨 비 오는 날 밤 공동묘지도 아니고, 소름이 좌악 끼칠 정도로 으스스한 거야. 담력이 약한 사원 중에는 더러 비명을 지르면서 기절하는 사원도 있었어.

"정말이요?"

말이 그렇다는 거야. 아무튼 난 아니라고 생각했어. 믿는 구석이 있었거든. 인사과의 강 부장이라고, 회장님 조카사원데 그때만 해도 실세였지. 나랑 나이 차이도 얼마 안 나. 그래도 명절날이면 양주 사들고 찾아가 꼬박꼬박 큰절 올리고 그랬어. 어느 날 그 강 부장이 나를 부르더라고.

"내가 조 과장 같은 사람이 없다는 거 알아."

이유 없이 칭찬을 들으면 불안해. 뒤에 어떤 말이 튀어나올지 모르거든. 그때도 그랬어. 이거 닭 잡기 전에 모이 주는 거 아니야? 식은땀이 다 나더라고.

"나는 아는데 회사가 몰라요."

엠파이어스테이트빌딩에서 떨어질 때도 아찔했지만 그때에 비하면 새 발의 피야. 핑, 현기증이 나더군. 세상이 빙글빙글 돌아. 가만히 서 있기도 힘들더라고. 그래서 무릎을 꿇었어. 무릎을 꿇으니까 저절로 눈물이 나오는 거야. 살려달라고 빌면 살려줄 것 같은 생각도 들어. 그래서 빌었어. 한 번만 살려달라고.

"나도 그러고 싶지. 하지만 나 같은 사람이 무슨 힘이 있나?"

그때는 내가 왜 그랬는지 몰라. 한번만 살려주면 무슨 짓이든

다하겠다고 울부짖었어. 부끄러운 줄도 몰랐어. 사람 구실을 하면서 살고 싶다는 일념뿐이었지. 그때 난 대기업에 다녀야 사람 구실을 하는 거라고 생각했어. 아파트에 살면서 자가용도 굴리고, 남들한테 내가 이런 회사 과장입네 큰소리도 떵떵 치고, 한 달에 한 번씩 부모님께 생활비 드리면서 효도도 좀 하고 말이야. 그게 사람 구실 하면서 사는 거라고 생각했지. 부끄럽고 창피한 건 잠깐이야. 정말 무서운 건 사람 구실을 못 하게 되는 거였지. 그때는 그랬어.

"방법이 아주 없는 건 아닌데 말이야……."

귀가 번쩍 뜨이더군. 먹구름이 가득한 하늘에서 한 줄기 햇빛을 본 기분이더라고. 강 부장의 얼굴이 너무 눈부셔. 이래서 사람들이 사이비 종교에 빠지는구나 싶은 거야. 그 강 부장님께서 가라사대,

"평사원 두 명을 정리해고시키면 내가 어떻게 한번 해보지."

복음처럼 은혜로운 말씀이었어. 단, 기간은 2주. 그 안에 평사원 두 명에게 사직서를 받아내야 해. 몇 번이나 감사하다고 눈물을 흘리면서 머리를 숙였는지 몰라. 하늘이 무너져도 솟아날 구멍은 있다고, 갱도에 갇혀 있다 구조된 기분이야. 이젠 살았다 싶으니까 의욕이 막 샘솟는 거 있지. 하지만 지금 생각해보면 참 무서워. 죽이지 않으면 죽는 거니까. 내가 살아남기 위해서는 두 명을 죽여야 해. 사회라는 게 그래. 서바이벌이야. 피도 눈물도 없어요. 그래서 난 동물원이 좋아. 자, 주-욱 한잔해.

삼무(三無) 장 대리라고, 엄청 유명한 친구가 있었어. 능력 없

지, 눈치 없지, 의욕 없지, 그래서 삼무야. 이 친구가 뭐만 했다 하면 사고를 쳐. 그래서 미다스 장이라고도 불렸지. 아무튼 삼무 장대리면 되겠다 싶었어. 이건 회사를 위한 일이다, 생각하면 의욕이 불타올라. 죄책감 같은 것도 없었어. 삼무 장 대리였으니까. 그렇게 목표를 정한 다음 행동에 들어갔지. 어떻게 하면 삼무 장 대리가 사직서를 쓰게 할 수 있을까? 생각했어. 결론은 굴리자는 거야. 더러워서 못 해먹겠다는 소리가 나올 때까지 들들 볶기로 했지.

"장대리는 남아서 야근 좀 하지."

3일 연속 야근을 시켰어. 새벽 2시까지 사무실로 전화해서 확인도 하고. 그런데 이 친구 질기기가 고래 심줄이야. 끄떡도 안 해. 어느 날 출근해보니까 사무실 책상에 엎드려서 자고 있더라고.

"전 여기서 자는 게 편해요."

안 되겠다 싶었어. 작전을 바꾸기로 했지. 일부러 술자리를 마련했어. 삼무 장 대리만 쏙 빼고. 점심시간에도 삼무 장 대리만 따돌렸지. 물론 내가 생각해도 좀 치사해. 하지만 내가 살아남으려면 어쩔 수 없었어. 연일 계속되는 술자리에 사원들은 지쳐갔지. 한번은 화장실에 앉아 있는데 이런 소리도 들었어.

"어떻게 된 게 만날 술이야. 내가 요즘 조 과장 그 새끼 때문에 병원 다니잖아."

솔직히 못 할 짓이더라고. 돈 나가지, 몸 버리지, 이러다 내가 먼저 죽겠는 거야. 사무실에서 생생한 건 삼무 장 대리뿐이었어. 점심시간에도 혼자서 뭘 하고 돌아다니는지, 항상 싱글벙글이야.

역효과만 불러일으켰지. 그래도 성과가 아주 없는 건 아니었어.

"과장님, 그동안 감사했습니다."

여직원 한 명이 사표를 냈어. 뜻하지 않은 수확이었지. 얼씨구나 하고 사표를 수리했어. 나중에 알고 보니까 나 때문에 그만둔 거래. 내가 무서웠다나 뭐라나. 동료 여직원한테 울면서 그러더래. 조 과장님 얼굴이 너무 무서워서 회사에 못 다니겠다고. 화장실에 가서 거울을 봤어. 내가 뭐? 그때는 그러고 말았지.

이제 삼무 장 대리만 사표를 내면 불행 끝, 행복 시작이야. 그때는 내가 낚시를 참 좋아했어요. 쉬는 날 낚시터에 혼자 앉아 물 위에 떠 있는 찌를 보며 생각했지. 삼무 장 대리를 한 방에 보내버릴 방법이 없을까? 새벽 기도에 나가서도 두 손 모아 기도해. 주님, 삼무 장 대리가 사표를 쓰게 해주소서. 어쩌다 낙엽이라도 한 장 떨어질라치면, 거리에서 재잘대는 소녀들의 비눗방울 같은 웃음소리를 들을 때도, 문득 이런 생각이 드는 거야. 아, 삼무 장 대리의 사표를 수리하고파라! 그만큼 간절했어. 내 머릿속에는 삼무 장 대리에 대한 생각으로 가득했지.

약속한 2주가 하루하루 다가오고 있었어. 점점 마음만 급해졌지. 속이 타고 피가 말라. 사무실 책상에 앉아 있는 삼무 장 대리를 보고 있으면, 넌 왜 아직도 거기에 앉아 있는 거냐? 이런 생각만 들어. 난공불락의 요새가 따로 없었어. 아무리 공격해도 떨어지지 않아. 삼무 장 대리가 바로 그 난공불락의 요새였지.

사고의 틀을 깨는 생각의 전환이 필요해. 하면 된다는 정신으로 무작정 밀어붙이는 불도저식 추진력도 필요하고. 그동안은 그게 없었어. 너무 인정에만 얽매여서 모진 짓을 못 했지. 인간적으로 대하니까 약발이 안 먹히는 거야. 혼자서 반성도 많이 했어. 아마 그때였을 거야. 세상에는 사람이 넘으면 안 되는 선이라는 게 있어. 그때 난 그 선을 넘어버렸지.

"요즘 회사가 어려운 거 장 대리도 알 거야. 난세가 영웅을 만든다고, 이럴 때 장 대리가 나서서 능력 한번 보여줘."

계열사에서 생산한 자동차 10대를 떠넘겼지. 한 대에 몇천만 원씩 하는 고급 중형 세단으로.

"과장님, 저한테 대체 왜 이러시는 겁니까?"

삼무 장 대리가 착 가라앉은 목소리로 물었어. 난 네 놈이 밉다! 이젠 사표를 쓰든 안 쓰든 상관없어. 그냥 네 놈이 미워. 죽이고 싶도록 싫어! 하지만 그렇게 대답할 수야 있나. 허허허, 웃었어. 뭔가 오해가 있는 모양이라고, 아무한테나 이런 일 맡기는 거 아니라고 둘러댔지.

"내가 장 대리를 얼마나 좋아하는데."

이틀 후에, 드디어 삼무 장 대리가 사표를 썼어. 약속한 2주를 하루 남기고 말이야. 정말 아슬아슬했지.

"조 과장님, 세상 그렇게 사는 거 아닙니다."

삼무 장 대리가 회사를 떠나면서 남긴 마지막 말이야. 어디서 개가 짖나 했어. 한 귀로 듣고 한 귀로 흘렸지. 나는 삼무 장 대리의 사표를 들고 강 부장에게 달려갔어. 그런데 강 부장, 이 인간이 이상한 소리를 하는 거야.

"조 과장, 회사를 위해서 일해볼 생각 없나?"

회사라는 게 그래. 웅덩이랑 똑같거든. 고여 있으면 썩어요. 계속 물갈이를 해줘야지. 특히 대기업은 더 그래. 1년에 몇천 명씩 신입 사원이 들어오거든. 그런데 오래된 물이 고여 있어봐. 회사가 제대로 돌아가겠어? 게다가 오래된 물은 연봉도 세요. 그렇다고 일이나 열심히 해? 자리에 앉아서 월급이나 축내지. 그 돈이면 상큼하고 발랄하고, 게다가 빠릿빠릿한 신입 사원 서너 명은 돌려. 그래서 물갈이가 중요한 거야. 오래된 물을 그대로 두면 웅덩이가 썩어버리거든. 하지만 이런 건 있어. 회사에서 몇 년씩 일한 사람을 해고하는 게 어디 쉬워? 구조조정도 어쩌다 한 번이지 너무 자주 하면 회사가 안 돌아가. 사무실 분위기 살벌해지지, 회사 이미지 나빠지지, 구조조정이라는 게 양날의 검이야. 그래서 결성된 조직이 물갈이 전담반. 오래된 물을 처리한다고 해서 오물처리반이라고도 해. 오물처리반은 인사과 산하의 비밀 부서였어. 그 존재를 아는 사람은 전무급 이상의 고위 간부와 인사과 강 부장 정도였고.

"회사가 자네의 능력을 필요로 하고 있네. 조 과장, 회사를 위해서 일해주게."

강 부장이 그 큰 손으로 덥석, 내 두 손을 부여잡더군. 뿌리칠 수 없었어. 뿌리치면 그 큰 손으로 내가 쓴 사표를 수리할 것 같았거든. 그렇게 된 거야. 삼무 장 대리의 사표가 수리되던 날, 나는 오물처리반의 일원으로 새로운 업무를 맡게 된 거지.

비밀 부서 오물처리반은 점조직적 성격이 강했어. 조직 전체를 파악하는 건 불가능해. 조직원이 누군지도, 대략 몇 명이나 되는지도 모르고. 나랑 끈이 닿아 있는 건 인사과 강 부장과 영업부 남 과장뿐이었어.

"앞으로 잘 부탁드립니다, 조 과장님."

영업부 남 과장과는 회사 화장실에서 안면을 텄어. 소변을 보고 있는데 남 과장이 들어오더라고. 호시탐탐 접선할 기회를 노리고 있었던 모양이야. 화장실에 아무도 없나 확인한 다음, 내 옆에 서서 바지 지퍼를 내려. 그리고 은밀한 목소리로 이렇게 속삭이는 거야.

"저도 오물처리반입니다."

사람 좋은 웃음 뒤에 숨어 있는 날카로운 눈빛. 난 남 과장의 얼굴에서 그걸 봤어. 오싹했지. 이 인간도 보통은 넘겠구나 싶더라고. 그 남 과장이 오줌을 털면서 이런 말을 해.

"똥 치우는 일, 그거 아무나 하는 게 아닙니다. 자기 집에 있는 똥 아무나 불러서 치우게 하겠습니까? 아무튼 조 과장님은 큰 배에 올라타셨다고 생각하시면 됩니다."

평소에는 신분을 숨기고 일했어. 기획안을 올리고, 서류를 결재했지. 부서와 직책도 그대로야. 내가 오물처리반이라는 건 강 부장과 남 과장밖에 몰라. 모든 일이 비밀리에 진행됐어. 한 달에 한 명꼴로 살생부 명단이 내려와. 그럼 난 문을 잠그고 좌변기에 앉아 그 명단을 확인했지. 소속 부서와 직책, 이름은 물론 개인의 구체적인 신상 정보까지 기록되어 있는 명단이었어. 나는 거기에 기록된 내용들을 앉은자리에서 암기했지. 그런 다음 살생부를 잘게 찢어 변기통에 버리고 물을 틀었어. 증거를 남기면 안 되니까.

세상에 털어서 먼지 안 나오는 놈이 어디 있어. 조금만 파보면 구린내가 풀풀 나. 불륜 아니면 공금횡령이나 뇌물 수수야. 야근 수당을 조작하는 놈에, 사우나에 들락거리면서 월급이나 축내는 인간까지, 아무튼 다채로워. 처음에는 며칠 감시하면서 꼬투리를 잡아. 꼬투리가 없으면 어떻게 하냐고? 내가 말했지. 그런 인간은 없어. 뒤지면 반드시 뭐가 나와도 나와. 그럼 난 그걸 회사 홈페이지에 올려.

"총무부 박 차장 건 조 과장님 작품입니까? 잘 읽었습니다. 혹시 국문과 나오셨습니까? 문장력이……."

영업부 남 과장까지 감탄할 정도였지. 내가 글은 좀 쓰거든. 이래 봬도 한때는 문학 소년이었어요. 세계 명작은 거의 다 읽었어. 학창 시절에는 매일 일기도 쓰고. 글을 쓰기 전에 생각도 많이 해. 그러고 보면 헛공부라는 게 없어요. 배워두면 다 쓸데가 있다니까. 아무튼 총무부 박 차장은 사흘인가 있다 사표를 썼지. 나중에 알고 보니까 총무부 박 차장 이 사람이 노조위원이더라고. 문제가 많았나 봐. 그렇다고 노조위원을 막 자를 수 있나. 회사 측에서는 손 안 대고 코 푼 셈이지. 물론 나야 아무래도 상관없지만.

그런데 회사 홈페이지라는 게 좀 그래. 너무 공개적이라서 말이야. 왕년의 문학 소년인 나쯤 되는 사람도 글쓰기가 여간 까다롭지 않아요. 직설적인 표현을 쓸 수 있나, 수위 높은 내용을 다룰 수 있나. 아무튼 독자들의 취향 신경 쓰랴, 구성 짜야지, 문장 다듬어야지, 골치 아파. 그리고 조회수라는 게 또 은근히 신경 쓰여. 조회수가 낮으면, 문장이 안 좋았나? 구성이 별로였나? 별 생각이 다 드는 꺼야. 이게 또 스트레스거든. 그래서 장만한 게 대포폰이야.

내가 그랬지. 세상에 털어서 먼지 안 나오는 놈 없다고. 그런데 그렇지 않은 인간도 있더라고. 기획부 정 부장이라고, 아무리 뒤져도 걸리는 게 없는 거야. 존경스러워. 뭐 이런 인간이 다 있나? 싶을 정도로 깨끗해. 하지만 말이야, 세상에 털어서 먼지 안 나오는 놈은 없어.

— 정 부장님, 다 알고 있습니다.

그냥 문자 한 통 보낸 게 다야. 다음 날 회사에서 정 부장을 보니까 얼굴이 사색인 거라. 하루쯤 더 있다가 이런 문자를 받았어.

— 성의를 보이겠습니다. 얼마면 되겠습니까?

처음에는 이게 뭔가? 싶었어. 잠깐 생각했지. 생각해보니까 준다는데 사양하는 것도 예의는 아니다 싶더라고. 그래서 차명계좌를 개설한 다음, 계좌 번호와 함께 이런 문자를 보냈지.

— 큰 거 한 장.

큰 거 한 장이 바로 차명계좌로 입금됐어. 그래, 천만 원이야. 동그라미가 몇 개인지 세고 있는데 별별 생각이 다 들더군. 이 돈을 내가 꿀꺽해도 되나 싶은 게 덜컥 겁이 나. 한때지만 존경했던 정 부장에게 배신감도 들어. 그래도 좋더라고. 불로소득이잖아. 그것도 거금 천만 원이야. 나는 어느새 이 돈을 어디다 쓸까? 즐거운 상상을 하고 있었어. 정 부장 사표? 그건 간단해. 처음 문자 보낼 때 이런 P.S.를 달았거든.

— P.S. 당신의 회사 동료로부터.

차명계좌로 큰 거 한 장이 입금되던 날, 정 부장은 사표를 썼어.

그러고 보면 돈맛이라는 게 참 무서워. 특히 쉽게 버는 돈은 더 그래. 한번 맛을 들이니까 끊을 수가 없더라고. 월급이나 보너스 같은 건 눈에 안 들어와. 문자 한 통 보내면 최소 천만 원이니까 그럴 만도 하지.

— 김 차장님, 사모님께서도 제가 알고 있는 그분을 알고 계실까요?

— 이 부장님, 제가 아는 사실을 사장님께 말씀드려도 되겠습니까?

이렇게 슬쩍 운만 띄워. 쉽지? 그러면 차명계좌로 돈이 들어오는 거야. 꿈을 꾸는 기분이었어. 구름 속에 앉아 있는 것 같기도 하고. 하지만 차명계좌의 잔고 액수를 보면 꿈이 아니었어. 구름 속에 앉아 있는 사람이 어떻게 그런 거금을 만져봐. 그건 처음부터 끝까지 현실이었어. 그래서 난 생각했지. 현실이라면 받아들이자고.

먼저 넓고 좋은 집으로 이사했어. 얼마 후에 차도 바꾸고. 골프나 한번 쳐볼까 해서 회원권 한 장에 억대가 넘어가는 골프장에도 가입했지. 그때는 정말 물 쓰듯이 돈을 썼어. 술도 재벌이나 연예인들이 드나드는 바에 앉아서 한 병에 몇백만 원씩 하는 양주를 마셔. 좋더라고. 부러울 게 없었어. 하지만 나만 좋으면 돼? 다 같이 좋아야지.

돈이 많으니까 사람 구실 하는 것도 격이 달라. 부모님께 드리는 생활비를 대폭 인상했어. 왜 우리 풍년이가 어렸을 때부터 남달랐잖수, 그럼, 그럼, 남달랐지, 사람 구실 제대로 하니까 부모님도 좋아해. 우리 아빠, 최고! 용돈 올려줬더니 딸아이도 좋다고 난리야. 그런데 아내는 안 그래. 좋은 집으로 이사할 때도, 차를 바꿀때도 아내는 불안해했어. 명품을 사주면 좋아할 줄 알았지. 하지만 그렇지가 않더라고.

"돈이 어디서 나서 이런 걸 사 와요?"

지금 생각해보면 아내 같은 여자가 없었어. 착하고, 유하고, 가정적이고……. 마누라 자랑하니까 팔불출 같지? 그런 소리 많이 들었어. 하지만 아내는 그럴 만한 가치가 있는 여자야. 그때는 그걸 잠시 잊고 있었을 뿐이지.

"당신은 몰라도 돼."

아내는 더 이상 묻지 않았어.

참, 그 전에 내가 말했던가? 오물처리반 일을 시작하면서부터 아내가 이상하게 변했다고. 깜짝깜짝 놀라는 일이 많아졌어. 병원에 가봤더니 별다른 이상은 없대. 심장이 약해졌나 해서 청심환을 복용했지. 하지만 효과가 없었어. 어느 날은 집에 돌아와 보니까 아내가 거실 소파에 누워서 자고 있더라고. 흔들어 깨웠더니 내 얼굴을 보자마자 귀신이라도 본 사람처럼 비명을 지르는 거야.

218

"끼악!"

내가 더 놀랐어. 아내에게 왜 그러느냐고 물었더니 대답을 안해. 어쩔 수 없이 딸아이를 포섭했지. 용돈을 쥐여주고 물었어.

"너희 엄마 요즘 왜 저러니?"

딸아이도 처음에는 대답을 안 해. 용돈을 더 주고 다시 물었지. 그랬더니 겨우 이렇게 대답하더라고.

"아빠 얼굴이…… 무섭대요."

잘못 들은 줄 알았어.

"아빠 얼굴이 무섭대요. 나도…… 아빠 얼굴이 무서워요."

우는 딸아이를 간신히 달래고 화장실로 갔어. 문을 걸어 잠근 다음, 거울을 봤지. 무섭긴 뭐가 무서워? 아내에게 화가 치밀더군. 나는 이 집안의 가장이야. 가장 구실, 사람 구실 하기 위해서 뼈 빠지게 일하는 사람이라고. 아내는 그런 나를 무서워하고 있었어. 억울했지. 그냥 넘어갈 수 없었어.

"당신, 나 좀 봐."

단도직입적으로 물었지. 내가 무서워? 아내는 한동안 말이 없었어. 앞머리를 늘어뜨린 채 고개만 숙이고 있어. 내가 무섭냐고! 나도 모르게 소리를 질렀지. 그제야 아내가 고개를 들고 빤히 내 눈을 보는 거야.

"당신 변했어요. 성격도 변하고 얼굴도 변하고, 풍기는 분위기도 예전이랑 달라요."

아내 말이 내가 변했대. 사냥감을 노리는 맹수 같다더군. 그리고 또 뭐라 그랬더라? 그래, 악마 같다고. 그래서 보기만 해도 벌벌 떨린다고.

"당신이 정말 내가 사랑하는 사람 맞나요?"

그렇게 물어보는데 무슨 말을 해? 아내를 두고 화장실로 갔지. 다시 거울을 봤어. 저게 악마라고? 사람 구실을 하기 위해서 발버둥 치는 저 얼굴이? 참을 수 없었어. 주먹으로 거울을 박살냈지. 피 묻은 거울이 폭탄 맞은 자리처럼 조각났어. 거기에 비친 내 얼굴이…… 일그러지고 갈라진 내 얼굴이…… 그래, 정말 악마 같았어.

그래도 아내는 1년을 더 버텼어. 내 곁에 머물면서 나를 걱정해주고, 위로해주고, 그리고 사랑해줬지. 아내는 뭘 사줘도 기뻐하지 않았어. 아무리 맛있는 음식을 먹어도 좋아하지 않았지.

"내가 바라는 건 이런 게 아니에요."

아내의 몸은 하루가 다르게 쇠약해졌어. 한의원에 갔더니 기가 약해져서 그렇대. 그래서 한약을 달여 먹였지. 병원에서는 안정이 최고라는 말밖에 안 해. 며칠 요양원에 보낸 적도 있어. 하지만 집에 돌아오면 그대로야. 아내는 수건을 이마에 대고 하루 종일 누워 있었지.

그러던 어느 날이었어. 혼자서 한잔하고 들어왔더니 아내가 안 보이는 거야. 잠깐 슈퍼에 갔나 하고 기다리는데, 식탁 위에 편지 한 통이 놓여 있더라고. 봉투를 열고 편지지를 펼쳤지. 섬세하고, 고풍스럽고, 정갈한, 그건 아내의 글씨체였어.

— 언제까지나 당신 곁에 머물고 싶었습니다. 그러지 못해서 미안합니다.

아내는 그렇게 딸아이를 데리고 집을 나갔던 거야. 갈 곳이야 뻔해. 하지만 난 찾지 않았어. 거실 소파에 앉아 양주를 마시면서 생각했지. 나를 떠나야 아내가 산다고. 전축에서는 모차르트의 25번 교향곡이 흘러나오고 있었지. 슬픈 밤이었어. 나는 아내와 딸아이를 생각하면서 울었지. 눈물이 양주잔에 떨어져 호박빛으로 변했어. 한편으로는 무서운 밤이기도 했지. 그날 난 영업부 남 과장의 사표를 수리했거든.

그 전날, 강 부장의 호출이 있었어. 살생부 명단을 받았지. 좌변기에 앉아 문을 걸어 잠그고 살생부 명단을 확인했어. 믿어지지 않더군. 하마터면 들고 있던 종이를 놓칠 뻔했어.

— 영업부 남태주 과장.

살생부 명단에는 그렇게 쓰여 있었어. 그때부터 무서워지기 시작했지. 하루 종일 일이 손에 잡히지 않는 거야. 오전 내내 그냥 멍해. 사무실 책상에 앉아 업무를 보면서도 머릿속에는 대체 왜? 라는 물음표뿐이야. 그렇게 점심시간이 됐어. 밥을 먹고 들어와서 커피라도 한잔할까 하고 사원 휴게실에 갔지. 거기에 남 과장이 있었어. 자판기 커피를 뽑아 들고 남 과장 옆에 나란히 서서 통유리 밖을 바라봤지. 높은 빌딩 숲이 보여. 그리고 그 위로 솔개 한 마리가 원을 그리며 날아다니고 있더군. 우리는 한동안 솔개를 바라보며 말없이 서 있었어. 침묵은 길고 무거웠지.

"조 과장님……."

남 과장이 먼저 입을 연 것은 의외였어.

"하루만 생각할 시간을 주시겠습니까?"

다음 날도 나는 점심을 먹고 사원 휴게실로 갔어. 남 과장은 전날과 같은 자리에 서서 통유리 밖을 내다보고 있더군. 자판기 커피 두 잔을 뽑았지. 한 잔을 남 과장에게 건네주고 통유리 앞에 나란히 섰어. 빌딩 숲은 여전해. 그런데 원을 그리며 날아다니던 솔개는 어디로 갔을까?

"이유가 뭡니까?"

이번에는 내가 먼저 물었어. 남 과장이 먼 곳을 바라보면서 피식, 웃어.

"토사구팽 아니겠습니까. 토끼 사냥이 끝났으면 사냥개를 삶는다. 조 과장님도 조심하십시오."

남 과장은 그 말뿐이었어. 양복 안주머니에서 사표를 꺼내 내밀더군. 사표를 쥐고 있는 손끝이 약간 떨려. 그러면서 또 내 얼굴을 들여다보며 피식, 웃어. 그게 내가 본 영업부 남태주 과장의 마지막 모습이었어.

그날 밤, 모차르트의 25번 교향곡이 흐르고, 양주잔에 떨어진 눈물이 호박빛으로 물들고, 그 잔을 들고 있던 내 손끝이 파르르 떨리고……. 모든 게 엉망이었어. 슬프고도 무서운 밤이었지. 그리고 한 달쯤 지나서 아파트 주차장으로 삼무 장 대리가 찾아왔어.

퇴근길이었지. 아파트 지하 주차장에 차를 파킹하고 내리려는데 누가 나를 불러.

"야, 조 과장!"

도망칠 새도 없었어. 복부가 싸늘해. 셔츠가 피로 물들어. 내가 칼을 맞았구나, 바로 알겠더라고.

"조 과장, 네가 인간이냐?"

그때 왜 피식, 웃음이 나왔는지 몰라. 칼이 박힌 자리에서 계속 피가 흘러나오는데 이상하게 자꾸 웃음이 나와. 칼 맞은 자리가 간지러워서 견딜 수가 없는 거야.

"푸하하, 푸하하!"

그렇게 정신없이 웃어본 건 태어나서 처음이야. 웃다가 기절했지. 겁먹은 삼무 장 대리가 도망치는데, 그게 또 웃겨. 정신을 차려보니 병원이야. 1센티미터만 더 깊이 들어갔으면 위험할 뻔했다고 하더라고. 1센티미터……. 요만큼이잖아. 기분이 묘해. 사람 사는 게 요만큼이었나 싶어. 요만큼이다 생각하니까, 사는 게 웃기더라고. 아내와 딸아이가 집을 나간 것도, 남 과장 일도, 아파트 지하 주차장에서 칼을 맞은 것도 웃겨 죽겠는 거야. 그중에 제일 웃긴 게 뭔 줄 알아? 사람 구실 하겠다고 사람답게 사는 걸 포기한 나였어. 그러고 보면 사는 게 참 코미디지 싶어.

회사에 출근한 건 한 달 뒤야. 강 부장을 찾아가서 단도직입적으로 말했어.

"오물처리반 일 그만두겠습니다."

고장 난 가전제품을 바라보고 있는 사람처럼 강 부장 표정이 떨떠름해. 그리고 그다음 날이었어. 회사 홈페이지에 올라와 있는 글을 보니까 기가 막혀. 내가 경리부 이숙자 씨와 지난 3년 동안 내연 관계를 맺고 있었다는 거야. 경리부 이숙자 씨? 얼굴도 몰라. 최근에 이 사실을 알게 된 내 아내가 딸아이를 데리고 집을 나갔고. 한 달 선에는 경리부 이숙자 씨의 남자 친구에게 칼을 맞은 사실까지 있었대. 그런 내용의 글이 올라와 있더군. 발상은 진부하고, 구성은 엉성하고, 문장은 조잡해. 어떤 친군지 몰라도 글재주는 없는 친구야. 글을 이따위로 쓰는 친구가 대기업에는 어떻게 들어왔는지 몰라. 다 읽고 나니까 피식, 웃음이 나오대. 사표는 양복 안주머니에 들어 있었어. 책상 위에 올려놓고 사무실을 나왔지. 미련은 없었어. 하지만 할 일은 있었지.

"죄송합니다."

나는 경리부로 찾아가 이숙자 씨에게 사과했어. 이숙자 씨는 울고, 경리부 사람들은 쑥덕거려. 하지만 그런 건 상관없었어. 어차피 이숙자 씨도 오래 못 버텨. 내가 너무 내 생각만 했나? 하지만 죄송하다는 말은 꼭 하고 싶었어. 왠 줄 알아? 그게 사람다운 행동이라고 생각했으니까, 사람 구실을 포기하는 대신 사람답게 살고 싶었으니까.

"난 말이야. 사람답게 살고 싶었어."

차를 팔고 집을 옮겼지. 1년 후에 아내와 딸아이가 돌아왔어. 명품 같은 건 못 사줘. 대학생이 된 딸아이도 자기 손으로 등록금을 벌고. 부모님께 드리던 생활비도 못 드린 지 오래야. 하지만 아내는 행복하대. 딸아이와 보내는 시간도 많아지고. 부모님께는 늘 죄송하지. 하지만 어쩔 수 없잖아. 이 나라에서 사람답게 살려면 사람 구실을 포기해야 하니까 말이야.

회사를 그만두고 처음에는 부업을 했어. 마늘을 까고, 종이학이나 공룡 알을 접었지. 봉투도 붙여봤어. 인형 눈깔도 붙이고. 그러다 돼지엄마라고, 부업 알선업을 하시는 분의 소개로 동물원에서 일하게 됐지.

"돼지엄마요?"

응, 돼지엄마. 왜 아는 분이야?

"안다고 생각했는데, 이제는 모르겠네요."

그게 무슨 소리야? 아무튼 난 동물원이 좋아. 나도 가끔 이런 생각을 안 해본 건 아니야. 이렇게까지 하면서 살아야 하나? 관람객들이 돌을 던지거나 막대기 같은 걸로 찌르면 나도 기분 나빠. 누군 좋아서 고릴라 옷 입고 일해? 하지만 이런 건 있어. 몸에 좋은 바나나를 하루 종일 먹을 수 있잖아. 바나나는 안 질려. 언제 먹어도 맛있어. 안 웃네? 방금 건 농담이야. 대장님이 있고, 앤이 있고, 네가 있어서 좋아. 카, 술맛 좋다. 오늘은 계속 낯간지러운 소리만 하게 되네. 한잔 받아.

그리고 동물원에 있으면 사람답게 살 수 있어. 사람이 아니니까 사람 구실 같은 건 안 해도 돼. 솔직히 이 나라에서 사람 구실 하면서 사람답게 사는 인간이 몇이나 되겠냐고. 난 거의 없다고 봐. 하지만 동물원은 달라. 사람 구실은 못 하지만 사람답게 살 수

있는 곳이 동물원이야. 웃기지? 내가 그랬잖아. 사는 게 코미디라
고. 자, 한잔해. 어때, 여기 죽여주지?

4부

세상에서 가장
무서운 것

7.

이렇게 고릴라사에 앉아서 관람객들을 보고 있으면 기분이 참 묘하다. 세상에는 참 별별 사람이 다 있다는 생각이 든다.

"왜 내가 던져주는 건 안 먹는 거야. 지금 사람 차별해? 너희들 내가 우스워 보이지? 없이 산다고 무시하는 거잖아, 지금!"

먹다 남은 김밥 나부랭이나 과자 부스러기 같은 걸 던져주고 트집을 잡는 사람에,

"야, 너!"

특정 고릴라를 지명한 다음,

"난 네가 마음에 안 든다. 나와! 일대일로 한판 붙자."

이유도 없이 시비를 거는 사람까지 있다. 물론 무시하면 그만이다. 상대하지 않으면 제풀에 지쳐서 가버린다. 하지만 개중에는 꼭 뭘 집어 던져야 직성이 풀리는 사람들도 있다. 돌멩이나 쓰레기 같은 게 날아온다. 어디서 구해 왔는지 작대기나 나뭇가지 같은 걸로 쿡쿡 찌르기도 한다. 고릴라도 맞으면 아프다. 쿡쿡 막대기로 찔러대면 한 대 후려치고 싶을 만큼 화도 난다. 하지만 이쪽은 고

릴라, 저쪽은 고객. 관람객이 고릴라에게 뭘 집어 던지면 몰상식한
행동이지만, 고릴라가 관람객을 한 대 후려치면 사건이 된다. 그래
서 잽싸게 피하거나 움막 뒤로 도망치거나 하는 방법밖에 없다.

생각해보면 동물들에게 뭘 집어 던지는 사람들도 참 안됐다.
얼마나 쌓인 게 많았으면 동물원까지 와서 저럴까 싶다. 어떻게 사
는지 안 봐도 비디오다. 직장에서는 스트레스만 받는다. 전쟁터가
따로 없다. 위에서는 찍어 누르지 밑에서는 치고 올라오지, 하루하
루가 총알이 빗발치는 사선의 최전방이다. 아군은 없다. 적군뿐이
다. 한순간도 마음을 놓을 수 없는 긴장감 속에서 살아간다. 그렇다
고 집이 편하냐 하면 그것도 아니다. 집에 와도 발붙일 곳이 없는 건
마찬가지다. 배우자의 얼굴을 보면 짜증만 난다. 신비감 같은 건 사
라진 지 오래다. 더럽고 치사하고 냄새까지 난다. 내가 저 인간하고
왜 사나 싶다. 자식도 자식이 아니라 원수다. 걸핏하면 대든다. 따박
따박 말대답하는 걸 보면 머리가 나쁜 것 같지는 않은데 공부는 왜
그렇게 못하는지 모르겠다. 고분고분하게 말 잘 들을 때는 용돈 달
라고 손 벌릴 때뿐이다. 어려서는 안 저랬는데, 저게 왜 저렇게 컸나
싶을 때가 한두 번이 아니다. 커서 뭐가 되려고 저러나 싶을 때는 띵
하니 뒷골이 땅긴다. 은근히 건강이 걱정된다. 이게 또 스트레스다.
지나친 흡연과 과도한 음주로 스트레스를 해소한다.

그런 사람들이 모처럼 동물원을 찾는다. 동물원은 금연 구역
이다. 음주도 할 수 없다. 하지만 그날분의 스트레스는 그날 안에
해소해야 한다. 안 그러면 또 뒷골이 땅기고, 그러다가 폭발해버릴

지도 모른다. 그래서 돌멩이나 쓰레기 같은 걸 던지고 막대기를 사용해 동물들을 괴롭힌다. 흡연과 음주 대신이다……. 그렇다는 걸 알기 때문에 안돼 보인다.

어차피 동물원이라는 데가 서비스업체다. 그리고 거기에서 근무하는 고릴라는 서비스직에 종사하는 근로자다. 고객 만족이라는 대의 아래 물심양면으로 노력하지 않으면 안 되는 것이다. 돌멩이나 쓰레기 따위, 무서워하면 자격 미달이다. 막대기로 쿡쿡 찌르는 것쯤, 웃어넘길 줄 아는 소양을 갖춰야 한다. 이 한 몸 희생해서 작게는 관람객들에게 즐거움을 주고, 크게는 사회 안녕에 이바지할 수 있다면 이보다 보람찬 일이 또 어디 있겠는가. 말 그대로 살신성인, 멸사봉공이다……. 한두 번은 그렇게 참고 넘어갈 수 있다. 하지만 상습범의 경우는 문제가 다르다.

상습범들은 보면 안다. 동물 학대가 목적이기 때문에 일반 관람객과는 힘이나 기량 자체가 다르다. 일반 관람객들에게는 사전 예비 동작이 없지만 상습범들은 먼저 먹이로 동물을 유인하는 용의주도함을 보인다. 일반 관람객이 던진 돌은 완만한 곡선을 그리면서 느리게 날아온다. 당연히 피하기가 쉽다. 그것도 대부분 스트라이크 존에서 한참 벗어나는 빈볼인 경우가 많다. 그에 비해 상습범들은 빠른 강속구를 구사한다. 빨랫줄처럼 쭉 뻗는 돌멩이가 날아온다. 손목 스냅을 사용해서 던지기 때문에 파괴력도 정확도도 그만큼 높다. 어디를 맞든 일단 맞으면 상당히 아프다. 머리나 얼굴 같은 곳을 잘못 맞으면 위험할 수도 있다.

동물원에 오면서 등산용 지팡이를 휴대하고 오는 사람은 일단 의심해봐야 한다. 주머니나 가방 같은 곳에서 주먹만 한 짱돌을 꺼내는 사람은 100퍼센트 상습범이다. 이런 상습범들 때문에 피해가 속출하고 있다.

최근에는 갈라파고스거북의 등껍질이 파손된 일이 있었다. 다행히 장비 파손으로 그쳤지만 하마터면 인명 피해로 이어질 뻔한 아찔한 사건이었다. 그전에는 피그미하마가 당했다. 옆구리를 맞았는데, 지금도 비만 오면 잠을 못 잘 정도로 쑤신다고 한다. 역시 동물의 천적은 인간이다.

평일에는 불륜 커플들이 많이 찾아온다. 대부분 중년 불륜이다. 늦게 배운 도둑질이 무섭다고 개중에는 늘그막에 정열을 불사르는 황혼 불륜도 있다.

"안 돼요. 저는 가정이 있는 몸이에요."

이제 막 불륜의 세계에 첫발을 내딛는 초심자 커플이 있는가 하면,

"내가 잘해? 자기 와이프가 잘해?"

진솔한 대화를 나누며 노련미를 물씬 풍기는 장기 불륜 커플들도 눈에 띈다. 이런 커플들에게 동물원은 그야말로 무릉도원, 밀회를 나누기에 최고의 장소다. 우선 동물원은 넓다. 게다가 평일 낮에는 관람객들도 거의 없다. 어디 숨어서 무슨 짓을 하든 안심이 된다. 무엇보다 갑갑하기만 했던 모텔 방에서 벗어나 탁 트인 공간에서 대자연의 품에 안겨 사랑을 속삭일 수 있다는 점이 동물원의

가장 큰 장점이다.

"자기야, 고릴라들이 보고 있다고 생각하니까 어쩐지 나 흥분돼."

고릴라사 앞에서도 19금을 넘나드는 아슬아슬한 장면이 심심치 않게 연출된다. '세렝게티 동물원'은 일반 동물원과는 달리 동물 우리와 관람 공간이 밀착되어 있다. 여기는 동물원입니다, 이런 효과를 내기 위한 철창 하나가 전부다. 처음부터 진짜 동물은 염두에 두지 않은 구조 같다. 그래서 관람객들이 무슨 말을 하건 다 들린다. 아무리 작은 동작도, 미세한 표정의 변화까지 모두 읽어낼 수 있다. 그렇다는 걸 관람객들이 모를 뿐이다.

중년 남녀가 사이좋게 고릴라를 관람한다, 이건 전체 관람가. 남자의 팔이 여자의 허리를 감싸 안는다, 여기부터는 12금. 서로를 향한 애절한 눈길, 이내 둘의 몸이 하나로 포개지고 기다렸다는 듯 이어지는 뜨거운 키스, 이 장면은 15금. 여기서 혀와 혀가 오가는 설왕설래나 서로의 침을 주고받는 타액 교환이 이루어지면 18금. 계속해서 물고 빨고 만지고 주무르는 베테랑 남자의 현란한 테크닉, 이윽고 마그마처럼 뜨겁게 터져나오는 중년 여성의 달뜬 신음 소리.

"아……."

이러면 19금이다. 열 커플 중 여덟 커플은 이렇게 선정적인 장면을 연출한다. 나머지 두 커플은 19금 커플을 인생 선배처럼 흐뭇한 눈길로 바라본다.

"한창 좋을 때다."

평일이라고 불륜 커플들만 동물원을 찾는 건 아니다.

"제가 죄를 지었습니다."

개중에는 이렇게 동물들을 찾아와 고해성사를 하는 사람들도 있고,

"나 너무 외롭다."

가슴속에 있는 이야기를 주절주절 늘어놓는 사람들도 있다. 그리고 동물원에는 관람료를 내고 입장하지만 관람객이 아닌 사람들도 온다.

"마운틴고릴라 여러분, 안녕하십니까?"

관람객 대부분이 동물에게 말을 건다. 처음에는 그런 관람객 중 한 명인 줄 알았다.

"수고들 많으십니다."

하지만 뭔가 좀 이상하기는 했다. 남자는 2 대 8로 빗어 넘긴 가르마에 감색 양복을 입고 있었다. 거기에 넥타이도 맸다. 한 손에 가죽으로 된 서류 가방까지 들고 있었다. 복장부터가 나들이 나온 일반 관람객들과는 사뭇 다른 분위기를 풍기고 있었다. 게다가 남자는 존댓말을 썼다. 동물에게 존댓말을 쓰는 사람은 처음이었다.

"열심히 일하시는 모습을 뵈니, 참 보기 좋습니다."

허허허, 남자는 넉살 좋게 웃으며 계속 혼자서 떠들어댔다. 순간, 고릴라사에 긴장감이 감돌았다. 어슬렁거리고 있던 앤도, 손에 바나나를 쥐고 있던 만딩고도, 막 화장실에 다녀온 나까지, 엠파이어스테이트빌딩을 기어오르고 있던 조풍년 씨만 빼고, 모두 잠깐

전기에 감전된 것처럼 깜짝 놀랐다.

"소개가 늦었습니다. 소생 역시 한때는 이곳 동물원에서 일했던 사람입니다. 그게 벌써 십수 년도 더 된 일이지요. 그 십수 년 동안 소생, 강을 거슬러 오르는 연어처럼, 때로는 고향을 그리워하는 실향민처럼 늘 애달픈 마음으로 이곳 동물원을 그리워했습니다. 오매불망, 동물원에서의 추억을 소중히 간직한 채 하루하루 살아왔던 것입니다. 하지만 목구멍이 포도청이라고 했던가요. 바쁜 생활에 쫓기다 보니 십수 년의 세월은 저만치 구름처럼 흘러가 버리고, 마음속에 소중히 간직하고 있던 추억도 낡은 앨범 속 흑백 사진처럼 흐리게 바래가……. 그래서 지금 이 자리에 서 있는 소생, 고향 집에 돌아온 듯 벅차고 감개무량한 마음입니다."

여기까지 이야기한 소생은 양복 주머니에서 네모반듯하게 접힌 손수건을 꺼내 눈밑을 닦았다.

"당시 소생은 나일악어로 일했습니다. 나일악어로 일했습니다만, 소생의 마음속에는 언제나 마운틴고릴라에 대한 동경과 선망으로 가득했던 것입니다. 그래서 십수 년 만에 동물원을 다시 찾은 오늘, 소생 제일 먼저 마운틴고릴라 여러분 앞에 벅찬 가슴을 안고 달려온 것입니다. 그렇습니다. 소생에게는 연인과도 같은 여러분들이십니다. 연인과도 같은 여러분이기 때문에 소생, 한 말씀 올리고자 합니다."

숨 한번 쉬지 않고 떠들어대던 소생이 막 한 말씀 올리려고 큼큼, 목을 가다듬고 있을 때, 단체 관람을 오셨는지 어디선가 나

237

타난 어르신 열댓 분이,

"네 이놈, 고릴라야!"

우리 고릴라 네 마리를 소생의 마수에서 건져주셨다.

"아쉽습니다. 아쉽지만, 소생, 지금의 짧은 만남을 가슴 깊이 새기며, 여러분의 아름다운 모습을 마음속에 있는 카메라에 소중히 간직한 채 오늘은 이만 물러나렵니다."

그날, 샤워를 하면서 만딩고에게 물었다.

"뭐 하는 사람일까요?"

"모르지. 아무튼 상대하지 말게. 잡상인 같아."

옆에서 샤워를 하고 있던 조풍년 씨도 끼어들었다.

"무슨 일인데 그래?"

나는 소생이라고 자처하는 남자가 다녀갔다고 설명했다.

"자기를 소개하고 갔어요. 말을 굉장히 길게 하던데요."

"그런 일이 있었어? 나만 몰랐네."

다음 날 아침에는 기성복 차림의 영감님 한 분이 찾아와서 이상한 소리를 하고 돌아갔다.

"반갑소, 동무."

아무도 신경 쓰지 않았다. 씹다 붙여놓은 껌처럼 고릴라사 필드에 눌어붙어 있던 조풍년 씨도, 그 옆에 앉아서 털을 다듬고 있던 앤도, 철창 앞에서 어슬렁거리고 있던 나까지, 어느새 움막 뒤로 숨어버린 만딩고만 빼고, 모두 영감님이 뭘 잘못 잡수셨나 고개를 갸우뚱했다. 그날 만딩고는 정오가 될 때까지 움막 뒤에서 나오지 않았다.

"괜찮아. 컨디션이 안 좋아서 그래."

가슴을 두드리고, 관람객들이 던져주는 바나나를 먹었다. 엠파이어스테이트빌딩에 올라가 버저도 눌렀다. 정신없이 바쁜 하루였다. 그래서 소생에 관한 일은 까맣게 잊고 있었다.

"언제 봬도 활력이 넘쳐 보이십니다. 저절로 고개가 숙여지네요. 존경스러울 따름입니다."

폐장을 1시간 앞둔 오후 5시 무렵, 소생은 허허허, 넉살 좋게 웃으며, 어느새 찾아온 계절처럼 그렇게 우리 곁에 성큼 다가와 있었다.

"그래도 건강은 건강할 때 챙기셔야지요. 자, 한 병씩들 하십시오."

소생은 서류 가방에서 자양강장제 네 병을 꺼내 어서 드시라며 권했다.

"고릴라 여러분을 향한 소생의 작은 마음입니다. 부디 사양하지 마시고 받아주십시오. 안 그러면 자양강장제를 들고 있는 소생의 이 손이 부끄러워집니다."

몸에 좋다는 홍삼을 통째로 갈아 만든 자양강장제였다. 하지만 아무도 소생의 작은 마음을 받아주지 않았다. 우리는 털을 다듬거나, 바나나를 까먹거나, 딴짓을 하며 소생을 외면했다.

"송구스럽습니다. 근무시간에 소생이 무리한 간청을 드린 것 같습니다. 맡은 바 역할에 충실하신 그 모습, 역시 존경스러울 따름입니다."

소생은 계속 고개를 끄덕이며 자양강장제 네 병을 서류 가방 속에 도로 집어넣었다. 그리고 본론으로 들어갔다.

"사는 게 참 그렇습니다. 바쁘게 살다 보면 내가 누구인지, 왜 사는지, 나는 과연 어디서 와서 어디로 가는지, 사람이라면 누구나 가져야 할 이런 문제들을 등한시하게 되는 경우가 많습니다. 안 그렇습니까?"

그렇죠, 하마터면 맞장구를 칠 뻔했다.

"그렇습니다. 반복되는 일상과 바쁜 생활에 쫓겨 정작 소중하게 간직해야 할 자아와, 무엇과도 바꿀 수 없는 정체성을 잊고 사는 게 요즘의 현대인들입니다. 하지만 겉만 번지르르하면 뭐합니까. 연봉이 얼마네, 외제차를 굴리네 마네, 이러면 뭐합니까. 자아도 정체성도 상실한 빈껍데기 같은 삶인 것을. 일회용품처럼 쓰다 버려지는 톱니바퀴 같은 삶인 것을."

공감이 가는 이야기였다. 과연……. 나도 모르게 고개를 끄덕였다. 고개 끄덕이지 마. 옆에 있던 조풍년 씨에게 눈빛 경고를 받았다.

"그래서 소생은 생각했습니다. 이대로는 안 된다, 인간으로 태어나서 톱니바퀴로 살다 톱니바퀴로 죽게 내버려두어서는 안 된다, 빈껍데기처럼 살아가는 현대인들에게 자아와 정체성을 되찾아주자, 소생은 결심했던 것입니다. 현재 소생은 역사와 전통을 자랑하는 '신나라여행사'에 근무하고 있습니다. 일상을 벗어난 곳

240

에서 자아를 발견할 수 있다고 생각했기 때문입니다. 저 먼 어드메에서 잃어버린 우리들의 정체성이 손짓하고 있다고 믿었기 때문입니다. 그래서 소생은 지금 막중한 사명감을 이 양어깨에 짊어지고 여기 이 자리에, 소생이 흠모해 마지않는 마운틴고릴라 여러분 앞에 서게 된 것입니다. 한 분이라도 더, 한 분이라도 더…… 이게 소생의 간절한 마음입니다. 바쁘신 건 압니다. 이렇게 불쑥 내방한 것도, 여러분의 귀중한 시간을 본의 아니게 빼앗은 것도 결례가 된다는 걸 소생 너무나 잘 알고 있습니다. 하지만 소생 결례를 무릅쓰렵니다. 절대 물러서지 않으렵니다. 왜이겠습니까? 소생의 마음이 그만큼 간절하기 때문입니다. 그래서 감히 말씀 올립니다. 잃어버린 자아를 찾아 여행을 떠나보지 않으시렵니까?"

소생이 뭐 하는 사람인지 알 것 같았다. 2 대 8로 빗어 넘긴 가르마도 그렇고, 왜 감색 양복에 넥타이까지 매고 있는지, 동물원에 오면서 서류 가방을 들고 온 이유도 짐작이 갔다. 요즘처럼 먹고살기 힘든 때 여행은 사치에 불과하다. 여행 상품이 팔릴 리 없다. 경영난에 허덕이던 여행사들이 하나둘씩 문을 닫는다는 소식도 매스컴에서 접한 적이 있다……. 동물원은 틈새시장이 아닐까. 아니면 물에 빠진 사람이 잡는다는 지푸라기 정도. 소생을 보면서 문득, 정년퇴직은 했지, 먹고살 길은 막막하지, 어쩔 수 없이 현역 시절의 부하 직원들을 찾아다니며 건강보조식품 같은 걸 강매하는 벼랑 끝의 노년이 떠올라 잠깐 마음이 짠하기도 했다. 하지만 아무리 그래도 잡상인은 잡상인.

"우후우후!"

조풍년 씨가 갑자기 가슴을 치며 포효했다. 여행사 잡상인에게 보내는 야생 고릴라의 위협 신호였다. 동작은 거칠었고 분위기는 험악했다. 노약자나 임신부가 보면 자칫 큰일이 날 수도 있는 그런 표정으로 고릴라 조풍년 씨는 철창 밖에 서 있는 소생을 노려보고 있었다. 반면 소생은 놀라울 정도로 담담했다. 핵폭탄을 맞아도 흠집 하나 나지 않을 것 같은 강심장이었다. 서글서글한 표정과 여덟 팔 자로 축 처진 두 눈. 소생은 변함없이 넉살 좋은 얼굴로 웃고 있었다. 솔직하게 고백하련다. 사실 그때 나는 가슴을 두드리며 포효하는 조풍년 씨보다 허허허, 웃고 있는 소생이 더 무서웠다.

"여러분께서 소생을 어떻게 생각하셔도 좋습니다. 일개 잡상인이라 여기신다 해도 소생 상심하지 않으렵니다. 그렇습니다. 소생 여행 상품을 팔기 위해 오늘 이 자리에 섰습니다. 그렇습니다만, 소생의 진심만은 외면하지 말아주십시오. 부디 귀하의 자아와 정체성을 나 몰라라 내팽개치는 그런 어리석은 짓만은 말아주십시오. 불초 소생, 이렇게 간곡히 부탁드립니다."

혼자서 떠들어대던 소생이, 이번에는 서류 가방을 열어 주섬주섬 광고 책자를 꺼내 들었다.

"일개 잡상인에 지나지 않는 소생이 감히 여러분 앞에 꺼내든 이것은, 그렇습니다. 이것이야말로 세인들이 말하는 팸플릿입니다. 하지만 소생은 그렇게 생각하지 않습니다. 하찮은 종이 쪼가리지만 그 속에 무엇이 담겨 있느냐에 따라서 한번 보고 버리는 팸플릿도 될 수 있고, 인생의 진리가 아로새겨진 희대의 귀보(貴寶)도 될 수 있는 것입니다. 지금 여러분 앞에 펼쳐든 이것이 다름 아닌 그 희대의 귀보다, 소생은 이렇게 자부하는 바입니다. 부디 소중하게 생각해주십시오. 한 장 한 장 연서를 받아 보는 부푼 마음으로 대해주십시오."

소생이 펼쳐 보인 희대의 귀보는, 하지만 아무리 봐도 그냥 여행용 팸플릿이었다. 어딘가에 아로새겨져 있다는 인생의 진리 같은 건, 처음부터 믿지도 않았지만 역시 과대광고였다. 대신 사진은 많았다. 초원이나 밀림 같은 곳을 찍은 총천연색 컬러 사진이었다. 저런 곳에 현대인들의 자아와 정체성이 길바닥의 돌멩이처럼 뒹굴고 있단 말인가? 믿어지지 않았다.

"지금의 생활에 만족하십니까? 이렇게 살다가 죽어도 좋다고 생각하십니까? 아니라고 당당하게 외치십시오. 그리고 저 태고의 대자연으로, 우리들의 어머니, 우리들의 원류인 저 야성의 땅으로 여행을 떠나는 겁니다. 거기서 잃어버린 자아와 만나 환희의 눈물을 흘리는 겁니다!"

우리 고릴라 네 마리는 어느새 철창 앞에 모여 소생의 말에 귀를 기울이고 있었다. 옆을 보니 만딩고와 앤이 고개를 끄덕이고 있었고, 조풍년 씨는 무릎까지 쳤다. 소생의 언변은 암컷을 유혹하기 위해 날개를 펼친 공작새만큼이나 화려했다. 자칫 진부할 수 있는, 여행이라는 소재를 흡입력 있는 솜씨와 힘 있는 구성, 현대인들의 마음을 곡진하게 움직이는 문제의식으로 능수능란하게 다루고 있었다. 무엇보다 놀라운 것은 소생의 은근과 끈기였다. 고릴라 네 마리 앞에서 혼자 떠들어대는 저 근성. 소생은 은근과 끈기를 빼면 시체인, 은근과 끈기의 화신, 은근과 끈기의 대마왕 같은 인간이었다. 벼랑 끝에서 떨어지는 폭포처럼, 혹은 여름철 장마처럼 쉬지 않고 계속되는 소생의 말을 듣는 동안, 눈앞에는 어느새 잃어버린 자아와 만나 환희의 눈물을 흘리고 있는 벅찬 내 모습이 떠올랐다.

"그럼에도 불구하고……. 아, 돈이 원수라고 했던가요? 자아를 찾아 떠나는 고귀한 여행이지만 금전적인 문제 또한 외면할 수 없는 것이 오늘날의 현실입니다. 오호통재라! 이 점에 대해 소생, 여러분 이상으로 비통과 개탄의 마음을 금할 길 없습니다."

소생은 비장한 표정으로 저 멀리 하늘을 바라보며 말을 이었다.

"하지만 대를 위해서 소를 희생한다고 했던가요? 살을 내주고 뼈를 취한다는 말도 있지 않습니까? 그렇습니다. 여행에 드는 경비는 대를 얻기 위해서 희생해야 하는 소, 뼈를 취하기 위해서 내주어야 하는 살, 그렇게 생각해주십시오. 물론 쥐꼬리만 한 수입과 빠듯한 살림을 생각하면 여행에 드는 경비가 부담스러울 수도 있습니다. 하지만 얻기 위해서는 먼저 버릴 줄도 알아야 합니다. 주먹 쥔 손으로는 아무것도 움켜쥘 수 없습니다. 투자가 없으면 수익도 없는 법. 투자하십시오, 미래의 당신에게!"

순간 혈관을 타고 흐르던 피가 마그마처럼 뜨겁게 달아올랐다. 지금보다 성숙해진 모습의 나, 한층 업그레이드된 미래의 나를 그려보았다. 그러자 투자하고 싶어졌다, 미래에서 나를 기다리고 있는 또 다른 나에게.

"그럼 계속 보시겠습니다."

다음으로 소생은 광고 책자에 있는 여행 상품들을 죽 소개했다. 거리가 멀수록, 여행 기간이 길수록 가격이 비쌌다. 만딩고와 앤이 설레설레 고개를 젓기 시작했다. 옆에 있던 조풍년 씨는 쯧쯧, 혀까지 내둘렀다. 하지만 은근과 끈기의 화신, 은근과 끈기의 대마왕 소생은 고릴라들의 반응에 눈 하나 깜짝하지 않았다.

"마음은 굴뚝같은데 돈 생각하면 선뜻 용기가 안 나신다고요? 먹고살기도 힘들어 죽겠는데 무슨 돈이 있어서 여행을 가느냐고요? 이제 그런 걱정은 마십시오. 여기 저렴한 가격으로 누구나 이용하실 수 있는 획기적인 상품이 있습니다. 한정 판매! 매진 임박! 식상하기만 했던 지금까지의 여행은 잊어라! 일부 선택된 고객들로부터 열광적인 지지와 찬사를 받고 있는 바로 그 상품! 이번 기회를 절대 놓치지 마시라."

소생은 광고 책자를 손에 들고 열변을 토했다. 아, 지금 생각하면 소생은 세일즈맨의 완전체, 세일즈맨의 슈퍼 사이어인 같은 인간이었다.

"지금부터 그 상품을 여러분께 소개해 올리겠습니다. 광고 책자 2페이지입니다. 부디 다 함께 봐주십시오."

광고 책자 2페이지가 눈앞에 펼쳐졌다. 끝이 보이지 않는 아프리카의 대초원. 지평선 저 멀리 붉게 타오르는 석양이 일대 장관을 연출하고 있었다. 그리고 여기저기에서 자생하고 있는 몇 그루의 거대한 나무. 그중 가장 큰 나무 밑에 아프리카코뿔소 다섯 마리가 옹기종기 사이좋게 모여 있었다.

"왼쪽에서 두 번째 코뿔소를 봐주시겠습니까?"

시키는 대로 했다. 왼쪽에서 두 번째 코뿔소가 어쨌는데? 하고 유심히 들여다보다가, 나는 그만,

"으악!"

작게 비명을 지르고 말았다. 만딩고와 앤도, 그 옆에 서 있던 조풍년 씨마저 화들짝 놀란 표정을 짓고 있었다. 반면, 소생은 흐뭇한 표정으로 어때, 놀랐지? 고개를 끄덕였다. 문제의 왼쪽에서 두 번째 코뿔소, 그 코뿔소가 뚫어져라 카메라를 쳐다보고 있었다. 마치 찍습니다, 하나, 둘, 셋! 하는 구령에 맞춰 포즈를 취하고 있는 연예인처럼.

"광고 책자의 다음 페이지를 보시겠습니다."

소생이 광고 책자를 넘기며 말했다. 시베리아의 어디쯤일까? 저 멀리 만년설로 뒤덮인 산봉우리들, 그 앞에 융단처럼 펼쳐진 초록 빛깔의 들판, 형형색색의 꽃들과 낮게 깔려 있는 풀잎들, 그리고 들판을 가로질러 흐르고 있는 시냇물……. 대자연의 한 부분을 그대로 담고 있는 사진은 한 폭의 그림처럼 아름다웠다. 그 속에서 여러 마리의 불곰이 연어 사냥을 하고 있었다.

"상류 쪽을 봐주시겠습니까? 무리와 떨어져 있는 불곰 한 마

리가 보이실 겁니다."

상류 쪽에 정말 그런 불곰 한 마리가 있었다. 어딘지 모르게 이상했다. 물속에 뛰어들어 연어 사냥을 하고 있는 다른 불곰들과는 달리 그 불곰은 나뭇가지 같은 걸 들고 물가에 앉아 있었다. 앗! 저건 설마…… 낚싯대?

"그럼 마지막으로 광고 책자의 11페이지를 펼쳐 보이겠습니다. 콩고의 정글을 담은 사진입니다."

콩고의 정글 하면 마운틴고릴라의 본고장. 왠지 모르게 그리운 느낌이었다. 빽빽하게 우거진 나무와 그 나무에 매달려 있는 덩굴들. 저기 어디선가 밀림의 왕자 타잔이 나타나 아아아, 코끼리 무리를 불러 모을 것 같았다. 아, 그리고 정글 속을 거닐고 있는 저건 한 무리의 마운틴고릴라! 이번에는 금방 찾아냈다. 옆모습이 잡힌 문제의 마운틴고릴라는 숨은그림찾기의 성냥개비나 삼각자처럼 무리 속에 섞여 어디론가 이동 중이었다. 무표정한 얼굴의 그 마운틴고릴라는, 하지만 능청스럽게도 카메라를 향해 브이, 두 손가락을 펼쳐 보이며 장난스러운 모습을 연출하고 있었다.

"이분들이 모두 소생의 고객이셨습니다. 처음 보신 아프리카 코뿔소가 오제중 씨와 윤정호 씨. 어느 비 내리던 날 밤이었습니다. 소생, 밤하늘을 찢던 번개와 유리창을 흔들던 그날의 천둥소리를 아직 기억합니다. 그날 밤 소생은 늦게까지 여행사에 홀로 남아 업무를 처리하고 있었습니다. 음산한 빗소리와 오싹한 정적만이 가득한, 그런 밤이었습니다. 어느 순간, 저벅저벅 멀리서 다가

오는 발소리에 소생 마른침을 삼키며 사무실 문을 바라봤습니다. 그날 밤, 흠뻑 비에 젖은 몸으로 소생의 여행사를 직접 내방해주신 분들이 바로 사업에 실패하신 오제중 씨와 윤정호 씨였습니다. 믿고 있던 친구에게 사기를 당한 두 분은 사람이 무섭다, 더 이상 사람을 믿을 수 없다, 어디론가 아무도 없는 곳으로 떠나고 싶다시며 삶에 지친 표정을 짓고 계셨습니다. 소생은 그런 두 분을 차마 외면할 수 없었던 것입니다. 소생은 생각했습니다. 이 두 분께 새로운 삶의 길을 열어드리자, 행복으로 가는 직행열차의 티켓을 끊어드리자, 이렇게 말입니다. 하지만 당시에는 이런 상품이 없었습니다. 소생, 비에 젖은 윤정호 씨와 오제중 씨의 모습을 하염없이 바라보며 고민했습니다. 그리고 이렇게 여쭈어보았습니다. 정말 아무도 없는 곳으로 떠나고 싶으십니까? 그렇다고, 더 이상 사람들과 같이 살고 싶지 않다고 대답하시는 윤정호 씨와 오제중 씨에게 소생, 소생의 생각을 말씀드리게 되었던 것입니다. 물론 금전적인 문제도 있었습니다. 있었습니다만, 소생이 추천해 올린 여행 상품 덕에 앞서 보신 바와 같이 오제중 씨와 윤정호 씨는 지금 행복하게 살고 계십니다. 얼마 전에는 두 분과 통화도 했습니다. 두 분 다 아프리카코뿔소로 살고 있는 지금의 생활에 만족한다시며 소생에게 고맙다는 말씀을 아끼지 않으셨습니다. 하지만 소생 역시 두 분께 감사하는 마음입니다. 이 상품을 탄생시킨 분이 바로 오제중 씨와 윤정호 씨셨습니다. 두 번째로 보신 사진 속의 불곰이 오규원 씨. 한때는 대기업의 부장까지 지내시던 분입니다. 높은 연봉과 사회적 지위, 남부럽지 않은 인생을 구가하고 계셨습니다. 하지만 그 속에서도 불행의 씨앗은 무럭무럭 자라나고 있었으니…… 부인 이미애 씨의 힘의 압제와 인간의 한계를 넘어선 무자비한 가정 폭력이 연일 계속되고 있었던 것입니다. 매일 선글라스를 쓰고 회사에 출근해야 했고, 하루라도 맞지 않고 지나간 날에는 불안한 마음에 잠을 이룰 수 없었다고 합니다. 오규원 씨는 부인이 없는 곳으로, 누구도 자기를 찾을 수 없는 먼 곳으로 보내달라시며 애원하셨습니다. 소생 그때 온몸이 상처투성이인 오규원 씨를 끌어안고 얼마나 울었는지 모릅니다. 아, 불쌍한 분! 소생은 눈물을 흘리며 결심했던 것입니다. 이분의 상처를 치료해드리자, 압제가 없는 세상으로, 폭력이 없는 자유의 땅으로 이 불쌍한 분을 모셔다드리자. 오규원 씨의 경우는 비용이 문제가 아니었습니다. 실제로 돈이라면 얼마든지 지불하겠다는 말씀까지 하셨습니다. 하지만 소생은 감히 오규원 씨에게 이 상품을 추천해 올렸던 것입니다. 왜이겠습니까? 고객의 행복을 먼저 생각하는 소생의 이 작은 마음, 고객 편에 서서 고객의 아픔을 함께하고픈 소생의 이 간절한 마음 때문이었습니다. 소생이 처음 불곰 이야기를 꺼냈을 때 오규원 씨는 많이 망설이셨습니다. 생각할 시간을 달라시며 심각하게 고민하셨습니다. 오규원 씨에게는 잃어야 할 것도, 버려야 할 것도 많았기 때문입니다. 하지만 그때 소생에게는 확신이 있었고, 무엇보다 오규원 씨의 행복을 위해서라면 한 발짝도 물러설 수 없다는 사명감에 불타고 있었습니다. 사진에서 보신 불곰이 바로 그 오규원 씨입니다.

요즘도 가끔씩 연락을 주고받고 있습니다만, 소생 덕분에 새로운 인생을 살고 있다, 이제야 비로소 진정한 삶의 즐거움을 알 것 같다, 이렇게 치하의 말씀을 아끼지 않으실 때면 멀리서나마 오규원 씨의 행복을 기원하며 지켜보는 소생의 마음속에도 따뜻한 온기가 번서나가는 듯합니다."

소생의 이야기는 경악과 충격 그 자체였다. 인간에게 상처받고, 사회에서 낙오한 일군의 사람들이 아프리카나 시베리아 등지에서 코뿔소나 불곰 등 인간의 굴레를 벗어던진 모습으로 살고 있다는 것이었다. 그것도 아주 행복하게.

"거짓말 말아요!"

결국 꾹 참고 있던 앤이 사람 말을 하고 말았다. 조풍년 씨도 옆에서 소리를 질렀다.

"당신 사기꾼이야, 뭐야!"

하지만 소생은 놀라지도 당황하지도 않았다. 식대나 숙박비가 필요 없고, 무엇보다 편도라 가격이 파격적인 상품이라는 설명까지 덧붙였다. 이런 상황에서 눈 하나 깜짝하지 않는 소생, 나는 또 그런 소생이 무서웠다.

"아니, 모두 사실일세."

그때 불쑥 끼어든 만딩고가 탕탕탕, 의사봉을 세 번 내리친 판사처럼, 여기서는 왼쪽 깜빡이를 켜세요, 주부 응시생에게 도로 주행을 시키는 운전 강사처럼 단호하면서도 한 치의 흔들림 없는 목소리로 말했다. 그런 다음 철창 밖에 있는 소생의 얼굴을 빤히, 왠지 그리운 눈길로 바라보며 말을 이었다.

"11페이지에 있는 마운틴고릴라…… 혹시 김영태 군 아닌가?"

계속되는 경악과 충격 속에서 우리는 놀란 입을 다물 줄 몰랐다. 그리고 소생이,

"맞습니다. 아시는 분입니까?"

이렇게 말하며 고개를 끄덕일 때는 정말 귀신에게 홀린 사람처럼 이리 오세요, 이리 오세요, 물속으로 끌려 들어가는 기분이었다.

"한때 여기서 같이 일하던 친구였네. 젊은 친구가 싹싹하니 예의도 바르고 쾌활했지. 형님, 형님 하면서 나한테도 잘했어. 그러던 어느 날 온다간다 말 한마디 없이 훌쩍 사라져버렸네. 그 친구가 콩고에 가 있었군그래. 예나 지금이나 사진 찍을 때 브이 하는 버릇은 여전하구먼. 그래서 알아봤네. 김영태, 그 친구는 잘 지내나?"

"그러셨군요. 그런 애절한 사연이……. 소생 몰랐습니다. 하지만 김영태 씨라면 염려 마십시오. 잘 지내고 계십니다. 그게 아마 지금으로부터 1년쯤 전의 일이었지요. 소생 출장차 잠깐 콩고에 간 일이 있었습니다. 그때 소생 정글 속 깊은 곳에서 생활하고 계시는 김영태 씨를 어렵사리 만날 수 있었습니다. 소생이 만난 김영태 씨는 지금 무리가 이동 중이라 오래 앉아 있을 수 없다시며 몇 번이고 몇 번이고 미안해하셨습니다. 그래서 소생 역시 그런 김영태 씨를 오래 붙잡아둘 수 없는 터라 아쉬운 마음을 뒤로하고 이

렇게만 여쭤어보았습니다. 김영태 씨, 지금 행복하십니까? 김영태 씨는 대답 대신 환하게 웃기만 하셨습니다. 그리고 손가락 두 개를 펼쳐 보이시며 승리의 브이. 소생 정글 속으로 사라져가는 김영태 씨의 뒷모습을 바라보며 이렇게 생각했습니다. 행복하시다니 다행입니다……. 분명 그랬습니다. 소생이 본 김영태 씨는 콩고의 정글 속에서 제2의 인생을 살고 계시는 행복한 마운틴고릴라였습니다. 다음 날, 한국행 비행기에 몸을 실은 소생은 창밖으로 펼쳐진 콩고의 정글을 바라보며, 그 정글 속 어드메에 살고 계실 김영태 씨를 떠올리며 진심 어린 마음으로 이렇게 기원했던 것입니다. 앞으로도 더욱더 행복해지십시오. 멀리서나마 김영태 씨의 행복한 내일을 응원하겠습니다……."

여기까지 말하고 난 소생은 서류 가방을 뒤져 아까 그 자양강장제 네 병을 다시 꺼내들었다.

"목마르실 텐데, 한 병씩 쭉 드십시오."

밤이 찾아오고 있었다. 노을 지는 서쪽 하늘에는 주황색 물감을 함빡 빨아들인 듯 아름다운 뭉게구름이 그림처럼 펼쳐져 있었다. 우리 고릴라 네 마리가 자양강장제를 한 병씩 쭉 마시는 동안 소생이 다음 말을 이었다.

"사는 게 갈수록 힘들어져만 가는 요즘입니다. 하늘 높은 줄 모르고 치솟는 물가는 서민들의 생활을 위협하고, 이태백이라는 신조어가 등장할 만큼 청년 실업 또한 심각한 상태입니다. 10대의 사망률 1위가 자살입니다. 얼마 전에는 두 쌍 중 한 쌍꼴로 이혼한

252

다는 통계가 나왔습니다. 그뿐입니까. 빈부의 양극화 현상은 날이 갈수록 심각해져 국민 대다수가 상대적 빈곤감이라는 불행 속에서 우울한 나날을 보내고 있는 것 또한 사실입니다. 신문이나 뉴스를 보면 무서워서 살 수가 없습니다. 살인과 폭행, 강간 등의 강력 범죄가 바로 우리 옆에서 하루에도 수십 건씩 일어나고 있습니다. 보험금을 노린 부인이 자신과 내연 관계에 있는 남자를 사주해 남편을 살해하는가 하면, 누구는 상습적으로 장기 매매를 알선해 수십억 원의 돈을 챙기고. 어디 그뿐입니까? 사채업자 모 씨는 채무자 모 여인 등 여대생 10여 명을 정기적으로 성폭행하다 유흥가에 팔아넘기는 등 인류마저 저버린 인면수심의 범죄가 비일비재하게 발생하는 오늘날의 현실이 우리의 현주소입니다. 1면 정치 기사를 보면 또 주름만 늘고 한숨만 나옵니다. 이 나라의 미래가 어둡게만 느껴집니다. 내일의 태양은 영원히 떠오르지 않을 것만 같습니다……. 그런 요즘입니다. 행복의 파랑새는 어디로 날아가버린 것일까요? 이 어둡고 긴 터널에는 정말 끝이 있기는 한 걸까요? 가느다란 희망의 끈마저 끊어져버린 오늘입니다. 돈 있는 놈들이 너도나도 외국으로 이민을 떠나는 지금의 이 현실을 우리는 어떻게 해석해야 할까요? 쥐는 배가 난파하기 전에 모두 어디론가 사라진다고 합니다. 혹시 그런 게 아닐까요? 지금 이 나라는 돈 없고 불쌍한 국민들을 가득 싣고 서서히 가라앉고 있는지도 모릅니다. 윤정호 씨나 오제중 씨, 오규원 씨나 김영태 씨처럼 용기를 내십시오. 사람에게는 누구나 행복해질 권리가 있습니다. 대자연의 품에 안겨 행복을 누려보지 않으시렵니까? 소생이 도와드리겠습니다."

소생의 말은 한 편의 동화처럼 아름답고 매력적이었다.

"소생 여행 상품이나 팔겠다고 이런 말씀을 드리는 게 아닙니다. 이중에 행복의 파랑새를 찾아 저 멀리 떠나실 분 안 계십니까? 소생이라는 징검다리를 건너 대자연의 품에 안기실 분 안 계십니까?"

까악까악, 까마귀 한 마리가 구성진 목소리로 울며 어디론가 날아가고 있었다. 그 까마귀 울음소리가 점점 멀어지고, 너무 멀어져서 들리지 않을 때까지 소생도 우리 고릴라 네 마리도 입을 열지 않았다. 누군가 꼴까닥, 마른침을 삼켰다. 그게 신호였을까? 우리 중 또 누군가는 조심스럽게 손을 들어 올렸다.

"명함 한 장 주겠나? 주변이 정리되는 대로 바로 연락함세."

대장 고릴라 만딩고였다.

그날 밤, 우리는 만딩고를 먼저 보내고 '정문 휴게 음식점'에 모여 고릴라 회의를 열었다. 정체불명의 냄비 요리 '아무거나'는 시키지 않았다. 빈속에 '안중근 소주'만 마셨다. 건배도 하지 않았다. 한동안 입을 여는 사람도 없었다. 그날의 안건은 만딩고에 관한 것이었다. 고릴라 회의에 모인 우리는 심각한 표정으로 술잔만 비웠다.

"고릴라 셋이서 뭐가 그렇게 심각해?"

"마운틴고릴라가 멸종 위기라더니, 대책 회의라도 하는 거야?"

254

지난번 그 반달가슴곰 두 마리였다. 바로 옆 테이블이라 불콰하게 달아오른 얼굴이 그대로 보였다. 입을 열어 말을 걸 때마다 술 냄새가 풀풀 풍겼다. 더러 이렇게 농담을 주고받다가 합석한 적도 있었다. 하지만 그날은 달랐다. 우리 고릴라들은 농담을 받아줄 기분이 아니었다.

"단체로 쥐약이라도 먹었나. 고릴라들 오늘 왜 저래?"

"심각하게 고민도 하고, 때로는 인상도 쓰고, 그러면서 크는 거야. 자네하고 나는 저만할 때 안 그랬나, 뭐."

그만큼 심각한 분위기였다. 우리는 각자의 생각에 골똘했고, 하지만 아마도 다 같이 만딩고에 대해서 생각하고 있었고, 만딩고와 함께한 시간들을 곱씹으며 나에게 만딩고란 대체 어떤 의미였을까? 각자의 마음속에 자리한 만딩고의 무게를 가늠하는가 하면, 역시 만딩고는 좋은 사람이고, 우리가 그런 만딩고를 얼마나 좋아했는지, 얼마나 믿고 의지했는지 새삼 확인하는 시간을 가졌다. 그래서 앤은 팔짱을 낀 채, 조풍년 씨는 콧구멍을 후비적거리며, 나는 양손을 조몰락거리며 무거운 침묵 속에 잠겨 있었다. 서비스로 나온 뻥튀기 과자를 생각날 때마다 씹으면서 술잔만 비웠다.

"저에게 부장님은 삼촌 같은 분이세요."

불쑥 튀어나온 앤의 목소리는 태평양 최심층부에 서식하는 심해어처럼 착 가라앉아 있었다.

"절대 보내드릴 수 없어요."

사랑에는 여러 가지 방식이 있다. 가는 사람을 붙잡는 것도 사랑이지만 김소월 님의 시 〈진달래꽃〉처럼 "말없이 고이 보내드리"
는 것도 사랑이다. 고등학교 때 안 배웠냐, 국어 시간에 잤냐, 이렇
게 이의를 제기하는 사람은 아무도 없었다. 조풍년 씨와 나는 비장
한 표정으로 고개를 끄덕였다. "말없이 고이 보내드"릴까 보냐, "영
변에 약산 진달래꽃 아름 따다 가실 길에 뿌"릴쏘냐, 는 의미였다.

　"방법이 없을까요?"

　일동은 다시 침묵을 지키며 술잔만 비웠다. 빈속이라 금방 술
기운이 올랐다. 풍덩, 우리 테이블에만 심해에 가라앉은 고대 도
시처럼 침묵이 흘렀고, 그러고 보니 천장에 매달려 있는 조명마저
빛으로 먹이를 유인하는 심해어들처럼 나른해 보였더랬다. 그 속
에서 우리 일동은 눅눅해진 뻥튀기 과자를 우울하게 씹으며, 독한
'안중근 소주'를 안주도 없이 마시며 한동안 장고에 장고를 거듭
했다.

　"발모가지를 부러뜨려서라도 못 가게 하면 돼. 발모가지를 부
러뜨려!"

　조풍년 씨가 우두둑우두둑 손가락 마디를 꺾으며 기왓장 무
너져 내리는 소리를 냈다. 문득, 대한민국은 법치주의 국가라는,
까맣게 잊고 있던 사실이 떠올랐다. 발모가지를 부러뜨리면 경찰
이 출동하고, 재판이 열리고, 합의금을 물거나 유치장에 들어가야
한다. 하지만 술이 과해서 간이 부었는지, 아니면 법 없이도 살아
온 지난날의 기억 때문이었는지, 그것도 아니면 법보다 주먹이 가
깝다는 평소의 소박한 깨달음 때문이었는지, 나는 조풍년 씨의 범

법 행위쯤 아무렇지도 않게 여기는 대담한 의견에 선뜻 찬성 한 표를 던졌다.

"발모가지를 부러뜨려서라도 못 가게 하면 돼요. 발모가지를 부러뜨립시다!"

우리에게는 확신이 있었다. 만딩고를 보낼 수 없다는, 고릴라로 살아가게 내버려둘 수 없다는, 그게 만딩고를 위한 길이고, 바로 지금이 만딩고를 아끼고 사랑하는 우리 모두가 한마음, 한뜻으로 힘을 모을 때라는, 아울러 우리의 신념은 옳고, 올바른 신념을 위해서는 수단과 방법을 가릴 필요가 없다는, 우리에게는 그런 확신이 있었다. 그래서 고릴라 회의에 모인 우리는 자살 폭탄 테러범만큼이나 위험했다. 아니, 어쩌면 더 위험했는지도 모른다. 자살 폭탄 테러범에게는 신념과 확신뿐이지만 우리 고릴라 세 마리의 가슴속에는 신념과 확신, 그리고 거기에 플러스 알파가 더 있었다. 무겁고, 무거운 만큼 잔잔한, 하지만 신념이나 확신보다 훨씬 위험하고 맹목적인, 그것은 왠지 모를 슬픔이었다.

"그래요, 발모가지를 부러뜨려요!"

밤늦게까지 계속된 고릴라 회의는 어두운 표정, 치밀한 계획,

"부장님이 눈치채면 반항할지도 몰라요. 모두 평소처럼 행동해요."

"고릴라사에 모였을 때 셋이 한꺼번에 덮치는 게 좋을 것 같습니다."

"내가 대장님을 넘어뜨릴 테니까 너하고 앤이 그 위에 올라

타. 그럼 내가 발모가지를 부러뜨릴게."

무서운 눈빛,

"야, 너 불만 있어? 눈빛이 왜 그래?"

야비한 웃음소리,

"다시는 못 걷게 만들어주지. 으흐흐흐……."

이런 것들로 범죄 조직 같은 분위기를 풀풀 풍겼다. 하지만 다음 날, 발모가지를 부러뜨리는 건 역시 무리라고, 술이 깬 우리 고릴라 세 마리는 생각했다. 그래서 발모가지를 부러뜨리겠다는 전날의 계획 대신,

"부장님, 정말 가실 건가요? 안 가시면 안 되나요?"

앤이 신파극의 여배우처럼 눈물샘을 자극하는 대사로 보는 이의 심금을 울렸고,

"콩고에는 왜 가겠다는 겁니까? 제발 정신 좀 차리십시오."

나도 옆에서 좀 세다 싶게 불도저식 밀어붙이기를 감행했으며,

"가려거든 나를 밟고 가십시오."

조풍년 씨는 아예 바닥에 드러누워 '나 죽여라'식의 일인 시위까지 벌였다. 하지만 만딩고는 의외로 완강했다.

"밟고 가도 되나?"

바닥에 누워 있던 조풍년 씨를 일말의 망설임도 없이 밟고 지나간 만딩고가 평소와는 생판 다른 분위기를 풍기며 겁에 질린 목소리로 말했다.

"놈이 나타났어. 나를 쫓아 여기까지 왔단 말일세. 놈은 인간

이 아니야. 자네들은 놈이 얼마나 무서운지 몰라. 나에게는 선택의 여지가 없네. 놈이 찾을 수 없는 곳으로, 놈의 마수가 미치지 않는 콩고로 도망쳐야 해."

놈에 대해서는 물어보지 않았다. 중요한 건 놈이 아니라고, 그런 놈이 있을 리 없다고, 그때 우리는 그렇게 생각했다.

우리 고릴라 셋은 움막 뒤에 모여서 제2차 고릴라 회의를 열었다.

"말이 안 통하는데요."

"이제 어쩌죠?"

"걱정 마. 나한테 다 생각이 있으니까. 그러니까 말이야……."

조풍년 씨가 내놓은 의견이 그 자리에서 채택되었다.

"당분간 집에 못 들어갈지도 몰라."

제2차 고릴라 회의를 마치고 바로 아내에게 전화를 걸었다.

"얼마나?"

"글쎄, 모르겠네. 상황을 봐야지"

"당신, 수상해."

내가 생각해도 내가 수상했다. 하지만 나에게는 신념과 확신이 있었고, 신념과 확신보다 훨씬 위험하고 맹목적인 왠지 모를 슬픔, 그 슬픔이 나를 그 어느 때보다 진지하게 만들고 있었다.

"고릴라 한 마리가 있어. 나한테는 아주 소중한 고릴라야. 그 고릴라를 지켜야 해."

"고릴라가 아파?"

"응, 뭐 그 비슷한 거야."

"어머, 불쌍해라."

진심 어린 마음이 아내를 움직였다.

"그 고릴라 암컷이야?"

"아니, 남자 고릴란데."

"그럼 됐어."

겨우 아내의 허락을 얻어낼 수 있었다.

"오랜만에 외박을 하려니까 왠지 가슴이 설레는데."

폐장 시간이 임박할 때쯤, 고릴라 조풍년 씨는 야영을 나온 보이스카우트 대원처럼 철딱서니 없이 들떠 보였고, 실제로 상당량의 '안중근 소주'와 호사스러운 안줏거리들을 대한민국 현역 육군 병장처럼 일사불란하면서도 주도면밀한 솜씨로 대량 확보해놓은 상태였다.

"혼자 가서 미안해요."

앤은 여자라, 끝까지 남아서 함께하겠다고 고집을 부리는 걸 조풍년 씨와 내가 노숙은 남자들에게 맡기라며 우격다짐 반 설득 반 해서 겨우겨우 들여보냈다.

밤바람이 시원했다. 고즈넉하게 드리운 어둠 속에서 이름 모를 풀벌레가 찌르륵찌르륵 울어대고 있었고, 저 멀리 별빛에 물든 밤하늘을 배경으로 먹지처럼 새까맣게 펼쳐진 산봉우리들이 물끄러미 우리를 내려다보고 있었다.

"나를 풀어주게."

관리 사무소에서 가져온 끈으로 만딩고의 손발을 묶어놓았다. 당연히 만딩고는 몸부림치면서 발악했고,

"이것들아, 풀어줘라!"

그러거나 말거나, 조풍년 씨는 어디서 개가 짖나 하는 표정으로 '안중근소주'를 마셔댔으며,

"가만히 좀 계세요."

바닥에 모로 쓰러져 각종 채소와 함께 냄비 속에 들어간 낙지처럼 꿈틀거리고 있는 만딩고가 보기 딱했던 나는 점잖은 말로 현실적인 충고를 아끼지 않았지만,

"자네들, 이건 범죄야!"

만딩고는 펄펄 끓기 시작한 육수 속에서 더욱 거세게 꿈틀거렸고,

"가만히 계시는 게 편하실 겁니다."

나는 만딩고를 위해 다시 한번 도움이 되는 충고를 아끼지 않아야 했다.

"마음대로 사랑하고 마음대로 떠나가신 첫사랑 도련님과 정든 밤을 못 잊어."

어디서 개가 짖거나 말거나, 육수 속에서 낙지가 꿈틀거리거나 말거나, 한쪽에서는 술에 취한 조풍년 씨가 흘러간 대중가요를 부르며 대민 피해를 일으키고 있었고,

"나를 풀어줘라! 이놈들아!"

온몸을 비틀며 포효하는 만딩고 때문에, 어떠한 고난이 닥쳐

와도 냉정한 자세를 잃지 않겠노라, 어디까지나 이성에 입각한 성숙한 행동으로 지금의 난관을 슬기롭게 극복해보리라, 굳게 다짐했던 이 몸마저 냉정한 자세를 잃고 성숙한 행동의 바탕이 되는 이성까지 내팽개친 채 버럭버럭 소리를 지르고 말았다.

"제발 가만히 좀 계세요! 가만히 좀! 가만히 좀! 가만히 좀!"

밤은 고요한데, 어두운 하늘 저편에 은하수가 흐르고, 바람에 몸을 비벼대는 나뭇잎들이 쏴아 하고 울어대는데, 텅 빈 동물원에는 아무도 없고, 휘영청 밝은 달빛이 철창 너머로 그림자를 드리우는데, 우리 고릴라 세 마리는 고릴라사에 남아서 아비규환을 방불케 하는 한 편의 지옥도를 연출하고 있었다. 술에 취한 조풍년 씨가 드르렁드르렁 코를 골며 곯아떨어지고, 체력이 바닥난 만딩고가 육수 속에 몸을 담그고 얌전하게 데쳐질 때까지.

"영수, 자나?"

옆에 누워 있던 만딩고가 체념 섞인 목소리로 물었다. 휴대전화를 꺼내 시간을 확인했다. 자정이 훌쩍 넘은 한밤중이었다. 자지 않지만 잔다고 대답했다.

"부장님도 주무세요."

"묶여 있어서 불편해. 통 잠이 안 와. 도망치지 않을 테니까 손이라도 풀어주면 안 되겠나?"

"안 되는 거 아시잖아요."

"그럼 말벗이라도 되어주게. 가만있자니 잠도 안 오고 심심하구면."

    만딩고의 이야기는 그렇게 시작되었다. 때로는 물에 물 탄 듯 술에 술 탄 듯 밍밍하게, 때로는 거칠게 휘몰아치는 격랑처럼 숨가쁘게, 또 때로는 엄마가 들려주는 자장가처럼 잔잔하게, 만딩고의 이야기는 깜깜한 어둠 속에서 그렇게 흘러나왔다.

8.

　서울에 처음 온 그날을 만딩고는 아직도 기억한다. 서울은 필요 이상으로 복잡하고, 필요 이상으로 거대하며, 필요 이상으로 시끄러운 도시였다. 서울에 대한 만딩고의 첫 느낌은 그랬다. 도로를 달리는 수많은 자동차들, 어깨를 붙인 채 하늘을 가리고 서 있는 높은 건물들, 그리고 개미처럼 바쁘게 움직이는 사람들. 서울은 과잉과 낭비의 도시였다. 모든 것이 너무 많았고, 그래서 모든 것이 낭비되고 있었다.

　"서울은 자본과 소비의 사회입니다."

　한때 서울에서 거주했다는 교관이 말했다. 서울말도, 서울 사람들의 생활 방식이나 행동 패턴도 그 교관에게서 배웠다. 주위를 의식하면 의심을 받는다, 똑바로 앞만 보고 걸어라, 누가 말을 걸면 적당히 웃으면서 외면하라, 무엇보다 긴장은 금물. 서울에는 사람이 많다고 했다. 사람들 속에 섞여 있으면 아무도 의심하지 않을 거라고 했다. 교육 마지막 날 교관은 이런 말도 해주었다.

　"조심하시오. 눈 감으면 코 베 가는 곳이 서울입니다."

그리고 이렇게 작별 인사도 덧붙였다.

"그동안 고생이 많았습니다. 무훈을 빌겠소, 동무."

믿어지지 않는 이야기지만, 그랬다. 만딩고는 북에서 보낸 남파 간첩이었다.

"정말이요?"

"그렇다네. 내 임무는 요인 암살 및 첩보 활동이었지. 자랑은 아니지만 특수 훈련을 받은 최정예 요원이었네."

"정말이요?"

하지만 서울에 잠입한 만딩고에게는 이렇다 할 지령이 없었다. 몇 푼 안 되는 착수금과 주민등록증을 비롯한 운전면허증 등 꼭 필요한 위조 서류 몇 장이 전부였다. 만딩고는 우선 집을 얻기 위해 동네 부동산을 돌아다녔다. 어딜 가나 건물과 아파트가 늘어서 있는 남조선. 그래서 집을 쉽게 구할 줄 알았다. 하지만 그건 만딩고의 착각이었다. 이틀 동안 꼬박 발품을 팔았다. 그리고 알게 되었다. 남조선에는 만딩고가 살 만한 번듯한 집이 없다는 사실을. 착수금은 턱없이 부족했다. 매매가보다 한 자리 숫자가 모자랐고, 전세금의 반도 안 되는 액수였다. 결국 만딩고는 보증금 얼마에 매달 얼마씩 내야 하는 월세를 알아보기 시작했다. 그래서 얻게 된 집이 당시 연탄 공장이 있던, 하지만 지금은 뉴타운 조성과 함께 학원가로 유명해진, 서울 최북단에 위치한 상계동의 한 반지하 단칸방이었다. 땅바닥에 턱걸이를 하듯 달려 있는 손수건만 한 창문으로, 그 손수건을 꼭 쥐고 있는 손바닥만 한 햇빛이 들어왔다. 당연히 하늘도 손바닥만큼 작았다. 게다가 공기는 습하고 탁했다. 알록달록한 곰팡이가 벽지 가득 피어 있었다. 그건 마치 선사시대의 동굴벽화 같았다. 어쩌면 그럴지도 모른다고 생각했다. 여기는 동굴이라고, 남조선에서는 햇빛도 하늘도, 공기마저 돈을 주고 사야 한다고, 그런 생각이 들었다.

만딩고는 동굴 속에 거주하면서 지령을 기다렸다. 하지만 지령은 목이 빠져라 기다려도 오지 않았고, 그래서 만딩고는 초조하고 무의미하고 한여름 엿가락처럼 길게 늘어진 시간을 보내고 있었다. 당시 만딩고는 장판처럼 늘 방바닥에 깔려 있었고, 씹다 붙여놓은 껌처럼 하루 종일 같은 자리에 붙어 있었다. 심심했다. 그래서 TV를 구입하게 되었다.

중고 매장에서 산 16인치 구형 컬러 TV였다. 사과 박스 위에 TV를 올려놓고 하루 종일 그 앞에서 앉거나 눕거나 하며 지냈다. 처음에는 주로 시사 프로나 뉴스를 눈여겨봤다. 심야에 방송되던 〈평양은 지금〉을 보면서 눈시울을 붉히기도 했다. 만딩고는 TV를 통해서 남조선 사회의 면면들을 알아갔다. TV 속에는 남조선의 모든 것이 들어 있었다. 정치와 사회는 물론 경제까지, 모든 소식을 안방에서 접할 수 있었다. 만딩고는 하루도 빠짐없이 뉴스를 시청했다.

하지만 뉴스로는 한계가 있었다. 뉴스는 빠르고 정확했지만, 거기에는 남조선 사회의 디테일이 빠져 있었다. 남조선 사람들이 어떻게 생활하는지, 어떤 고민을 안고 살아가며, 이럴 땐 어떻게

하고 저럴 땐 또 어떻게 행동하는지, 그런 것들은 뉴스를 통해서
알 수 없었다. 하지만 정말 중요한 건 그런 게 아닐까? 만딩고는
생각했다. 지령을 수행할 때도 남조선 사람들의 행동 패턴이나 습
관, 버릇 같은 디테일이 도움이 될 것 같았다. 그래서 만딩고는 드
라마를 시청하기 시작했다.

　아, 드라마는 인생의 축소판이었다. 없는 게 없었다. 사랑과
배신, 야망과 음모, 그리고 그 속에서 몸부림치며 살아가는 사람들
의 모습이 한 편의 파노라마처럼 숨 가쁘게 펼쳐져 있었다. 만딩고
는 그 드라마를, 때로는 손에 땀을 쥐면서, 때로는 소매로 눈물을
훔치면서, 또 때로는 흐뭇한 마음으로 입가에 미소를 띠면서 시청
했다. 화가 날 때도 있었고, 안타까울 때도 있었다. 어떨 땐 인생이
뭔가 싶어 한숨을 내쉬기도 했다. 만딩고는 주말 드라마는 물론 일
일 드라마, 아침 드라마까지 빼놓지 않고 시청했다.

　TV를 시청하는 시간이 점점 늘어났다. 눈을 뜨면 TV부터 켰
다. 그리고 애국가가 나올 때까지 TV만 봤다. TV가 켜져 있지 않
으면 왠지 모르게 불안하고 공허했다. 하루 세끼 라면을 먹을 때
도, 그 라면을 안주 삼아 소주를 마실 때도 만딩고는 TV 앞에 붙어
있었다. 시청하는 프로그램도 다양화되었다. 예능은 물론 교양에
서 유아 프로그램까지, 만딩고는 종류를 가리지 않고 시청했다. 그
러다 가요 프로를 보게 되었고, 거기서 '낭자여전대'라는 6인조 여
성 그룹을 알게 되었다.

　날씬하게 쭉 뻗은 다리와 깊게 파인 젖가슴, 그리고 화면에

꽉 차는 땡땡한 엉덩이. 낭자여전대의 무대를 보면서 만딩고는 브라운관을 어루만졌다. 자극적인 가사를 들으면서, 파격적인 의상과 선정적인 율동을 음미하면서 만딩고는 다른 한 손을 흔들어 자기를 위로했다. 남파 3개월째였다. 동굴에만 틀어박혀 그 3개월을 보냈다. 외로웠다. 사람이 그리웠고, 사람 중에서도 여자 사람이 그리웠다. 그래서 낭자여전대는 만딩고의 모든 것이었다. 낭자여전대는 하늘에서 강림한 여신이었다.

어느덧 착수금도 바닥을 드러냈다. 사는 게 점점 힘들어졌다. 공과금이 나올 때마다 마음이 아팠고, 밀린 월세 때문에 집주인이 들이닥칠까 봐 항상 조마조마했다. 제일 먼저 전기가 끊겼다. 그다음이 가스였고, 수도는 조만간 끊길 예정이었다. 모든 게 막막하기만 했다. TV가 나오지 않아 낭자여전대의 무대도 볼 수 없었다. 그게 제일 힘들었다. 캄캄한 어둠 속에서 길을 잃은 것 같은, 소중하게 간직해오던 무언가를 빼앗겨버린 것 같은, 그런 기분이었다.

그러던 어느 날 불쑥, 연락책이 찾아왔다. 기성복 차림의 평범해 보이는 남자였다.

"반갑소, 동무."

둘은 악수를 했고, 사람들의 눈을 피해 안으로 들어갔다. 손수건만 한 창문으로 손바닥만 한 햇빛이 무대조명처럼 비추고 있었다. 그래서 방 안은 손바닥만큼만 밝았고, 그래서 보이는 게 거의 없었다.

"불 좀 켜주겠소."

불은, 켤 수 없었다. 켜지지 않는 형광등이 만딩고는 왠지 모르게 부끄러웠다.

"전기가 끊겼습니다."

젊은 동무가 고생이 많소, 조국 통일을 위한 길이라고 생각하면 그렇지도 않습니다, 그래도 사는 게 이래서야……, 지금 중요한 건 위대한 주석 동지의 가르침을 받들어 미제를 몰아내고 인민 해방의 그날을 앞당기는 일뿐이라고 생각합니다, 눅눅한 어둠 속에서 띄엄띄엄 이런 대화들이 오고 갔다. 그보다는……. 연락책이 말 끝을 흐리며 뜸을 들였다.

"그보다는…… 취직을 하는 게 어떻겠소?"

하늘에 떠 있는 구름 한 점처럼, 취직을 하는 게 어떻겠소? 연락책의 말은 고즈넉하게 들렸다. 반지하 단칸방이 고즈넉해졌고, 둘 사이에 머물러 있던 어둠과 침묵, 곰팡이 냄새 같은 것들이 고즈넉해졌으며, 그 속에 마주 앉은 두 당사자 역시 10초쯤, 어쩌면 1분 가까이 고즈넉한 시간을 보내야 했다. 취직이라……. 이렇게 고즈넉한 말이 또 있을까.

"그럼 지령은?"

사상은? 혁명은? 그리고 위대한 조선인민공화국은? 한때는 그런 것들에 목숨을 건 적도 있었다. 하지만 지금은 지령만 남았다. 지령이 떨어지면 공작금이 나온다. 지령이라는 말을 꺼내면서 만딩고는 실업수당을 불법으로 착복하는 직장인처럼 민망해졌다.

"다음 지령이 있을 때까지 기다리라는 지령이오."

툭, 연락책은 묘한 말을 던지며 자리에서 일어났다. 끙, 디스크가 있는지 허리를 펴면서 앓는 소리를 냈다. 나오지 마시오, 동무, 그런 말을 들었지만, 아닙니다, 만딩고는 굳이 배웅을 하겠다며 연락책을 따라 일어났다. 둘은 아무도 없는, 그래서 또 구름 한 점처럼 고즈넉하기만 한 주택가를 나란히 걸었다.

"버스로 오셨습니까?"

정류장 쪽으로 방향을 잡으며 만딩고가 물었다. 하지만 연락책은,

"아파트가 있습디다. 거기에 차를 주차해놓고 왔소."

라고 말하며 왠지 쑥스러운 듯 쓱쓱, 사춘기 소년처럼 뒤통수를 긁어댔다. 과연, 800CC짜리 소형차 한 대가 아파트 주차장 한쪽 귀퉁이에 쑥스러운 듯 주차해 있었다. 덜컥, 연락책이 차문을 열었고, 운전대를 잡기 전에 이런 말을 남겼다.

"열심히 사시오, 동무."

부웅. 열심히 사시오, 동무. 부웅. 멀어져가는 엔진 소리와 함께 열심히 사시오, 동무. 연락책이 남긴 한마디가 잠결에 듣는 환청처럼 자꾸자꾸 메아리쳤다.

"머리 위에서 햇볕이 쨍하고 내리쬐고 있었네. 나는 아파트 주차장에 서서 멀어져가는 자동차를 바라보고 있었지. 바로 그때였어. 땅바닥이 휘청, 흔들리기 시작하더군. 처음에는 지진인 줄 알았지. 하지만 그건 지진이 아니었네."

그랬다. 그때 흔들린 건 땅바닥이 아니었다. 훨씬 더 근원적이

고, 그래서 중요한 무엇이 흔들리고 있었다. 그건 삶의 지표였다. 가치관이나 세계관 같은 것들이, 어쩌면 나란 무엇이며 어디서 와서 어디로 가는가 하는 정체성까지 포함해서, 멱살을 잡힌 것처럼 송두리째 흔들리고 있었다.

그때까지는 사상과 혁명과 인민을 위해서 살아왔다. 그게 분명 먹고사는 문제보다, 어쩌면 낭자여전대보다 중요하다고 생각했다. 그래서 자부할 수 있었다. 내가 걷는 지금 이 길이 나라와 민족과 인민을 위한 혁명의 길이라고. 그때는 그랬다. 하지만 열심히 사시오, 동무. 모든 것은 너무도 쉽게, 그리고 너무도 간단하게 흔들렸고, 흔들리다 무너져 내렸다.

만딩고는 열심히 사는 것에 대해서 생각했다. 깜깜한 동굴 속에서 쿰쿰한 곰팡이 냄새를 맡으며 장장 사흘이라는 시간 동안 고민에 고민을 거듭했다. 그래서 내린 결론이…… 남들처럼 하고 사는 것이었다. 평범하게, 남들처럼 기성복을 입고, 남들처럼 800CC짜리 소형차를 몰고 다니면서, 그리고 가끔은 남들에게 열심히 사시오, 동무. 충고도 하면서 사는 게, 그렇게 사는 게 남조선에서는 열심히 사는 게 아닐까? 만딩고는 생각했다. 그리고 다음 지령이 떨어질 때까지, 그때가 언제가 될지는 모르지만 아무튼 열심히 살아보기로 했다.

북쪽에서 가져온 위조 서류 중에는 주민등록증이나 운전면허증 말고도 남조선에 있는 명문 모 대학의 졸업장도 있었다. 만딩고는 그걸 들고 취업 전선에 뛰어들었다. 하지만 취업의 문턱은 만딩고가 생각한 이상으로 높았다. 매번 쭉, 미끄럼틀을 타거나, 벌컥벌컥, 미역국을 마셔야 했으며, 그때마다 절로 후유, 땅이 꺼져라 한숨이 나왔다. 그 한숨 때문에 반지하 단칸방의 평균 고도가 1센티미터쯤, 어쩌면 2센티미터 정도 낮아진 것 같았다. 지대가 낮아지면서 손수건만 했던 창문이 손바닥만 하게 보였고, 손바닥만 했던 햇빛이 꽈악 쥔 주먹 크기로 줄어들었다. 내일의 태양 같은 건, 어쩌면 뜨지 않을지도 몰라……. 그런 나날이었다. 이력서를 쓸 때마다, 그때까지 써 왔던 이력서의 장수만큼, 꾸역꾸역 절망도 쌓여 갔다.

하지만 그러던 어느 날이었다. 문틈에 끼어 있던 노랑 봉투, 문을 열자 팔랑팔랑 나비처럼 내려앉던 노랑 봉투, 정말 나비처럼 예뻤던, 그래서 행여나 날개가 다칠세라 손가락 두 개로 조심스럽게 들어 올렸던 노랑 봉투, 그리고 그 노랑 봉투 속에 들어 있던 합격을 축하합니다, 라는 통지서……. 만딩고는 아주 오랫동안 주르륵주르륵, 하염없이 눈물을 흘렸다.

직장 생활을 시작하면서 만딩고는 이런 결심을 했다. 남들 하는 만큼만 하자. 남들 출근할 때 출근해서, 남들 일할 때 일하고, 남들 퇴근할 때 퇴근하는 평범한 회사원이 되자. 그게 만딩고의 목표였다. 너무 일찍 출근하거나, 너무 열심히 일하거나, 너무 늦게 퇴근하면 남들 눈에 띄게 된다. 그러다 잘못해서 자네는 이름이 뭔가? '이달의 사원'이나 '사장님을 감동시킨 사원' 같은 걸로 뽑히면 최악의 경우 신분이 노출될 수도 있다. 그래서 만딩고의 목표는

'딱 중간'이었다.

"하지만 그때는 몰랐네. 아무것도 모르고 쉽게만 생각했어. 난 말일세…… '딱 중간'이라는 걸, 평범한 회사원이라는 걸 너무 만만하게 봤던 거야."

회사는 전쟁터였다. 사방에서 폭탄이 터지고 총알이 날아다녔다.

"일을 이따위로밖에 못하나?"

서류를 올리면 늘 이런 소리를 들었다.

"자네, 이것밖에 안 돼?"

기획안을 올릴 때도 마찬가지였다. 만딩고는 매일 과중한 업무에 시달리며 엄청난 스트레스를 받았다. 밥 먹듯이 야근을 했고, 심심하면 철야를 했다. 그러다 보니 어느새 너구리처럼 눈밑이 까매졌다. 반면,

"딱 중간만 하는 평범한 회사원들은 기계 같았네. 하루 종일 사무실 책상에 앉아 쉬지 않고 일만 했지."

회사 생활을 할수록 만딩고는 평범한 회사원들이 무서워졌다. 평범한 회사원들은 지칠 줄 몰랐다. 어떤 일을 시켜도 척척이었다. 인간 이하의 취급을 당해도, 더럽고 치사한 꼴을 겪어도, 평범한 회사원들은 기계처럼 끄떡도 하지 않았다.

"평범한 회사원들은 로봇이었어."

한때는 만딩고도 평범한 회사원이 되기 위해 발버둥 쳤다. 남들 출근할 때 출근해서, 남들 일할 때 일하고, 남들 퇴근할 때 퇴근

하기 위해 노력했다. 한동안 만딩고는 남들처럼 사무실 책상에 앉아 기계처럼 하루 종일 일만 했다. 하지만 만딩고는 기계가 아니었다. 수시로 화장실에 들락거렸다. 허리가 아플 때는 복도에 나가 스트레칭도 했다. 가끔 피곤한 날에는 사무실 의자에 앉아 꾸벅꾸벅 졸기도 했다.

"화장실에 애인 감춰뒀어?"

유 과장이라고, 군기 담당 고춧가루가 있었다.

"달밤에 체조해?"

사사건건 꼬투리만 잡히면 물고 늘어졌다.

"왜 불편하게 이런 데서 자? 집에 가서 이불 깔고 편안하게 자지."

그때마다 만딩고의 이마에는 빠직, 굵은 핏줄이 돋았다.

"어쭈, 째려보면 어쩔 거야? 야, 그러다 사람 치겠다!"

죽이고 싶었다. 아는 방법도 많았다. 목을 비틀 수도, 칼을 사용할 수도, 사제 폭탄 같은 걸로 흔적도 없이 날려버릴 수도 있었다. 펜치로 이빨을 뽑거나, 신체 부위를 하나씩 자르면서 고통스럽게 죽이는 방법도 있었다. 공포에 떠는 고춧가루, 비명을 지르는 고춧가루, 살려달라고 애원하는 고춧가루……. 만딩고는 매일 그런 상상을 했다.

"인간 이하의 취급을 당했지. 더럽고 치사한 꼴도 겪었고. 하지만 나는 기계가 아니었어. 간첩 훈련을 받을 때보다 백배는 더 힘들더군."

하지만 정말 죽일 수는 없었다. 대신 만딩고는 사표를 썼다. 그걸 출근할 때마다 양복 안주머니에 넣고 다녔다. 여차하면 때려 치울 생각이었다. 어쩌면 그때부터였는지도 모른다. 의욕이 사라 졌다. 일할 맛이 나지 않았다. 언제든지 때려치울 수 있다고 생각 하니 평범한 회사원이라는 목표도 왠지 공허하게 느껴졌다.

"일 좀 똑바로 합시다. 우리가 여가 선용하자고 회사 다니는 건 아니잖아."

양복 안주머니에 들어 있는 사표를 생각하면 고춧가루의 괴 롭힘도 견딜 만했다. 모든 게 그냥 그랬다. 인간 이하의 취급을 당 하든, 더럽고 치사한 꼴을 겪든, 아무래도 상관없었다. 대신 만딩 고에게는 낭자여전대가 있었다.

꼬박꼬박 나오는 월급으로 밀린 공과금을 청산했다. 전기가 들어오고 불이 켜졌다. 수도꼭지를 틀면 신기했다. 물이 나왔다. 가스레인지로 간단하게 라면도 끓여 먹을 수 있었다. TV도 켜졌 다. 만딩고는 브라운관을 통해서 낭자여전대의 무대를 다시 볼 수 있었다. 오매불망, 한순간도 잊은 적 없는 낭자여전대의 무대 였다. 아, 그때의 벅찬 감격이란! 못 들어본 신곡이었다. 의상도 율동도 새로웠다. 하지만 낭자여전대는 여전했다. 교체된 멤버 도 없었고, 불화설도 나돌지 않았다. 여섯 명의 요정 모두 무사 해서 정말 다행이야, 만딩고는 브라운관을 어루만지면서 가슴을 쓸어내렸다. 오랜만에 다른 한 손을 흔들어 회사 생활에 지친 자 기를 위로하기도 했다.

그러던 어느 날이었다. 사무실 책상에 못 보던 얼굴이 앉아 있었다. 처음에는 신입 사원인가 했다. 복도에서 몇 번 마주쳤다. 화장실에서는 벽을 마주보고 나란히 서서 소변을 보기도 했다. 화장실을 나가기 전에 만딩고가 먼저 말을 걸었다.

"신입 사원이신가 봐요? 만나서 반갑습니다."

남자는 깜짝 놀라며 만딩고의 얼굴을 유심히 바라봤다. 그리고 이상한 걸 물어왔다.

"제가 보이십니까?"

남자의 이름은 정훈 씨였다. 회사 생활 3년 차였고, 직급은 대리였다. 정훈 씨의 양복 안주머니에도 사표가 들어 있었다. 1년 전에 쓴 사표였다. 그때부터 의욕이 사라지고, 일할 맛도 나지 않았다. 정훈 씨는 지난 1년 동안 월급만 받으면서 유령처럼 회사에 다녔다고 했다.

"정말 제가 보이십니까?"

그러다 정말 유령이 됐다. 사람들은 정훈 씨가 없는 것처럼 행동했다. 처음에는 무시당한다고 생각했다. 하지만 아니었다. 누구 하나 정훈 씨에게 말을 걸어주지 않았다. 차고 지나가고, 밟고 지나갈 때도 미안하다는 말 한마디 없었다. 깜짝 놀란 표정으로 주위를 살펴볼 뿐이었다. 그래서 알게 되었다. 자기가 사람들 눈에 보이지 않는 유령이 되었다는 사실을. 밥을 먹으러 갈 때도, 회식이 있는 날에도 정훈 씨는 항상 열외였다. 야근도 철야도 할 필요가 없었다. 유령처럼 사무실 책상에 앉아 인터넷을 검색하거나 꾸벅꾸벅 조는 일이 정훈 씨의 일과였다. 십자수에 재미를 붙이고 난 다음부터는 식탁 커버를 짜거나 열쇠고리를 만들었다.

"제가 보이시는군요. 처음입니다."

정훈 씨는 무인도에 표류한 사람처럼 만딩고의 두 손을 부여잡고 기뻐했다. 만딩고도 기뻤다. 무인도에 표류한 사람처럼. 하지만 만딩고가 표류한 곳은 그냥 무인도가 아니었다. 생활 전선의 최후방에 위치한 무인도였다. 그 무인도에는 정훈 씨와 만딩고, 단둘뿐이었다. 배 한 척 지나가지 않았다. 지도에도 나와 있지 않았다. 그곳은 낙오자들의 섬이었다.

그날 만딩고는 정훈 씨와 함께 점심을 먹으러 나갔다. 회사에서 가까운 패스트푸드점에 마주 앉아, 본의 아니게 연인 버거 세트를 먹게 되었다.

"어색하군요."

"어색하네요."

어색했지만 맛있었다.

정훈 씨와 만딩고는 정시에 퇴근했다. 정훈 씨는 그냥, 만딩고는 화장실에 가는 척 회사를 빠져나왔다. 아직 해가 남아 있었다. 여기저기 하교하는 학생들이며, 유모차를 끌고 나온 주부들이 오가고 있었다. 오후의 거리는 그렇게, 후유, 한숨이 나올 만큼 평화롭고 한가했다. 하지만 만딩고는,

"이렇게 밝은 날 퇴근해보는 건 처음입니다."

허허허, 억지스레 웃으면서 마치 적진에 혼자 남겨진 낙오병처럼 안절부절못하고 불안해했다. 정훈 씨가 그런 만딩고에게 물었다.

　　"불안하십니까?"

　　"뭐, 불안하다기보다는……."

　　"처음이라 불안하실 겁니다. 하지만 걱정 마십시오. 제가 함께 있지 않습니까."

　　정훈 씨가 있어도 불안한 건 마찬가지였다. 학교에 안 가고 유흥가를 배회하는 기분이었다.

　　"결혼은 하셨습니까?"

　　지하철역으로 걸어가면서 불쑥, 정훈 씨가 물었다.

　　"아직 계획이 없습니다."

　　"저도 미혼입니다. 대신 노모가 있습니다."

　　만딩고는 노모를 모시고 사는 정훈 씨가 존경스러웠다.

　　"대단하시네요."

　　"뭐, 대단할 것까지야 있겠습니까."

　　어느새 지하철역이었다. 둘은 왠지 그냥 헤어지기가 아쉬웠다.

　　"저는 영화보러 갈 건데, 같이 가시겠습니까?"

　　정훈 씨는 퇴근길에 가끔 혼자서 영화를 보러 간다고 했다.

　　"그럴까요."

　　둘은 가까운 극장에 나란히 앉아 우울한 화면과 난해한 내용으로 유명한 프랑스 예술영화 한 편을 진지한 자세로 감상했다. 이렇다 할 재미는 없었지만 그냥 느낌이 좋은 영화였다.

"좋았죠?"

극장을 나오면서 정훈 씨가 물었다.

"좋네요."

밖으로 나오니 밤공기가 상쾌했다. 둘은 저녁을 먹고 들어가기로 했다. 가로등이 켜져 있는 인도를 나란히 걸으면서 한식이냐, 중식이냐, 아니면 양식이냐를 놓고 둘은 사이좋은 단짝 여고생들처럼 조잘댔다. 그러다 정훈 씨가 문득,

"이런 게 사람 사는 건가 봅니다."

촉촉한 목소리로 이렇게 말하는 바람에 만딩고까지 덩달아 울컥해졌고, 선문답처럼 불쑥,

"참 아름다운 밤입니다."

이런 말을 내뱉고는 보이지도 않는 별을 찾아 한동안 밤하늘을 올려다봤다. 눈썹처럼 얇게 휜 초승달이 먹지 위에 난 손톱자국처럼 밤하늘에 걸려 있었다.

"우리…… 괜찮을까요?"

결국 패밀리 레스토랑에서 저녁을 먹고 난 둘은 방향이 달랐기 때문에 지하철역에서 헤어져야 했다. 꽤 늦은 시간임에도 만딩고는 이렇게 일찍 집에 들어가보기는 처음입니다, 적응이 안 되네요, 여전히 불안한 마음을 감출 수 없었다.

"그래도 오늘은 정말 즐거웠습니다."

만딩고가 환하게 웃으면서 손을 내밀었고,

"덕분에 저도 무척 즐거웠습니다."

정훈 씨도 그 손을 잡고 악수를 나누면서 환하게 웃어주었다. 정말 즐거운 하루였다. 연인 버거 세트도, 프랑스 예술영화도, 패밀리 레스토랑에서의 저녁 식사도 정훈 씨와 함께했기에 즐거웠다. 지하철을 타고 가면서 만딩고는 생각했다. 사람 냄새 나는 정훈 씨가 참 좋다고…….

다음 날부터 둘은 늘 붙어 다녔다. 직원 휴게실에서 커피를 마실 때도, 오전 업무가 끝나 점심을 먹을 때도, 화장실에 가는 척 사무실을 빠져나올 때도……. 그리고 틈틈이,

"별일 없으십니까?"

걱정스러운 마음으로 서로의 안부를 물어보거나,

"회사 생활은 적성이 아닌 것 같습니다."

이렇게 푸념을 늘어놓다가,

"결국은 자기 사업이죠. 나중에 저랑 동업하실래요?"

"업종은?"

부푼 마음으로 희망찬 내일의 청사진을 한 땀 한 땀 수놓아보기도 했다.

둘은 가끔 술도 마셨다. 사는 게 고되고 힘겨울 때, 문득 나만 혼자 뒤처지는 건 아닐까, 견딜 수 없는 불안이 파도처럼 밀려올 때, 날씨가 좋으면 좋은 대로, 비나 눈이 오면 또 그 비나 눈을 핑계 삼아서 둘은 프라이드치킨 한 마리를 시켜놓고 주거니 받거니 술잔을 비웠다.

그날도 둘은 사는 게 고되고 힘겨웠다. 문득 나만 혼자 뒤처지는 건 아닐까, 불안에 시달렸고, 그래서 날씨와는 상관없이 프라이드치킨 한 마리에 주거니 받거니 술을 마시고 있었다.

"사는 게 왜 이런지 모르겠습니다."

초저녁부터 시작된 술자리였고, 그래서 자정이 지날 무렵에는 둘 다 술을 마시는 건지 물을 마시는 건지 모를 만큼 취해 있었다. 2차로 노래방에 갔다. 거기서도 술을 마셨다. 술을 마시면서 노래를 불렀다. 그러다 가끔은 울기도 했다.

"자동문이 안 열리더란 말입니다. 고장인가 했는데 다른 사람이 오니까 열리더란 말입니다."

정훈 씨가 노래방 소파에 주저앉아 우울한 얼굴로 말했다.

"저는 동작 센서조차 감지하지 못하는 투명 인간이 된 겁니다."

만딩고는 아무 말도 하지 않았다. 대신 리모컨으로 노래방 기기를 조작했다. 반주가 시작되고 잔잔한 발라드가 흘러나왔다. 화면에 가사가 떴다. 이별의 아픔을 노래한 내용이었다. 울컥, 목이 메었다. 도입부에서 마이크를 끄고 자리에 앉았다. 저절로 고개가 떨어졌다. 반주가 흐르고, 미러볼이 돌고, 만딩고는 사는 게 너무 힘들어서, 목적도 없이 헤매고 있는 것 같아서, 옆에 있는 정훈 씨까지 어깨를 들썩이며 울고 있는 바람에 주르륵 눈물을 흘렸다.

"집에 노모가 있습니다."

노래방을 나오면서 정훈 씨가 말했다.

"보고 가지 않으시겠습니까?"

노모께서 어디가 편찮으시겠거니, 아니면 인사차 한번 뵈러 가자는 것이겠거니, 생각했다. 왠지 가슴이 뭉클했다. 하지만 그때가 새벽 2시였다.

"실례가 안 될까요? 이렇게 늦은 시간에."

"우리 사이에 뭐 어떻습니까."

정훈 씨가 고집을 부리며 등을 떠미는 바람에 만딩고는 어쩔 수 없이 택시에 올라탔다. 택시를 타고 30분쯤 간 다음 횡단보도 앞에서 내렸다. 그 횡단보도를 건너자 미로 같은 주택가가 끝도 없이 이어졌다. 정훈 씨는 그중 한 집으로 만딩고를 안내했다.

"여깁니다."

정훈 씨가 사는 곳은 3층짜리 일반 주택이었다. 현관문을 열고 1층, 2층, 3층, 계단을 올라갔다. 그리고 한층 더 올라갔다. 거기에 옥탑방이 있었다.

"제가 이런 데서 삽니다. 들어오세요."

문을 따고 들어가 불을 켰다. 좁은 부엌과 서너 평이 될까 말까 한 방 하나가 전부였다. 교도소 독방 같았다. 옷장과 TV, 냉장고를 빼면 살림살이랄 만한 게 없었다. 사람 사는 건 어디나 비슷하구나, 이런 생각을 하면서 방 안을 둘러보던 만딩고는 문득, 이상했다.

"노모께서는?"

"뭐가 그렇게 급하십니까. 우선 앉으십시오."

정훈 씨가 냉장고에서 소주를 꺼내 술상을 차렸다. 건배를 하고, 술잔을 비우고, 안주로 가져온 식빵을 씹었다. 그리고 TV를 켰다.

"힘들게 입수한 최신 유출작입니다."

비디오가 돌아가기 시작했다. 바로 신음 소리가 들렸다.

"아, 아……."

험상궂게 생긴 남자가 칙칙폭폭 칙칙폭폭, 기관차처럼 거세게 허리를 움직이고 있었다. 처음에는 남자의 엉덩이만 보였다. 잠시 후 카메라가 이동했다. 화면 가득 남자의 피스톤과 여자의 실린더가 비쳤다. 윤활유가 흐르는 실린더 속에서 굵고 단단한 고기 피스톤이 칙칙폭폭 칙칙폭폭, 힘찬 왕복운동을 반복하고 있었다. 모자이크 같은 건 없었다. 그래서 노모였다.

"아, 아……."

자연스럽게 체위가 바뀌었다. 남자 위에 올라탄 여자가 안정적인 자세와 능수능란한 동작, 현란한 테크닉으로 남자를 리드했다. 때로는 위아래로, 때로는 앞뒤로, 때로는 원을 그리면서, 여자는 트랙을 도는 경마 선수처럼 리드미컬하게 몸을 움직였다. 그때마다 풍만한 유방과 긴 생머리가 아름답게 출렁거렸다.

"아, 아……."

달뜬 신음 소리가 계속되는 가운데 언뜻, 여자의 얼굴이 스쳐지나갔다. 가만, 어디서 봤는데, 누구였더라? 잠깐 본 여자는 젊고 예뻤다. 일반인은 아닌 것 같았다. 다시 여자의 얼굴이 화면에 잡혔다. 살짝 구겨진 이마, 지그시 감긴 두 눈, 그리고 뜨거운 숨을 토해내며 반쯤 벌어져 있는 입술. 앗, 저 여자는……!

"부러울 따름입니다. 부러울 따름입니다."

옆에서 이런 소리를 늘어놓으며 질질 침을 흘리던 정훈 씨가,

"라푼젤입니다. 모르십니까?"

여자의 얼굴을 가리키며 물었다. 모를 리 없었다. 라푼젤은 낭자여전대의 리더였다. 여섯 명의 멤버 중심에서 낭자여전대를 이끌고 있는 요정의 여왕이었다. 인기도 제일 많았다. 깜찍한 얼굴과 늘씬한 몸매, 무엇보다 풍만한 가슴으로 남성 팬의 사랑을 독차지하고 있었다. 라푼젤은 만딩고의 사랑도 독차지하고 있었다. 매일 밤 TV 브라운관을 어루만지게 했고, 다른 한 손을 흔들어 자기를 위로하게 했다. 그 라푼젤이었다. 남자 몸에 올라타 능동적인 태도로 쾌락에 몸부림치고 있었다.

"모르는 사람입니다."

만딩고는 다른 남자의 아내가 된 옛 연인을 애써 외면하듯 고개를 돌리며 거짓말을 했다. 굵고 딱딱해지는 일도 없었다. 그만큼 충격적이고 슬펐다. 만딩고는 말없이 술잔을 비우고 식빵을 씹었다. 소중하게 간직해오던 나만의 보물을 잃어버린 듯, 왠지 우울하고 허전했다.

"안 하십니까?"

바지를 무릎까지 내린 정훈 씨가 한 손을 흔들며 자기를 위로하고 있었다. 다른 한 손에는 휴지가 들려 있었다.

284

"괜찮으니까 하십시오. 남자끼리 어떻습니까."

정훈 씨가 숙달된 손놀림을 이어가면서 재차 권유했다. 하지만 그럴 기분이 아니었다. 아무리 손을 흔들어도 상처뿐인 가슴에 위로 같은 건 찾아오지 않을 것 같았다.

"전 됐습니다."

만딩고는 술잔을 비우며, 식빵을 씹으며 정중하게 거절했다. 손을 흔들며 자기를 위로하고 있는 정훈 씨가 미웠다. 한순간 제거해버릴까도 생각했다. 방법은 많았다. 동맥을 자를 수도, 급소를 노릴 수도 있었다. 요인 암살은 만딩고의 주특기였다. 마음만 먹으면 사람 하나 제거하는 건 간단했다. 하지만 무엇 때문에? 바지를 내렸다고 해서? 라푼젤 비디오를 보며 한 손을 흔들었다고 해서? 아니면 다른 한 손에 휴지를 쥐고 있다고 해서? 그런 이유로 정훈 씨를 제거할 수는 없었다. 정훈 씨는 라푼젤 비디오를 보면서 손을 흔들고 있는 수많은 사람 중 한 명에 불과했다.

만딩고가 제거하고 싶은 건 어쩌면 라푼젤인지도 몰랐다. 윤활유가 흐르는 분홍 빛깔 실린더 깊이 남자의 고기 피스톤을 끼운 채 욕정에 몸을 맡기고 있는 라푼젤. 그런 라푼젤이 미웠다. 고성능 고기 피스톤을 장착하고 있는 남자도 미웠고, 그 장면을 찍고 있는 카메라맨도 미웠다. 카메라는 아마 'WXY 전자' 제품이겠지. 만딩고는 'WXY 전자'가 미웠다. 'WXY 전자'와 한통속인 남조선 정권도 미웠고, 그런 정권을 지지하고 있는 남조선 인민들도 미웠다. 제거할 사람들이 너무 많았다. 결국 만딩고는 아무도 제거할 수 없었다.

"이만 가봐야겠습니다."

비틀, 만딩고는 자리에서 일어났다. 자고 가라며 붙잡는 정훈 씨를 뿌리치고 집으로 가는 첫차에 몸을 실었다. 집에 도착한 시간이 아침 6시. 그날 만딩고는 오후 늦게까지 잤다. 몇 번 전화벨이 울렸지만 받지 않았다. 만딩고가 다니는 회사는 'WXY 전자'의 하청 업체였다. 해고당해도 상관없다고 생각했다.

다음 날은 평소처럼 회사에 출근했다. 하루 종일 사무실에 앉아 자리를 지켰다. 전날의 결근이 마음에 걸려 조마조마했다. 하지만 별일 없이 지나갔다. 주의를 받지도 않았고, 정훈 씨 말고는 어제 어떻게 된거냐며 물어보는 사람도 없었다. 투명 인간이 된 기분이었다. 몇 통 걸려온 전화의 발신인은 모두 정훈 씨였다.

"걱정했습니다. 무사해서 다행입니다."

잠깐 들른 직원 휴게실에서, 자판기 커피와 함께 건네온 정훈 씨의 따뜻한 말 한마디에 만딩고는 가슴이 뭉클했다. 손을 흔들며 자기를 위로하던 어제의 모습은 잊기로 했다. 사람 냄새 나는 정훈 씨는 역시 좋은 사람이었다. 하지만 고맙다는 말은 하지 않았다. 대신 자판기 커피를 마시며 이렇게 말했다.

"오늘따라 커피가 참 달고 맛있습니다."

그러던 어느 날이었다. 그날도 만딩고는 정훈 씨와 함께 즐거운 시간을 보내고 집으로 돌아오고 있었다. 지하철에서 내려 매일 걷는 주택가로 들어섰다. 그때부터 분위기가 이상했다. 거리에 사람이 없었다. 경찰차 몇 대도 눈에 띄었다. 건장한 남자 몇이 주위를 두리번거리며 어슬렁거리고 있었다. 위험을 감지한 만딩고는 방향을 틀었다. 큰길 쪽이었다. 다행히 따라붙는 사람은 없었다.

천천히 걸으면서 건물들을 살폈다. 옥상과 건물 창가에 사람들이 배치되어 있었다. 장비도 보였다. 저격수들이었다. 만딩고는 머리가 복잡했다. 발각된 걸까? 그럴지도 모른다고 생각했다. 하지만 어떤 경로로? 만딩고는 남파 이후의 일들을 하나하나 복기했다. 행동을 취한 적도, 수면 위로 노출된 적도 없었다. 아무리 생각해도 답이 나오지 않았다. 잠깐 정훈 씨를 의심해보기도 했다. 여러 차례 술을 마셨고, 그때마다 술에 취했다. 필름이 끊겨 인사불성이 된 적도 많았다. 사실 제가 남파 간첩입니다, 술기운에 털어놓은 건 아닐까? 하지만 만딩고는 고개를 저었다. 최근에는 술을 마신 적이 없었다. 그날만 해도 영화를 보고 밥을 먹은 다음 바로 헤어졌다. 웃고 떠들며 즐거운 시간을 보냈다. 이상한 낌새는 보이지 않았다.

빨라지는 걸음을 애써 조절하며 큰길까지 나왔다. 갑자기 밝아진 시야 때문에 눈이 부셨다. 쏜살같이 지나가는 차량 전조등과 화려하게 번쩍이는 네온사인 불빛이 사람들로 붐비는 밤거리를 환하게 밝히고 있었다. 만딩고는 행인들 틈에 섞여 걸었다. 긴장해서 그런지 딱딱하게 뭉친 어깨가 결렸다. 주먹 쥔 손바닥에도 땀이 흥건했다. 입안이 바짝 말라 있었다. 꿀꺽 하고 마른침을 삼키자 목구멍이 쓰라렸다. 물을 마시고 싶었다. 하지만 이곳을 벗어나는 게 먼저였다. 만딩고는 지하철역을 향해 빠른 템포로 걸음을 옮겼다.

지하철역 근처에서 잠깐 뒤를 살폈다. 미행은 없었다. 후유, 하고 안도의 한숨이 나왔다. 한고비 넘겼다는 생각에 가슴을 쓸어내렸다. 다시 앞을 보고 걸었다. 저 앞에 지하철역 입구가 보였다. 사람들이 바쁘게 오가고 있었다. 그런데 좀 이상했다. 남자 셋이 지하철역 입구 앞에 서 있었다. 일반인 같지 않았다. 그래서 금방 알아볼 수 있었다. 셋 중 둘은 형사였다. 사복을 입고 있었지만 눈매가 매서웠다. 점퍼 왼쪽 옆구리 부분이 불룩 튀어나와 있었다. 권총을 휴대하고 있는 게 틀림없었다. 그리고 나머지 한 명은 낯익은 얼굴이었다.

"열심히 사시오, 동무."

평범한 인상이었지만 잊지 않았다. 아파트 주차장에 세워져 있던 800CC짜리 소형차도 기억하고 있었다. 연락책과 잠깐 눈이 마주쳤다. 그 연락책이 손가락을 들어 만딩고를 가리키고 있었다. 만딩고는 바로 고개를 숙이고 방향을 바꿨다. 그와 동시에 다다닥, 두 명의 형사가 만딩고를 향해 달려왔다.

만딩고도 뛰기 시작했다. 거리에는 사람들로 가득했다. 만딩고는 길을 열기 위해 사람들을 밀치며 달렸다. 어깨가 부딪치고, 발에 걸려 넘어질 뻔도 했다. 하지만 멈출 수 없었다. 뒤에서 다다닥, 사냥개 두 마리가 송곳니를 드러내며 쫓아오고 있었다. 잡히면 끝장이라고 생각했다. 여기저기서 비명과 욕설이 튀어나왔다. 거기 서! 두 명의 형사가 차츰 거리를 좁혀왔다.

골목길로 접어들었다. 사람들이 없어서 달리기가 훨씬 수월했다. 피치를 올리고 보폭을 넓히며 속도를 높였다. 탕, 탕! 등 뒤에서 두 발의 총성이 울려 퍼졌다. 소리로 실탄이라는 걸 알 수 있었다. 다행히 빗나갔다. 만딩고는 사정권에서 벗어나기 위해 바로 방향을 틀었다.

익숙한 길이었다. 만약의 사태를 대비해 미리 답사해둔 지역이었다. 출퇴근길에 한 걸음, 두 걸음, 보폭으로 거리까지 쟀다. 약식이지만 지도도 그렸다. 지하철역에서 반경 5킬로미터 이내의 전 지역을 그렇게 숙지하고 있었다. 도주로도 확보해놓은 상태였다. 탕,탕! 또 한 차례 총성이 들려왔다. 이번에도 빗나갔다. 만딩고는 필사적으로 달렸다. 자주 방향을 틀었다. 미로처럼 펼쳐진 주택가 골목은 끝도 없이 이어져 있었다.

다시 큰길로 나왔다. 여전히 사람들로 붐볐다. 만딩고는 사람들 속에 섞여 천천히 걸었다. 형사들은 따돌린 것 같았다. 얼마쯤 걷다가 택시를 잡아탔다. 기사에게는 일단 출발하자고 말했다.

그날 만딩고는 허름한 여관에 투숙했다. 고개를 숙이고 숙박계를 썼다. 방에 들어가자마자 다리가 풀렸다. 우선 간단하게 씻었다. 이불을 펴고 자리에 누웠다. 천장에 매달린 형광등에 달그락달그락, 나방 한 마리가 몸을 부딪치며 소리를 내고 있었다. 만딩고는 불을 끄고 눈을 감았다.

하지만 잠이 오지 않았다. 지하철역 입구에서 본 연락책의 모습이 눈앞에 아른거렸다. 손가락으로 만딩고를 가리키던 연락책의 모습이……. 머릿속이 복잡했다. 대체 왜? 이유가 궁금했다. 하지만 알 수 없었다. 아무리 생각해도 답이 나오지 않았다. 수많은 물음표들이 모기 떼처럼 앵앵, 만딩고를 괴롭혔다. 결국 만딩고는 자리에서 일어나 앉았다. 배가 고팠다. 뭘 좀 먹으면 잠이 올 것 같았다.

슈퍼에 가 식빵과 우유를 골랐다. 잠깐 생각한 다음 우유를 내려놓고 소주를 집어 들었다. 슈퍼에서 나와 다시 여관으로 향했다. 그 길 중간에 전봇대가 하나 서 있었다. 처음에는 그냥 지나쳤다. 만딩고는 걸음을 멈추고 전봇대 앞으로 되돌아갔다. "간첩 신고는 국번 없이 111". 그런 공익광고가 붙어 있었다. '최고 1억 원'이라는 포상금도 명시되어 있었다. 하마터면 들고 있던 봉지를 놓칠 뻔했다. '최고 1억 원'……. 모든 것이 분명해졌다.

만딩고는 여관방으로 돌아와 술을 마셨다. 식빵을 씹으며 배신감에 몸을 떨었다. 다시 슈퍼에 가 술을 샀다. 돌아오는 길에 전봇대 앞에서 한동안 넋을 잃고 서 있기도 했다. 취하고 싶었다. 손가락으로 만딩고를 가리키던 연락책의 모습이 잊혀지지 않았다. 그 위에 '최고 1억 원', 전봇대에 붙어 있던 공익광고의 문구가 겹쳤다. 연락책이 입고 있던 기성복과 아파트 주차장에 세워져 있던 800CC짜리 소형차도 떠올랐다. 배신자에게는 죽음뿐이었다. 기성복을 입고 800CC짜리 소형차를 몰기 위해 연락책은 대체 몇 명의 동지를 팔아넘긴 걸까? 술은 썼고, 상처 난 가슴을 더욱 아프게 했다.

"몇 년 후에 연락책을 찾아갔네."

깊은 밤, 고릴라사. 손발이 묶인 채 옆으로 누워 있던 만딩고가 말했다.

"연락책은 서울 변두리에 위치한 서민형 아파트에서 살고 있었지. 아파트 주차장에는 예의 그 800CC짜리 소형차가 세워져 있었어. 나는 한동안 연락책의 동선을 감시했네. 그러면서 기회를 노렸지. 실수 없이 처단하기 위해서 말일세."

연락책의 생활은 의외로 검소했다. 술을 마시지도, 사치를 부리지도 않았다. 800CC짜리 소형차도 필요할 때만 몰았고, 평소에는 대중교통을 이용하거나 웬만한 거리는 걸어다니는 편이었다. 그런데도 연락책은 항상 생활고에 시달렸다. 공과금 고지서가 나오면 한숨을 쉬었고, 몇 개월째 미납된 아파트 관리비 때문에 경비를 피해 다니기도 했다. 포상금 1억 원에 동지를 판 배신자가 이런 생활을 하고 있다니, 처음 연락책을 감시할 때는 어리둥절했다.

연락책은 집 근처에 있는 점포를 운영하고 있었다. 열 평이 될까 말까 한 소규모 점포였다. 안 해본 장사가 없었다. 닭도 튀기고, 분식도 팔았다. 유행이 바뀔 때마다 연락책은 매번 업종을 바꿨다. 액세서리를 취급하다가 커피 전문점으로 갈아타기도 했다. 그때는 비디오 대여점을 운영하고 있었다. 하지만 점포세도 못 낼 만큼 경기가 안 좋았다. 연락책은 하루 종일 카운터에 앉아 만화책을 보거나 비디오를 감상하며 시간을 보내고 있었다.

연락책의 가족 관계는 따로 조사했다. 남파 이후 결혼한 연락책은 슬하에 1남 2녀를 두고 있었다. 중매로 만난 아내는 평범한 가정주부였다. 부족한 생활비를 10원 단위로 쪼개가며 빠듯한 살림을 꾸려가고 있었다. 하루 종일 집안일을 하거나 낮잠을 자면서 시간을 보냈다. 여가 활동은 TV 시청이 유일했으며, 하루에도 몇 번씩 고장 난 가전제품처럼 멍한 표정으로 같은 곳을 바라보기도 했다. 시장에 갈 때 말고는 외출하는 일도 거의 없었다. 연락책과는 2주에 한 번꼴로 의무적인 부부 관계를 가졌다.

1남 2녀 중 첫째가 아들이었다. 시내에 있는 재수 종합반에서 대학 입시를 준비하고 있었다. 공부보다는 당구와 흡연에 열의를 보였다. 가끔씩은 친구들과 어울려 술을 마시기도 했다. 같은 반에 다니는 여자 친구도 있었다. 부부는 아니지만, 틈만 나면 부부 관계를 가졌다. 용돈 달라고 손 벌릴 때 말고는 연락책 보기를 돌 보듯 했다.

둘째와 셋째는 연년생이었고, 각각 고 1과 중 3이었다. 집에 오면 문을 걸어 잠그고 방에 틀어박혔다. 화장실 갈 때 잠깐, 밥 먹을 때 잠깐 얼굴을 볼 수 있었다. 둘째와 셋째 역시 용돈 달라고 손 벌릴 때 말고는 연락책 보기를 돌 보듯 했다.

"가족들은 연락책이 남파 간첩이라는 사실을 모르는 것 같았네."

연락책의 비디오 대여점은 자정이 넘은 시간까지 영업했다. 새벽 1시면 가게 문을 잠그고 셔터를 내렸다. 귀가하는 코스도 항상 일정했다. 터벅터벅 주택가를 빠져나와, 터벅터벅 횡단보도를 건넌 다음, 터벅터벅 근린공원을 통과해, 터벅터벅 집까지 가는 코스였다. 만딩고는 여러 차례 그 코스를 답사했다. 연락책을 미행하며 타이밍을 재기도 했다. 모든 것이 완벽했다. 만딩고는 철물점에서 회칼 하나를 구입했다. 날마다 그 회칼을 숫돌에 갈았다. 마침내 회칼은 머리카락도 벨 만큼 날이 섰다.

새벽 1시가 지난 근린공원에는 아무도 없었다. 가끔 찾아오는 노숙자나 불량 청소년들도 보이지 않았다. 달이 없는 그믐밤이었다. 가로등 몇 개가 드문드문 켜져 있었지만 공원은 전체적으로 어두웠다. 그날 만딩고는 모자를 쓰고 나왔다. 고개를 숙인 채 벤치에 앉아 연락책이 지나가기를 기다렸다. 만딩고의 옆자리에는 가방이 놓여 있었다. 그 안에 신문지로 싼 회칼이 들어 있었다. 바로 꺼낼 수 있게 가방 지퍼를 열어두었다.

연락책은 여느 때와 같은 시간에 터벅터벅 나타났다. 공원 입구를 통과해, 체육 시설들을 지나, 만딩고가 앉아 있는 벤치로 한 발 한 발 다가오고 있었다. 만딩고는 힐끗, 다가오는 연락책을 곁눈질했다. 힘없는 발걸음과 좀 지친 듯한 표정도 여느 때와 똑같았다. 만딩고가 있는지도 모르는 것 같았다. 방심하고 있는 연락책의 뒤를 노릴 생각이었다. 회칼은 길었다. 어느 지점을 찔러야 하는지도 알고 있었다. 방심한 연락책이 한 발 한 발 계속 거리를 좁혀왔다. 계획은 순조롭게 진행되고 있었다.

연락책이 지나가고, 등이 보였다. 만딩고는 재빨리 회칼을 꺼냈다. 자리에서 일어나 연락책의 등을 노렸다. 한 치의 주저함도 없이 찔렀다. 가로등 불빛을 받은 회칼이 한순간 번쩍하고 검광을 뿜어냈다. 하지만 연락책은 몸을 틀어 회칼을 피했다. 왼쪽 팔뚝에서 피가 흐르고 있었다.

"반갑소, 동무."

연락책은 물러나지 않았다. 만딩고를 노려보며 씨익, 웃고 있었다. 바로 정권과 발차기가 날아왔다. 기계처럼 빠르고 정확한 공격이었다. 만딩고는 몸을 움직여 공격을 피했다. 하지만 왼쪽 옆구리와 명치를 가격당하고 말았다. 숨이 멎는 줄 알았다. 온몸이 부르르 떨렸다. 쇠망치로 얻어맞은 것처럼 시야가 흐려지고 정신이 몽롱해졌다.

만딩고도 회칼을 휘둘렀다. 만딩고의 린치에 회칼의 길이가 더해져 유리한 싸움을 펼칠 수 있었다. 만딩고는 거리를 두고 연락책을 공격했다. 빠른 발을 이용했다. 치고 빠지는 작전이었다. 어깨와 복부를 찔렀다. 팔과 다리에도 상처를 입혔다. 연락책의 온몸은 피로 물들었다. 찢어진 이마에서도 붉은 피가 흘러내렸다. 그 피가 연락책의 얼굴을 붉게 적시고 있었다.

하지만 연락책은 쓰러지지 않았다. 끊임없이 정권과 발차기를 날렸다. 두 번에 한 번꼴로 유효타가 들어왔다. 만딩고는 힘들게 버텼다. 회칼을 휘두르면서 간격을 벌렸다. 하지만 연락책은 거리를 좁히며 계속 파고들었다. 근육이 드러나고 뼈가 보여도 아랑곳하지 않았다. 몸으로 회칼을 받아내면서 공격을 계속했다. 정말 기계 같았다. 공포나 두려움은 물론, 아픔조차 느끼지 못하는 것 같았다. 빨갛게 충혈된 두 눈이 작동 램프처럼, 혹은 불도저 같은 중장비의 전조등처럼 무섭게 빛나고 있었다. 그리고 연락책은 여전히 씨익, 웃고 있었다.

'이건 사람이 아니다.'

정신없이 회칼을 휘두르면서 그런 생각을 했다. 아무리 쑤시고 찔러도 소용이 없었다. 연락책은 계속 정권과 발차기를 날리면서 밀고 들어왔다. 만딩고는 무서웠다. 빗발처럼 퍼붓는 정권이, 날카롭게 파고드는 발차기가. 하지만 제일 무서웠던 건 회칼을 두려워하지 않고 파고드는 연락책이었다. 얼굴에 피를 뒤집어쓴 연락책은 지옥에서 온 악마 같았다.

한 발 두 발 뒤로 물러났다. 이미 체력은 한계였다. 어깨로 헉헉, 가쁜 숨을 몰아쉬었다. 다리가 움직이지 않았다. 팔에도 힘이 없었다. 회칼이 무겁게 느껴졌다. 공격의 횟수가 줄어들었다. 속도도 느려지고 위력도 약해졌다. 연락책은 가볍게 회칼을 피하면서 공격을 퍼부었다.

남은 건 한 방뿐이었다. 만딩고는 급소를 노렸다. 가슴은 가드로 막혀 있었다. 만딩고는 연락책의 목을 향해 회칼을 뻗었다. 칼날이 푸욱, 살에 박혔다. 하지만 그건 목이 아니었다. 연락책이 맨손으로 칼끝을 잡고 있었다. 칼날을 타고 붉은 피가 흘러내렸다. 만딩고는 회칼을 잡아당겼다. 하지만 회칼은 꼼짝도 하지 않았다. 살을 뚫고 들어간 칼날이 뼈를 갈았다. 서걱, 소름 끼치는 소리가 작게 들렸다.

　그 상태로 둘은 한동안 움직이지 않았다. 말없이 서로를 노려
봤다. 가로등 불빛이 비추고, 둘 사이에 흐르는 살기가 시간마저
정지시키고, 어디선가 불어온 바람이 땅바닥에 뒹구는 낙엽들을
쓸고 지나갔다. 1초, 2초가 1년, 2년처럼 길게만 느껴졌다. 연락책
이 씨익, 만딩고를 향해 웃었다. 그리고 이렇게 말했다.

　"동무는 나를 이길 수 없소. 왠 줄 아시오?"

　만딩고는 대답하지 않았다. 연락책이 씨익, 소름 끼치게 웃으
며 다음 말을 이었다.

　"바로 이 회칼 때문이오."

　연락책이 회칼을 잡아당겼다. 오른쪽 어깨가 앞으로 쏠렸다.
연락책의 뼈가 갈리면서 다시 서걱, 소리를 냈다.

　"회칼은 무섭지 않소. 세상에서 가장 무서운 게 뭔 줄 아시오?"

　세상에서 가장 무서운 것에 대해 만딩고는 잠깐 생각했다. 회
칼보다 무섭고, 어쩌면 죽음보다 무서운 것. 연락책이 세상에서 가
장 무서워하는 것……

　"돈이오. 나는 돈이 세상에서 가장 무섭소."

　이길 수 없다는 생각이 들었다. '최고 1억 원'의 포상금. 연락
책은 세상에서 가장 무서운 돈을 벌기 위해 싸우고 있었다. 돈이
무서워서 정권을 휘두르고 발차기를 날렸다. 돈이 무서워서 온몸
으로 회칼을 막았다. 피투성이가 되면서도 불도저처럼 밀고 들어
왔다. 그리고 지금은 돈이 무서워서 맨손으로 칼끝을 쥐고 있었다.

그런 연락책을 상대로는 승산이 없다고 생각했다. 만딩고도 돈이 무서웠다. 하지만 돈을 무서워하는 연락책이 더 무서웠다.

만딩고는 회칼을 버리고 뛰기 시작했다. 앞만 보며 전력질주 했다. 공원을 벗어났다. 바로 앞은 차도였다. 전조등을 켠 차량들이 쌩쌩 도로 위를 달리고 있었다. 만딩고는 방향을 틀었다. 인도에는 사람이 없었다. 만딩고는 계속 달렸다.

연락책이 쫓아오지 않는 걸 확인하고 숨을 돌렸다. 어딘지 모를 주택가 한복판이었다. 좁고 어두운 골목들이 거미줄처럼 엉켜 있었다. 만딩고는 손으로 무릎을 짚으며 가쁜 숨을 헉헉 몰아쉬는 중이었다. 그때 기습을 당했다. 왼쪽 골목에서 연락책이 덮쳐왔다. 미처 보지 못했다. 어깨를 잡혔다. 연락책의 악력이 느껴져 섬뜩했다. 만딩고는 점퍼를 벗었다. 그리고 다시 죽을힘을 다해 달렸다.

경사가 심한 이차선 도로가 나왔다. 인도에 주차해 있는 승용차들이 길을 막고 있었다. 만딩고는 차도와 인도를 넘나들며 계속 뛰었다. 잠깐 뒤를 돌아봤다. 얼굴이 피로 물든 연락책이 바짝 따라붙고 있었다. 만딩고는 택시를 향해 손을 흔들었다. 택시가 서자 차 문을 열고 조수석에 올라탔다.

"일단 출발합시다."

뒤따라온 연락책이 차창을 두드렸다. 피 묻은 손바닥이 차창을 더럽혔다.

"히익!"

택시 기사가 놀라서 경기를 일으켰고,

"빨리 출발합시다."

만딩고가 반쯤 정신이 나간 택시 기사를 독촉했다. 부웅, 택시가 출발했다. 그래도 연락책은 포기하지 않았다. 택시 손잡이에 매달려, 피 묻은 손으로 계속 차창을 두드리면서 따라왔다.

"뭐야, 뭐야! 너, 정체가 뭐야? 그 손 놔! 그 손 놔!"

택시 기사가 비명을 지르면서 속도를 높였다. 겨우 연락책을 떼어낼 수 있었다. 만딩고는 몸을 틀어 뒤를 봤다. 도로 위에 서 있는 연락책의 모습이 점점 작아지고 있었다. 얼굴 같은 건 보이지 않았다. 하지만 만딩고는 피 묻은 얼굴로 씨익, 웃고 있는 연락책의 모습을 본 것 같았다.

"30년쯤 전에 그런 일이 있었네. 그 후로도 연락책은 계속 추격해왔어. 몇 번 마주치기도 했고, 그때마다 겨우 도망쳤지. 나는 전국을 떠돌며 도망 다녔네. 하지만 서울만 한 곳이 없더군. 사람 사이에 숨는 게 제일 안전했지."

숨어 살면서도 밥벌이는 해야 했다. 만딩고는 공사판을 전전하면서 잡부로 일했다. 폐품을 수집해서 고물상에 팔기도 했고, 여름에는 부채를, 겨울에는 장갑 같은 걸 들고 지하철을 돌아다니기도 했다. 먹고살기 위해 정말 안 해본 일이 없었다. 하지만 먹고사는 건 언제나 힘들었다. 돈이 무섭고, 세상이 무섭고, 사람들이 무서웠다. 아무리 열심히 살아도 쥐구멍에 해 뜰 날은 오지 않았다. 만딩고는 매일 밤 술을 마셨다. 안주도 없이 강소주를 불었다. 취해서 잠들면 악몽을 꾸었다. 얼굴에 피를 뒤집어쓴 연락책이 씨익 웃으며 말했다.

"나는 돈이 가장 무섭소."

그러다 부업을 하게 되었다. 하루 종일 방구석에 틀어박혀 마늘을 까거나, 인형 눈깔을 붙이거나, 종이학을 접었다. 수입도 적고, 일도 힘들었다. 하지만 노출될 염려 없이 숨어 지내기에는 부업만 한 게 없었다. 동물원에서 일하게 된 건, 당시 만딩고에게 부업을 알선해주던 돼지엄마 덕분이었다.

"돼지엄마요?"

"왜, 아는 분인가?"

"아니……. 몰라요."

동물원은 안정적인 직장이었다. 사회와는 달리 일한 만큼 돈이 나왔다. 그때부터 만딩고는 고릴라로 살았다. 고릴라사에 있을 때가 제일 편했다. 아무도 만딩고를 알아보지 못했다.

그렇게 시간이 흘렀다. 만딩고는 한 마리 고릴라로 별 탈 없이 살았다. 관람객들을 상대하며 하루를 보내고, 가끔은 엠파이어스테이트빌딩에 올라가 밥벌이를 하기도 했다. 동료들도 생겼다. 비슷한 처지라 마음이 잘 맞았다. 비가 오나 눈이 오나 바람이 부나 늘 함께해주는 동료들 덕분에 만딩고는 외롭지 않았다. 같이 술을 마시며 왁자지껄 이야기를 나눌 때는 모닥불 곁에 앉아 있는 것처럼 마음이 따뜻했다. 그러는 동안 연락책의 피 묻은 얼굴은 물속으로 가라앉는 돌멩이처럼 만딩고의 뇌리에서 지워져갔다.

"한때는 연락책의 마수에서 완전히 벗어났다고 생각했네. 그만큼 오랜 시간이 흘렀으니까. 내가 연락책을 잊은 것처럼 연락책도 나를 잊었을 거라고 생각했지. 하지만 그건 나의 착각이었어."

한 달 전쯤 일이었다. 연락책이 고릴라사에 나타났다. 연락책은 여전히 기성복 차림이었다. 800CC짜리 소형차를 몰고 다니며 열심히 사시오, 동무. 금방이라도 이런 충고를 할 것 같은 표정으로 고릴라사 앞에 서 있었다. 그래서 한눈에 알아볼 수 있었다. 비록 머리가 세고, 주름이 늘고, 허리가 휘고, 어느새 인생의 황혼을 맞이한 노인이 되어 있었지만, 차가운 눈으로 고릴라들을 바라보고 있는 사람은 분명 연락책이었다.

심장이 멎는 줄 알았다. 손발이 얼어붙어 꼼짝도 할 수 없었다. 연락책의 눈길이 한동안 만딩고의 온몸을 훑고 지나갔다. 소름이 돋았다. 숨을 쉴 수가 없었다. 도망치고 싶은 생각뿐이었다.

그날 연락책은 카메라 셔터를 누르며 사진 몇 장을 찍었다. 만딩고를 향해서도 카메라 플래시가 터졌다. 그리고 가버렸다. 다행이었다. 아직 확증은 없는 것 같았다. 하지만 만딩고는 불안했다. 퇴근길에 슈퍼에 들러 술을 샀다. 취하고 싶었다. 안주 없이 강소주를 마셨다. 하지만 아무리 마셔도 취하지 않았다. 자정이 지나서야 곯아떨어졌다. 꿈에 연락책이 나왔다. 피를 뒤집어쓴 얼굴이 씨익, 웃고 있었다.

"세상에서 가장 무서운 게 뭔 줄 아시오, 동무?"

그리고 며칠 전이었다. 연락책이 다시 나타났다. 이번에는 카메라를 들고 오지 않았다. 대신 한참 동안 집요한 눈길로 만딩고를 주시했다. 잠깐 움막 뒤로 몸을 숨겼다. 간담이 서늘했다. 다리에 힘이 풀려 철퍼덕 바닥에 주저앉았다. 심장이 터질 것처럼 뛰고 있었다.

얼마나 그러고 있었을까. 1분? 10분? 아니면 1시간? 만딩고는 움막 뒤에서 천천히 걸어 나왔다. 연락책이 있는지 확인했다. 전기에 감전된 듯 온몸의 털이 곤두섰다. 연락책은 같은 자리에 서 있었고, 여전이 집요한 눈길로 만딩고를 바라보고 있었다. 순간 둘의 시선이 교차했다. 만딩고는 그 자리에서 얼어붙었다. 반면 연락책은 씨익 웃으며 오른손을 들어 올렸다.

"반갑소, 동무."

그런 다음 발길을 돌려 사라졌다. 만딩고는 철퍼덕, 다시 바닥에 주저앉았다. 악몽을 꾸는 것 같았다.

"연락책은 맹수처럼 나를 몰아붙이고 있네. 막다른 골목으로 말일세. 저항할 수 없을 때까지 가지고 노는 거지. 하지만 나에게는 버틸 힘이 없네. 난 너무 늙고 지쳤어. 더 이상 연락책의 마수를 피해 도망칠 곳도 없고 말일세. 이젠 쉬고 싶어. 콩고의 정글에서 고릴라로 살면 어떤가. 여기 남조선에서 사람으로 산다고 꼭 행복한 건 아니지 않나. 안 그런가, 영수?"

파랗게 날이 밝아오고 있었다. 한숨도 못 자고 밤을 꼬박 새웠다. 하지만 피곤하지 않았다. 말똥말똥 머리가 맑았다. 지친 듯 눈을 감고 있는 만딩고를 보면서 생각했다. 그럴지도 모른다. 사람이면 어떻고 고릴라면 어떤가. 사람이라고 해서 꼭 행복한 건 아니다. 고릴라가 불행하다고 누가 장담할 수 있단 말인가. 인권? 존엄성? 오늘을 살아가는 현대인들에게는 그런 게 없다. 다 옛말이다. 있는 놈과 없는 놈이 있을 뿐이다. 빈부의 차가 개인의 가치를 판가름하고 결정짓는다. 상대적 빈곤감이 사람들을 불행하게 만들고, 돈 몇 푼 때문에 사람이 사람을 죽이고, 인본주의 대신 물본주의가 물 만난 고기처럼 판을 치고, 황금 보기를 돌같이 해야 하는데 사람 보기를 돌같이 하고, 그래서 목숨보다 돈이 중요하고, 그래서 툭하면 약을 먹거나 밀폐된 자동차 안에서 연탄을 피우거나 건전하지 못한 목적으로 한강에 가고, 아무리 자본주의라지만 정부는 그런 국민을 나 몰라라 방치하고, 하지만 자본주의라는 게 일한 만큼 버는 건데 이 나라를 보면 그런 것 같지도 않고, 민주주의라는 것도 그렇고, 인간은 모두 평등하다는 소리를 들으면 씨발, 욕부터 나오고, 있는 놈들은 있는 놈들끼리만 노는데, 결혼도 있는 놈들끼리만 하는데, 민주주의는 개뿔, 인간은 모두 평등하다니 지랄, 전부 귀신 씻나락 까먹는 소리처럼 들리고, 그래도 먹고살기 위해 계속 몸부림쳐야 하고, 쥐구멍에 해 뜰 날은 영원히 오지 않고, 내일의 태양 같은 건 절대 뜨지 않고, 그런 세상인데……. 어쩌면 고릴라가 더 행복할지도 모른다는 생각이 들었다.

어느새 만딩고는 잠들어 있었다. 손발이 묶인 채 모로 누워 있는 만딩고를 보면서 나는 또 생각했다. 이게 과연 옳은 짓일까? 우리가 정말 잘하고 있는 걸까?

"제3국!"

개장 전, 만딩고를 A동 움막으로 옮겼다. 조풍년 씨가 머리를 들고 내가 다리를 들었다. 1시간 일찍 출근한 앤도 옆에서 거들었다. 만딩고를 A동으로 옮기고 한 사람씩 돌아가면서 입구를 가렸다.

"안 보여요. 안 보여요."

앤이 입구 앞에 앉고 내가 뒤로 물러서서 확인했다. 감쪽같았다. 만딩고의 모습은 보이지 않았다. 사육사에게는 조풍년 씨가 둘러댔다.

"어제부터 몸이 안 좋다고 그러던데."

그리고 설득에 들어갔다.

"우리에게는 부장님이 필요해요. 여기 계세요, 부장님."

"제3국!"

"포기하기 전에는 안 풀어드립니다."

"제3국!"

앤과 조풍년 씨의 설득에도 만딩고는 흔들리지 않았다.

"나를 풀어주게. 나는 콩고로 가야 해."

만딩고의 절규가 취조실 같은 움막의 내벽에 부딪혀 메아리쳤다.

"제3국!"

만딩고에게 북은 허상으로 가득한 광장이었다. 조국 통일과 주체사상이라는 깃발 아래 수많은 인민이 광장에 모여 있었다. 만딩고도 한때는 그 광장에서 살았다. 남파 간첩으로 요인 암살과 주요 기관 테러를 위한 교육을 받았다. 개인보다는 인민과 사상이 중요하다고 생각했다. 이 한 몸 희생해서 조국 통일을 앞당기고 인민공화국의 내일에 일익을 담당할 수 있다면 죽음도 불사하겠다는 각오였다. 개인은 전체에 속한 일부에 불과했고, 전체의 목적을 달성하기 위한 소모품일 뿐이었다. 남파 이후, 북이 만딩고를 잊은 것도 어쩌면 광장의 그런 속성 때문이었는지도 몰랐다. 만딩고는 그런 북으로, 자신의 존재가 지워진 광장으로 돌아갈 수 없었다.

반면 남한은 욕망으로 가득 찬 밀실이었다. 사람들은 자기만의 밀실에 몸을 숨기고 채울 수 없는 욕망에 몸부림치고 있었다. 돈을 위해서라면 못 할 짓이 없을 것 같았다. 라푼젤은 비디오를 찍고, 연락책은 만딩고와 인민을 배신했다. 만딩고에게 남한은 배신과 상처로 얼룩진 거대한 밀실이었다. 사회적으로도 남한은 밀실 구조였다. 빈부의 차에 의한 계급이 엄연하게 존재하고 있었다. 마치 약육강식의 먹이 피라미드 같았다. 육식동물과 초식동물의 경계가 뚜렷한 것처럼 자본가와 노동자의 계급 차이도 현저했다. 만딩고는 그 피라미드의 제일 밑바닥에서 살았다. 맞고 차이고 밟히면서 먹고살기 위해 몸부림쳤다. 남의 일을 하면서 몸을 팔았다. 모두 그렇게 살고 있었다. 돈 몇 푼을 벌기 위해 자기 인생을 뜯어먹고 있었다. 자기가 속한 계급의 밀실에 갇혀 아우성치고 있었다. 만딩고는 그런 남한에서도, 욕망과 배신, 착취와 억압으로 얼룩진 여기 밀실에서도 살 수 없었다……. 살 수 없다고 생각하는 게 아닐까.

"제3국! 나를 콩고의 밀림으로 보내주게."

며칠 후, 우리는 만딩고를 보내야 했다.

"번거롭게 나오지 마. 혼자 갈 테니까."

하지만 앤도 조풍년 씨도, 나 역시 만딩고를 그냥 보낼 수 없었다. 우리는 공항에서 만딩고를 전송했다. 그날 만딩고는 야구 모자에 선글라스를 끼고, 한 손으로는 새로 장만한 듯한 캐리어를 끌면서 나왔다.

"나오지 말라니까 그러네."

만딩고는 행복해 보였다. 웨딩드레스를 입고 식장에 입장하는 신부처럼. 그런 만딩고를 지켜보면서 우리 셋은 좀 서운했던 것 같다. 곱게 키운 딸을 어느 날 불쑥 나타난 놈에게 시집보내는 부모의 마음처럼.

"잘 살아야 해요. 잘 살 수 있죠?"

앤이 손수건으로 눈물을 훔치며 만딩고의 손을 꼭 잡았다.

"걱정 말게. 내 종종 연락함세."

"얼마 안 돼요. 필요할 때 쓰세요."

조풍년 씨가 봉투를 내밀었다. 목이 메는지 목소리가 잠겨 있었다.

"고릴라가 돈은 뭐 하게."

만딩고가 거절했지만 억지로 손에 쥐여주었다.

"그동안 수고하셨습니다."

이 말밖에는 할 말이 없었다. 다른 말을 하면 왈칵 눈물이 쏟아질 것 같았다. 나는 만딩고와 조촐하게 악수를 나누었다.

안내 방송이 나왔다. 만딩고가 캐리어를 끌고 게이트로 걸어
갔다. 우리도 따라갔다. 게이트를 통과하기 전, 만딩고가 말했다.

"해준 것도 없이 신세만 지고 가는군. 그동안 고마웠네. 자네
들을 잊지 못할 걸세. 많이 보고 싶을 거야."

그렇게 만딩고는 떠났다. 공항을 나온 우리 셋은 만딩고가 탄
비행기가 하늘 저 멀리 작아지는 모습을, 완전히 보이지 않을 때까
지 지켜봤다. 부디 행복하시길……. 화창한 하늘과 거기에 떠 있는
구름을 바라보며 그날 나는 그렇게 기원했다.

"기내식이 엉망이야. 양도 적고 내용도 부실해. 나이가 드니까
비행기 타는 것도 못 할 짓이구먼. 허리가 아파서 못 앉아 있겠어."

그날 저녁 만딩고에게서 전화가 걸려왔다. 다음 날도 나는 만
딩고의 전화를 받았다.

"막상 와보니까 막막하이. 자네는 어떻게 지내나?"

공항에서 배웅한 게 하루 전이었다. 하지만 만딩고는 몇 년 못
본 사람처럼 이것저것 꼬치꼬치 캐물었다. 나는 그냥 잘 지낸다고
만 대답했다. 그다음 날에도 전화가 걸려왔다.

"국제전화잖아요. 전화 요금 많이 나올 텐데……."

"걱정 말게. 이거 휴대전화야. 한 달 쓰고 버리면 돼."

앤과 조풍년 씨에게도 매일 전화가 걸려오는 모양이었다.

"콩고에 가더니 갑자기 사람이 변했어. 말을 너무 많이 해."

이래서는 배웅한 보람이 없다며 조풍년 씨가 투덜거렸다. 공
항에서 눈물까지 흘린 앤도,

"공부 열심히 해서 꼭 합격하라고 계속 잔소리예요. 콩고에는 왜 갔는지 모르겠어요."

밤마다 걸려오는 전화 때문에 잠도 제대로 못 자겠다며 불만을 토로했다. 만딩고는 하루가 멀다 하고 전화를 걸어왔다.

"드디어 무리에 합류했네. 여기는 천국이야. 먹을 게 지천에 널려 있어. 잠도 아무 데서나 자면 돼. 걱정할 게 없다고."

만딩고는 행복해 보였다. 아무튼 다행이라고 생각했다.

9.

　만딩고가 떠난 이후, '세렝게티 동물원'에는 일대 파란이 일
어났는데, 그건 만딩고의 탓이기도 했고, 심층적으로 들어가서 원
인을 분석해보면 만딩고의 탓이 아니기도 했다. 흔한 이야기지만
모든 사건에는 표면과 이면이 존재한다. 동전의 앞면과 뒷면처럼
말이다. 보이는 것이 다가 아니라는 말도 있다. 뒤집어보지 않으면
뒷면에 뭐가 있는지 알 수 없다.

　그럼 이 사건의 표면과 이면, 앞면과 뒷면을 살펴보자.

　"나 갈라파고스섬으로 가서 거북이로 살까 봐."

　어느 날, 갈라파고스거북이 동료에게 이런 말을 한다.

　"히말라야에서 살면 어떨까? 거기는 나무도 많고 공기도 좋
을 텐데……."

　불곰도 이런 말을 하면서 문득 애수에 젖은 눈길로 먼 하늘을
바라본다.

　"나 요즘 생식하잖아. 가기 전에 미리 적응해둬야지. 개미도
계속 먹으니까 먹을 만해."

개미핥기다. 원래는 멕시코 남부나 파라과이, 아르헨티나 등지에서 서식하는 종이다. 영양가가 좋은 개미 덕분에 요즘 들어 부쩍 체중이 늘고 혈색이 좋아졌다고 한다. 마치 명절을 맞아 고향에 내려가는 귀성객 같다.

모두 만딩고와 전화 통화를 한 동물들이다. 만딩고는 동물원의 최고참이었다. 가장 오랫동안 근무했고, 그만큼 아는 동물들도 많았다. 만딩고는 그들에게 매일 전화를 돌렸다.

"여기는 천국이야!"

이 한마디가 동물들의 마음을 흔들어놓았다. 다이너마이트로 치면 도화선인 셈이다. 하지만 도화선은 터지지 않는다. 동전의 앞면 내지는 사건의 표면일 뿐이다. 뻥 하는 건 다이너마이트다. 사건의 이면은 언제나 동전의 뒷면에 숨어 있다.

갈라파고스거북의 경우, 전세 만기일이 코앞에 다가와 있었다. 하늘 높은 줄 모르고 치솟는 전셋값 때문에 걱정이 이만저만 아니었다. 며칠 전 집주인으로부터 통보도 받았다. 만기일을 기해 현재의 전세금을 50퍼센트 인상하겠다는 내용이었다. 갑자기 그런 큰돈은 먹고 죽으려 해도 없었다. 갈라파고스거북은 사정했다.

"안 되면 월세로 돌리든가."

월세로 돌리면 생활을 할 수가 없었다. 갈라파고스거북은 부동산을 전전하며 전세를 알아보러 다녔다. 물건 자체가 없었다. 대부분 보증금 얼마에 월 얼마 하는 월세였다. 설령 물건이 있다 해도 너무 비쌌다. 서울의 전세금은 살인적인 수준이었다. 발만 아프고 마음만 어두워졌다. 한숨을 쉬며 하루하루를 보냈다. 그렇게 전세 만기일은 피할 수 없는 운명처럼, 저 먼 우주에서 지구를 향해 다가오는 거대 운석처럼 시시각각 갈라파고스거북을 압박해오고 있었다. 길바닥에 나앉는 것도 시간문제였다. 공원이나 지하철역에 누워 있는 노숙자분들을 보면 남 일 같지 않았다. 그러던 중 만딩고에게서 걸려온 전화를 받았다.

"나 콩고에 왔어. 잘 지내나?"

거기는 천국이라고 자랑한다. 사람으로 살 때보다 고릴라로 사는 게 훨씬 행복하단다. 갈라파고스거북은 조심스럽게 묻는다.

"잠은 어디서 주무세요. 집은 있어요?"

"아무 데서나 자. 밀림이 다 내 집이야. 몇천만 평쯤 될걸."

아, 부럽다. 전세 만기일이 다가올 때마다 불안해할 필요도 없고, 집주인과 마주칠까 봐 도망 다닐 필요도 없다. 서울의 살인적인 전세금만 피할 수 있다면 거기가 바로 지상낙원이 아니겠는가. 이런 생각도 해본다. 갈라파고스거북의 마음은 바람에 쏠리는 갈대처럼 휘청 흔들린다.

이번에는 히말라야불곰의 경우다. 열심히 일하는데도 먹고사는 게 점점 힘들어진다. 한 달 수입이라는 게 어차피 뻔하다. 반면 대한민국 수도 서울의 물가는 한번 오르면 떨어질 생각을 하지 않는다. 자고 일어나면 공산품 얼마, 의류 얼마, 식료품 얼마씩 가격이 올라 있다. 공과금과 교통비도 함께 오른다. 뉴스를 보며 원유가 상승에 따른 물가조정이라고 한다. 하지만 대한민국의 수도 서울에서는 원유가가 내려도 물가는 떨어지지 않는다. 이게 대체 어떻게 된 일일까? 세계 몇 대 불가사의 중 하나다. 한 달 드는 생활비가 전 세계적으로 몇 손가락 안에 꼽힌다. 마트에 가서 물건들을 계산대 위에 올려놓으면 턱이 빠질 만큼 입이 쩍 벌어진다. 집에 와서 풀어보면 산 물건도 몇 개 없다. 그런데도 지출은 10만 원 이상이다. 왠지 사기당한 기분이다. 계산이 잘못됐나? 영수증을 다시 확인한다. 계산은 틀림없다. 문득 무섭다는 생각이 든다. 공포가 엄습해온다.

어쩔 수 없다. 히말라야불곰은 있는 힘껏 허리띠를 졸라맨다. 아저씨 몸매가 점점 S라인으로 탈바꿈한다. 예기치 못한 결과다. 거울 앞에 서면 빈해 보인다. 얼굴은 V라인이다. 볼살이 하나도 없다. 쭉쭉 살이 빠진다. 턱에서 광대뼈까지 매끈하고 가파른 경사가 사선으로 뻗어 있다. 이게 다 고공 행진을 계속하고 있는 물가 때문이다. 그때 따르릉, 전화벨이 울린다. 국제전화다.

"여기 콩고야. 여전하지?"

전화기 너머에서 들려오는 목소리가 왠지 밝고 경쾌하다. 걱정이나 스트레스 같은 건 하나도 없는 사람 같다.

"요즘은 사는 게 좀 어때?"

거울 속에 비친 S라인과 V라인을 본다. 내가 여자냐? 히말라야불곰은 울컥한다. 빠직, 이마에 핏대가 선다.

"죽을 맛입니다."

이제는 서민들의 생존마저 위협하고 있는 물가에 대해, 한때

물가 안정을 공약으로 내세웠던 현 정권에 대해, 물건을 사면서 느껴야 하는 공포 체험에 대해서도 빼놓지 않고, 히말라야불곰은 대한민국 수도 서울은 정말 사람 살 곳이 아닙니다, 이런 말을 중간중간에 끼워넣으며 울분을 토해낸다. 그러다 문득 묻는다.

"콩고는 어떻습니까?"

"여기야 좋지."

대자연이 하나의 거대한 마트란다. 필요한 건 다 있다. 나무에서 열매가 열리고, 강에서는 물고기들이 헤엄친다.

"물건들이 싱싱하고 좋아. 웰빙이야, 웰빙."

게다가 모두 공짜다. 돈 같은 건 필요 없다. 계산대를 통과하지 않아도 되고, 영수증을 보면서 공포에 사로잡힐 염려도 없다.

아, 부럽다. 대한민국 수도 서울의 살인적인 물가에서 벗어날 수만 있다면 거기가 바로 무릉도원이 아니겠는가, 저절로 이런 생각이 든다. 히말라야불곰의 마음도 꽃 피고 새 우는 춘삼월, 빨랫줄에 널어놓은 치마처럼 너울너울 흔들린다.

여기 개미핥기가 있다. 개미핥기는 빌라 반지하에 산다. 다섯 개쯤 되는 계단을 올라가면 바로 빌라 주차장이 나온다 주차장은 낮에도 어둡고 음침하다. 벽에는 凸 이런 낙서도 있고 ☀이런 낙서도 있다. 凸 이런 낙서와 ☀이런 낙서가 볼트와 너트처럼 합체한 낙서도 있다. 가끔 인근 중학교에 다니는 이 나라의 꿈나무들이 모여서 담배를 피우기도 한다. 바닥에는 늘 꿈나무들이 피우다 버린 담배꽁초가 산더미처럼 쌓여 있다. 꿈나무들은 담배를 피우면서 캬-퉤, 가래도 뱉는다. 사방이 가래다. 볼 때마다 속이 울렁거리고 토할 것 같다. 한번은 그 가래를 밟고 미끄러진 적도 있다. 재빨리 손바닥으로 땅을 짚었다. 하지만 손바닥도 가래침에 미끄러졌다. 잠깐 어, 하는 사이에 얼굴이 가래침에 버무려졌다. 차갑게 식은 미량의 가래침이 입안으로 들어갔다. 가래침에서는 담배 맛도 났다. 바로 속이 뒤집혔다. 우웩, 개미핥기는 그 자리에서 토하고 말았다.

그날도 중학교 교복을 입은 꿈나무 두 명이 빌라 주차장에서 담배를 피우고 있었다. 한 꿈나무는 남학생이었고, 다른 한 꿈나무는 여학생이었다. 개미핥기는 이 나라의 꿈나무들을 아끼고 사랑하는 마음으로 가볍게 주의를 주었다.

"야, 담배 피우지 마."

하지만 그 전에 주차장을 가득 메우고 있는 자욱한 담배 연기를, 그리고 사방에서 집단적으로 들려오는 캬-퉤, 캬-퉤, 가래침 뱉는 소리를, 개미핥기는 놓치지 말았어야 했다. 두 명의 꿈나무는 빙산의 일각에 불과했다. 두 명의 꿈나무 뒤로, 어두워서 잘 보이지 않는 주차장 안쪽에 담배를 피우고 있는 열댓 명의 꿈나무들이 더 있었다.

"씨발, 뭐야."

남학생 꿈나무가 개미핥기를 노려보면서 말했다.

"열라 짜증 나. 담탱이도 아닌 게 지랄이야."

여학생 꿈나무도 개미핥기를 째려보고 있었다. 개미핥기는 덜컥 겁이 났다. 열댓 명에 달하는 꿈나무들이 담배를 입에 물고 씨발, 씨발거리면서 다가왔다. 떼로 덤비면 걸레가 될 것 같았다. 누가 지나가나 봤지만 아무도 지나가지 않았다. 개미핥기는 뒷걸음질 치며 이렇게 말했다.

"담배는 몸에 해로워……요."

계단을 뛰어 내려와 집으로 들어갔다. 재빨리 문을 닫고 잠금 장치를 걸었다. 우르르, 발자국 소리들이 개미핥기를 쫓아왔다. 곧 이어 쾅쾅, 발로 문을 차는 소리가 들렸다.

"야, 너 나와!"

"나오면 죽었어."

개미핥기는 휴대전화로 경찰에 신고했다. 한참 후에 경찰차 소리가 들렸다. 문을 발로 차던 이나라의 꿈나무들이 자취도 없이 사라지고 난 뒤었다.

생각해보면 담배도 기호 식품의 일종이다. 미성년자들에게 기호 식품을 즐길 권리는 있다. 개미핥기는 긍정적으로 생각하기로 했다. 담배를 피우다 보면 꽁초를 버릴 수도 있는 거고, 가래침을 뱉을 수도 있는 거다. 개미핥기는 넓은 마음을 갖기 위해 노력했다.

"야, 너 이리 와봐."

어느 날 빌라 주차장에서 담배를 피우고 있는 중학생 꿈나무와 마주쳤다. 그때 그 남학생 꿈나무였다. 옆에는 같이 담배를 피우고 있는 여학생 꿈나무도 있었다. 그리고 주차장 안쪽에서 피어오르는 자욱한 담배 연기, 캭-퉤, 캭-퉤, 열댓 명에 달하는 중학생 꿈나무들이 집단적으로 가래침을 뱉는 소리.

"나……요?"

"그래, 너."

"아저씨, 세금 내고 가."

통행세 명목이었다. 얼마……예요? 물었다. 중학생 꿈나무가 몸을 뒤졌다. 3만 원이 나왔다.

"3만 원. 가봐."

개미핥기는 집에 들어와 문을 걸어 잠갔다. 그리고 경찰에 신고했다. 하지만 이번에도 경찰은 중학생 꿈나무들이 모두 사라진 다음 출동했다.

"아저씨, 주민세 내."

그 후로도 개미핥기는 세금 명목으로 계속 금품을 갈취당했다. 근로소득세, 재산세, 부가가치세, 개인소득세 등 세금의 종류는 놀랄 만큼 많았다. 자동차세도 있었고, 담배소비세도 있었다. 나중에는 듣도 보도 못한 세금들이 등장했다. 호흡세, 혈액순환세, 음식물섭취세, 배설세, 수면세 등 생존과 관련한 세금은 물론, 보행세, 팔사용세, 손가락이용세, 성기팽창세 등 동작 하나하나에 세금이 붙었다. 중학생 꿈나무들은 성금도 걷었다. 일진회발전성금, 생일축하성금, 가출보조성금, 퇴학위로성금, 맞짱승리기원성금…… 수많은 성금이 개미핥기를 괴롭혔다. 성인용품구입성금과 빠구리지원성금까지 있어 개미핥기를 놀라게 했다.

"우리가 아저씨를 보호해주잖아. 아저씨는 우리 국민이야. 우리만 믿고 행복하게 살면 돼. 대신 국민이니까 세금은 내!"

성금과 세금을 내고 나면 남는 게 없었다. 한 달 월급은 고스란히 성금과 세금으로 상납했다. 등이 휘고 뼛골이 빠졌다. 개미핥기는 마음속으로 절규했다. 너희가 나한테 해준 게 뭐냐. 하지만 중학생 꿈나무들과 맞설 수는 없었다. 중학생 꿈나무들은 막강했다. 그에 비해 개미핥기에게는 힘이 없었다. 몇 번 더 경찰에 신고했지만 경찰은 늘 뒤늦게 출동했다.

그러던 중 개미핥기에게도 따르릉, 따르릉, 국제전화가 걸려왔다.

"나야, 본고장 마운틴고릴라."

"콩고에서 제2의 인생을 시작하셨다는 소식은 들었습니다. 거기는 지낼 만합니까?"

"여기? 여기야 천국이지."

마운틴고릴라가 이런저런 자랑을 늘어놓았다. 개미핥기는 열심히 들었다. 그러다 문득 이렇게 물었다.

"그래도 세금이나 성금 같은 건 낼 거 아닙니까?'

"미쳤어? 내가 그런 걸 왜 내!"

아, 부러워라. 세금과 성금을 내지 않는다니, 거기가 바로 천국 아니겠는가. 개미핥기의 마음 역시 한강에 떠 있는 오리배처럼 출렁 흔들렸다.

"나, 떠날까 봐."

갈라파고스거북도, 히말라야불곰도, 개미핥기마저 그렇게 종적을 감췄다. 판다가 실종되는가 하면, 악어 두 마리가 흔적도 없이 증발했다. 매일 그렇게 동물들이 사라지고 있었다.

한 관람객이 불만을 터뜨렸다.

"이 동물원은 왜 이렇게 부실해."

사라진 동물들의 빈자리는 컸다. 우리는 전에 없이 썰렁했고, 그 속에 남겨진 동물들은, 맡은 바 위치에서 최선을 다했지만 왠지 모르게 쓸쓸해 보였다. 뭘 해도 흥이 나지 않았다. 동물원은 관람객들을 우울하게 만들었다.

동물원 측이 사태 해결을 위한 행동에 들어간 것은 벵골호랑이 두 마리와 로랜드고릴라 한 마리가 사라진 어느 날이었다. 그전까지만 해도 동물원 측은 상황을 낙관하고 있었다. 무단결근이라고 생각했다. 피치 못할 사정 때문에 연락을 못 하는 건지도 몰라, 기다리면 언젠가 돌아올 줄 알 거야, 하지만 그건 잘못된 생각이었다. 속속 동물들이 사라졌고, 한번 증발한 동물들은 두 번 다시 돌아오지 않았다.

"모두 어디 간 거야?"

일부 사육사들이 술렁이기 시작했다. 관람객 쪽에서도 불만이 터져 나왔다. 하지만 동물원 측은 당황하지 않았다. 결원된 동물들은 충원하면 그뿐이라고 생각했다.

"우리가 아쉬워? 지들이 아쉽지. 요즘 때가 어느 땐데."

일자리가 부족한 시대다. 길을 걷다 뭔가 발에 밟혀서 보면 전부 실업자들이다. 동물원 측은 신규 인원을 모집하기도 했다. 하지만 방법이 문제였다. 실기 시험을 거쳐 정상적인 방법으로 옥석을 가려내기에는 시간이 부족했다. 그렇다고 검증도 안 된 인력에게 일을 맡길 수도 없는 노릇이었다. 한번은 사육사들의 지인 몇을 시험 삼아 채용해보기도 했다. 결과는 참담했다.

"지금 뭐 하자는 거야? 이거 사기야?"

경찰에 신고하겠다는 몇과 언론에 공개하겠다는 몇을 돈으로 달래 겨우 돌려보냈다.

"아빠, 저 기린 이상해."

나머지 몇은 미숙한 연기가 문제였다. 조금만 움직여도 관람객들의 지적을 받았다. 어쩔 수 없이 우리 한쪽 구석에 대기시켰다. 못 쓰게 된 가구나 고장 난 냉장고처럼 없느니만 못했다.

그즈음, 벵골호랑이 두 마리와 로랜드고릴라 한 마리가 사라졌다. 더 이상 사태를 낙관할 수 없었다. 좀 더 강력하고 빠른 방법이 필요하다고 판단한 동물원 측은 사육사들에게 마취 총을 지급했다. 휴대가 간편한 권총 형태의 소형 마취 총이었다.

"전부 포획해!"

동물들은 더 이상 직원이 아니었다. 동물원에서 탈출한 동물에 불과했다.

마취 총을 휴대한 사육사들이 당일 동물 포획 작전에 대거 투입되었다. 직원 카드에 기입된 주소를 토대로 실종된 동물들의 가족을 찾아갔다. 가족이 없는 경우도 많았다. 그럴 때는 지인이나 친인척을 방문했다. 사육사들은 우선 신분을 밝히고, 직장 동료입니다. 방문 목적을 이야기했다.

"어디 간다는 말도 못 들으셨습니까?"

하지만 실종 동물들의 행방을 아는 사람은 아무도 없었다.

"우리도 답답합니다."

"그 인간 찾으면 전해주세요. 다시는 집에 들어올 생각 하지 말라고."

한 사육사가 회색늑대 이용중 씨의 주소지를 찾아갔다. 단독 주택 2층에 있는 여섯 평짜리 사글셋방이었다. 회색늑대 이용중 씨에게는 가족은 물론 지인이나 친지도 없었다. 밤인데도 불이 꺼진 창문은 캄캄하기만 했다. 집주인에게 양해를 구해 열쇠를 빌렸다. 이 씨한테 무슨 일 있어요? 요새 통 안 보이던데, 문을 따고 들어가 불을 켰다. 사육사는 단서가 될 만한 걸 찾아 방 안을 뒤졌다. 일기나 간단한 메모, 하다못해 업소 이름이 들어간 라이터 같은 거라도 좋았다. 하지만 그런 건 아무리 찾아봐도 없었다. 창문 밑에 놓여 있는 앉은뱅이책상이 눈에 띄었다. 공인중개사 시험을 준비하고 있었는지 관련 서적과 노트, 필기도구들이 아무렇게나 널려 있었다. 눈높이쯤 되는 맞은편 벽에는 '정신일도하사불성(精神一到何事不成)', 붓글씨로 쓴 이런 격문이 가로로 길게 붙어 있었다. 그리고 그 격문 바로 아래, 북아메리카의 삼림지대를 담은 사진 한 장이 같이 붙어 있었다. 사육사는 그 사진을 한참 동안 들여다봤다. 북아메리카의 삼림지대가 회색늑대의 서식지라는 건 알고 있었다. 하지만 사육사는, 역시 북아메리카의 삼림지대야, 멋지군,

그 사진 속에 담긴 의미까지는 알지 못했다. 불을 끄고, 문을 잠그고, 늦은 시간에 실례가 많았습니다, 빌린 열쇠를 다시 집주인에게 반납했다. 회색늑대 이용중 씨가 공인중개사를 준비하며 꿈을 키워가던 사글세 단칸방은 그렇게 캄캄한 어둠 속으로 가라앉았다. 북아메리카의 삼림지대를 담은 한 장의 사진과 함께.

다른 사육사들의 경우도 비슷했다. 주인 없는 방, 여기저기 묻어 있는 생활의 흔적, 어, 이게 뭐지? 벽 한편에 붙어 있거나 방 어딘가에서 굴러다니는 한 장의 사진. 그게 다였다. 사육사들은 아무런 단서도 찾지 못한 채 동물원으로 복귀했다.

다음 날, 한 관람객으로부터 이런 문의가 들어왔다.

"궁금한 게 있어서 전화했는데요."

사자 한 마리가 이상한 행동을 보인다는 내용이었다. 구체적으로 어떤 행동 말씀이십니까, 고객님? 안내원이 친절하게 물었다.

"제가 동물 프로를 많이 보거든요. 거기 보면 사자들이 배를 깔고 눕잖아요."

그런데요, 안내원은 관람객의 다음 말을 기다렸다.

"그런데 사자 한 마리가 지금 사람처럼 땅바닥에 등을 대고 누워 있네요."

당황한 안내원은, 사자가 죽으면 그렇게 눕기도 합니다, 고객님. 생각나는 대로 대답했다.

"아까 몸을 뒤척이던데."

사후경직 현상입니다, 가끔 그런 경우가 있습니다, 고객님. 탈칵. 안내원은 황급하게 전화를 끊었다.

남아메리카관의 나무늘보 한 마리도 이상한 행동을 보였다. 성큼성큼 우리 안을 돌아다녔다. 게다가 너무 빨리 움직였다. 우리 앞에 모인 관람객들이 놀란 눈으로 문제의 나무늘보를 바라보고 있었다. 담당 사육사는 우선 관람객들을 해산시킨 다음 문제의 나무늘보에게 이렇게 주의를 주었다.

"나무늘보가 그렇게 빨리 움직이면 안 되는 거 아닙니까?"

문제의 나무늘보는 거칠게 반응했다. 땅바닥에 굴러다니는 돌멩이를 발로 차며 다음과 같이 대답했다.

"씨발, 더러워서 못 해먹겠네. 때려치우면 될 거 아니야!"

담당 사육사는 경악을 금치 못했다. 강 씨, 이러지 마, 동료 나무늘보가 둘 사이에 끼어들어 말렸다.

"놔봐! 저 새끼 예전부터 마음에 안 들었어."

다음 날에도 이와 비슷한 상황이 벌어졌다. 피그미하마 정석만 씨는 껑껑껑 물개 울음소리를 낸 관람객들을 공포에 떨게 했고, 북극곰 이주용 씨는 평소 다툼이 잦았던 동료 북금곰을 사료로 나온 생선으로 구타해 코뼈를 부러뜨리는 등 전치 3주의 상해를 입혀 역시 관람객들을 공포의 도가니로 몰아넣었으며, 마지막으로 시베리아호랑이 최수웅 씨는 밀반입한 주류를 다량 섭취한 후, 만취 상태에서 본분을 망각한 채 야옹 하고 귀엽게 울어 여성 관람객들의 사랑을 독차지하고 있었다.

그리고 위와 같은 문제를 일으킨 동물들은, 어김없었다. 다음 날이면 자취도 없이 증발했다. 한 마리, 두 마리씩 동물들이 사라지고 있었다. 주인 없는 우리도 한 동, 두 동 늘어갔다. 관람객 수가 하루가 다르게 줄어들었다. 환불을 요구하며 몸싸움을 벌이는 사태까지 발생했다.

"동물도 별로 없잖아. 이게 무슨 동물원이야. 내 돈 돌려줘."

적자에 시달리던 상점들도 하나둘씩 문을 닫았다. 사람들로 붐비던 동물원은 이제 안개 낀 바다 위를 떠다니는 유령선처럼 을씨년스러운 분위기를 풍기고 있었다. 어디선가 불어온 바람이 바닥에 뒹굴고 있는 쓰레기들을 날릴 때면 공포 영화에 등장하는 유령도시 같기도 했다.

그러던 어느 날, 엘더브라큰거북 한 마리가 자신의 등껍질을 두드리면서 솔(Soul) 음악을 연주해 우리 앞에 모인 한 줌의 관람객들을 패닉 상태에 몰아넣은 사건이 일어났다. 여성 관람객 한 명이 게거품을 물고 그 자리에서 졸도했고, 같이 온 여성 관람객 역시 비명을 지르다 눈이 뒤집혔다. 둘은 직장 동료로 그날 월차를 내 동물원을 찾았다가 그런 불상사를 당하게 된 것이었다.

"아름다운 음악이었어요, 아름다운 음악이었어요."

담당 사육사는 우선 충격에 휩싸여 횡설수설 헛소리를 해대는 두 명의 여성 관람객을 의무실로 후송한 다음 엘더브라큰거북에게 이렇게 물었다. 지금 대체 무슨 짓입니까? 엘더브라큰거북은 쩝쩝 입맛을 다시며 대답했다. 사람이 있는 줄 몰랐습니다, 내 연주가 그렇게 별로였습니까? 담당 사육사는 칙칙 전기밥솥처럼 뜨거운 김을 뿜어내며 소리를 질렀다. 그게 문제가 아니잖아요, 당신, 똥오줌도 구별 못해? 인간적으로 대해주니까 내가 우스워 보여? 엘더브라큰거북은 등껍질 속에서 봉투 한 장을 꺼냈다. 그리고 그 봉투를, 일할 마음이 있는 거야, 없는 거야? 목에 핏대를 세우며 고함을 질러대고 있는 담당 사육사에게 내밀었다. 화통을 삶아 먹었나, 그 새끼 목소리 한번 더럽게 크네, 그만두면 될 거 아니야. 담당 사육사가 손에 든 봉투의 겉면에는 사직서라고, 까만 붓글씨가 쓰여 있었다. 하지만 담당 사육사는 엘더브라큰거북의 사직서를 수리하지 않았다. 대신 휴대전화로 동료 사육사들의 도움을 요청했다. 여기는 엘더브라큰거북사, 지원 요청 바람, 오버. 바로 덩치가 좋은 남자 사육사 네댓 명이 몰려와 엘더브라큰거북을 포위했다. 당신들 뭐야? 도망치지 못하게 뒤집어, 사육사들은 조직적이면서도 기민하게 움직였다. 하나, 둘, 영차. 발버둥 치는 엘더브라큰거북을 뒤집은 다음, 하나, 둘, 하나, 둘. 관람객들의 발길이 비교적 뜸한 야행성 동물관으로 엘더브라큰거북을 운반했다.

같은 날, 이거 봐라, 이놈들아! 관람객들을 노려보며 홍, 비웃음을 날려 물의를 일으킨 하이에나 두 마리와, 당신들 나한테 이러면 안 돼, 내가 누군지 알아? 우리 안에서 취사 행위를 하다 걸려 역시 물의를 빚은 캥거루 한 마리가 야행성 동물관에 감금되었다.

야행성 동물관은 동물원 가장 안쪽에 있었다. 정문을 지나 한참을 걸어야 했다. 그래서 인기가 없었다. 게다가 야행성 동물관은 건물 형태의 전시 공간이었다. 멀리서 보면 무슨 창고나 공장처럼 보였다. 야행성 동물관이라 실내는 당연히 어둡고 습했다. 빨간 조명이 비추는 유리벽 안에 뱀이나 올빼미, 박쥐 같은 몇몇 동물이 잠을 자거나 죽은 듯이 몸을 웅크린 채 밤이 오기를 기다리고 있었다. 타일이 깔려 있는 통로를 지날 때면 저벅저벅, 으스스한 발자국 소리가 낮은 천장에 부딪혀 메아리쳤다.

사육사들은 문제를 일으킨 동물들을 그곳에 감금한 다음 야행성 동물관을 전면 폐쇄했다. 노란 테이프로 접근을 통제하고 2인 1조로 편성된 사육사 2개 조가 야행성 동물관을 24시간 감시했다. OK, 이제 도망 못 가, 사육사들은 생각했다. 고생 좀 하면 정신 차리겠지, 사육사들을 비롯한 동물원 측의 생각은 그랬다.

다른 한편으로 사육사들은 대책을 강구했다. 격리가 능사는 아니었다. 야행성 동물관은 궁여지책에 불과했다. 매일 문제를 일으키는 동물들이 속출하고 있었다. 우리 한 동당 동물의 개체수가 현저하게 줄었고, 관람객들의 불만도 하루가 다르게 늘어만 갔다. 보다 근본적인 해결책이 필요했다.

그러던 어느 날 한 사육사가 놀라운 사실을 발견하게 된다. 이 상하단 말이야, 저 토종 멧돼지만 해도 그래, 어제까지는 멀쩡했잖아, 집에 우환이라도 있나? 고개를 갸우뚱, 생각에 잠겨 있던 사육사가 옳거니, 탁 하고 무릎을 쳤다. 왜 진작 그 생각을 못 했지, 사육사는 우리 안에서 신문을 펼쳐 들고 있는 토종 멧돼지를 바라보며 생각했다. 집에서 무슨 일이 있는 거야. 사육사는 동료들을 소집했다.

그날 밤, 사육사들은 야음을 틈타 은밀하게 움직였다. 일부러 검은 양복에 검은 선글라스를 착용했다. 어둠 속에 몸을 숨기고 퇴근하는 동물들의 뒤를 밟았다.

바다코끼리 안성범 씨 뒤에도 미행이 따라붙었다. 안성범 씨는 신림역까지 지하철로 이동한 다음, 버스를 타고 금천경찰서 앞에서 내렸다. 안성범 씨가 사는 곳은 시장 골목에 위치한 상가 건물 2층이었다. 사육사는 맞은편 건물에 올라가 안성범 씨를 감시했다. 검은 양복과 검은 선글라스가 보호색이 되어주었다. 사육사는 어둠 속에 몸을 숨긴 채 안성범 씨의 일거수일투족을 분 단위로 체크했다.

가족은 보이지 않았다. 퇴근한 안성범 씨는 우선 간단하게 씻고 저녁을 먹었다, 그런 다음 계속 TV를 시청했다. 잠깐 화장실에 다녀온 것 말고는 자리를 뜨는 일도 없었다. TV 앞에 앉아 있는 안성범 씨는 최면에 걸린 사람 같았다. 아무 생각 없는 멍한 표정을 짓고 있었다.

사육사는 안성범 씨의 프로필을 떠올렸다. 안성범 씨는 신춘문예 출신의 11년 차 소설가였다. 등단 당시에는 완성도 높은 문체와 섬세한 감수성, 현대인의 불안을 심도 있게 파헤쳤다는 호평을 받으며 문단의 기대를 한몸에 모았다. 다음 해에는 장편소설을 출간했다. 이번에도 반응이 좋았다. 평론가들의 격찬이 이어지고, 주요 일간지에서 인터뷰 요청이 쇄도했다. 혜성처럼 등장한 한국 문단의 기대주, 문단과 대중을 아우르는 스펙트럼 넓은 소설가, 한국의 현대소설은 안성범 이전과 이후로 나뉠 것이라며 극찬을 아끼지 않은 평론가들도 있었다. 이 장편소설을 계기로 안성범 씨는 일약 스타덤에 올랐다. 사인회다, 독자와의 만남이다 해서 안성범 씨는 여기저기 불려 다녔다. 그때까지 근무하던 일반 회사를 그만두고 전업 작가의 길로 들어선 것도 그즈음이었다. 창작 활동에만 전념하고 싶었고, 소설만 써서 먹고살 수 있지 않을까 생각했다. 하지만 착각이었다. 회사를 그만두자 바로 수입이 불규칙해졌다. 얼마씩 찔끔찔끔 몇 푼 안 되는 돈이 들어왔다. 그걸로는 생활이 되지 않았다.

안성범 씨는 생활고에 시달렸다. 지구를 향해 날아오는 운석처럼 전세 만기일이 다가오고, 히말라야 정상에 쌓여 있는 만년설처럼 공과금 독촉장이 우편함에 쌓여가고, 마트 영수증을 보면서 공포 체험을 해야 했다. 다음 해에도 안성범 씨는 장편소설을 출간했다. 통장으로 들어온 원고료는 구경도 못 해보고 빠져나갔다. 대한민국은 소설만 써서 먹고살 수 있는 나라가 아니었다. 한국 사람들은 책을 읽지 않았다. 주식과 연예계 소식, 하다못해 내일의 날씨처럼 당장 눈에 보이는 것에 더 관심이 많았다. 한국 사람들은 안방에서도 TV를 보고 전철에서도 TV를 보고 화장실에서도 TV를 봤다. TV를 보지 않을 때는 게임을 했다. 책은 팔리지도 않았다. 인세로 들어오는 수입은 기대할 수 없었다. 게다가 정책적으로도 문학을 등한시하는 분위기였다. 정치가들은 당장 눈에 보이는 성과를 원했다. 해외무역이 흑자로 돌아서고, 연간 경제성장률이 몇 퍼센트에 이르고, 세계적인 국제대회를 집권 기간 내에 유치하고……. 유권자들의 표심을 사로잡기 위해서는 그런 사업이 필요했다. 문학은 그런 사업이 아니었다.

　　대한민국의 전업 작가 안성범 씨는 매일 후회했다. 회사를 그만두지 말걸, 소설 같은 건 쓰지 말걸, 이 나라에서 태어나지 말걸……. 안성범 씨는 스포츠 강국인 대한민국을 원망하기도 했다. 스포츠에 열광하고, 스포츠로만 국위를 선양할 수 있다고 믿는 이 나라 국민들도 미웠다. 문학에 열광하면, 문학으로 국위를 선양하면 안 되나? 생각하면서 안성범 씨의 표정은 어두워져만 갔다. 그렇게 창작 활동에 전념하던 어느 날, 생활고에 시달리던 아내가 아이들을 데리고 집을 나갔다. 문단에서도 차츰 잊혔다. 어느새 팔리지 않는 작가라고 이마에 꾹 낙인이 찍혀 있었다. 출판사들은 안성범 씨를 외면했다. 책을 낼 곳이 없어지자 붓을 꺾을 수밖에 없었다. 그 후로 안성범 씨는 창고를 개조해 만든 지금의 월세 단칸방으로 이사 와 혼자 살기 시작했다……. 사육사는 어디가 고장 난 것처럼 TV 앞에 멍하니 앉아 있는 안성범 씨를 계속 감시했다.

　　따르릉, 따르릉.

　　자정 무렵, 바다코끼리 안성범 씨에게 전화가 걸려왔다.

　　"여보세요."

　　사육사는 시간을 체크했다. 밤 11시 47분. 그런 다음 재빨리 장비를 꺼냈다. 원거리 도청을 위한 고성능 음향 기기였다. 수신 안테나를 안성범 씨가 있는 방향으로 맞췄다. 이어폰을 귀에 꽂자 안성범 씨의 목소리가 또렷하게 들려왔다.

"소식은 들었습니다. 예, 예, 제2의 인생을 시작하셨다면서요."

사육사는 통화 내용을 빠짐없이 기록했다.

"저야 죽지 못해 사는 거죠. 거기는 어떻습니까?"

이후, 안성범 씨는 상대방의 말을 일방적으로 듣기만 했다. 가끔씩은 정말입니까? 설마요, 그야 그렇죠, 등의 단편적인 말들이 들려오기도 했다. 하지만 그걸로는 통화 내용을 알 수 없었다.

"아무튼 잘 지내신다니 다행입니다."

통화 시간은 21분 36초였다. 예상외로 길었다. 그사이에 무슨 이야기가 오고 간 걸까? 통화 내용은 물론 발신자의 신원조차 파악할 수 없는 상태였다. 사육사는 망원경을 꺼내 안성범 씨의 표정을 살폈다. 묘했다. 충격을 받은 것 같았다. 좀 우울해 보이기도 했다. 안성범 씨는 더 이상 TV를 보고 있지 않았다. 그냥 멍하니 눈만 뜨고 있었다. 그러다 불쑥, 바다코끼리 안성범 씨가 작은 목소리로 중얼거렸다.

"아, 부러워라!"

바다코끼리 안성범 씨만 그런 게 아니었다. 반달가슴곰 김이종 씨를 비롯해 쌍봉낙타 박세원 씨, 인도코끼리의 후미를 맡고 있는 안경문 씨와 역시 아프리카코뿔소의 후미를 담당하고 있는 김성중 씨 등 이상 5인이 그날 밤 누군가에게서 걸려온 괴전화를 받고,

"아, 부러워라!"

똑같은 반응을 보였다는 사실이 확인되었다. 동물원 측은 발

빠르게 움직였다. 우선 동물들이 유사한 반응을 보였다는 점, 전화가 걸려온 시간이 자정 전후라는 점, 그리고 통화 시간대가 겹치지 않는다는 점 등을 주목한 동물원 측은 발신자가 동일인일 가능성에 무게를 싣고 조사에 들어갔다. 바로 통신사에 문의해 발신자를 추적했다.

"고객 관련 사항은 알려드릴 수 없습니다. 상담원 김명숙이었습니다. 좋은 하루 보내십시오."

"김명숙? 너 명숙이 맞지? 나야, 춘자. 6학년 때 같은 반 박춘자. 반갑다, 얘."

통화 내용이나 발신자 정보까지는 알아낼 수 없었다. 하지만 발신자는 역시 동일인으로 밝혀졌다.

"우리 옛날에 참 친했는데. 기억나, 종용 오빠?"

발신자의 위치가 콩고라는 점이 눈길을 끌었다.

다음 날 아침, 동물원장은 사육사들이 지켜보는 앞에서 전화기를 집어 들었다. 바다코끼리 안성범 씨에게서 압수한 휴대전화였다. 통화 버튼을 누르자 발신자 목록이 떴다. 그중에는 전날 밤 11시 47분부터 21분 36초간 통화한 기록도 있었다. 동물원장은 다시 통화 버튼을 눌렀다. 몇 차례 신호가 갔다. 따르릉, 따르릉. 사육사 서너 명이 꼴깍 마른침을 삼켰다. 누구 하나 입을 열지 않았다. 부스럭거리며 움직이는 사람도 없었다. 따르릉, 따르릉. 동물원장은 수화기에 귀를 대고 조용히 기다렸다. 휴대전화기를 쥐고 있는 손바닥에서 축축한 땀이 배어 나왔다.

"바다코끼리, 웬일이야? 어제 통화했잖아."

나이 든 남자의 목소리였다. 정확한 나이는 가늠할 수 없었다. 주변을 의식해서 그러는지 목소리를 죽이고 있었다. 동물원장은 중후한 목소리로 대답했다.

"나는 바다코끼리가 아닐세."

"당신 누구야? 바다코끼리를 데리고 있나?"

아침에 출근한 바다코끼리 안성범 씨는 동물원에 들어서는 순간 체포되었다. 당신들 뭐야? 그리고 다른 동물들과 함께 야행성 동물관에 감금해놓았다. 데리고 있는 게 사실이라 동물원장은 그렇다네, 대답했다.

"바다코끼리는 무사한가?"

이게 아닌데, 생각하면서도 동물원장은 옆에 있던 사육사에게 물었다. 바다코끼리가 무사한지 묻는군, 무사합니다, 그렇다는 대답을 듣고 동물원장은 통화를 계속했다. 걱정 말게, 바다코끼리는 무사하니까.

"바다코끼리가 정말 무사한지 목소리를 듣고 싶다."

"목소리는 나중에 듣고……."

"목소리를 듣기 전에는 몸값을 줄 수 없다."

동물원장은 사육사들의 눈을 피해 약간 당황해했다. 그날 아침 동물원장은 한 사육사로부터 이런 보고를 받았다. 누군가 전화로 동물들을 선동하고 있습니다. 하지만 왜? 이유가 뭐야? 우선 그걸 알아내야 했다. 역시 돈인가? 원한다면 줄 생각이었다. 더 이상의 피는 흘리고 싶지 않았다. 그런데 바다코끼리의 목소리를 듣고 싶어 할 줄이야……. 어험, 동물원장은 헛기침을 몇 번 한 다음 굵은 목소리로 말했다.

"나는 바다코끼리 유괴범도 아닐세."

"그럼 이 시간에 뭐 하러 전화한 거야."

상대가 짜증을 부리며 전화를 끊었다. 동물원장은 다시 통화 버튼을 눌렀다. 따르릉, 따르릉. 신호가 갔다. 하지만 상대는 전화를 받지 않았다. 잠시 후 음성 사서함으로 넘어갔다. 통화료가 부과된다는 안내 방송을 듣고 급히 전화를 끊었다.

"다른 전화기 가져와!"

이번에는 반달가슴곰 김이종 씨의 휴대전화로 통화를 시도했다.

"헤이, 반달가슴곰."

"나는 반달가슴곰이 아닐세."

"또 당신이야? 당신, 정체가 뭐야?"

"나, 세렝게티 동물원장일세."

순간 팽팽한 긴장감 속에서 뚜-우, 기계음뿐인 침묵이 흘렀다.

"나는야 마운틴고릴라라네."

탈칵, 상대가 예고도 없이 전화를 끊었다. 다른 휴대전화로 통화를 시도해봤지만, 지금은 고객님의 전화기가 꺼져 있사오니……, 이런 안내 방송만 흘러나왔다. 뭐, 이런 인간이 다 있어, 동물원장은 휴대전화를 노려보면서 생각했다.

결국 모든 문제의 발단은 괴전화의 발신자인 마운틴고릴라였다. 사육사들은 야행성 동물관에 격리되어 있는 동물들에게 통화 내용을 물었다.

"세상 돌아가는 이야기 좀 했시다."

통화 내용은 별게 없었다. 그냥 세상 사는 이야기였다. 선동적인 발언이나 불순한 내용 같은 것도 없었다. 그래도 마운틴고릴라가 현재의 생활에 만족하며 행복하게 살고 있다는 건 알 수 있었다. 통화 내용을 검토하던 한 사육사가 동료에게 말했다.

"의외로 건전하시다."

통화 내용을 접한 동물원 측은 크게 동요했다. 악의 화신인 줄 알았던 마운틴고릴라가 사실은 오늘날을 살아가는 현대인들의 귀감이자 모범이었다니…… 안분지족의 삶을 몸소 실천하는 마운틴고릴라의 생활 철학은 오히려 보는 이의 탄성을 자아낼 정도로 바람직했다. 동물원 측의 입장에서는 뜻밖의 상황일 수밖에 없었다. 마운틴고릴라를 모범 시민으로 추천합시다.

그렇다고 대전제가 바뀌는 건 아니었다. 안분지족과는 별도로, 아무리 현대인들의 귀감이자 모범이 된다 해도 마운틴고릴라는 처리해야 할 골칫덩어리였다. 말로 안 된다면 실력을 행사할 수밖에 없었다.

동물원 측은 문제의 마운틴고릴라를 포획하기 위해 마취 총을 휴대한 특공대 출신의 사육사 한 명을 콩고로 급파했다. 하루 단위로 상황 보고가 들어왔다.

"가전제품과 공산품으로 원주민들 포섭. 현재 고릴라 무리를 수배 중."

그리고 며칠 후, 동물원 측은 특공대 출신의 사육사에게서 이런 보고를 받게 된다.

"문제의 마운틴고릴라 발견. 휴대전화로 통화하는 모습이 목격돼 원주민들 사이에서는 성스러운 고릴라로 신격화되어 있는 상태. 거리를 두고 계속 추격 중."

상황실에 모인 동물원장 이하 사육사들은 흥분을 감추지 못했다. 문제의 마운틴고릴라가 사정권 안에 들어왔다. 이제 마운틴고릴라를 포획하는 일은 시간문제 같았다. 사육사들은 악수를 나누며 그동안의 노고를 치하했다.

"드디어 해냈습니다."

"고진감래라더니, 고생 끝에 낙이 오는가 봅니다."

하지만 다음 날, 상황은 급변했다. 모든 기대를 한 몸에 받고 있던 사육사에게서 다음과 같은 보고가 들어왔기 때문이었다.

"이야기를 해보니까 나쁜 사람 같지 않던데요. 삼촌처럼 잘해줘요. 절대 나쁜 짓 할 사람이 아니에요. 그리고 여기 생각 외로 살기 좋아요."

동물원장은 수화기를 들고 특공대 출신의 사육사를 설득했다.

"문제의 마운틴고릴라를 포획해서 돌아오면 거액의 포상금과 3계급 특진을 약속하겠네."

"생각해볼게요. 하지만 너무 기대하진 마세요. 앗! 삼촌, 같이 가요. 무리가 이동하네요. 이만 끊을게요."

그다음 날은 동물원 쪽에서 사육사에게 연락을 취했다. 전화가 연결되자 동물원장이 수화기를 집어 들었다. 바로 사육사의 목소리가 들려왔다.

"나는야 마운틴고릴라라네."

그 말뿐이었다. 탈칵, 뚜-우. 모든 사육사가 지켜보는 가운데 동물원장은 무거운 목소리로 다음과 같이 말했다.

"틀렸어. 세뇌당한 모양이야."

그 후로도 2차, 3차에 걸쳐 계속 사육사들을 파견했다. 하지만 결과는 마찬가지였다.

"죄송해요. 저 그냥 여기서 살래요."

콩고에서 대체 무슨 일이 벌어지고 있는 거지? 동물원장 이하 사육사들은 이런 의문과 함께 실망감을 감추지 못했다. 그러는 동안 보유 동물의 절반 이상이 야행성 동물관에 격리 수용되었다. 이용 관람객 수도 예년에 비해 절반 이하였다. 바야흐로 '세렝게티 동물원'은 운영의 사활이 걸린 최대 위기를 맞이하고 있었다…….

그런 일이 있었다. 이 모든 소동이 얼핏 보면 만딩고의 탓 같기도 했지만, 심층적으로 들어가서 원인을 분석해보면 만딩고의 탓이 아니기도 했다……는 이야기다.

그리고 한 달이 지난 어느 날이었다. 그날 밤에도 만딩고에게서 전화가 걸려왔다.

"잘 있어. 오늘이 마지막이야."

내일이면 휴대전화가 정지된다고 했다.

"굿바이, 동물원."

그게 내가 들은 만딩고의 마지막 음성이었다.

5부

시간이 흐른 뒤에도
우리는

10.

아, 가을이다. 고개를 들고 바라본 가을 하늘이 파란 물감처럼
촤악 머리 위로 쏟아져 내린다. 12미터 높이의 엠파이어스테이트
빌딩이 파란 가을 하늘 속에 풍덩 빠져 있다. 저 멀리 보이는 산들
은 여러 폭의 붉은 치마를 한 줄로 죽 늘어놓은 것같이 화려하다.
그 위로 솜사탕처럼 부푼 새털구름 한 점이 둥실 떠간다. 그리고
문득 바라본 길바닥에는 갈색 낙엽들이 이리저리 뒹군다.

짝짝짝!

여기는 고릴라사, 관람객들의 박수 소리가 놀란 참새 떼처럼
요란하게 하늘 높이 날아오른다.

요즘도 가끔씩 만딩고가 생각난다.

"여기 콩고야. 오늘은 별일 없었어?"

한 달 동안 거의 매일 국제전화를 받았다. 그때는 왜 만날 전화
하나, 귀찮기만 했다. 할 말도 별로 없었다. 그래서 성의 없이 듣고,

"동물원이 늘 그렇죠."

성의 없이 대답했다. 말 상대가 없어서 적적하신가, 생각했다. 어쩌면 이국 만리 머나먼 타향에서 외로운 나날을 보내고 계신 건 아닐는지, 은근히 걱정도 됐다. 하지만 지금은 그 반대가 아니었을까, 생각해본다. 남겨진 사람들이 그리워할까 봐, 자신의 빈자리 때문에 외로워할까 봐, 매일 국제전화를 걸었는지도 모른다고 말이다. 생각해보면 그렇게 매일 국제전화를 걸 필요가 없었다. 물론 가끔은 내용이 있는 대화가 오가기도 했지만,

"연락책은 요즘도 오나?"

"가끔 와서 바나나도 던져주고 그래요."

대부분 엉뚱한 소리를 해대거나,

"오늘 낮에 코뿔소 한 마리와 딱 마주쳤거든. 덩치가 산만한 짐승이 나를 노려보면서 떡하니 버티고 있는데, 가슴이 철렁 내려앉더만. 그런데 아는 코뿔소더라고. 윤정호 씨하고 오제중 씨 기억나?"

때론 한물간 농담을 시시껄렁하게 늘어놓기도 했다.

"참새 시리즈 3탄 알아?"

"모르는데요."

"어느 날 참새 열 마리가 전깃줄에 앉아 있었어……."

한 달 동안 매일 그랬다. 그래서 그때는 만딩고의 빈자리가 느껴지지 않았다. 어쩌면 통화를 하는 동안 가슴 시린 그리움이며 가루약처럼 쓴 외로움은 연고를 바른 상처처럼 서서히 아물어갔던 게 아니었을까?

만딩고가 떠난 지도 석 달이 지났다. 그리고 지금은 빨간 홍시처럼 깊어가는 가을이다. 그런 가을이라 문득, 속 깊은 만딩고가 못 견디게 보고 싶어진다. 대장님, 잘 지내고 계시는 거죠?

조풍년 씨의 표정은 여름이 끝나가던 어느 날부터 어두워지기 시작했다. 그리고 교미를 마친 매미들이 길바닥에 누워 날개를 파닥거리고, 추석 연휴가 하루하루 코앞까지 다가오던 초가을 무렵, 조풍년 씨는 심각한 표정으로 앤과 나를 불러놓고 이런 말을 했다.

"나 요즘 병원 다녀."

평일 오전이라 관람객들이 없는 시간이었다. 동물원도, 고릴라사도 초가을 햇살 아래 반짝반짝 빛나고 있었다. 빨간 고추잠자리들이 아이스크림 스틱처럼 공중에 떠다녔다.

"무슨 병원이요?"

처음에는 암이나 백혈병 같은 불치병이 떠올랐다. 조풍년 씨의 표정이 너무 어둡고 심각했기 때문이었다. 하지만 다행히 그런 건 아닌 것 같았다.

"집 근처에 있는 정신과."

퇴근하는 길에 매일 들러서 치료를 받는다고 했다.

"의사가 외상 후 스트레스 장애래."

"그게 뭔데요?"

조풍년 씨는 외상 후 스트레스 장애에 대해서도 설명해주었다.

"별건 아니고 일종의 정신질환 같은 거야."

사람이 큰 사고를 당하면 그 충격 때문에 정상적인 생활이 불가능해진다. 예를 들어 과거에 교통사고를 당한 사람이 그 기억 때문에 운전대를 잡을 수 없게 된다거나, 유년 시절에 겪은 끔찍한 일 때문에 성인이 돼서도 비슷한 상황에 놓이면 공포에 질린다거나, 하면 모두 외상 후 스트레스 장애의 증상이다.

"내가 몇 달 전에 엠파이어스테이트빌딩에서 떨어졌잖아."

그런 일이 있었다. 아내가 슈퍼맨 망토를 붙이기 시작한 날이라 몇 월 며칠인지도 정확하게 기억하고 있다. 그때는 나머지 고릴라들이 허리를 다친 조풍년 씨를 위해 대신 버저를 눌러주기도 했다. 그 후 조풍년 씨는 일주일 만에 완치됐고, 다시 엠파이어스테이트빌딩에 올라가 탕탕 가슴도 치고, 우후우후 포효도 하면서 파란 버저를 누를 수 있게 되었다. 하지만 그때 완치된 건 몸뿐이었다. 몸은 완치됐지만, 정신은 이미 돌이킬 수 없을 정도로 망가져 있었다.

"그때부터 높은 곳에만 올라가면 식은땀이 나고 손발이 떨려."

정상적인 생활이 불가능해졌다. 계단을 몇 칸만 올라가도 현기증이 났다. 엘리베이터 근처에는 얼씬도 하지 않았다. 몰랐는데, 그전까지 살던 단란주점 건물 2층에서 일반 주택 1층으로 이사한 것도 엠파이어스테이트빌딩에서 떨어진 후유증 때문이라고 했다.

"그동안은 그럼 어떻게 엠파이어스테이트빌딩에 올라갔어요?"

내가 묻고 싶은 걸 앤이 대신 질문해주었다. 엠파이어스테이트빌딩의 높이는 무려 해발 12미터에 달한다. 버저는 그 정상에 달려 있다. 계단을 몇 칸만 올라가도 현기증이 난다는 사람이, 엘리베이터 근처에는 얼씬도 못 한다는 사람이, 그동안은 어떻게 엠파이어스테이트빌딩 정상에 올라가 버저를 누른 걸까?

"계속 참았어."

고릴라 조풍년 씨는 친구 물건을 훔치다 걸린 어린아이처럼 우물쭈물 대답했다. 지난 몇 달 동안 조풍년 씨는 이를 악물고 참았다고 했다. 엠파이어스테이트빌딩에 올라갈 때마다 식은땀이 나고, 손발이 떨리고, 정상에 서면 핑 현기증이 돌았지만, 그래도 조풍년 씨는 위만 바라보며, 때로는 두 눈을 질끈 감으며, 그때마다 어금니를 악물고 참았다고 했다.

"난 동물원이 좋아. 지금도 그만두고 싶은 마음은 없어."

고릴라로 일하는 동안은 사람답게 살 수 있었다. 고릴라기 때문에 사람 구실을 할 필요도 없었다. 무엇보다 인간미가 남아 있는 동물들이, 가족처럼 서로를 걱정해주는 고릴라 동료들이 좋았다. 그래서 고소공포증이라는 외상 후 스트레스 장애에 걸렸지만, 어금니를 악무느라 이가 상하고 턱이 아팠지만, 위만 바라보며, 때로는 두 눈을 질끈 감으며, 엠파이어스테이트빌딩에 올라가 파란 버저를 눌렀다.

"그래서 계속 참았는데…… 더는 무리야."

정신과 의사는 안정을 취하는 게 가장 중요하다고 했다. 당분간은 약물 치료와 상담 치료를 꾸준히 병행하면서 될 수 있는 대로 높은 곳에는 올라가지 않는 게 좋겠다는 말도 덧붙였다. 조풍년 씨는 약물 치료와 상담 치료를 꾸준히 병행했다. 하지만 높은 곳에 올라가지 말고 안정을 취하라는 의사의 충고에는 따를 수 없었다. 목구멍이 포도청이라 어쩔 수 없었다. 이래 죽으나 저래 죽으나 매한가지라고 생각했다. 남은 건 악뿐이었다. 악으로 버텼다. 그러는 동안 병세가 악화되었다. 며칠 전부터 엠파이어스테이트빌딩 근처에는 가지도 못했다. 보기만 해도 속이 울렁거리고 뒷골이 당겼다. 버저를 눌러본 지도 한참 됐다.

"나도 염치가 있지. 두 번씩이나 너희들한테 부담 주기 싫었어. 버저가 고장 났다고 한 건 거짓말이야."

버저를 누르지 못하는 동안 수입도 올리지 못했다. 당분간은 어떻게 버틸 수 있지만 앞으로가 문제였다. 조풍년 씨는 쓸쓸한 목소리로, 식구가 딸린 몸이라 어쩔 수 없이 결정을 내리게 되었다는 말도 덧붙였다.

"대장님도 안 계신데 나까지 이렇게 돼서 미안해."

그날 우리는 '정문 휴게 음식점'에서 정체불명의 냄비 요리 '아무거나'를 안주 삼아 안중근 의사의 손도장이 찍혀 있는 '안중근 소주'를 마셨다.

"여기서 마시는 것도 오늘이 마지막이네."

우리 고릴라 세 마리가 앉아 있는 자리만 전구가 나간 것처럼 유독 어두침침했다. 처음에는 무겁게 가라앉은 분위기 때문이라고 생각했다. 하지만 아니었다. 머리 위에 있는 전구 하나가 정말 나가 있었다.

"영희 너는…… 발표가 얼마 안 남았지? 이번에는 꼭 합격했으면 좋겠다."

술기운이 오른 조풍년 씨는 덕담을 하다가도, 언제 그랬냐는 듯이,

"그리고 영수 넌…… 내가 너만 보면…… 모르겠다. 어차피 한 번 사는 인생 즐겁게 살아. 제수씨한테 잘하고. 돈? 명예? 그딴 거 다 필요 없다. 마누라가 최고야."

횡설수설, 주로 별 내용 없는 말만 늘어놓았다. 그러거나 말거나, 앤과 나는 조풍년 씨의 횡설수설을 한 귀로 듣고 한 귀로 흘리며 말없이 술잔을 비웠다.

"일자리는 구했어요?"

한번은 술기운이 오른 앤의 질문에,

"지금부터 구해봐야지."

전구 하나가 나간 것처럼 조풍년 씨의 표정이 어두워지기도 했고,

"요즘이 불경기라 큰일이네요."

역시 술기운이 오른 내 걱정에,

"나도 고민이 많아."

전구 두 개가 나간 것처럼 조풍년 씨의 표정이 한층 어두워지기도 했지만,

"어떻게 되겠지. 설마 산 입에 거미줄 치겠어? 자, 마셔!"

주거니 받거니 '안중근 소주'를 마시는 동안,

"툭 치니까 죽 뻗는데, 너 그때 진짜 웃겼다. 난 얘가 지금 몸 개그하나 했다니까."

"그때는 정말 아팠다고요."

지난 추억을 떠올리며 하하 호호 웃기도 하고,

"대장님한테는 연락 없지?"

"부장님 그렇게 안 봤는데, 사람이 은근히 매정해요."

멀리 콩고에 있는 만딩고를 그리워하며,

"나도 두 달 전에 통화한 게 마지막이야. 잘 지내시나 몰라?"

"잘 지내시겠죠."

안부를 걱정하기도 했다.

"그동안 고마웠어."

앤과 나는 그렇게 고릴라 조풍년 씨를 떠나보냈다.

"너희들이 많이 보고 싶을 거야."

그날 난 멀어져가는 조풍년 씨의 뒷모습을, 험한 바다로 나가는 조각배처럼 비틀비틀 안쓰럽게 사라져가는 조풍년 씨의 뒷모습을 한참 동안 바라보며 배웅했다. 형, 고마웠어. 나도 형이 많이 보고 싶을 거야.

10월로 접어들면서 가을은 점점 깊어만 갔다. 동물원을 둘러싼 산들은 빨간 단풍에 뒤덮여 활활 불타올랐고, 구름 한 점 없는 가을 하늘은 거품을 내고 물로 헹궈낸 듯 맑고 깨끗하고 선명하기까지 했다. 10월의 어느 멋진 날이었다. 하지만 그날따라 앤은 우울해 보였다. 바나나를 먹을 때도, 관람객들 앞에서 어슬렁거릴 때도, 얼굴에 먹구름이 낀 것처럼 어두운 표정을 짓고 있었다. 엠파이어스테이트빌딩에는 올라가지 않았다.

"어디 안 좋으세요?"

걱정이 돼서 물어봐도,

"아니에요."

이런 대답밖에 하지 않았다.

"무슨 안 좋은 일 있는 건 아니죠?"

한번은 이렇게 물어보기도 했다. 하지만 앤은,

"좋지만 안 좋은 일이 있긴 하죠."

묘한 말만 하고 입을 다물었다. 처음에는 가을을 타나, 했다. 산산한 바람과 길바닥에서 뒹구는 낙엽, 그리고 만딩고와 조풍년 씨의 빈자리…… 이런 것들이 앤의 여심을 울적하게 만드는 줄 알았다. 하지만 아니었다. 관람객들이 빠져나가고, 동물원이 폐장하고, 고릴라사를 청소하면서 일과를 마무리하고 있을 때였다. 어느새 파랗기만 하던 가을 하늘이 빨간 물감을 덧칠한 듯 노을빛에 젖어 있었다. 그래서 그랬을지도 모른다.

"영수 씨……."

밤의 문턱에서 들려온 앤의 목소리는 슬프고 무겁고 서글프기만 했다.

"저…… 합격했어요."

그러고 보니 그게 벌써 한 달 전 일이다.

"너 내일 시험이지? 철썩 붙어라."

조풍년 씨가 먹지도 못하는 자석을,

"떡하니 붙으세요."

내가 미리 준비해둔 떡을, 앤에게 주며 합격을 기원했더랬다. 시험 당일은 마침 동물원이 쉬는 월요일이었다. 조풍년 씨는 '필승', 나는 '합격'이라는 머리띠를 두르고 아침 일찍 시험장 앞에 나가 앤을 응원했다.

"따르릉, 따르릉, 전화 왔어요. 순희가 합격했다고 전화 왔어요. 아니야, 아니야, 그건 거짓말, 영희가 합격했다고 전화 왔어요."

조풍년 씨가 옆에서 고래고래 응원가를 부르며 대민 피해를 일으키고 있는 동안, 나는,

"긴장하지 말고 차분하게 풀어요. 열심히 했으니까 좋은 결과가 있을 겁니다."

인생 선배로서 깊이 있고 유익한 충고를 아끼지 않았다.

"시험 잘 봤어?"

"시험 잘 봤어요?"

다음 날, 고릴라사에 출근하자마자 조풍년 씨와 내가 동시에 물었고,

"잘 모르겠어요."

그때 앤은 홀가분한 표정으로 이렇게 말하며 방긋, 환하게 웃었더랬다. 발표가 한 달 후라는 이야기도 그때 들었다. 하지만 나

들이하기 좋은 계절인 가을이다 보니, 밀려드는 행락객들을 상대
하랴, 중간에 조풍년 씨의 일도 있고 해서 까맣게 잊고 있었다.

"와! 축하해요."

나는 진심으로 기뻤다. 앤이 공무원 시험에 합격한 건, 어려운
환경 속에서도 100 대 1이라는 경쟁률을 뚫고 당당하게 9급 행정
직 공무원이 된 건 누가 뭐라 해도 좋은 일이었다. 좋은 일이라고
생각했다.

"우리 축하 파티 해요. 오늘은 제가 근사하게 한잔 사겠습니
다."

하지만 앤의 표정은 여전히 먹구름이 낀 하늘처럼 무겁게 착
가라앉아 있었다.

"저 곧 연수원에 들어가요. 그래서 동물원은 오늘이 마지막이
에요."

앤은 물끄러미 내 얼굴을 바라보며 슬픈 표정으로 말했다. 착
한 앤의 눈가에 찰랑 눈물이 고여 있었다.

"영수 씨 혼자 남겨두고 가서 미안해요."

"괜찮습니다. 뭐가 미안합니까? 잘됐습니다. 정말 잘됐습
니다."

오래전 나는, 울고 싶은 날에는 마늘을 깠다. 만딩고도 가고,
조풍년 씨도 가고, 결국 앤마저 떠나가던 10월의 어느 멋진 날, 어
쩌면 나에게 정말 필요했던 것은 빨간 대야 가득 팅팅 물에 불은
마늘이었는지도 모른다. 하지만 그때는 마늘이 없었고, 그래서 나

는 울 수 없었다.

"발령 나면 자주 놀러 올게요."

앤도 그렇게 갔다.

다음 날, 가을은 한층 깊어져 있었다. 고개를 들고 바라본 가을 하늘이 파란 물감처럼 좌악 머리 위로 쏟아져 내리고, 12미터 높이의 엠파이어스테이트빌딩이 파란 가을 하늘 속에 풍덩 빠져 있고, 저 멀리 보이는 산들은 여러 폭의 붉은 치마를 한 줄로 죽 늘어놓은 것처럼 화려하고, 그 위로 솜사탕처럼 부푼 새털구름 한 점이 둥실 떠가고, 문득 바라본 길바닥에는 갈색 낙엽들이 부스럭부스럭 뒹굴고, 깊어만 가는 그런 가을인데…… 고릴라 한 마리가,

"우후우후."

가슴을 치며 포효를 하고,

바나나를 먹고,

엠파이어스테이트빌딩에 올라가 삐익, 버저를 누른다.

아, 가을은 어쩌면 고릴라의 계절인지도 모르겠다.

나도 안다, '인생은 외롭지도 않고, 그저 낡은 잡지의 표지처럼 통속하'다는 것을. 하지만 나는 또 안다, 내가 낡은 잡지의 표지처럼 통속한 인간이라는 것도. 그래서 그때는 인생이 외로웠다.

고릴라사에는 만딩고와 조풍년 씨와 앤의 빈자리만 남아 있었다. 먼 산을 보다 문득, 고추잠자리들이 날아다닐 때면 불쑥, 가을바람에 낙엽이라도 한 장 떨어질라치면, 떠난 사람들이 그리웠

고, 그들이 남기고 간 빈자리가 양말에 난 구멍처럼 걷잡을 수 없이 커져만 갔다. 필드에 주저앉아 꾸벅꾸벅 졸고 있는 만딩고가, 엠파이어스테이트빌딩 정상에서 탕탕 가슴을 치고 있는 조풍년 씨가, 관람객들 앞에서 어슬렁어슬렁 고릴라 워킹을 하고 있는 앤이, 때로는 곁에 있는 것처럼 느껴질 때도 있었다. 하지만 돌아보면, 고릴라사에는 언제나 나 혼자뿐이었다. 고릴라사는 태평양만큼이나 넓었고, 거기에 남겨진 고릴라 한 마리는 태평양 한가운데 떠 있는 작은 섬처럼 외롭고 쓸쓸했다.

집에 돌아오면 아내가 있었지만, 슈퍼맨 망토를 붙이고 있는 아내의 눈에는 늘 초점이 없었고,

"클라크, 어디 갔다 와?"

초점이 없는 아내의 눈에는 늘 클라크만 보이는 것 같아, 집에서도 나는 태평양 한가운데 홀로 떠 있는 작은 섬처럼 외롭고 쓸쓸했다.

그때 나는 매일 술만 마셨다. 아는 얼굴들이 있는 '정문 휴게 음식점'에는 가지 않았다.

"안녕하세요."

조풍년 씨와 형, 동생 하는 건물 수위는 봉지 과자를 좋아했다.

"뭐 이런 걸 다 사 와."

나는 '정문 휴게 음식점' 대신 그 건물 옥상에 올라가 슈퍼에서 사 온 소주를 안주도 없이 마시곤 했다.

"근데, 동생한테 요즘 무슨 일 있어? 통 안 보이네."

"저도 과장님 얼굴 못 본 지 한참 됐어요."

조풍년 씨가 고소공포증이라는 외상 후 스트레스 장애에 걸려 동물원을 그만두었다는 이야기는 하지 않았다.

평상에 혼자 앉아 한 모금 두 모금 소주를 마실 때마다, 건물 옥상에서 내려다보이는 도시의 야경이 물에 잠긴 것처럼 뿌옇게 젖어갔다. 빨간 대야도 없고, 팅팅 물에 불은 마늘도 없는데, 한 모금 두 모금 마신 소주가 나도 모르는 사이에 글썽글썽 눈가에 고이고, 그러다 풀잎에 맺힌 이슬처럼 두 뺨을 타고 주르르 흘러내렸다. 콩고에 있는 만딩고가, 어디서 어떻게 사는지 모를 조풍년 씨가, 연수원에 들어간 앤이 못 견디게 보고 싶었다. 그리고 아내의 얼굴이 떠올랐다. 입을 열 때마다, 숨을 내쉴 때도 본드 냄새를 풍기는 아내가, 초점 없는 눈으로 나를 클라크라고 부르는 아내가…… 밤바람처럼 차가운 통증이 내 가슴을 할퀴고 지나갈 때면, 나는 소주병을 들어 한 모금 술을 마셨고, 마신 소주만큼 한 모금 눈물을 흘렸다. 그리고 그때마다,

"자기야, 나 슈퍼맨 망토 붙이는 일 그만둘래."

클라크와 안녕을 고하는 아내의 모습을 떠올리곤 했다. 빨간 대야도, 팅팅 물에 불은 마늘도 그때는 필요 없었다.

매일 그랬다. 아내는 본드에 취해 있었고, 나는 술에 취해 있었다. 지금 생각해보면 아내도 나도 무언가를 견디기 위해, 어쩌면 그 무언가를 잊기 위해 늘 취해 있었는지도 모른다. 취하지 않으면 견딜 수도, 잊을 수도 없었다. 그때는 그랬다. 하늘에는 새까만

먹구름뿐이었다. 한 줄기 빛 같은 건 보이지 않았다. 발목에 벽돌을 매달고 바닷속 깊이 가라앉는 기분이었다. 구해주세요, 누군가의 도움이 필요했다. 물어보고 싶었다. 어쩌면 좋죠? 생각나는 사람이 돼지엄마밖에 없었다. 그래서 술에 취한 어느 날, 건물 옥상에 있는 평상에 앉아, 미리 준비해 온 두루마리 휴지로 눈물도 닦고 코도 풀다, 돼지엄마에게 전화를 했다.

"안녕하세요?"

"김 씨가 웬일이래?"

"늦은 시간에 죄송해요. 그냥 생각나서 전화했어요."

"김 씨, 지금 울어?"

울긴 누가 운다고 그래요, 목소리를 가다듬으면서 대답했다.

"왜 그래, 김 씨? 무슨 일 있어?"

"무슨 일은요……."

"남자가 울면 마누라가 도망가. 나도 남편이라고 하나 있는 게 툭하면 질질 짜는 바람에 집 나와서 혼자 살잖아."

문득, 돼지엄마의 남편은 어떤 사람일까? 궁금했다.

"사는 게 힘들지? 사는 게 원래 힘든 거야. 그러니까 힘들어도 울지 마."

왈칵, 댐이 무너진 것처럼 눈물이 넘쳐흘렀다.

"아주머니……."

"왜?"

"사실은 제 아내가요……."

아시죠, 본드를 붑니다, 눈에 초점이 없어요, 요즘은 슈퍼맨 망토를 붙이는데 저를 클라크라고 불러요, 클라크라고 부르는 아내의 목소리가 너무 다정해서 마음이 아픕니다, 여기가요, 이 마음이요, 찢어지는 것처럼 아프다 이 말입니다…….

"김 씨 술 마셨어?"

예, 한잔했습니다.

"말 안 했나? 내 남편이 술만 마시면 전화해서 사람 못 살게 괴롭혔다고."

제가 남편분이랑 많이 닮았나요?

"내가 김 씨만 보면 그 인간도 저랬는데, 싶어서 남 일 같지 않았잖아. 김 씨 와이프는 착한 거야. 나 같으면 벌써 집 나와 혼자 살았어."

그렇죠…….

"그러니까 잘해. 마누라 도망가기 전에."

탈칵, 돼지엄마가 먼저 전화를 끊었다. 휘잉, 밤바람이 불고, 멀리 보이는 야경은 풍덩 물에 잠겨 있고, 휘영청, 보름달이 머리 위에 걸려 있는데……. 후유, 한숨만 나왔다. 강소주를 붑며 생각했다. 사는 게 참…… 외롭네. 세상이 밉고, 사람들이 밉고, 믿었던 돼지엄마저 미운, 그런 밤이었다.

그리고 며칠 후였다. 그날도 나는 건물 옥상에 혼자 앉아 소주 세 병인가를 안주도 없이 마셨다. 도시의 야경은 물에 잠긴 것처럼 뿌옇게 젖어갔고, 밤바람처럼 차가운 통증은 그날도 어김없이 내

여린 가슴을 할퀴고 지나갔더랬다. 한참 전에 그랬다.

"자기야, 나 슈퍼맨 망토 붙이는 일 그만둘래."

하지만 그때는 도시의 야경 대신 텔레비전이며 옷장이며 이불 같은 살림살이들이 보였다. 차가운 밤바람도 불지 않았다. 대신 훈훈한 방 안 공기가 술기운이 오른 내 얼굴을 풀무 속에 들어간 쇳덩어리처럼 빨갛게 달구고 있었다.

"예전처럼 나 봉투나 붙일까 봐."

도시의 야경은 아니지만, 텔레비전이며 옷장이며 이불 같은 살림살이들이 물에 잠긴 것처럼 뿌옇게 젖어갔다. 왜냐고는 묻지 않았다. 이유 같은 건 아무래도 상관없었다.

"정말? 고마워. 잘 생각했어."

"그렇지?"

뒤늦게 알았다. 아내가 더 이상 나를 클라크라고 부르지 않는다는 걸, 그리고 아내의 까만 눈동자에 내 모습이 담겨 있다는 걸.

"저녁 안 먹었지? 나 통장도 깼어. 돈 많으니까 오늘은 맛있는 거 먹으러 가자."

그날 우리는 모처럼 외식을 했다. 해장국집에 앉아 감자탕을 먹었다. 술이나 탄산음료는 시키지 않았다. 아내가 앞으로 7개월 동안은 술이나 탄산음료 같은 건 마시면 안 된다고 했다.

"나 임신했어. 병원에 갔더니 3개월이래."

하마터면 들고 있던 숟가락을 냄비 속에 빠뜨릴 뻔했다.

"자기도 이제 애아빠가 되는 거네. 축하해."

얼떨결에 아내의 축하를 받았다. 머리로는 알겠는데 실감이
나지 않았다.

"애아빠가 된다는데, 안 기뻐?"

기뻤다. 결국 들고 있던 숟가락을 풍덩 냄비 속에 빠뜨릴 만큼.

"여보, 고마워."

본드를 끊어서 고마웠고, '행복한 인생 통장'을 깨서 고마웠
다. 나를 더 이상 클라크라고 부르지 않는 것도, 검은 눈동자로 나
를 바라보는 것도 고마웠다.

덥석, 나는 아내의 두 손을 맞잡았다. 먹구름뿐인 하늘에서 한
줄기 빛을 본 것 같았다. 어쩌면 좋죠? 해답을 쥐고 있던 사람은 돼
지엄마가 아니라 아내였다. 발목에 벽돌 같은 걸 매단 채 가라앉고
있던 나였다. 그런 나를 구해준 아내가, 한 줄기 빛 같은 아내가, 어
쩌면 좋죠? 질문에 해답을 준 아내가 고마웠다. 아내의 얼굴이 비
오는 날 차창 밖으로 내다본 풍경처럼 흘러내렸다. 도시의 야경은
아니지만, 감자탕이며 풍덩 냄비 속에 빠진 숟가락이며 상 위에 올
라와 있는 밑반찬들까지 물에 잠긴 것처럼 뿌옇게 젖어갔다.

"나 임신했으니까 앞으로 내 말 잘 들어."

응, 응, 고개를 끄덕이며 말 잘 들을게, 약속했다.

"나 맛있는 거 사주려면 돈 많이 벌어야겠다. 허리 휠 텐데…….
불쌍해서 어떻게 하냐, 우리 신랑."

기분이 좋은지 계속 장난을 치는 아내에게 걱정 마, 탕탕 가슴
을 두드리며 큰소리도 쳤다.

"그리고 나 언제 고릴라 만지게 해줄 거야?"

이건 장난 같지 않았다. 상 너머로 얼굴을 내미는 아내에게 나는 어떻게든 되겠지 하는 심정으로,

"조만간!"

이번에도 탕탕 선거 유세에 나온 입후보자처럼 큰소리쳤다.

"뭐든지 말만 해. 다 해줄게."

그날 밤에는 사람들도 세상도 밉지 않았다. 밤하늘에 떠 있는 반짝반짝 예쁜 별들도, 반짝반짝 예쁘게만 보였다. 나는 아내의 손을 잡고 집까지 이어진 밤거리를 사이좋게 나란히 걸었다. 밤하늘에는 반짝반짝 예쁜 별들이 빛나고, 아무도 없는 밤거리지만 고개를 숙인 가로등이 환하게 우리를 비추고,

"나 효자 낳아서 효도받아야지."

내 옆에는 손을 맞잡고 같이 걸어가는 아내가 있고…….

한때 나는 태평양 한가운데 혼자 떠 있는 작은 섬처럼 고독하고 쓸쓸했지만, 낡은 잡지의 표지처럼 통속한 인간이라 인생이 외로웠지만, 그날 밤 나는 고독하지도 쓸쓸하지도 외롭지도 않았다.

가을의 끝자락에 접어들던 어느 날, 그날은 아침부터 추적추적 비가 내렸다. 양은 많지 않았다. 하지만 살짝 비에 젖은 엠파이어스테이트빌딩은 바나나 껍질처럼 미끄러웠다. 고릴라사 필드에 우두커니 서서 엠파이어스테이트빌딩을 올려다보며 고민했다. 올라갈까, 말까……. 정오가 지나면서 빗발이 분무기로 뿌리는 것처

럼 가늘어졌다. 머리 위에는 해가 쨍한데 계속 부슬부슬 비가 내리는 이상한 날씨였다. 한참을 고민한 끝에 조심하면 괜찮겠지, 결국 올라가기로 했다. 미끄러운 철봉을 꽈악 쥐고 한 칸 한 칸 발을 옮기며 조심스럽게 올라갔다. 역시 평소보다 두 배쯤 힘들었다. 시간도 평소의 두 배나 걸렸다. 그렇게 엠파이어스테이트빌딩 중간쯤 기어올라갔나…….

"야, 조심해! 미끄러져."

등 뒤에서 귀에 익은 목소리가 들렸다. 처음에는 고릴라를 각별히 사랑하는 단골 관람객이려니 했다.

"빨리 내려와! 그러다 떨어지면 작살나, 인마!"

무시하고 끝까지 올라가 버저를 눌렀다. 꼬마 램프에 반짝 불이 들어왔다. 정상에 앉아 잠깐 숨을 돌리며 아래를 내려다봤다. 고릴라 우리 앞에 우산 두 개가 나란히 서 있었다. 위에서는 아무리 봐도 얼굴이 보이지 않았다.

내려갈 때는 중간쯤에서 한 번 발이 미끄러지기도 했다. 뒷덜미가 오싹해질 정도로 아찔했다. 저절로 근육이 뭉치고 온몸에 바짝 힘이 들어갔다. 발이 고릴라사 필드에 닿는 순간 후유, 나도 모르게 안도의 한숨이 나왔다. 죽을 뻔했네. 다리가 떨리고, 어깨가 결렸다. 정신이 하나도 없었다. 그래서 우리 앞에 나란히 서 있던 우산 두 개 같은 건 까맣게 잊고 있었다.

"간 떨어질 뻔했잖아. 안전제일 몰라? 비 오는 날에는 위험해. 올라가지 마."

들창코를 달고 있는 꿀꿀 돼지였다. 눈을 비비고 다시 봤다. 아무리 봐도 돼진데 버젓이 두 발로 서 있었다. 한 손으로 우산을 받쳐 들고 있었다. 돼지 주제에 어깨끈이 달린 멜빵바지까지 입고 있었다.

"오래간만이에요. 여기는 변한 게 없네요."

들창코 꿀꿀 돼지 옆에 나란히 서 있는 우산의 주인은 정장 차림에 한껏 멋을 부린 묘령의 여인이었다. 비 오는 날인데도 번쩍 광이 나는 하이힐을 신고 있었다. 어깨 위에서 짧게 찰랑거리는 단발머리가 당당하고 자신감 넘쳐 보였다. 몸에서 달콤한 향수 냄새도 났다. 여인은 짙게 화장한 얼굴로 우리 안에 있는 나를 물끄러미 바라보고 있었다.

정체불명의 꿀꿀 돼지 한 마리와 불쑥 나타나 말을 거는 묘령의 여인 2인조. 당황스러웠다. 소생 출몰 이후 최대의 위기였다. 어쩐담? 생각했다. 그리고 이럴 땐 못 들은 척 자리를 피하는 게 상책이라는 결론을 내렸다. 나는 어물쩍 몸을 돌려 고릴라사 뒤편으로 어슬렁어슬렁 걸음을 옮겼다.

"나야. 몇 달 못 봤다고 벌써 잊었어?"

주춤, 걸음을 멈췄다. 이 목소리는…… 기억났다. 뭉클, 가슴이 복받쳤다.

"영수 씨, 우리 왔어요."

천천히 몸을 돌려 뒤를 봤다. 우리 앞에 조풍년 씨와 영희가 우산을 받쳐 들고 나란히 서 있었다.

"과장님……."

"꼴이 이래서 미안해. 근무시간인데 영희가 네 얼굴 보러 가자고 난리를 치는 바람에 잠깐 빠져나온 거야."

조풍년 씨는 집 근처에 있는 삼겹살 집에서 일한다고 했다.

"내가 우리 가게 마스코트잖아."

식자재의 탈을 쓰고 삼겹살 집 앞에서 불법 호객 행위를 자행하는 모양이었다. 선전 문구나 메뉴가 들어간 전단지를 돌릴 때도 있다고 했다.

"손님들 상대하랴, 전단지 돌리랴, 정신없이 바빠. 나랑 기념사진 한 장 찍겠다고 너도나도 난리야. 내가 여기 있을 때도 인기를 독차지하고 그랬잖아. 좌우지간 이놈의 인기는 어딜 가나 식을 줄 몰라요. 몸이 두 개라도 모자라."

그래서 못 왔다고, 조풍년 씨는 북북 엉덩이를 긁으면서 변명을 늘어놓았다. 미안해.

"아니에요. 바쁜데 와줘서 고마워요. 그리고 대리님도……."

"발령 나면 놀러 온다고 그랬잖아요."

영희는 몰라보게 변해 있었다. 잠깐, 아주 오래전 고릴라로 일하면서 공무원 시험을 준비하던 한 여인이 떠올랐다. 그 여인은 무릎이 툭 튀어나온 회색 추리닝 바지에 뒤축이 접힌 낡은 단화를 신고 있었고, 질끈 동여맨 긴 생머리를 등 뒤로 넘긴 채, 아빠 걸 입고 나왔는지 헐렁한 흰색 티셔츠에, 바지와 한 세트인 듯한 회색 추리닝 점퍼를 대충 걸치고 다녔더랬다……. 하지만 그런 영희는 이제 없었다. 누에고치를 찢고 나와 이제 막 날개를 펼치기 시작한 나비 같달까, 정장을 입고 헤어스타일을 바꾸고 화장까지 짙게 한 영희는 정말 한 마리 나비처럼 멋지고 예쁘고 화사해 보였다.

"어떻게 지내나 늘 걱정했는데, 잘 지내고 있는 것 같아서 다행이네요."

하늘에는 해가 쨍한데, 계속 분무기를 뿌려대는 것처럼 여우비가 내리고 있었다.

"대장님은 잘 지내시나 몰라……."

"잘 지내시겠죠."

"부장님도 같이 얼굴 보면 좋은데……. 오늘따라 보고 싶네요."

우리는 철창을 사이에 두고 콩고에 있는 만딩고를 그리워했다.

"저 내년에 애아빠 돼요."

"너, 드디어 해냈구나!"

"와, 축하해요!"

오랜만에 보는 얼굴들이라 할 말이 산더미처럼 많았다. 그동안 밀린 이야기들을 나누고, 이런저런 소식들을 주고받으면서 우리는 시간 가는 줄도 모르고 왁자지껄 수다를 떨었다.

"초등학생도 아니고, 삐딱하게 장난이나 치는 예비군 아저씨들을 보면 한 대 콱 쥐어박고 싶은 거 있죠."

동사무소로 발령 난 영희가 일선에서 뛰는 공무원의 고초를 열띤 목소리로 토로하는가 하면,

"언제 제수씨랑 한번 먹으러 와. 내가 사장한테 말해서 잘해

줄게."

직업 정신이 투철한 호객 돼지 조풍년 씨가 은근슬쩍 삼겹살 집 전단지를 돌리기도 했다.

"꼭 한번 먹으러 갈게요."

"그 집 맛없던데……."

"내가 말하면 잘해줘. 그리고 새로 바뀐 주방장이 유학파야. 잘해."

정말 정신없이 떠들어댔다. 겉모습과는 별개로, 모두 하나도 안 변했구나……. 오랜만에 하하 호호, 즐겁게 웃었다.

"와아, 무지개가 떴어요!"

"어디, 어디?"

우리는 고개를 들어 하늘을 봤다. 동화 속 한 장면 같았다. 일곱 빛깔 무지개가 만국기를 매단 것처럼 하늘 위에 걸려 있었다.

"어머, 예쁘기도 해라."

느닷없는 여자 목소리였다. 영희는 아니었다. 그렇다고 조풍년 씨일 리도 없었다. 우리 말고 누군가 한 명이 더 있었다. 정신없이 떠들어대느라 몰랐다. 무지개까지 뜨는 바람에 미처 주위를 경계하지 못한 것이 실수였다. 언제 왔는지, 우산을 받쳐 든 여자 관람객 한 명이 고릴라사 앞에 서 있었다. 당황한 영희가 입을 다물고, 호객 돼지 조풍년 씨가 불쑥 등장한 여자 관람객에게 허둥지둥 삼겹살 집 전단지를 돌리는 동안,

"우후우후."

나는 두 발로 서서 탕탕, 가슴을 두드렸다. 찍, 식은땀이 흐르고, 벌렁벌렁, 심장이 요동쳤다. 들켰나? 허둥지둥, 제정신이 아니었다. 그래서 여자 관람객이 배가 불룩한 임신부라는 걸, 헐렁하고 펑퍼짐한 임신복을 입고 있다는 것도 한참 후에야 눈치챌 수 있었다.

"나 내일 고릴라 만지러 간다?"

"그래, 와. 내일은 평일이라 한가할 거야."

전날 밤 아내와 이런 약속을 했다는 사실도 까맣게 잊고 있었다.

나는 아내를 힐끗거리며 탕탕, 계속 가슴을 두드렸다. 들킨 게 아니라고 믿고 싶었다. 자기 지금 이런 데서 뭐 하는 거야? 뚝뚝, 닭똥 같은 눈물을 흘리면서 우는 아내의 모습을 보고 싶지 않았다.

"우후우후."

포효를 하면서 씩씩, 거친 콧김도 내뿜었다.

"짝짝짝."

한편에서는 조풍년 씨와 영희가 관람객인 척 박수를 치며 분위기 수습에 나서주었다.

"짝짝짝."

아내도 덩달아 박수를 치며 좋아했다. 후유, 아내 몰래 살짝, 가슴을 쓸어내리며 겨우 안도의 한숨을 내쉴 수 있었다.

"고릴라야, 이거 먹어!"

아내는 바나나도 던져줬다. 그 바나나를 한 입 두 입 맛있게 먹는 동안, 문득 떠올랐다.

"나 고릴라 만져보는 게 평생소원이었어. 만지게 해줄 거지?"

어렸을 때 〈E.T.〉라는 영화를 본 적이 있다. 그 영화 속 한 장면이 아련하게 떠올랐다. E.T.처럼 멋지게 해낼 수 있을까? 나는 아내에게 다가가 철창 밖으로 수줍게 손을 내밀었다. 옆에는 조풍년 씨와 영희가 나란히 서서 우리를 지켜보고, 해는 쨍한데 계속 여우비가 내리고, 하늘에는 일곱 빛깔 무지개가 만국기처럼 걸려 있는데……. 아내는 활짝, 내 손을 잡으면서 웃었다.

'세렝게티 동물원'에는 마운틴고릴라가 한 마리 있다. 한 마리뿐이라 좀 쓸쓸해 보인다. 하지만 바나나를 던져줘보시라. 사양하지 않고 받아먹는다. 또 여러분은 1시간에 한 번씩 마운틴고릴라가 가슴을 두드리며 포효하는 명장면도 보실 수 있다. 엠파이어스테이트빌딩을 기어오르는 마운틴고릴라의 모습은 여러분에게 평생 잊지 못할 추억의 한 장면을 선사할 것이다. 지금 그런 마운틴고릴라 한 마리가 '세렝게티 동물원'에서 여러분을 기다린다.

작가의 말

즐겁게 썼다. 물론 처음부터 그런 건 아니었다.

서른다섯 살까지, 나는 사람들을 불편하게 만드는 소설을 쓰고 싶었다. 소설은 이야기가 아니었다. 그때 소설은 신처럼 구름 위에 앉아 있었다. 우러러보고 있으면 목이 아팠다. 그때의 난 소설을 좀 불편해했던 것 같다.

그러다 6년 전쯤, 문득 짐을 꾸렸다. 계획 같은 건 없었다. 겁이 없었는지도 모른다. 이삿짐 트럭에 몸을 싣고 고속도로를 달렸다. 서울이 멀어지고, 지금까지의 생활이 멀어지고, 한여름 풍경이 빠르게 지나갔다. 나는 지구를 떠나는 우주 비행사처럼 두렵고 외로웠다. 다시 돌아올 때는 멋진 소설을 쥐고 있으리라, 멀어져가는 서울을 향해 다짐했다.

원주에서의 2년. 글을 쓰는 시간보다 책을 읽는 시간이 많았다. 시간은 참 느리게 흘러갔다. 가을에는 밤을 따고 겨울에는 감을 말렸다. 도서관에 앉아 있으면 행복했다. 그렇게 2년이 흘렀다.

아내가 소설가가 되었다. 그날 우리는 서로를 껴안고 한참 동안 울었다. 퉁퉁 부은 눈으로 떡볶이를 먹으러 갔다. 하늘은 화창했다. 둥실, 뭉게구름이 떠다니고 있었다. 그리고 우리는 다시 짐을 꾸렸다. 잘 있어, 원주. 서울로 향하는 고속도로 위에서 내 손에 뭐가 쥐여 있나, 봤다. 아무것도 없었다. 대신 내 옆에는 소설가가 된 아내가, 또 다른 한쪽에는 어려워하지 말고 편하게 생각해, 이야기가 된 소설이 앉아 있었다. 나는 아내와 소설을 양옆에 끼고 앉아 씨익, 웃었다.

지금은 이 상이 무겁다. 열심히 체력을 키우련다.

심사 위원 여러분께 머리 숙여 감사드린다. 해주신 말씀, 글을 쓰는 동안 평생 가슴에 새길 것이다. 책을 펴면서 만난 한겨레출판 여러분께도 감사합니다, 말을 전하고 싶다.

고마운 사람들이 참 많다. 나의 우상인 아버지와 어머니께 감사드린다. 동생들에게는 항상 미안하다. 장인어른과 장모님은 아파트에 사신다. 현관에 말뚝을 박고 절을 올리고 싶다. 세 명의 처제는 항상 든든한 지원군이 되어주었다. 대학 은사님이 계시다. 글을 쓰라고 등을 쓰다듬어주셨다. 문우이자 내 인생의 에베레스트 산 오제중 군. 언젠가 군의 높은 안목을 넘어서리라 다짐한다.

하나님께 감사드린다. 나에게 가장 멋진 집을 주셨다. 그 집에서 먹고 자고 글을 썼다. 현명하고 강하며 자랑스러운 집이다. 무

엇보다 그 집은 아름답다. 아무리 힘들어도 돌아갈 집이 있어 행복
했다. '쿨하고 판타스틱한 당신', 나의 집이 되어준 아내에게 가장
큰 감사의 말을 전하고 싶다.

끝으로,
쓰는 동안 재미있었습니다. 저와 함께 그 재미를 나누지 않으
시렵니까?
데려가주세요.

2012년 7월
강태식

개정판 작가의 말

　한겨레문학상을 타고 이 책이 출간된 지 벌써 10년이 지났다. 그동안 정말 변할 수 있는 거의 모든 것이 변한 것 같다. 대통령이 바뀌었고 사람들은 마스크를 쓰기 시작했고 지구의 온도가 몇 도쯤 올랐고 그때 알던 사람들이 모두 열 살씩 나이를 먹었고…… 나 역시 그랬다. 이사를 네 번 했고 직장을 옮겼고 만나지 않는 사람들과 새로 만나는 사람들이 생겼고 책을 몇 권 냈고 농구와 사이클링을 그만두었고…… 아버지가 되었다. 10년 만에 이 책을 다시 읽으면서 그런 것들을 생각했다. 그리고 10년 동안 이 글도 많이 변했다는 생각을 했다.

　물론 그럴 리 없다. 표지도 내용도 예전 그대로다. 하지만 마치 다른 사람의 글을 읽는 것 같았다. 생각해보니 정말 그랬다. 그는 나보다 열 살 어렸고 아버지가 아니었고 다른 곳에 살았고 아직 운전면허증이 없었고…… 이미 나를 지나간 많은 것들을 아직 겪지 않은 사람이었다. 《굿바이 동물원》은 그가 쓴 글이었다. 이제 나는 그와 다른 거리에서 다른 각도로 다른 것들을 본다. 못 보던 것을 보게 된 것도 있고 보던 것을 못 보게 된 것도 있다……. 그냥 그렇다는 이야기이다.

언제인가 오래전에 졸업한 초등학교 근처에 간 일이 있었다. 그때와 똑같은 것이 하나도 없었는데 도로와 골목은 예전 그곳에 그대로 있었다. 그 골목 어딘가에서 지금의 내 아들보다 어린 초등학교 1학년인 내가, 땅콩 한 줌을 손에 쥐고 뛰어가던 내가, 다음 골목에는 무엇이 있을까 늘 궁금했고 매번 실망하면서도 항상 그 다음 골목으로 달려가던 내가 낡은 신발주머니를 들고 갑자기 튀어나올 것 같았다. 《굿바이 동물원》을 읽는 동안에도 그런 기분이 들었던 것 같다. 그래서 《굿바이 동물원》은 10년 전에도 그랬지만 지금도 내게는 아주 특별한 책이다.

물론 변하지 않은 것들도 많다. 아버지와 어머니는 그때보다 10년 더 나이를 드셨지만 나를 보면 언제나 웃으면서 안아주신다. 서원이가 세상에 태어난 것은 이 책을 낸 다음 해였다. 올해 아들은 아홉 살이고 내게는 여전히 가장 소중한 보석이다. 10년 전에 나는 아내를 현명하고 강하고 자랑스러우며 아름다운 집이라고 썼다. 그 집에서 먹고 자고 글을 쓴다고. 변함없이 나의 집이 되어준 아내가 고맙다. 그리고 늘 이 모든 것에 대해 하나님께 감사드린다.

2021년 11월 낙성대에서
강태식

추천의 말

    동물학자 데즈먼드 모리스(Desmond Morris)는 도시에 사는 사람을 동물원에 갇혀 있는 동물과 같다고 말했다. 맞는 말이다. 야성을 포기하는 대신 동물원의 세계로부터 먹을 것과 마실 것 그리고 의료를 제공받는다. 동물원은 포식자로부터 동물을 보호해주며 안락함과 무료함의 세계를 제공한다. 이성의 삶을 포기하는 대신 동물들은 입장료를 지불한 관람객들을 위해 자신의 몸을 제공해야 한다. 동물원과 도시는 결국 같은 것이다.《굿바이 동물원》은 삶을 위해 동물원에 들어가 가짜 동물 행세를 하는 가장의 이야기다. 이 같은 비극을 비극으로 전달하는 것이 아니라 풍자와 유머로 전달하는 것이 압권이다. 동물원 같은 도시의 삶에 지친 우리에게 이 책은 흥미로운 탈출 안내서다.

- 박성원(소설가)

    《굿바이 동물원》은 카프카적인 그것과 밀접하다. 언어의 단절과 불통, 심리적 소외로 말미암아 구겨진 인간관계, 복원에 대한 갈망 같은 것이 특별한 방식으로 재현되고 있다. 오래전 카프카가 보여준 철문을 통과해, 느린 걸음으로 동물원을 지나, 안녕? 굿바이!

- 백가흠(소설가)

삶이 초라해질수록 이 세상은 거대한 동물원이 되어간다. 그 안에서 우리는 마늘을 까고, 공룡 알을 접고, 인형 눈깔을 붙인다. 우리를 바라보는 구경꾼들이 누구인지 모른 채. 동물원에서 동물들을 흉내 내는 동안은 누구나 사람이 아니니 사람 구실을 할 필요가 없고, 그래서 역설적으로 가장 사람답게 살 수 있게 된다고 이 소설은 말한다. 그 잔인한 사실을 목격하는 순간 우리에게 동물원은 사전적 의미를 벗어나는 시공간으로 자리 잡는다. 공작새가 날개를 펴기를 1시간이고 2시간이고 기다리던 10대는 예전에 지나갔으니 이제 동물원으로 느긋하게 산책하러 다니지는 못할 것 같다. 그래, 굿바이 동물원. 그렇게 중얼거려본다.

- 윤성희(소설가)

여기 배꼽 잡는 동물원이 있다. 당신은 상추쌈에 마늘 한 조각을 얹다가, 아이에게 줄 곰 인형을 고르다가, 무심코 바나나를 한 입 베어 물다가 키득키득 웃음을 삼킬 것이다. 그러다 문득 콩고가 그리워질지도 모른다. 여기 섬뜩하고 소름 끼치는 동물원이 있다. 당신은 이미 '세렝게티 동물원'에 살고 있다.

- 조영아(소설가)

'세렝게티 동물원'은 우리 사회를 비추는 거울 뒷면이다. 마늘 먹는 시간을 견딘 끝에 곰은 사람이 되었지만 지금 인간은 마늘을 까서 푼돈을 벌고 곰 시늉을 내 밥벌이를 한다. 누구나 다 그 곰이 사람이라는 것을 알지만 아무도 사람이 곰 흉내를 내는 상황을 읽어내려 하지 않는다. 이 우화는 우리 사회의 증상이다. 작가는 짐짓 너스레를 떨며 이 증상에 병명을 붙인다. 그리고 이 우화가 증상에 대한 고별이 되기를 바란다. "굿바이 동물원", 그것은 우리 사회를 향한 뜨끔한 호명이자 애틋한 주문이다.

- 강유정(문학평론가)

비인간적인 시스템 속에서는 인간다운 삶을 살기 위해 몸부림치는 사람들이 오히려 유령, 괴물, 도망자가 돼버린다. 작가는 주요 등장인물의 전직을 취업 준비생, 대기업 사원, 남파 간첩 등으로 다채롭게 설정해 사실상 누구도 시스템의 덫을 피해갈 수 없다는 것을 보여준다. 그들이 절박하게 선택한 마지막 도피처는 근대인의 자연 착취를 상징하는 동물원이다. 인간으로 살아남기 위한 방법 중 하나가 동물을 흉내 내는 것에 있을지도 모른다는 이 아이러니의 포맷은 통렬하다.

그런데 동물원에서 동물을 흉내 내며 살아가는 그들이야말로 비로소 인간애를 나누고 공동체를 형성할 수 있게 되는데, 이 작은 기적은 이 소설이 준비한 또 하나의 아이러니다. 그래서 그들은 동물이 되어보고 나서야 다시 한 사람의 인간으로 일어설 수 있게 된다. 누구는 콩고로 날아가 동물로의 완전한 귀화를 선언하고, 누구는 재취업에 성공하거나 혹은 시험에 합격하고, 또 누구는 곧 태어날 2세를 기다리며 여전히 동물원에 남아 가슴을 두드리고 모형 빌딩에 오른다.

이 희망의 결말이 얼마간 관습적이라는 사실을 부인하기 어려워서, 차라리 아이러니를 더 극단적으로 밀고 나갔으면 어땠을까 생각해보지만, 이 결말이 전체적으로 경쾌한 톤을 유지하고 있는 이 소설에 잘 어울리는 것도 사실인 데다가, 동시대를 살아가는 평범한 고릴라들과 함께 기꺼이 엠파이어스테이트빌딩에 오르겠다는 이 작가의 선량한 의지의 소산인 것 같아서, 결국, 덩달아 따뜻해진 마음으로 작가의 편에 서기로 한다.

- 신형철(문학평론가)

1997년 이후 한국 사회는 붕괴되자마자 동물원이 되었다. 차라리 세렝게티 평원은 평화로웠다. 정의는 없어도 먹어야 사는 슬픈 안분지족이 맹수들의 생태가 아닌가. 2012년 오늘의 한국은 슬픈 피식자들의 지옥이다. 가면을 벗으면 나오는 맨얼굴은 절규뿐인데, 이 소설은 그 절규의 희비극과 복마전을 능청스럽게 극화하고 있다. 포스트모던 리얼리즘이란 이런 것이다.

- 이명원(문학평론가)

《굿바이 동물원》은 동물원에 사는 동물들의 이야기다. 그러나 이들은 진짜 동물이 아니라 동물을 연기하는 공무원급 사람들. 어쩌자고 이 말도 안 되는 일이 벌어졌는가? 동물 네 명(?)의 구구한 사연이 작가의 놀라운 입담에 의해 롤러코스터처럼 펼쳐지는 경쾌한 소설이다.

　하루 종일 마늘을 까고, 100개의 곰 인형 눈깔을 붙이고, 본드에 중독되었다가 고릴라가 된 주인공, 무공을 연마하며 100 대 1의 9급 공무원 시험에 도전하다 실패한 앤 고릴라, 대기업 오물처리반에서 일하다 토사구팽당한 조풍년, 사상과 혁명보다 월세와 공과금에 짓눌려 동물원에 온 남파 간첩 만딩고 고릴라. 바나나를 먹고, 털을 고르고, 12미터의 철제 구조물인 엠파이어스테이트빌딩에 올라가슴을 치며 고릴라 흉내를 내는 이들의 비루한 판타지는 시종일관 우리를 포복절도하게 만들지만, 어느 순간 웃음 끝에 비어져 나온 눈물 한 방울을 만나게 된다. 문득 말풍선처럼 떠오르는 불길한 예감, '이거 우리 얘기 아냐?'

　한바탕 웃음 끝에 날리는 작가의 이 강펀치는, 이 작품을 만화에서 슬픈 블랙코미디로 바꾸어놓는다. 자본의 기계가 되어버린 우리의 삶이, 최고와 최저의 수위에서 동물과 인간의 한계를 지워버린다는 이 살벌한 농담 앞에서, '여기가 철창 밖이 아니라 안일지도 모른다'는 불안 앞에서 누가 자유로울 수 있을까?

- 정은경(문학평론가)

《굿바이 동물원》은 주류 사회에서 밀려난 인간 군상이 마침 내 동물원의 동물에까지 추락하는 열외의 이야기다. 슬프고 우습 고 재밌다. 감수성 있는 문체는 문학적 재능의 번뜩임을 증명하고, 슬프지만 우습게 말하는 소설 문법은 삶을 보는 통찰력의 내공을 입증한다. 오랜만에 심사 위원 전원 일치의 지지를 받은 작품으로 서 가히 그 값을 해낼 작가라고 믿는다.

- 박범신(소설가)

마늘을 까면서 눈물을 흘리는 남자가 있다. 직장을 잃었을 때 도 빈 화장실 하나 발견하지 못해 숨어서라도 울지 못했던 남자 다. 그래서 마늘을 까며 비로소 운다. 삶의 짠 내와 매운 내가 뒤범 벅된 눈물을 콧물과 섞어 줄줄 흘린다. 소설의 시작부터 같이 울어 줘야 마땅할 일이다. 어쩐지 더 짜고 더 매운 일이 기다리고 있을 것 같기 때문이다. 과연 그러하다. 마늘이나 까면서 울어야 하는 삶이라면, 그 삶의 도처에 도사린 경멸은 어찌할 것인가. 남자는 스스로 동물이 되기로 한다. 고릴라의 탈을 쓰고 가슴을 탕탕 두 드린다. 그런데 이 비장한 슬픔이 뜻밖에 유쾌하다. 경멸을 속으로 집어삼킨 자가 경멸을 되갚아주는 방식을 아는 것이다. "엿 먹어 라, 세상!"이다. 이 작가는 능숙하게 사람을 울리고, 능숙하게 사 람을 웃긴다. 그러나 마침내 아프다.

- 김인숙(소설가)

처절한 경쟁 사회에서 상처받은 사람들의 실존과 내면을 처연하게 묘사하고 있는《굿바이 동물원》은 내 마음을 서늘하게 건드리고 지나갔다. 그토록 우울한 소재를 다루고 있음에도, 곳곳에 기발한 유머가 배어 있는 이 소설을 읽는 내내, 나는 밥벌이의 위대함과 비애에 대해 생각했다. '시대의 슬픔'을 묘사할 줄 아는 새로운 작가를 만나게 되어 기쁘다.

- 권성우(문학평론가)